KB110341

Understory

언더스토리

박혜진
비평집

언더스토리

Understory

민음사

차례

3부 사랑과 우울이 한 일

4부 윤리도 아름답다

프롤로그

문학의 자기 증명

보물찾기와 숨바꼭질

어린 시절, 야외로 소풍 가는 날이면 어김없이 보물찾기 시간이 돌아왔다. 그런데 보물찾기라는 말이 주는 비밀스러운 설렘이 내게는 도무지 매력적으로 다가오지 않았다. 할 수 있다면 손을 들고 퇴장하고 싶을 만큼 그 놀이가 싫었다. 알고 보면 조악하기 짝이 없는 '보물'에 대한 냉소는 아니었다. 연출된 그림에 순응하기 싫은 치기 섞인 반항도 아니었다. 그건 차라리 막막함이었다. 어디서부터 시작해야 할지, 무엇을 찾아야 할지 알 수 없는 막연함이 주는 불안감에 나는 쉽게 휩싸였다. 이제 그만, 선생님이 외칠 때까지 나 혼자 빈손이면 어쩌지. 누군가는 우습다 할 쓸데없는 걱정들이 머릿속을 채우기 일쑤였다. 가까운 곳에서부터 시작해 여기저기 기웃거리다 보면 으레 한두 개의 '보물'은 찾기 마련이었는데도 시작하는 순간의 암전 상태는 끝내 극복하지 못한 두려움으로 남았다. 더 이상 보물찾기를 하지 않을 때쯤에서야 그것이 극복의 문제가 아니라는 사실을 알았다. 막막함과 막연함. 그것은 보물찾기의 본질이었다.

보물찾기 구조는 비대칭적이다. 숨기는 사람은 자신이 숨긴 것을 알고 있지만 찾는 사람은 자신이 무엇을 찾는지 알지 못한다. 보물로 추정되는 것을 발견했을 때, 숨긴 사람에게서 그것이 보물인지 아닌지 승인받음으로써 찾기는 비로소 종결되고 모험의 행위로서 의미를 부여받는다. 그렇다고 해서 놀이가 전적으로 숨기는 사람의 의도대로 진행되는 건 아니다. 어떤 보물은 끝끝내 모습을 드러내지 않는다. '보물'은 놀이에 참여한 사람이 찾아낼 때 비로소 실재하는 '보물'이 된다. 보물은 당연히 발견될 수 있지만 얼마만큼의 보물이 발견될지, 놀이에 참여한 사람들이 얼마만큼의 획득률에 도달할지는 발견자들의 의지와 우연이 만들어 내는 결과에 의존하는 것이다. 요컨대 보물찾기란 '이 안에 보물이 있다'는 공통의 약속을 근거로 숨기는 자와 찾는 자가 불확실 속에서 만들어 가는 미결정 상태의 놀이다. 한 사람의 설계에서 시작하지만 참여하는 사람들의 우연한 발견을 통해 완성되는 돌발적인 놀이. 어쩐지 익숙한 구조다. 문학작품을 두고 창작자와 독자, 또는 비평가 사이에 벌어지는 일이 이와 다르지 않다.

문학성에 대해 생각할 때면 종종 보물찾기가 시작되는 순간의 암전 상태를 경험한다. 무엇을 찾아야 하지? 어떤 걸 발견해야 하지? 이른바 문학성은 역사적 진실처럼 축적된 과거 위에 세워지지 않는다. 과거의 경험은 문학성을 판단하는 기준으로 유효하지 않다. 미학이 만약 과거가 남겨 놓은 사실에서 비롯된다면 문학성은 보물찾기가 아니라 숨바꼭질이라 말해야 할 것이다. 숨바꼭질은 무엇이 숨겨져 있는지 분명하므로 찾아야 할 대상도 뚜렷한 놀이다. 막연하고 막막한 순간, 내 경우로 말하자면 암전 상태를 포함하지 않는 '분명한' 놀이. 분명한 것은 과거다. 반면 현재는 언제나 지나가고 있는 불분명한 상태다. 그리고 문학성은, 움직이고 있는 상태 속에서 보이지 않은 채로 잠복되어 있다. 무엇이 어디에 있는지 알 수 없는 보물찾기. 문학성은 지나가고 있는 상태에 이름을 붙임으로써 움직임을 잠깐 멈춰 세우는 행위가 아닐까. 불확실하게 존재하는 현재성을 발견하는 데서 문학성에 대한 탐색은 시작된다. 현재성은 문학성에 기여할 뿐 아니라 문학성을 결정짓는다.

그렇다면 나는 지금 텍스트 내적 재현만으론 문학성을 판단하기 힘들다고 생각하는 것일까. 고골의 「코」는 환상적 기법으로 쓰인 풍자소설이다. 환상성은 풍자적 서사 위에서 그 비현실성의 실재성을 부여받고 풍자적 서사는 환상성이라는 비유를 통해 그 간극과 거리를 문학적 양식으로 인정받는다. 그러나 상호작용하는 두 가지 문학성은 열아홉 개 등급으로 촘촘하게 구분되어 있던 관료제 중심의 수직적이고 경직된 사회상, 말하자면 당대의 현실을 배후에 두지 않으면 완성되지 않는 형식이다. 현재성이 없어도 작품을 독해할 수 있지만 현재성이 동반될 때 해석은 문학성을 획득해 나가는 비평 과정이 된다. 문학성은 분명한 과거가 아니라 불확실한 현재, 이름 없는 현재를 발견하는 것이기 때문이다. 그런 내 앞에는 나보다 먼저 도착해 내 대답을 기다리고 있는 질문이 서 있다. 이름 없는 것, 아직 모습을 드러내지 않은 것을 어떻게 '발견' 한단 말인가. 나는 어떻게 내가 모르는 것을 발견할 수 있는 걸까. 이건 보물이 맞다, 그건 보물이 아닌데. 승인해 줄 사람이 없을 때 대답은 더욱 요원해진다. 그중에서도 현재성이라는 조건, 즉 텍스트 외부의 현실이 개입하여 만들어진 문학성은 발생자가 씨앗을 뿌리지 않은 장소에서도 잎을 틔울 수 있다. 질문은 다시 내게 물어 온다. 어떻게 그 가치를 문학성으로 증명할 수 있을까.

조지프 캠벨은 이렇게 쓰고 있다. "돌이켜 보면, 모험적인 여행은 성취하기 위한 노력이 아닌 재성취하기 위한 노력, 발견하기 위한 노력이 아닌 재발견하기 위한 노력이었던 듯하다. 영웅이 애써 찾아다니고 위기를 넘기면서 얻어 낸 신적인 권능은 처음부터 영웅의 내부에 있었던 것으로 드러난다. 그는 자신이 누구인지 알게 된 '왕의 아들'이고 그는 이로써 자기의 실제적 권능을 행사하기 시작했다. '신의 아들'은, 이 이름이 얼마나 의미심장한지 알게 된 것이다. 이런 시각에서 보면 영웅은, 우리 모두가 내장하고 있되 오직 우리가 이 존재를 발견하고 육화시킬 때를 기다리는 신의 창조적, 구원적 이미지의 상징이다."[1] 신화에 나타난 영웅의 본질이 무엇인가에 대해 답하고 있는 이 글은 영웅 찾기 과정이 결국은 발견이 아니라 재발견, 성취가 아니라 재성취의 과정이었다고 주장한다. 영웅의 자리에 문학성을 넣고, 모험적인 여행을 가리키는 말에 비평이라는 단어를 넣어도 전혀 낯설지 않다. 문학성이야말로 완전히 새로운 것이 아니라 다시 한번 발견되기 바라는 것, 잊혀진 것을 찾아가는 과정이기 때문이다.

발견과 재발견

그렇다면 잊혀진 것은 어떻게 재발견될 수 있을까. 기억하거나 기억하지 못하는 것이 인간 의지의 산물이 아닐진대 무슨 수로 기억 저편을 소환할 수 있다는 것일까. 무의식을 통해서다. 성취된 욕망, 절제된 충동, 회복된 상처는 혼돈의 형태로 등장해 질서 잡힌 세계를 균열 낼 필요가 없다. 무의식은 실패의 언어다. 그리고 실패의 언어로 문학은 쓴다. 이때 문학의 무의식은 개인의 무의식이 아니다. 계급적·사회적·문화적, 이른

1 조지프 캠벨, 이윤기 옮김, 『천의 얼굴을 가진 영웅』(민음사, 1999), 52쪽.

바 공동체의 무의식이다. 문학을 통해 우리가 자신이 경험하지 않은 미지의 것을 발견할 수 있는 이유는 숨겨진 것, 찾아야 하는 것이 개인의 그것이 아니라는 데에 있다. 문학에 있어 '나'는 어디까지나 정치적, 사회적, 젠더적, 문화적 주체로서의 '나'인 것이다. 그에 기반한 공동체의 무의식이 우리로 하여금 우리가 경험한 적 없는 과거를 재발견하게 한다. 모든 문학의 형식과 내용은 정치적 무의식이라 불리는 것으로 채워질 수밖에 없으며 모든 문학은 공동체의 운명에 대한 성찰로 읽혀야 한다는 프레드릭 제임슨의 결론[2]이 내게는 문학과 문학을 발견하는 비평의 출발인 셈이다. 문학사는 무의식의 역사다.

그러므로 잠복되어 숨어 있거나 기형적으로 표출되는 무의식을 발견하는 일은 문학성에 관한 한 첫 번째 일이 되겠다. 김수영의 「거미」라면 다음과 같은 생각으로 시작할 수 있을 것이다. 「거미」는 거미라는 곤충에 빗대어 화자의 피로한 삶과 피로한 삶에서 비롯되는 설움, 그러나 스스로 선택한 욕망으로 인해 굴러가는 쳇바퀴를 멈출 수 없고 끊어지지 않고 나오는 거미줄을 엮지 않을 수 없는 자기 파괴적이고 모순적인 감정을 드러내고 있다.

내가 으스러지게 설움에 몸을 태우는 것은 내가 바라는 것

2 프레드릭 제임슨, 이경덕·서강목 옮김, 『정치적 무의식』(민음사, 2015), 87쪽.

이 있기 때문이다

그러나 나는 그 으스러진 설움의 풍경마저 싫어진다

나는 너무나 자주 설움과 입을 맞추었기 때문에
가을바람에 늙어 가는 거미처럼 몸이 까맣게 타 버렸다

— 김수영, 「거미」[3]

자처한 고통이지만 그렇게 선택한 나 자신의 풍경을 혐오하고, 그러면서도 벗어날 수 없어서 괴로워하고 있는 한계 상황으로 인해 몸이 까맣게 타 버린 거미는 영락없이 화자의 분신이다. 거미 같은 '나'는 누구일까. 바라는 것이 무엇인지는 드러나 있지 않고 다만 그 행위만을 이야기하고 있을 따름이지만 거미는 '나'에 대한 궁금증을 해소해 줄 알레고리가 된다. 거미는 노동의 상징이다. 끊임없이 집을 짓는 거미의 반복되는 노동은 착취의 구조를 알고 있으면서도 거미줄 밖으로 빠져나갈 수 없는 지식인인 동시에 노동자로서의 계급을 지시한다. 그러나 이 설움의 감정은 텍스트를 읽는 것만으로 해소되지 않는다. 가을바람, 늙어 가는 데다 까맣게 타 버리기까지 한 거미의 이미지는 고단하고 서글픈 현대인의 비극이기

3 김수영, 『김수영 전집1 시』(민음사, 2018), 79쪽.

는 하나 그렇다고 모든 시인이 자신의 분신을 거미, 풍뎅이 따위 생물에 견주지는 않는다. 인간의 현실을 재현하기 위해 비인간에 주목하지는 않는 것이다. 인간에 대한 깊은 회의마저 느껴지는 이 시는 김수영이 1954년에 쓴 작품이다. 휴전 이후 가난과 피로는 한국인의 공통된 정서였다는 점, 한국인 중에서도 김수영은 포로수용소 생활로 인해 타락한 인간에 대한 실망과 절망을 누구보다 강렬하게 내면화했다는 정보가 가해질 때 시어들은 부피를 갖고 알레고리적으로 읽히기 시작한다. 네 줄로 이루어진 시는 행간의 상징성을 늘리며 몸을 불리기 시작한다.

그리고 재발견. 「거미」를 해석하는 것은 발견이되, 「거미」의 문학성을 평가하기 위해서는 발견의 시각만으로 충분하지 않다. 우리에게 잊혀진 과거에서 또 하나의 「거미」를 찾아야 한다. 재발견 말이다. 우리에게 어떤 '거미'의 기억이 있었던가. 거미줄 위에서 까맣게 몸을 태워 버리는 피로한 인간의 이미지는 시지프의 고난을 연상시킨다. 알베르 카뮈는 에세이 『시지프 신화』에서 신의 저주를 받아 산 밑에서 위로 바위를 밀어 올리는 삶을 살게 된 시지프의 운명을 부조리한 세계에 던져진 인간의 삶에 비유한다. 그러면서도 이 부조리한 세계에서 인간이 할 수 있는 최선의 반항은 자살이 아니라고 말한다. 오히려 무의미가 반복되는 삶을 똑바로 바라보며 계속해서 살아 나가는 것이야말로 부조리의 숙명을 타고난 인간이 선택할 수 있는 최대의 반항이라고 주장한다. 『시지프 신화』가 성취 없이, 불연속적으로, 불가해한 세계를 살아가는 현대인들에게 용기를 준다면 이 공허하고 황폐한 세계를 긍정할 수 있는 행복의 이념을 탄생시켰기 때문일 것이다.

> 오늘날의 노동자는 그 생애의 그날그날을 똑같은 작업을 하며 사는데 그 운명도 시지프에 못지않게 부조리하다. 그러나 운명은 오직 의식이 깨어 있는 드문 순간들에만 부조리하다. 신들 중에서도 프롤레타리아요, 무력하고 반항적인 시지프는 그의 비참한 조건의 넓이를 안다. 그가 산에서 내려올 때 생각하는 것은 바로 이 조건이다. 아마도 그에게 고뇌를 안겨 주는 통찰이 동시에 그의 승리를 완성시킬 것이다. 멸시로 응수하여 극복되지 않는 운명이란 존재하지 않는다.[4]

부조리한 세계에 갇혀 똑같은 행동을 끊임없이 반복해야 하는 인간의 슬픈 운명은 매일같이 뽑아낸 실로 집을 만들어야 하는 거미의 삶에도 드리워져 있고 거미를 보며 자신을 떠올리는 화자의 삶에도 드리워져 있다. 똑같은 작업을 반복하며 설움과 비참을 느끼는 '나'는 그러나 그 부조리를 인식함으로써, 김수영이라면 '설움'을 인식함으로써, 비극적인 운명을

---

4 알베르 카뮈, 김화영 옮김, 『시지프 신화』(민음사, 2016), 182~183쪽.

극복할 수 있다. 반복의 연속을 자각하는 와중에 우리를 둘러싸고 있는 허위와 허구의 더께를 걷어 내듯 온몸이 "까맣게 타버리는" 동안 다시 또다시 새롭게 태어나는 것이다. 아무것도 쌓지 않은 채로, 어쩌면 아무것도 쌓지 않았기 때문에 처음 상태로 시작할 수 있다. 허구적이고 허위에 찬 형이상학과 싸울 수 있는 사람은 물려받은 유산 없이 시작할 수 있는 사람이다. 이처럼 발견된 해석은 재발견을 통해 하부 구조의 텍스트를 만든다. 층위가 더해지는 동안 문학 내적 세계와 문학 외적 세계는 등가적 관계를 이룬다. 이런 과정을 통해 텍스트가 세계 내에서 총체성을 획득할 때, 작품에 대한 해석은 공동체의 무의식에 대한 해석으로 확장되며 비로소 문학성을 얻는다. 거미의 고단함을 읽어 내는 데에서 시작된 문학성의 행로는 부조리한 세계에 던져진 인간 실존의 의미를 탐구하는 철학적 질문을 통해 해석의 넓이를, 또한 깊이를 확보한다.

때로 이러한 읽기는 커다란 벽을 만난다. 의미를 거부하는 텍스트 앞에서 특히 그렇다. "나는 깊이가 없어요." 앨리스의 말이었나. 깊이를 부정하는 작품을 만날 때, 숨겨진 의미를 거부하는 작가와 독자를 만날 때 깊이에의 거부는 또 하나의 암전 상태를 빚어낸다. 그러나 우리가 살아가는 세계는 어떤 것도, 그것이 아무리 투명한 세계라고 하더라도, 사실은 그럴 때조차 단일한 얼굴을 하고 있지 않다. 이면이 없는 표정은 없다. 그것이 언어로 이루어진 세계라면 더더욱 그렇다. 어느 작가가 하나의 단어를 선택할 때, 그는 이미 단어가 품고 있는 무의식까지 함께 선택한 것이다. 그러므로 무의미는 없다. 무의미라고 말할 때조차 '무의미'의 무의식이 해석되기를 기다리고 있다. 문학작품이 하나의 생명체라면 우리 모두가 동시에 읽을 수 있는 것, 우리 모두가 동시에 볼 수 있는 것은 빙산의 일각에 불과하다. 보이는 것은 표면이고, 표면은 보이지 않는 것과 뗄 수 없이 존재한다.

이따금 의미가 소거된 세계를 상상해 보기도 한다. 그런 상상을 할 때면 늘 뒤따라 오는 작품이 있다. 영화 「무간도」에 대한 생각이다. 「무간도」는 느와르 장르의 영화다. 느와르 세계관은 두 가지 조건을 통해 비극을 형성한다. 첫째, 주인공이 위기에 빠진다. 둘째, 위기에서 헤어나기 위해 노력하지만 그 모든 노력은 그의 비극을 심화시키는 데 복무한다. 노력과 절망이 비례하는 슬픔이야말로 느와르 세계관의 핵심이자 비극의 정점이다. 「무간도」의 주인공은 범죄 조직에 침투한 경찰 스파이다. 완벽한 스파이가 되기 위해 그의 신원은 조작되는데, 불행히도 그의 신원을 보증해 주는 유일한 사람이 죽고 만다. 그는 이제 스스로의 힘으로 자기 존재를 증명할 수 없다. 그런데 이 비극은 예외적 고통이 아니라 인간 보편에 대한 비유이기도 하다. 한 사람의 존재 가치는 자기 내부에서 이뤄지지 않고 상대방을 통해, 외부자에 의해 입증된다. 이를테면 사랑받고 있다는 확신, 인정받고 있다는 확신, 거꾸로 사랑받지 못하고 있다는 의심, 불신당하고 있다는 예감…… 인간은 타인과의 관계에서 자신의 가치를 확인한다.

문학성도 그와 다르지 않다. 살아 있는, 확정되지 않은, 지나가고 있는 현실 세계와의 관계를 통해 발견되는 문학성은 내부자의 눈이 아니라 외부자의 눈으로 검증될 때 더 정확하고 객관적이다. 무의식의 객관은 일견 모순된 것처럼 보이지만 문학성, 그것은 개인의 무의식이 아닌 공동체의 무의식이 아니었던가. 가즈오 이시구로의 『파묻힌 기억』에 나오는 노부부는 어느 날 갑자기 자신들에게 아들이 있음을 기억한다. 그리고 그 아들을 찾아 나선다. 기억하지도 못하는 아들을 찾아 나서는 이들의 맹목적 모험을 나는 문학에 대한 커다란 비유로 읽는다. 나의 무의식에서 벗어나 공동체의 무의식을 향해 나아가는 과정, 그 안에서 나는 내가 본 적 없는 것을 발견할 수 있다. 모르는 것을 찾을 수 있다. '이 안에 보물이 있다'는 공통의 약속을 근거로 숨기는 자와 찾는 자가 불확실 속에서 만들어 가는 미결정 상태의 놀이. 한 사람의 설계에서 시작하지만 참여하는 사람들의 우연한 발견을 통해 완성되는 돌발적인 놀이. 보물찾기는 아무것도 안 보이는 암전 상태가 아니었다. 아직 아무것도 쓰이지 않은 백지. 새하얀 백지는 때로 막막하지만, 또 막연하지만, 그 공백 위에서 우리는 문학적인 것들의 이름을 써 나간다.

이 책에 수록된 글들은 지난 7년 동안 내가 찾은 보물들의 목록이자 백지 위에 써 나간 문학적인 것들의 이름이다. 이 보물들, 백지 위에 쓴 문학적인 것들을 '언더스토리'라는 개념으로 묶었다.

문학은 언더스토리(understorey)다. 언더스토리는 하층식생 혹은 하목층을 가리키는 말로 숲 지붕과 숲 바닥 사이에 사는 생물을 뜻하는 산림학 용어다. 곰팡이나 이끼를 비롯해 어린 나무인 묘목이나 높이가 2미터 이내로 땅속에서부터 줄기가 갈라져 나오는 관목 같은 내음성 식물(그늘에서 견디는 능력이 큰 식물)들이 언더스토리에 속한다. 태양빛의 상당 부분은 숲의 지붕에 해당하는 임관층 식물들이 받아먹기 때문에 중간층, 즉 언더스토리에서 살아가는 식물들은 늘 빛이 부족하다. 내게 있어 문학은 적은 빛으로 살아가는 존재들을 환대하는 집이다.

그늘을 견디기 위해 이들은 나름의 방법으로 영양을 마련한다. 그 생존 방식 핵심에 '연결'이 있다. 독립된 개체들처럼 보이는 식물들은 곰팡이를 매개로 소통하며 영향을 주고받는다. 인간 사회도 식물들의 방식을 닮았다. 서로 다른 시공간에서 각자의 삶을 살아가는 이들이지만 소통하고 영향을 주고받으며 공동체를 만든다. 그 절실하고 애틋한 심층의 연결에서 이야기가 탄생하고, 이야기는 우리에게 영향과 영양을 준다. 문학은 언더스토리(understory)다.

이 책은 그늘진 중간층(understorey)에서 생성되는 심층의 이야기(understory)에서 오늘의 문학을 찾는다. 키워드는 모두 네 개다. 인간, 자아, 사랑과 우울, 그리고 윤리. 1부는 동시대적인 시선으로 인간을 해석하고 정의해 보려 한 흔적이 담긴 글들로 구성되었다. 시, 소설, 희곡 등 내게 있어 '인간의 핵심'이 무엇인지에 대해 가장 격렬하게 묻고 답하게 해 준 작품들을 분석한 글이다. 2부에서는 자아라는 신화가 해체되고 파편화된 '나'들이 전면화하는 현상에 집중한 글들을 모았다. '나'를 잃어버리고 내가 '되지' 않기 위해 자아의 0점을 향해 가는 '나'들의 경향은 지난 시간 내가 읽은 작품들에서 집중적으로 나타나는 현상이었다. 나아가 무기력한 청춘, 유령 주체 등 성장이라는 이념이 과거와 같은 힘을 발휘하지 않는 시대에 파편화된 자아의 가능성에 대해서도 가늠해 보았다. 『한낮의 우울』에서 앤드루 솔로몬은 우울을 사랑의 부재라고 정의했다. 그러므로 사랑과 우울은 사랑과 사랑의 부재라고 쓸 수 있고, 사랑과 우울을 마음의 전부라고 볼 수도 있다. 3부에서는 사랑과 우울이라는 심리적 현실에 집중, 의식을 밀어 올리는 무의식의 영향들에 대해 생각했던 글을 모았다. 4부에서는 미학으로서의 윤리에 대해 고민했던 지점들이 두드러진다. 정리하고 보니 여성의 삶에 밀착한 글들이 많다. 옳고 그름이 미학과 만나는 지점에 대한 질문은 두말할 것 없이 지난 시간 한국문학의 현장에서 가장 격렬하게 진행된 논의였기 때문일 것이다.

만족할 만한 질문과 대답이었냐고 묻는다면, 그렇게 말할 수는 없을 것 같다. 하지만 나의 시대와 나의 문학에 대해 답해 보려 했던 의지였다고는 말할 수 있다. 문학은 숨바꼭질이 아니라 보물찾기다. 찾겠다는 의지만 있으면 영원히 종료되지 않는, 세상에서 가장 너그러운 게임. 혼자만의 게임을 독자들과 나누게 된다는 사실은 언제나 두려운 일이다. 하지만 이 책을 통해 문학을 사랑하는 어느 이름 모를 독자와 대화할 수 있다는 생각은 나를 설레게 한다. 늘 응원하고 기대해 주시는 민음사 박근섭, 박상준 대표님께 감사의 인사를 전한다. 지금은 고인이 되신 박맹호 회장님에게는 특별히 더 감사한 마음을 표하고 싶다. 내가 늘 부족한 공부에 불안해하고 주눅 들어할 때마다 민음사에서 보내는 하루 8시간이 가장 생생한 문학 공부라고 일깨워 주셨다. 빼야 할 글과 더 써야 할 글을 정확하게 알려준 김화진 편집자가 없었다면 갈피를 잃었을 것이다. 문학은 친구들과 '같이' 하는 거라던 어느 선배의 말을 이해할 수 있게 되었다. 동료 편집자들과 보낸 시간이 없었다면 몰랐을 기쁨이다.

2022년 10월
박혜진

1부 다시 만난 인간

인간이 결속하는 방식은 눈송이

한강,
『작별하지 않는다』

언더스토리

하층 식생 또는 하층목을 의미하는 언더스토리(understo-rey)는 숲 지붕과 숲 바닥 사이에 사는 생물을 부르는 산림학, 산림생태학 용어다. 태양광의 상당 부분을 숲의 지붕에 해당하는 임관층 식물들이 받아먹기 때문에 중간층, 즉 언더스토리에서 살아가는 식물들은 상대적으로 적은 빛만을 받아먹는다. 그러나 이들은 음지에서도 광합성을 하며 독립적으로 영양을 마련한다. 곰팡이나 이끼, 지의류, 관목, 묘목 같은 내음성 식물들이 언더스토리에 속한다.

언더스토리는 산림학적 개념에서 그치지 않고 비유적인 의미로도 쓰인다. 은유적인 의미에서 말하는 '언더스토리'는 서로 뒤엉켜 나무와 숲에 문화적으로 다양한 생명을 부여하는 언어, 역사, 사상, 그리고 그들이 얽히고설켜 날이 갈수록 풍성해지는 이야기들을 포괄하는 개념이다. 급진적 생물학자들의 연구에 따르면 식물들은 곰팡이를 매개로 서로 소통할 수 있다고 한다. 식물들이 독립적인 개체가 아니라 곰팡이 등 균사체에 의해 서로 연결되어 있는 네크워크라는 관점은 대표적인 언더스토리다.

나는 산림학 용어로서의 언더스토리에 새로운 의미를 부여하는 언더스토리, 즉 언더스토리의 언더스토리를 다시 한 번 확장할 수 있다고 생각한다. 언더스토리의 세 번째 의미인 셈이다. 언더스토리가 숲에서 살아가는 하층 생물을 지칭한다면 언더스토리의 언더스토리는 그들이 연결되어 있는 삶의 방식을 은유한다. 그렇다면 언더스토리의 언더스토리의 언더스토리란? 인간 세상에 적용한 이야기다. 인간도 언더스토리의 관점으로 설명할 수 있다. 한 사람 한 사람을 독립된 개체가 아니라 모종의 연결체에 의해 이어져 있는 네트워크라고 본다면 산림학적 개념을 인간이 살아가는 세상을 설명하는 문학적 관점으로 활용하는 것도 무리는 아니다.

인간 세계를 향한 문학의 관점이야말로 '언더스토리'로 설명할 수 있다. 문학적 관점에서 바라본 언더스토리를 뒷받침하는 것은 '상리공생'이라는 개념이다. 상리공생은 생물학에서 '편리공생'과 상반되는 용어로, 서로 다른 종의 동물이 상호작용을 통하여 이익을 주고받는 것을 의미한다. 공생 관계의 일종인 상리공생은 진화론의 관점에서 보면 불안정한 관계로 인식된다. 결국 상리공생 역시 기생 관계로 흘러 붕괴될 수밖에 없다고 예측되기 때문이다. 그러나 실제로 자연에서는 기생 관계로 가지 않고 오랫동안 안정적으로 유지되는 사례들이 발견된다고 한다. 유카와 유카나방의 관계가 그렇고 하와이짧은꼬리오징어와 이 오징어가 빛을 발산하게 돕는 발광세균 또한 그렇다.[1]

인간을 가리키는 새로운 단위

상리공생은 진화와 선택으로 형성된 세계가 아니라 공유와 공존으로 생존하는 세계다. 예컨대 균류 네트워크를 통해 식물들은 서로 자원을 분배한다. 숲속에서 나무들은 영양소를 서로 나눈다. 죽어 가는 나무는 자신이 가진 자원을 처분해 네트워크에 양도함으로써 공동체의 이익에 헌신한다. 그러므로 투병 중인 나무는 양도받은 잉여 자원을 통해 생명을 영위할 수 있다. 이렇게 서로가 서로를 살리는 식물들은 하나로 연결되어 있다. 뒤엉킨 뿌리가 아니더라도 이미 식물들은 독립이 아닌 공생의 형태로 거대한 하나를 이루고 있다. 그렇다면 인간 세계에 대해서도 거대한 하나를 상상할 수 있지 않을까. 모종의 연결체에 의해 유기적으로 연결되어 있고 그 연결을

---

1 로버트 맥팔레인, 조은영 옮김, 『언더랜드』(소소의책, 2019), 107쪽.

통해 자신이 가진 것을 나눔으로써 공존하는 인간 세계를 상상하지 못할 이유가 없는 것이다.

이런 생각에서 도출된 개념이 홀로바이온트(holobiont)다. 급진적 생물학자 린 마굴리스의 연구에 따르면 인간은 독립적인 개체가 아니다. 인간은 마굴리스가 '홀로바이온트'라고 부른 존재다. 서로 협력하며 살아가는 복합적인 유기체로서의 홀로바이온트는 '삶의 과제를 함께 조정하고 공동의 삶을 공유하는 세균, 바이러스, 균류로 구성된 생태학적 단위'로 정의된다. 홀로바이언트라는 단위로 바라본 인간은 한 사람 한 사람으로 파악되는 인간과 전혀 다른 존재다. 한 그루 나무가 어디에서 시작되고 어디에서 끝나는지 알 수 없을 만큼 얽히고설켜 있는 것처럼 한 사람의 존재도 어디에서 시작되고 어디에서 끝나는지 알 수 없다.

그러나 인간 세계를 식물의 언어로 설명한다는 것은 평범한 상상력으로 닿을 수 있는 일이 아니다. 그리고 이는 추상적인 이미지와 관념만으로 가능한 일도 아니다. 식물이 실제로 그렇게 살아가는 것처럼 인간들도 실제로 그렇게 살아간다는 믿음이 있어야 이러한 시각을 견지하는 것이 가능하다. 보란듯이 공생 관계로 살아가는 생명체가 뚜렷한 사례로 존재하기에 진화론과 다른 방식으로 세계를 설명할 수 있는 것처럼, 실제로 그렇게 살아가는 인간 세상이 가능하다는 확신이 없다면 인간을 설명하는 방법으로 식물의 언어를 채택할 수는 없는 탓이다.

한강의 소설은 공생 관계로 살아가는 생명체의 존재를 만날 수 있는 최적의 장소다. 한강이 그려 내는 세계에서 살아가는 인물들은 이미 홀로바이언트적으로 존재했다. 그들은 각자 혼자 고통받았으나 그 고통은 자신에게서 비롯된 것이 아니었으므로 고통의 결과 또한 그 자신에게 귀속되는 것만은 아니었다. 식물과 식물을 연결해 주는 균사 네트워크가 있는 것처럼 인간과 인간을 연결해 주는 무엇인가가 있다는 걸 한강의 소설은 믿고 있는 것 같다. 그리고 한강의 소설을 거듭 읽으며 우리는 그 무엇이 '고통'과 '슬픔'이라는 것을 짐작해 왔다. 한 인간과 다른 인간이 고통으로 연결되어 있다는 말은 그리 색다를 것도, 그리 낯설 것도 없는 말이어서 그런 표현을 사용한다는 것이 안일한 태도의 방증처럼 보일 지경이지만, 그 연결의 실체가 만들어 내는 또 다른 고통을 상상하는 일은 여전히 다르고 여전히 낯선 일이다. 그 낯선 세계가 익숙해지지 않도록 고통의 내력을 갱신해 온 작가 한강이 또다시 고통을 썼다고 들었을 때 나는 이미 아플 준비를 하고 있었던 것 같다. 한강의 소설을 읽는다는 것은 역사의 공백에서 찾아낸 이름 없는 고통들을 내 쪽으로 옮겨 와 자라나게 하는 일이기 때문이다.

고통의 장소, 몸

『작별하지 않는다』[2]는 제주 4·3 항쟁 희생자 가족인 '인선'과 인선의 가족에 깃든 슬픈 역사에 대해 알게 되는 '경하'를 중심으로 전개되는 이야기다. 경하는 4년 전 꿈에서 본 풍경을 자신이 소설로 쓴 적 있는 광주 학살에 대한 것이라 여기고 다큐멘터리 감독이자 자신의 오랜 친구인 인선에게 이 내용을 영상으로 만들자고 제안한다. 하지만 4년 동안 프로젝트를 시작할 수 없는 이유는 너무 많아서 두 사람의 의기투합은 시작조차 못하고 흐지부지되는 듯했다. 미루고 미루던 그 일이 다시 거론된 건 인선이 사고를 당하면서다. 어느 겨울, 경하는 서울의 한 병원에 있는 인선에게서 급한 연락을 받는다. 제주도로 거처를 옮긴 인선이 혼자 통나무 작업을 하다 손가락이 절단되는 사고를 당했다는 비보와 함께 제주도 집에 남겨진 앵무새를 돌봐 달라는 부탁이었다. 더 이상 돌볼 가족도 없고 당장 출근해야 할 직장도 없었을 뿐만 아니라 무기력에 빠져 유서 쓰기만을 반복하고 있던 경하에게는 가지 않을 이유가 없었다. 폭설을 뚫고 도착한 인선의 집에서 경하는 70년 전 제주에서 벌어진 민간인 학살과 관련한 인선의 가족사를 알게 된다. 이로써 경하와 인선을 오가던 이야기는 제주 학살의

2 한강, 『작별하지 않는다』(문학동네, 2021). 이하 본문 인용은 쪽수만 표시한다.

피해자인 인선의 어머니와 그 시절 그 사람들에게로 향한다.

한강의 전작들에서와 같이 이 소설에서도 몸은 형용하기 힘든 고통이 머물거나 관통하는 장소다. 경하의 몸을 통해 드러나고 있는 고통은 불안인지 전율인지, 고통인지 각성인지 알 수 없는 형태로 찾아와 몸을 옴짝달싹 못하게 지배한다. 수면의 질이 떨어져 제대로 잠을 이룰 수 없고 무기력도 계속된다. 통증이 가져다주는 고립을 온몸으로 체험하고 있다고 생각할 만큼 세상으로부터 고립되어 있기도 하고 고립이 통증을 부르는 것 같기도 하다. 그를 세상과 연결해 주는 것은 오직 그가 쓰고 있는 글밖에 없다. 그러나 지금 그가 쓰고 있는 건 소설이 아니라 유서다. 경하가 살아 있다는 감각은 깨어 있을 때보다 잠들어 있을 때 더 강렬하다. 그가 가장 '깨어 있을 때'는 말 그대로 잠에서 '깨어났을 때'인 것이다. 다음의 인용은 꿈에서 깨어난 경하가 느끼는 고통, 즉 가장 살아 있을 때의 감각이다.

> 그때 왜 몸이 떨리기 시작했는지 모른다. 마치 울음을 터뜨리는 순간과 같은 떨림이었지만, 눈물 같은 건 흐르지도, 고이지도 않았다. 그걸 공포라고 부를 수 있을까? 불안이라고, 전율이라고, 돌연한 고통이라고? 아니, 그건 이가 부딪히도록 차가운 각성 같은 거였다. 보이지 않는 거대한 칼이 —사람의 힘으로 들어올릴 수도 없을 무거운 쇳날이 — 허공에 떠

> 서 내 몸을 겨누고 있는 것 같았다. 나는 그걸 마주 올려다보며 누워 있는 것 같았다.(11~12쪽)

규명할 수 없는 통증에 시달리는 경하와 달리 인선은 사고로 인해 손가락 두 개가 잘려 나가며 극심한 고통을 겪는다. 잘린 손가락을 그대로 두면 평생 통증에 시달려야 하지만 인위적으로 통증을 일으켜 신경을 자극하면 당장은 힘들지 몰라도 회복이 가능하다는 말에 고통과 대면하고 있는 인선. 다음의 인용문은 그런 인선이 처한 상황을 바라보며 경하가 품고 있는 생각을 보여 준다. 통증을 일으킴으로써 통증에서 벗어날 수 있다는 것은 경하의 몸이 처해 있는 통증과 비교해 대단히 가학적으로 보이지만 간병인의 말처럼 자신의 고통을 똑바로 응시하는 인선은 여기에서 벗어날 수 있을 것이다. 그렇게 생각하면 오히려 경하의 마주하지 않는 고통이야말로 당장은 아픔이 덜하지만 평생 그를 괴롭힐 환지통인 것만 같다.

> 저렇게 끔찍한 통증을 계속 일으켜야만 신경의 실이 이어지는 건가. 나는 납득할 수 없었다. 21세기 의술에, 저런 것 말고 방법이 없나. 시간을 다퉈 공항에서 가까운 곳을 찾다 너무 작은 병원에 온 것 아닌가.(50쪽)

몸은 육체적 고통이 발생하는 장소다. 우리가 몸을 가진 존재라는 것은 누구도 고통으로부터 자유로울 수 없음을 말하는 것이기도 하다. 정신은 쇠락하지 않지만 몸은 쇠락한다. 시간이 흐르면 시간이 흐르는 대로, 강한 힘이 스치고 지나면 스치고 지나가는 대로, 몸에는 반드시 빛과 그늘의 흔적이 남는다. 한계가 선명한 물질인 몸을 지니고 있다는 건 누구도 고통을 피할 수 없음을 의미한다. 몸을 가진 우리에게 고통을 선택할 권리는 없다. 꿈이 지배하는 경하도 그런 자신을 선택하지 않았고 스스로 통증을 일으켜야 하는 인선도 그런 자신을 선택하지 않았다. 그러나 고통을 선택할 수 없는 인간은 고통 앞에서 어떤 태도를 취할 것인지만은 선택할 수 있다. 경하의 몸이 꿈의 지배 아래 있다면 인선의 몸은 역사의 지배 아래 있다.

꿈과 역사

꿈도 기억이고 역사도 기억이다. 꿈이 개인에게 속한 정체불명의 기억이라면 역사는 시대에 속한 정체 그 자체의 이야기다. 소설은 경하가 꾸는 꿈에서부터 시작된다. 눈 내리는 벌판 위에 서 있는 경하의 눈에, 벌판에 심긴 수천 그루의 검은 통나무들은 누군가의 묘비처럼 보인다. 여기 묘지가 있었나, 하고 생각하는 사이 발아래로는 물이 차오르고, 경하는 무덤이 물에 쓸려 가기 전에 뼈들을 옮겨야 한다고 생각하다 잠에서 깬다. 꿈속에서의 장면들뿐 아니라 현실에서도 꿈이 미치는 영향은 적지 않다. 꿈이 기억의 한 축이라면 다른 축에는 역사라는 공동체의 기억이 있다. 꿈이 실재하지만 실제적이지 않다면 역사는 실제적이긴 하나 실재하진 않는다. 모두의 기억이란 누구의 기억도 아니기 때문이다. 『작별하지 않는다』는 꿈과 역사를 명징하게 대비시킨다. 꿈은 무의식의 기억이고 역사는 의식화된 기억이다. 꿈은 고통을 일으키지만 역사는 고통을 잠재운다.

> 그 꿈을 꾼 것은 2014년 여름, 내가 그 도시의 학살에 대한 책을 낸 지 두 달 가까이 지났을 때였다. 그후 4년의 시간이 흐르는 동안 나는 그 꿈의 의미를 의심하지 않았다. 그 도시에 대한 꿈만이 아니었을지도 모른다고, 빠르고 직관적이었던 그 결론은 내 오해였거나 너무 단순한 이해였는지도 모른다고 처음 생각한 것은 지난여름이었다.(11쪽)

도시의 학살에 대한 책을 낸 이후 알 수 없는 통증에 시달리는 경하는 꿈이라는 무의식을 통해 스스로도 인식할 수 없는 만남을 준비하고 있다. 한편 인선은 역사를 상징한다. 인선의 고향은 제주이고, 인선의 엄마는 제주 4·3 항쟁으로 인해 가족을 잃은 아픔을 갖고 있으며 그들을 찾을 수 없었음으로 인해 그 아픔은 계속되고 있다. 경하의 직업이 소설가이고 인선의 직업이 다큐멘터리 작가였다는 사실은 두 세계에 대한 비유로 작용한다. 소설가는 꿈이 나타나는 것처럼 무의식을 긁어 냄으로써 자신과 타인의 통증을 불러낸다. 반면 인선은 자신의 몸에 남겨져 있는 어른들의 증언과 자신이 간직하고 있는 기록들을 통해 고통을 인계받았다.

두 사람이 함께 '검은 나무 프로젝트'를 실시한다는 것, 잊고 있었던 그 일을 시작한다는 것은 꿈과 역사의 결합을 의미한다. 그 결합의 형태는 인선의 가족을 통해 전해 듣게 되는 피해자들의 증언이자 기억이다. 꿈도 역사도 아닌 기억들은 꿈인 동시에 역사인 기억이다. 하나의 기억에서 또 다른 기억으로 이어지며 점점 더 형태를 가지지만 고정되어 있지 않았으므로 한없이 가볍고 또 사라질 수도 있는 그런 기억이다. 어떤 기록보다 더 강한 기억일 수도 있고 어떤 꿈보다 더 허약한 기록일 수도 있는 것이다. 기억을 매개로 고통을 기억하는 인간에게 시작과 끝은 규명할 수 없는 기준이다. 나무의 시작과 끝을 결정할 수 없는 것과 마찬가지로 인간의 끝과 끝을 결정할 수 없다. 고통의 네트워크가 한 인간과 다른 인간을 연결하기 때문이다.

언더스토리의 관점에서 바라보는 인간의 시작과 끝은 탄생과 죽음으로 설명될 수 없다. 끔찍한 학살로 비참하게 죽었거나 실종되어 죽음조차 완료되지 않은 사람들. 그들은 "더 이상 인간 아닌" 존재이지만 "아직 인간인" 존재이기도 하다. 그들의 인간이거나 인간이지 않은 존재는 이후를 살아가고 있는 인선과 경하에게 연결되어 두 사람을 통해 이어지고 있다. 시작과 끝을 알 수 없는 채 서로 연결되는 존재인 나무를 심는 행위는 묘지처럼 누군가의 죽음을 기리는 행위이기만 한 건 아니다. 오히려 그들의 죽음과 살아 있는 이들의 목숨을 연결시킴으로써 계속되고 있는 시간을 상징한다고 보아야 한다. 다른 시공간을 살았던 이들과 연결된 존재로 살아가는 것이 역사적 인간이고 역사 속 인간이다.

눈송이 인간

눈의 이미지는 꿈과 역사가 결합된 환상적 사실이다. 작중 표현처럼 "하나의 눈송이가 태어나려면 극미세한 먼지나 재의 입자가 필요"하다. 그 먼지나 재의 입자가 눈송이의 핵이 되며, 결정은 낙하하며 만나는 다른 결정들과 계속해서 결속함으로써 눈송이가 된다. "수많은 결속으로 생겨난 가지들 사이의 텅 빈 공간 때문에 눈송이는 가볍다." 그 공간으로 소리를 빨아들여 가두어서 실제로 주변을 고요하게 만든다. 가지들이 무한한 방향으로 빛을 반사하기 때문에 어떤 색도 지니지 않고 희게 보인다. 먼지나 재와 같이 사소하고 하찮은, 한마디로 영속하기 힘든 물질이 중심이 되어 또 다른 사소한 존재들과 결합해 만들어 내는 텅 빈 공간이 주변 소리를 빨아들여 주변을 고요하게 만들고 바깥으로 빛을 반사한다. 눈송이는 패배한 인간들이 끝내 살아남아 거둔 고요한 승리의 형상이다.

서로가 연결되어 서로를 살게 하는 생태학적 단위로서 홀로바이언트는 한강 소설에서 눈송이 인간을 통해 구현된다. 아니, 한강 소설의 눈송이 존재론은 홀로바이언트라는 식물의 언어이자 생태학적 단위가 인간을 바라보고 인간 사회를 설명하기 위한 실질적이고도 철학적인 단위가 될 수 있는 가능성을 증명한다. 지금까지 한강이 편편의 작품을 통해 거듭해 온 역사적 인간의 존재 역시 '눈송이의 탄생'과 결부될 때 그 실존적 가치와 더불어 미학적 가치까지 획득한다고 볼 수 있다.

내게 잊을 수 없는 인상을 남긴 소설 속 장면이 있다. 버스를 함께 탔던 노인이 내린 뒤, 함박눈을 맞으며 허리를 굽힌 채 걷는 노인의 모습을 보고 '나'는 작별한 것처럼 마음이 흔들리는 것을 느낀다. 그의 말마따나 "혈육도 지인도" 아닌데 왜 이토록 마음이 흔들리는지 이해할 수 없다. 나는 이 흔들림의 순간에서 결정과 결정이 결속해 눈송이가 되는 것을 보았다. 한강에게 역사적 인간이란 혈육도 지인도 아닌 사람의 굽은 허리에서 그가 살아온 시간과 살아갈 시간을 상상하는 존재다. 수많은 결속으로 만든 텅 빈 공간, 이른바 눈송이의 구조는 공유하고 공존하기 위한 결속이자 타인의 넘치는 고통을 내 쪽으로 받아 삼키는 결합이며 싸워서 없애는 것이 아니라 나누어 가짐으로써 없애는 극복이다. 식물들이 자원을 배분하듯 인간은 고통을 배분한다. 무겁고 무거워 보이는 소설이지만 가볍고 가볍게 사랑을 말하는 소설. 아니다. 무게로 한강의 소설을 설명할 수는 없을 것 같다. 차라리 무거움과 가벼움이 자리를 바꾸는 소설이라 하자. 그리하여 역사의 자리를 바꾸는 소설이라고.

다시 만난 인간: 스키어, 운전자, 알레르기 환자

올가 토카르추크,
『죽은 이들의 뼈 위로
쟁기를 끌어라』

동물권, 채식, 페미니즘. 밀레니얼 세대를 이야기할 때 빠지지 않고 등장하는 단어들이다. 동물권에 대해, 채식 지향의 삶에 대해, 페미니즘에 대해 어떤 입장을 견지하느냐에 따라 우리는 구분되거나 결합된다. 치열한 이념 대립이 이즈음에서 이루어진다. 그중에서도 동물권은 가장 적게 이야기된 영역인 동시에 더딘 과정이 예상되는 대화의 영역이기도 하다. 인간 너머의 가치에 대한 생각이기 때문이다. 나 자신이 먹고 사는 문제가 아니라 어쩌면 완전한 타자의 세계에 드리운 그림자와 맞서야 하는 문제 앞에서 공통의 질문을 찾고 합의에 도달하는 길은 요원할 수밖에 없다. 그럼에도 동물권이 동시대의 중요한 쟁점이라는 데에는 이견이 없을 것 같다. 도래할 미래의 주인공이 인간은 아닐 거라는 가능성이 현실화하고 있다. 인간과 비인간, 특히 동물과 인간의 관계 설정에도 새로운 좌표가 요구되고 있다.

2018년 노벨문학상 수상작인 올가 토카르추크의 2009년 발표작 『죽은 이들의 뼈 위로 쟁기를 끌어라』[1]는 근래 읽은 소설 중 인간과 동물의 관계에 대한 인간 사회의 갈등을 가장 매력적으로 다룬 작품이다. 인간을 향한 동물의 복수를 암시하는 이야기라고 짧게 소개할 수도 있겠지만, 더 정확하게 말하자면 인간을 '인간적'이지 않은 방식으로 정립하는 소설이다. 소설이 '인간이란 무엇인가'에 대한 나름대로의 대답이라면 이 작품은 가장 물질적이고 하찮은 단위에서 인간을 정의한다. 화자인 '두셰이코 부인'은 인간을 스키어, 알레르기 환자, 운전자 세 그룹으로 나누는 것이 매우 적절하면서도 직설적인 방식이라고 생각하는 사람이다. 경사진 비탈길을 따라 활강하는 스키어들은 쾌락주의자들이고 운전자들은 자신의 손에 운명을 맡기는 사람들이다. 그리고 알레르기 환자들은, 항상 전쟁 중이다. 두셰이코 부인은 알레르기 환자다.

> 내 피부는 그 어떤 잎사귀나 구름으로도 막을 수 없는 잔인하고 거친 광선에 매우 예민한 반응을 보였다. 그럴 때면 피부가 벌겋게 변하고 가려움이 시작되었다. 해마다 초여름이

---

1 올가 토카르추크, 최성은 옮김, 『죽은 이들의 뼈 위로 쟁기를 끌어라』(민음사, 2021). 이하 본문 인용은 쪽수만 표시한다.

> 면 어김없이 가려운 물집이 돋아났다. 나는 디지오가 준 시큼한 우유와 화상연고를 발라 물집을 치료했다. 지난해에 구입한 모자, 챙이 넓고, 바람에 날아가는 것을 막기 위해 턱 밑에서 리본을 묶도록 되어 있는 그 모자를 옷장에서 꺼내야 했다.(201쪽)

스키어가 자연을 유희의 대상으로 활용하는 부류를 상징한다면 운전자는 자연을 극복하는 문명인으로서의 인간을 의미한다. 그렇다면 알레르기 환자는? 자연을 즐기지도 이겨 내지도 못하는 이들은 자연의 영향을 받는 유약한 '생명체' 혹은 자연에 속한 자연 그 자체로서의 인간을 보여 준다. 방점은 알레르기 환자에 찍혀 있다. 앞서 말했듯 이 소설은 인간을 물질적이고 하찮은 존재로 규정하니까. 그런데 두셰이코 부인에게는 알레르기 환자라는 사실 말고도 골치 아픈 증세가 하나 더 있다. 이따금, 실은 자주 규정할 수 없는 종류의 고통을 느낀다는 것이다. "구역질이 난다"고밖에 표현할 수 없는 불쾌한 고통이 한번 시작되면 며칠 동안 멈추지 않는다. 아픔을 피할 수 있는 방법은 없다. 약도 소용없다. 두셰이코 부인은 우울증 환자다.

> 강물은 흘러야 하고 불꽃은 타올라야 하듯이 아픔은 감내해야만 한다. 그것은 나라는 존재가 매 순간 소멸하는, 물질

> 적인 입자로 구성되어 있다는 사실을 짓궂게 상기시킨다. 언젠가는 이 고통에 익숙해질까? 과거에 있었던 일을 개의치 않고 아우슈비츠나 히로시마에서 살아가는 사람들처럼, 이 아픔과 더불어 살아갈 수 있을까?(97쪽)

그런데 자신을 "고통이 빚어낸 유령"이라고 말하는 그녀에게 진짜 골치 아픈 증세는 따로 있다. 빈번하게 흐르는 눈물이다. 물론 눈물이 나쁜 것만은 아니다. 양껏 흘러내린 눈물이 부인의 눈을 씻어 시력을 밝게 해 준다는 느낌을 주는 것도 사실이다. 부인 스스로 건조한 눈을 가진 사람들보다 자신이 더 많은 걸 볼 수 있다고 생각하는 것도 눈물 때문이다. 눈물을 잘 흘리는 부인이 다른 사람들보다 더 잘 보는 것은 동물이다. 그녀는 자꾸 동물에 대해 이야기한다. 사실 그녀는 동물에 대해서만 이야기한다. 동물에 대한 그녀의 집중력은 공감하거나 이입하는 수준에서 그치지 않는다. 마을에 미스터리한 살인 사건이 벌어지자 그녀는 용의자로 동물을 가리킨다. 나아가 이 사건이 인간을 향한 동물의 복수라고 주장한다. 당연히 그녀의 의견에 귀 기울이는 사람은 없다. 이웃의 눈에 그녀는 헛소리하는 미친 여자일 뿐이다. 동물의 마음을 자신의 마음처럼 느끼는 우울하고 미친 노파.

소설이 우울의 정조를 짙게 깔고 있다면 이때의 우울은 두셰이코의 멜랑콜리한 성정에서 기인한다. 부인은 고통과 함께 살아가기에, 다른 사람들이 느끼지 못하는 진실을 훨씬 예민하게 감각한다. 그러니까 토카르추크의 생태주의적 소설은 일단 두셰이코라는 희한한 인물을 구축하는 데 상당한 공을 들인다. 살인 사건은 그다음 문제다. 그 결과 두셰이코는 간혹 인간을 넘어서는 존재처럼 보이기도 한다. "우리에겐 세상을 느끼는 관점이 있지만 동물들에게는 세상을 느끼는 감각"이 있다는 그녀의 말마따나 그녀는 관점과 감각이 총동원된 초인간적 캐릭터다. 스키어와 운전자, 그리고 알레르기 환자로 인간을 구분하는 이 소설은 자연을 즐기거나 극복하는 존재로서의 인간이 아니라 자연을 예민하게 감각하고 자연으로부터 영향 받는 존재를 만들어 냈다. '환자'라 쓰고 '예언가'로 읽어야 할 것 같은 한 사람의 탄생.

세상을 바꾸는 것은 정보가 아니라 신념이다. 알아서 행동하는 것이 아니라 믿기에 행동한다. 기후변화를 비롯해 환경에 대한 이야기를 할 때 가장 많이 나누게 되는 이야기도 그런 것이다. 알면서 행동하지 않는 사람들의 마음은 무얼까? 아는 사람이 아니라 느끼는 사람이 필요하다. 지식이 아니라 감정이 필요하다. 두셰이코라는 인물을 경험한다는 것은 그의 감각을 경험하는 것이다. 비참하게 죽어 가는 동물과 그들이 사냥꾼을 향해 가할 수 있는, 혹은 가질 수밖에 없는 적의의 마음을 경험하는 것이다. 자연과 교감하는 정도가 남다른 두셰이코는 모든 억울한 죽음은 만천하에 공개되어야 한다고 생각하는 사람이다. 곤충의 죽음이 인간의 죽음과 다르지 않다고 믿는 사람이다. 그 믿음에 예외는 없다.

파편적인 이야기들로 이루어진 토카르추크의 소설은 흔히 '별자리 소설'로 불린다. 흩어진 이야기를 엮으며 독해하게 만드는 특유의 구조가 떨어진 별들을 연결해 하나의 이야기를 만드는 별자리 탄생 방식과 비슷하다는 의미일 테다. 하지만 이 소설에서만큼은 말 그대로 별자리를 의미한다. 이론과 가설이라는 단어가 빈번하게 등장하는 것에 비해 두셰이코에게서 비롯되는 말들은 다소 신비스럽다. 마을에 나타난 연쇄살인 사건에 대해 이야기해 보자면, 두셰이코는 경찰이 도착하기 전 사망자들의 시신을 목격한 유일한 증인이다. 그는 고인들이 살인 사건의 희생 제물이라는 데 확신을 갖고 있다. 첫 번째 이유는 사건이 일어날 때마다 범죄 현장에 동물들이 있었다는 것. 두 번째 이유는 희생자들의 코스모그램, 즉 천궁도를 통해 가능한 모든 특이 사항들을 조사해 본 결과 희생자들이 모두 동물들로부터 치명적인 공격을 받아 죽음에 이르렀을 가능성이 발견되었다는 것이다. 우리의 주목을 요하는 부분은 두 번째 이유다. 두셰이코는 점성학 애호가다.

누군가에게 그녀가 "외진 산구석에 거주하는 괴상한 노파"처럼 보이는 결정적 이유는 그녀가 동물을 너무 좋아해서만은 아니다. 별자리에 심취한 것을 넘어 그것으로 과거와 현재, 그리고 미래를 판단하기 때문이기도 하다. 별자리가 얼마나 영험한지에 대한 이야기로 넘어가 주기를 기대하는 독자에게는 미안한 일이지만 나는 점성학에 대해 말할 수 있는 지식이 없고 점성학의 과학적 진실을 논하는 것이 이 소설을 이해하는 데 그리 중요한 것도 아닐 것이다. 중요한 것은 점성학이 세계를 바라보는 관점이다. 점성학의 세계에서는 인간을 포함한 어떤 사물도 개별적으로 존재할 수 없다. 행성의 배치에 따라 인간의 운명이 흘러간다고 바라보는 점성학은 인간을 동물과 비교해 더 우월한 존재로 보는 관점에 반한다. 살인사건의 범인이 누구인지를 밝히는 일보다 동물의 감정을 상상하고 동물의 관점에서 이야기하며 동물과 연대하는 두셰이코는 우리에게 동물의 감각을 체험할 수 있는 시간을 제공한다. 여기에서 이야기할 수는 없지만, 소설의 반전도 범인이 밝히는 것이 아니라 두셰이코의 '비인간적' 감각에서 비롯된다.

따라서 소설 곳곳에서 윌리엄 블레이크의 시를 만나게 되는 것은 차라리 자연스러운 일이다. 18세기 영국 시인 윌리엄 블레이크는 산업혁명 이후 영국의 물질적 타락을 비판한 대표적인 생태주의 예술가다. 소설의 한 축에 인간을 향한 동물의 복수를 주장하는 두셰이코가 있다면 다른 한 축에는 윌리엄 블레이크의 시를 번역하는 두셰이코가 있다. 블레이크의 시를 번역하는 상황 이외에도 소설이 시작할 때 그의 시가 삽입되어 있다. 「순수의 전조」나 「지옥의 격언」 일부는 그의 소설이 지닌 방향을 미리 제시해 주는 역할을 한다. 토카르추크의 소설을 읽는 내내 "인식의 문이 깨끗이 닦이면 모든 것이 무한히 드러난다."라는 블레이크의 시구절을 생각했다. 인식의 문이 닦이면 모든 것이, 그러니까 인간이 동물에게 행하는 가학적인 폭력들이 무한히 드러난다. 이 소설이 바로 그 인식의 문이다. 인간보다 약한 존재들과 연대하기 위해 점성학의 시점으로 인간을 바라보고 시적 언어로 인간을 노래하는 어느 고독하고 우울한 노인의 예언서. 혹은 미래가 궁금한 '오늘'을 위해 펼쳐진 점괘. 믿을지 말지 고민할 시간이 없다. 신념이 능력을 대체하는 시대가 오고 있다.

새벽 4시의 모호함

이장욱,
『에이프릴 마치의 사랑』

라 팔리스와 돈키호테

『시지프 신화』에서 알베르 카뮈는 모든 근본적인 문제들에 대해 생각하는 방식이 두 가지뿐이라고 말한다. 라 팔리스의 사고방식과 돈키호테의 사고방식이다. 프랑스 귀족이며 군인이었던 라 팔리스의 묘비명을 오독한[1] 말인 '라 팔리스의 진실'은 "슬프도다, 그가 죽지 않았다면 그는 여전히 살아 있었을 텐데."라는 묘비명에서 비롯되었다. 이 구절은 후에 "죽기 십오 분 전에 그는 아직 살아 있었네."와 같은 풍자 노래의 가사에 영향을 주며 선명한 진실을 의미하는 대명사가 되었

1 원문은 "이곳에 라 팔리스 영주가 누웠다. 만약 그가 죽지 않았다면, 그는 여전히 부러움을 받았을 것이다."이다.

다. 돈키호테의 진실은 감정적 고양을 의미한다. 한가할 때마다 기사 소설을 읽는 것도 모자라 논밭까지 팔아 가며 몰두한 나머지 현실감각을 상실해 버린 주인공이 스스로를 라만차의 기사 돈키호테라 부르며 모험을 떠나는 여정. 소설을 읽지 않은 사람이라도 풍차를 보고 거인이라 말하며 달려드는 우스꽝스러운 모습만은 모를 수가 없다. 이성을 상실한 것처럼 보이는 그가 떠나는 모험 역시 주관적 진실을 의미하는 대명사가 되었기 때문이다. 그의 여정은 사실을 믿는 것이 아니라 믿는 것이 사실이 되는 세계, 객관적으로 실재하는 세계가 아니라 개인의 실재하는 감각만이 인식 가능한 진실일 수 있는 자기만의 세계에서 지속된다. 카뮈는 라 팔리스적 사고방식과 돈키호테의 사고방식이 균형을 이룰 때 감동받는 동시에 이해할 수 있다고 생각했다.

카뮈의 생각은 그의 소설에서 보다 분명하게 가시화한다. 두 세계를 뒤섞어 보이는 그는 자신이 속해 있는 세상을 '정확히' 그리기 위해 감정적 고양이 이룩한 세계의 언어를 자명한 진실의 언어와 충돌시킨다. "자명함이라는 단 하나의 빛"으로 부조리를 추론해 가는 그의 에세이처럼 오직 낮의 시간만 의식하고 있는 『이방인』이 대표적이다. 『이방인』에 밤이라는 배경이 쓰이지 않았다는 사실은 낮이 밤과 대립하는 상징적 소재로 설정되어 있다는 것을 방증한다. '낮의 소설'로서 『이방인』은 인간 의식에 깃든 습관적이고 불합리한 행동들을 배척하는 뫼르소의 행동을 통해 맹목적 관습의 실체를 드러낸다. 어둠에 가려져 있던 진실을 한낮의 태양 아래 노출시킨다. 2부에서 맹렬하게 다루어진 법정 논쟁은 뫼르소가 이방인이 된 이유가 습관적 세계로부터 떨어졌기 때문이라는 사실을 선명하게 환기한다. “환상과 빛을 박탈당한 세계에서 인간은 자신을 이방인으로 느낀다. 이 낯선 세계로의 유배에는 구원이 없다. 그에게는 잃어버린 고향의 추억도 약속된 땅의 희망도 다 빼앗기고 없기 때문이다.”[2] 부조리를 인식한다는 것은 이 세계의 이방인이 된다는 것이다. 낮의 언어와 밤의 언어가 부딪치는 2부의 궁극적 목적은 세계의 부조리를 드러내는 데에 있다. 근본적인 문제에 대해 생각하는 두 방식으로서 라 팔리스적 방식과 돈키호테적 방식의 결합은 부조리의 본질을 재현하는 데에 목적이 있다. 세계의 부조리함에 대한 간파는 모든 현대소설의 출발점이거나 종착점이다.

불가해함과 모호함의 왕좌에는 카프카가 있다. “카프카의 비밀은 바로 근원적인 모호성에 있다. 자연스러움과 기이함, 개인적인 것과 보편적인 것, 비극적인 것과 일상적인 것, 부조리와 논리 사이에서의 항구적인 흔들림이 그의 전 작품을 통해 나타나며 그의 작품에 특유의 울림과 의미를 부여한다.”[3] 어느

2 알베르 카뮈, 김화영 옮김, 『시지프 신화』(민음사, 2016), 19쪽.

3 같은 책, 192쪽.

날 갑자기 벌레가 된 몸으로 잠에서 깬 그레고르 잠자의 변신보다 더 공포스러운 건 해충이 된 잠자의 모습에 경악하고 슬퍼하다 얼마 지나지 않아 그의 흔적을 없애는 데 적극적인 모습을 보이는 가족들의 변심이다. 변한 것이 잠자의 몸일까 가족의 마음일까. 해충으로의 변신이 비현실적 상황에서 현실적 상황으로 옮겨 갈수록 그를 배제하는 가족의 행동과 태도는 현실적 상황에서 비현실적 상황으로 옮겨 간다. 기이한 상황은 자연스러워지고 비극적 순간은 평범한 일상이 되자 모든 것은 모호해진다. 진실은 모호하며 모호함만이 진실을 입증한다는 듯이. 라 팔리스의 진실과 돈키호테의 진실 사이에서 작가들은 저마다 품고 있는 진실의 채도로 독창적 모호함에 도전한다. 이 도전은 현대소설에 주어진 숙명이기도 하다.

이장욱 소설의 모호함은 새벽 4시의 모호함이다. 누군가에게 이 시간은 동트기 전 어둠이 가장 짙은 시간일 수도 있겠다. 선명한 암흑의 시간. 그러나 이장욱 소설에서 새벽 4시는 지난 하루의 끝과 다른 하루의 시작이 공존하는 "흐릿한 시간"이다. "흐릿한 시간"의 주인은 인간이 아니거나 인간적인 것이 아니다. "일찍 일어나는 사람이라도 그 시간에 일어나기는 쉽지 않고, 늦게 잠드는 사람이라도 그 시간까지 깨어 있는 경우는 많지 않다. 인기척이 희박한 시간. 인간의 시간이라고는 할 수 없는 시간. 고양이라든가 벌레라든가 나뭇잎들의 시간.” 무엇보다 대부분의 사람이 이 시간에는 깨어 있지 않다. 잠을 자거나 잠을 자면서 꿈을 꾼다. 깨어나면 사라질 꿈일 수도 있고 깨어난 이후에도 현실처럼 이어지는 꿈일 수도 있다. 이를테면 「스텔라를 타는 구남과 여」에 등장하는 구남과 ‘나’는 동거 중인 연인이다. 두 사람 사이에는 사소한 문제가 있다. 구남은 현실을 반영한 잠꼬대를 하고 ‘나’는 눈을 뜬 채 잔다는 사실이다. ‘나’는 잠들어 있지만 깨어 있는 것처럼 보이고 구남은 자는 것처럼 보이지만 깨어 있는 것과 다를 바 없다. 수면의 표층과 심층이 불일치하는 이들의 모호한 잠은 두 사람 사이에 잠복되어 있던 심리적 갈등이 드러나도록 촉발시킨다. 모호함은 작품과 작품을 오가며 변주된다. 「복화술사」에서는 ‘나’의 말과 아버지의 말이 뒤섞이며 말의 주인이 사라진다. 「행자가 사라졌다」에서는 행방이 묘연해진 애완 도마뱀 ‘행자’의 이름이 할머니의 이름과 동일하다는 것이 밝혀지며 앞서 쌓아 올린 이야기의 본체가 흔들린다. 『에이프릴 마치의 사랑』에 수록된 소설들은 모두 다른 길을 통해 흐릿함, 혹은 모호함이라는 공통된 지점으로 모인다.

작가와 독자, 소설과 현실

가장 먼저 흐려지는 존재는 작가다. 표제작이기도 한 「에이프릴 마치의 사랑」의 화자는 시인이다. 어느 날 그는 자신의 시를 포스팅해 놓은 블로그 ‘에이프릴 마치의 사랑’을 발견한다. 그런데 블로그에 포스팅된 시는 자신이 잡지에 발표한 작품과 한두 글자가 다르다. 그러다 점점 그 다름의 정도가 심해지는데, 단순한 오타나 누락 정도로 생각했던 그는 원본과의 차이가 커지고 그 차이가 우연한 실수가 아니라 의도적 변용이란 사실을 확신하며 당혹감에 휩싸인다. 그러나 이런 괴이한 마음에도 불구하고 점점 더 그 블로그에 탐닉하게 되는 '나'는 급기야 자신이 쓰지 않은 작품이 자신의 이름으로 발표된 글처럼 포스팅된 것을 목격하는데, 이때 '나'의 마음은 스스로도 이해할 수 없는 욕망을 품게 된다. 그 시는 너무나도 '나'다웠으며 그 시보다 더 잘 쓸 자신이 그에게는 없다는 것이다. 그의 시를 훔치고 싶어진 '나'는 마침내 어디에도 발표된 적 없는 그 시를 발표한다. 그는 결국 그의 시를 훔친 것이다. 그러나 그가 훔친 것은 그의 시이므로 그는 무엇도 훔치지 않은 아이러니한 결과. 시의 주인은 누구일까.

보르헤스의 단편소설 「허버트 퀘인의 작품에 관한 연구」에 등장하는 가상의 단편소설 제목이 '에이프릴 마치'라는 사실은 이장욱의 소설을 이해하는 힌트가 되어 준다. 여기에서 '에이프릴 마치(April March)'는 '4월의 행진'이 아니라 '4월 3월'을 의미한다. "역행하고 그물눈처럼 갈라지는" 소설이라는 표현이 가리키는 것처럼 이 소설에서 시간은 종종 역행하는 구조로 쓰였다. 그러나 시간의 역행보다는 갈라지는 그물눈에 더 주목할 필요가 있는데, 소설 '에이프릴 마치'를 쓴 소설가

허버트 퀘인은 "잠재적이든 실제적이든, 작가가 아닌 유럽 사람은 단 한 명도 없"다고 말하며 "독자란 이미 멸종된 종족"이라는 주장을 펼치기 때문이다. 이는 "허영심에 눈이 먼 독자"가 "자신이 그 이야기들을 창작했다고 믿는" 근거가 된다. 이장욱의 소설 「에이프릴 마치의 사랑」은 작가와 독자가 애초에 점하고 있던 자신의 자리에서 멀어지다 급기야 작가로서의 독자, 독자로서의 작가에 도착하며 독자와 작가를 정의하던 경계를 무화시킨다. 독자와 저자를 구분해 주는 장치가 작동하지 않는 뒤섞인 상황은 하루가 멀다 하고 독자의 블로그를 들어가는 작가와 작가의 이름을 빌려 작품을 창작하는 독자의 뒤바뀐 정체를 통해 모두가 작가라는 퀘인의 주장에 힘을 보탠다.

이 소설집에서 글 쓰는 사람이 화자로 등장하는 또 다른 작품은 「눈먼 윌리 맥텔」이다. 40대 후반에 베스트셀러 소설을 출간한 이력이 작가로서의 거의 모든 경력이라 할 수 있는 김은 '스티븐 더덜러스가 어느 날 문득 새로운 아침을 맞이한 날의 이야기'라는 장황한 제목의 단편소설을 발표한 후 몇 년 동안 신작을 발표하지 못하고 있는 "전직 소설가"다. 그에게 소설가는 직업이라기보다는 삶을 대하는 태도에 가깝다. 말하자면 "삼인칭의 힘"인데, 그는 자신이 느끼는 불안, 고통, 외로움 등의 감정을 자신으로부터 떼어 놓고 어떤 사물, 어떤 대상의 것이라고 생각한다. 힘든 하루를 보낸 날 "그는 오늘 힘겨운 하루를 보냈다."라고 생각하는 것이 나는 오늘 힘겨운 하루를 보냈다고 생각하는 것보다 수월하다는 식이다. 삼인칭의 힘으로 그는 중고등학교라는 정글을 통과했다는 데 모종의 자부심도 있는 것 같다. 이는 현실에 존재하는 자신을 작품 속 인물로 만든 다음 실제의 감정을 허구적 감정으로 픽션화하는 것으로, 자기기만과도 다르고 자기소외와도 다른 차원으로 거리감에 의지해 자신으로부터 도피한다. 삼인칭의 힘은 모르는 힘이다.

그의 작품 중 유일하게, 그리고 미스터리하게 베스트셀러에 올랐던 적 있는 소설 「눈먼 윌리 맥텔」은 눈먼 윌리가 점차 외부 세계를 구분하는 감각을 잃어 가는 이야기다. 주인공은 손가락의 감각과 기타의 감각을 구분하지 못할 뿐 아니라 기타 소리와 자신의 목소리가 뒤섞이는 느낌마저 받는다. 김이 자신의 감정을 외면함으로써 감정으로부터 도피한다면 윌리 맥텔은 감각을 상실함으로써 감각을 구분하지 못한다. 암 진단 이후 요양차 머물고 있는 서해의 한 호텔 화장실 세면대에서 김은 초당 1밀리미터, 시속 3미터의 속도로 움직이는 벌레를 발견하고 죽인다. 다음 날 같은 위치에서 같은 속도로 움직이는 벌레가 발견되자 그 벌레가 어제 죽은 벌레일 것만 같은 이상한 확신에 찬 김은 그 벌레 역시 죽인다. 잠에서 깬 김은 자신이 죽인 벌레가 그의 침대 뒤에서 벌레 인간으로 변해 있는 모습을 발견한다. 김은 "다른 세계에서 온 신호"를 느낀다.

김의 "삼인칭"이 허구적 진실이라면 눈먼 윌리 맥텔의 감각은 진실된 허구이며 벌레 인간은 상상적 현실이다. 「에이프릴 마치의 사랑」이 작가와 독자 사이의 모호함을 통해 재현하는 주체를 뒤섞는다면 「눈먼 윌리 맥텔」은 소설과 현실 사이의 모호함을 통해 재현되는 세계의 위계를 뒤섞는다.

가면과 얼굴

이 소설집에는 작가가 작품에 대해 언급하는 짧은 글이 덧붙여져 있다. 그 글에서 작가는 특별히 「크리스마스 캐럴」에 대해 언급한다. 소설이 끝나는 순간 여기에서 시작하는 소설을 써야겠다고 생각했다는 것이 그것이다. 이 단편은 확장된 장편소설의 일부가 될 것이다. 그러나 나는 「크리스마스 캐럴」이야말로 이장욱의 소설집 『에이프릴 마치의 사랑』을 대표하는 단 한 편의 소설이라고 생각한다. 크리스마스이브에 걸려 온 전화 속 목소리는 자신을 아내의 옛 남친이라고 소개한다. 그는 자신이 곧 자살할지도 모른다며 '나'를 만나야겠다고 고집부린다. 컨설팅 업계의 총아이며 어느 모로 봐도 남부러울 것 없는 '나'는 어쩐 일인지 불쾌하기만 할 통화에서 무모하고 치기 어린 남자에 대한 묘한 끌림을 느낀 나머지 그를 만나러 나간다. 자신이 다니던 모교 앞 주점에서 만난 두 사람은 대화를 주고받지만 '나'는 그에게서 면접할 때마다 숱하게 봐 온 취업 지망생들의 선부른 얼굴을 볼 뿐이다. 그때 주점 안으로 들어와 '나'의 시선을 끄는 또 한 사람이 있다. 손님들에게 껌을 파는, 일견 노숙자처럼 보이는 여든을 훌쩍 넘은 듯한 노인이다. '나'는 어쩐 일인지 노인의 얼굴이 낯익다. 사실 낯이 익은 건 노인뿐만이 아니다. 자신에게 전화를 걸어 아내의 옛 남친이라 밝힌, 지금 눈앞에 있는 청년도 어딘가 익숙하긴 마찬가지다. "자네는 젊은 양반 얘기를 잘 들으시게." 노인의 의미심장한 말은 이들 세 사람이 한 사람의 과거와 현재, 그리고 미래일지도 모른다는 암시를 남긴다. 한 사람의 일생이라고 볼 수 있는 근거가 희박한 이들의 얼굴이 뒤섞이자 '나'의 현재는 과거과 미래 사이 모호한 하나의 시간으로 재정립된다.

> 진짜 얼굴이 아니라 가면을 쓰고 살아가는 것. 그게 인생의 본질에 좀 더 가깝다는 걸 알아야 한다. 가면을 벗고 살아가자고 떠드는 자들은 아직 인생을 이해하지 못한 애송이들일 뿐이다. 가면을 벗으면 거기 있는 것은 진실이나 진심 같은 게 아니라, 붉은 피로 물든 살갗이다. 피와 모세혈관과 꿈틀거리는 힘줄로 가득한 '진짜 얼굴' 말이다. 아무도 그런 얼굴로는 살아갈 수 없다.[4]

---

4 이장욱, 「크리스마스 캐럴」, 『에이프릴 마치의 사랑』(문학동네, 2019), 135쪽.

극중 '나'는 진짜 얼굴 따위는 없다고 주장한다. 가면을 벗은 자리에 드러나는 것은 진짜 얼굴이 아니라 살갗과 모세혈관과 꿈틀거리는 힘줄이라고. 살갗도 모세혈관도 힘줄도 누군가의 얼굴이 될 수는 없다. 누구도 그 피하적 세계에서 타인을 구분할 수는 없기 때문이다. 구분할 수 없다면 의미도 찾을 수 없으며 의미 없는 세계에서 진짜와 가짜를 구분하는 것은 무용하다. 그러나 크리스마스이브의 경험은 '나'에게 일말의 자극을 주었음이 분명하다. 가면을 들춰내도 진짜 얼굴이 없다는 그의 말은 틀렸다. 가면은 깊이의 문제가 아니라 시간의 문제이기 때문이다. 어떤 가면도 한 사람의 얼굴을 독점할 수 없다. 인간의 얼굴은 수많은 가면이 잠깐 머물렀다 가는 정거장일 뿐. 모든 가면이 다 진짜 얼굴이지만 어떤 가면도 영원한 얼굴일 수 없다.

작가와 독자 사이의 모호함과 소설과 현실 사이의 모호함을 통해 발견하는 진실은 수많은 가면을 쓰고 살아가는 존재로서의 인간에 도달하며 인생에 대한 통찰을 제시한다. 부조리로서의 세계를 드러내기 위해 모호함이라는 방법으로 기존의 세상을 흐리게 만든 앞선 작가들과 달리 이장욱의 모호함은 새벽 4시, 인적이 드문 "희미한 시간"의 감각으로 인간이 지닌 복수의 가면들을 얼굴 위에 띄운다. 새벽 4시는 인간의 시간이 아니다. 과거와 미래가 현재를 만나러 오는 이 불가해한 시간에 인간은 오직 얼굴을 내줄 수 있을 뿐이다. 어떤 가면이 잠시 머무르다 갈 것인지 우리는 영원히 알 수 없다. 가면 밑에는 아무것도 없다. 가면과 가면, 그리고 또 다른 가면의 연쇄만이 우리가 누구인지 알려 주는 유일한 단서인 것이다.

인간의 천국, 인간의 지옥

허연론

현대적 분열

어떤 시는 주문(呪文)처럼 온다. 이해받는 대상이 아니라 압도하는 주체에 가까운 시를 읽을 때 내가 할 수 있는 일은 항복밖에 없다. 완전한 지배를 허락하는 것만이 주문 같은 시를 독해하는 완벽하고 또 유일한 태도임을 아는 까닭이다. 이런 고백을 하는 것, 그러니까 모종의 시 앞에서 평가의 의무를 저버리고 그 안으로 들어가 스스로 낮아질 수밖에 없었던 경험을 털어놓는 것이 순순히 발생하는 사건일 수는 없다. 속수무책으로 이끌리는 한 편의 시를 만난다는 건 우주를 만나는 일에 비견할 만하다. 시가 불러일으키는 혼란과 모순, 그로 인해 발생하는 충돌과 결합. 지난한 과정을 지나 시와의 관계가 정립되었을 때, 그리고 시와 나의 관계가 나라는 개인을 넘어

한 시대이자 한 세기의 지성과의 관계로 확장된다는 확신이 들었을 때, 비로소 환희에 찬 패배가 가능해진다. 허연의 시는 주문처럼 와서 강물처럼 휩쓸어 간다.

가끔씩 그리워 심장에 손을 얹으면 그 심장은 이미 없지.
이제 다른 심장으로 살아야 하지.

이제 그리워하지 않겠다고
담담하게 이야기하면
공기도 우리를 나누었지.
시간이 날린 화살이 멈추고 비로소
기억이 하나씩 둘씩 석관 속으로 걸어 들어가면
뚜껑이 닫히고 일련번호가 주어지고
계단 위로 올라가 이별이 됐지.[1]

죽음과 그리움의 이미지로 존재의 사라짐에 대해 '노래'하고 있는 이 시는 낯선 단어나 이미지를 단 한 번도 사용하지 않으면서도 슬픔의 본질을 고유한 질감으로 전달한다. 인간이 경험하는 사라짐과 그로 인해 겪게 되는 슬픔이란 절대적 시련임에 틀림없지만, 한편으로 그것은 익숙해지고 마는 생

---

1 허연, 「슬픈 버릇」 부분, 『당신은 언제 노래가 되지』(문학과지성사, 2020).

활의 일부이기도 하다. 죽음은 심장의 부재를 의미하지만 그 부재는 살아 있는 사람을 죽게 할 만큼의 부재는 아니어서 삶은 계속되고 마는 것이다. 하나의 심장을 상실한 뒤에도 다른 심장으로 살아갈 수 있는 존재. 반복을 통해 가벼움을 얻고 가벼움이 곧 습관이 되면 시련의 고통도 완화된다. 「슬픈 버릇」은 반복됨으로써 절대적 고통마저도 견딜 만한 생활이 되어버리는 친밀한 지옥을 그린다. 그렇다면 그 지옥은 차라리 천국이 아닐까. 인간의 지옥에는 천국이 있고, 인간의 천국에는 지옥이 있다. 두 세계가 공존하는 것이 허연의 '인간'이다. 그리고 공존은 분열의 형태로 존재한다. 허연을 읽으며 만나는 슬픔은 분열된 인간을 관조하는 데에서 오는 슬픔이다. 분열을 관통당했으므로 이해하기 전에 압도되고 읽기 전에 읽혔던 것이다.

'현대'라는 이름의 종교가 있다면 '말씀' 첫 번째 문장은 다음과 같을 것이다. 자아를 구분하라. '분열의 관리'는 지속 가능한 삶을 위한 이 시대의 율법이다. 자아의 분열은 현대인의 병증을 거쳐 이제는 현대인을 정의하는 본질이 된 것만 같다. 분열은 현대의 난제이며, 그런 점에서 현대문학의 역사는 자아분열의 역사이기도 한 것이다. 아서 밀러의 희곡 『세일즈맨의 죽음』은 청춘을 다 바쳐 일했지만 더 이상 유효한 자본으로 인정받지 못하는 남자가 궁지에 몰리며 현재와 과거, 현실과 이상 사이에서 분열하고 왜곡되다 급기야 파국에 이르는 과정을 보여 준다. 이탈로 칼비노의 소설 『반쪼가리 자작』에는 참전 중 대포에 의한 부상을 입어 선한 부분과 악한 부분 둘로 나뉜 자작이 등장한다. 자작은 분열되고 소외된 채 자신과 불화하는 현대인의 초상을 상징한다. 헤르만 헤세의 『유리알 유희』가 문학사의 한 정점이자 헤세 문학의 절정일 수 있었던 이유는 분열이 꿈꾸는 유토피아를 건설했기 때문일 것이다.

> 말로 꺼내지 못한 신념들이 타 들어가던 시간. 봄날은커녕 이것도 저것도 아니었던 시간. 남지도 사라지지도 못한 내 탓이라고 치자. 하여튼 타인은 내게 어울리지 않는 계급이다.[2]

현대인의 분열은 유리의 이미지를 가졌다. 안과 밖을 다 볼 수 있지만 어느 쪽으로도 귀속되지 못하는 데에서 비롯되는 고통이라면 유리, 그래, 유리가 적당하겠다. 유리의 발명이 획기적이었던 건 안에서도 밖을 볼 수 있고 밖에서도 안을 볼 수 있는 전체의 시선을 현실화했기 때문이다. 그것은 인간의 시점이 아니다. 신만이 다 볼 수 있기 때문이다. 그러나 다 볼 수 있다는 건 불행에 더 가깝다. 현대인의 고독을 표현한 작가 데이비드 호퍼의 그림은 종종 투명한 유리창을 통해 등장인

---

2 허연, 「좌표평면」 부분, 『내가 원하는 천사』(문학과지성사, 2012).

물의 내면을 포착한다. 창밖을 바라보는 인물이나 창밖에서 안을 들여다보는 인물들이 등장할 때마다 화면 밖에 관람자들에게 보이는 것은 어디에도 없는 그들이다. 여기에서 저기를 보고 저기에서 여기를 보는 불일치에서 비롯되는 '전부'는 현대적인 분열의 한 장면에 가깝다.

허연의 시에서 만나게 되는 화자들은 '현대적으로' 아프다. 그들은 분열을 관리하지 못하는 패배자다. 시대가 요구하는 분열을 받아들이고 내면화함으로써 시간과 장소에 따라 다른 '나'로 살아야 하는 생존 전략을 이행하지 못한 채 이쪽과 저쪽을, 안과 밖을, 아래와 위를, 자아와 타자를 끌어안고 산다. 끌어안은 채 들끓는다. 그러므로 버리지도 취하지도 못한 채 모두 다 보는 형벌을 받게 된 이들의 좌표평면이란 사실상 존재하지 않거나 일순간 존재한다 해도 포착될 수 없다. 하나의 점으로 멈춰 있을 수 없기 때문이다. 모두 다 보는 벌을 받은 존재는 누구에게도 보이지 않는다.

리듬과 무반주

현대적 감수성의 심장을 관통하는 허연의 시는 이제 이 시대를 지배하는 감수성 그 자체가 되었다. 분열의 정서는 허연의 시에서 극단의 대비를 통해 드러난다. 신비롭지만 건조하고 건조하지만 신비로운 그의 시를 일컬어 혹자는 니힐리즘과 하드보일드를 겹친 이름으로 부르기도 하고 성과 속의 공존으로 분석하기도 한다. 부르는 말이 무엇이든 그 모든 호명에는 공통점이 있다. 극단의 세계가 맞닿아 있는, 허연 식으로 말하자면 "모호해서 경이로운" 상태를 포함한다는 것이다. 건조하다는 감각은 그의 시가 현실, 즉 리얼리티의 땅 위에 서 있는 몸의 세계를 반영하고 있음을 의미한다. 하드보일드나 속(俗)이라는 말이 가리키는 것이 이와 다르지 않다. 한편 신비하다는 감각은 그의 시가 현실을 초월하는 "신의 시간"이자 "가시의 시간", 혹은 "나의 몽유도원"에 속해 있음을 의미하는데, 그것은 현실과 구분되는 천상의 시간이자 불면의 밤을 장악하는 영혼의 시간인 동시에 도달할 수 없는 이상적 시간을 뜻하기도 한다. 니힐이나 성(聖)이라는 말로 대체할 수도 있을 것이다.

> 여름의 리듬에 동조하지 못했던 나는 이 여름의 복판이 한없이 궁금했다. 혼잣말도 리듬을 타고 돌아왔다. 내가 뱉은 말은 어디론가 흘러갔다가 리듬을 얻어 돌아오곤 했다. 나는 그 시절 내내 리듬에 시달리고 있었다.[3]

허연의 시가 운동하는 방식은 일관된 세계관을 공유한다. 두 개의 상반된 세계가 서로를 의지하고 반목하며 그보다 더

3 허연, 「건기 1」 부분, 앞의 책.

큰 세계를 그려 가는 변증법이 그것이다. 상반된 세계의 한 쪽에는 "리듬에 시달리"는 노래의 시가 있다. 리듬이 형성되기 위해서는 주기가 반복되는 가운데 형성되는 흐름이 있어야 한다. 다섯 번째 시집이자 가장 최근에 발표한 시집 『당신은 언제 노래가 되지』에 수록된 표제작이나 앞서 인용한 「슬픈 버릇」 같은 경우가 "리듬에 시달리"는 시다. "사랑해. 그렇지만/ 불타는 자동차에서는 내리기." 사랑이 전부를 대신하는 것일 수는 없다는 것을 말하는 방식으로 사랑이라는 심리적 사건과 살아남기 위한 본능적 선택을 할 수밖에 없는 돌발적 사건을 병치할 때, 사랑은 실패가 예정된 불타는 자동차와 구분되는 동시에 불타는 자동차 이상이 된다. 부정되었다 더 큰 사랑으로 돌아온다. 다시 불타는 자동차의 이미지로 돌아올 때 열정과 그럼에도 불구하고 전부가 될 수 없는 한계가 맞물려 사랑의 리듬이 형성된다.

다른 한쪽에는 일체의 리듬도 들어서지 않은 '무반주' 계열의 시가 있다. 다섯 권의 시집을 출간하는 동안 지속적으로 변주되어 온 '무반주' 모티프의 시가 맨 처음 등장한 것은 첫 시집 『불온한 검은 피』에 수록된 시 「무반주」를 통해서다. "에릭 사티는 작곡가였다 에릭 사티는 헝가리 추운 호숫가에서 살았다 (……) 에릭 사티는 은행엘 가지 않았다 에릭 사티는 죽었다 자유는 죽음처럼 죽음은 자유처럼 에릭 사티는 사막엘 가고 있었다". 에릭 사티라는 한 예술가를 최소한의 언어만으로 담아내고 있는 이 시는 뛰어난 영혼의 존재를 영혼의 부재로 증명한다. 이후 발표된 「무반주」 계열의 시에서도 삶과 죽음이라는 화두는 여전히 최소한으로만 그려지고 있다. 차이가 있다면 개인의 삶에서 보편적 죽음과 신에 대한 관점으로 확장되고 추상화되어 나간다는 점이다.

리듬을 만들어 내는 시가 특유의 선율을 통해 심리적 운동성을 만들고 그럼으로써 무의식에 위치한 저지대의 주파수를 자극한다면 이편의 시들은 반대편에서 최소한의 시점으로 인간의 본질을 찾아 나선다. 많은 사람들이 허연의 주술 같은 리듬에 이끌리는 것 같지만, 허연의 시가 도달한 미학의 절정은 오히려 절대 비관과 절대 긍지가 교차하는 '무반주' 시리즈에 있다. 리듬의 시가 어두운 비극이라면 무반주의 시는 빛이 드는 비극이다. "이곳에서 희망은 목발을 짚고 돌아온다"라고 말할 때, 다치고 훼손된 희망이야말로 인간의 지옥이고 인간의 천국인 것이다. 거듭 말하듯 지옥과 천국의 동시성은 허연의 세계이자 허연만의 세계이다.

무반주로 이어 간 검은 피의 혈통

허연의 첫 시집 제목은 이후 그의 상징과도 같은 문장이 된 '불온한 검은 피'다. 자신의 예술이 어디에서 비롯되었는지, 그리고 어디로 나갈 것인지를 정확하게 알고 있는 시인이 세상을 향해 처음으로 설명한 자신의 언어인 '불온한 검은 피'

는, 그의 내력이 "무념무상의 낙오자"들을 배태한 "들뜬 혈통" 이외 무엇도 아니며 검은 피의 내력이야말로 자신의 계보임을 천명하는 선언이기도 하다. 인간 내면의 어둠과 비극을 표현하는 직관적인 이미지, 최소한의 본질만을 남겨 둠으로써 도달한 극단적 비관은 허무의 눈으로 이 세상을 바라보지만 그 안에서 남겨진 것들을 발견해 내는 긍지와 긍정의 궤도를 만든다.

무념무상의 낙오자들은 허연의 초기 시에서 중요한 모티프를 제공하는 예술가들을 통해 형상화된다. 권진규나 에릭 사티, 프랜시스 베이컨이나 손상기처럼 당시 한국 문화예술계와 대중들에게 자신의 이름을 선명히 각인시키지 못한 이름들은 일찍이 시인의 영혼에 파열을 가져다주는 충격파의 진원지였던 것 같다. 그들의 예술이 허연에게 어떤 영향을 주었을지에 대해 가늠해 보기 위해서 가장 먼저 읽게 되는 시는 「권진규의 장례식」이 되어야 할 테지만[4] 같은 시집에 연이어 수록되어 있는 「곡마단」이야말로 그 내력의 핵심을 서사적으로 드러내는 시이므로 여기에서는 「곡마단」을 살펴보려 한다.

---

4 권진규의 죽음이 평생 자기 예술의 질료로 삼았던 흙과 뒤섞이는 순간, 비가 내려 흥건해진 붉은 황토물이 그를 조문하기 위해 찾아간 사람들의 발을 적신다. 이어 꽃을 든 채 권진규의 장례식에 참석한 조문객인 모차르트가 황토물에 젖은 발로 뛰쳐나가며 소리를 지른다. 위대한 두 영혼을 이어 주는 것은 흙이라는 물질, 너무나도 물질적인 흙이다. 마지막까지 남아 있는 최소한의 것만이 영혼과 영혼을 잇는다.

시에서는 "머리카락과 어깨를/ 어딘가에 버리고 와선/ 흙으로 만든/ 바퀴를 굴리기도 했"다는 말로 "무념무상의 낙오자들"이 연마한 곡마와 기술이 무엇인지 암시된다.

권진규 조각의 핵심은 머리카락과 어깨의 부재에 있다. 어깨와 머리카락은 세속의 다양한 양태를 반영한다. 처진 어깨와 힘이 들어간 어깨는 우리 몸에서 어깨라는 공간이 차지하는 상징적 의미를 드러내는데, 어깨란 현실의 무게가 가장 먼저 가닿는 곳이기도 하고 인간을 다른 인간과 비교하는 존재로 위치시키는 곳이기도 하다. 요컨대 어깨는 삶의 현장을 감당한다. 머리카락을 기르지 않거나 타인에게 보이지 않는 것이 성의 세계와 속의 세계를 구분하는 대표적인 기준이라는 것 역시 머리카락이 인간 욕망의 상징물로 기능한다는 것을 알 수 있는 부분이다. 그런가 하면 프랜시스 베이컨의 그림들은 인간 내면에 존재하는 어둠을 끔찍한 이미지로 표현하면서도 그 끔찍함이 사람들에게 불러일으키는 보편적 슬픔과 공감은 누구도 그가 그리는 고통을 피해 갈 수 없음을 알려 준다. 손상기가 그리는 어둠의 도시 역시 어둠 속에 사람들의 형체를 숨김으로써 도시에 어둠의 깊이를 만든다. 이렇게 만들어진 깊이는 그대로 도시에서 살아가는 인간의 내면의 깊이가 된다.

허연에게 와서 이러한 개념들은 "날마다 충혈된 하늘"로, 검은 피의 이미지로 도약하며 이후 따르는 시들에 앞서 존재하는 출발점이 된다. 권진규와 에릭 사티, 손상기와 프랜시스 베이컨이 검은 피의 영혼이라면 허연은 이들 영혼의 유일한 계승자이자 새로운 시작이다. 그의 시에서 우리는 동시대를 넘어 본질적인 것들만 남겨 놓는, 끝까지 남아 있는 것들에게서 존재의 본질을 찾는 염결한 예술가의 모습을 본다. 허연의 시어가 이념의 무게에 조금도 짓눌려 있지 않으면서도 인간의 역사에서 한 번도 사라진 적 없는 갈등의 본질들을 담고 있는 이유는 그의 시가 최후의 것들만을 남겨 놓았기 때문이다. 최후의 것들만을 남겨 놓기 위해 허연의 화자들은 자기 욕망의 화자가 됨으로써 극도로 황폐한 상태에 도달한다.

> 욕망이 침묵으로 변하는 순간이 있다. 밥을 먹고 나서 문득 밥이 객관화될 때, 사랑이 몇 번의 호르몬 변화와 싸움질로 객관화될 때. 욕망이 남긴 책임이 나를 불러 세우는 순간이 온다.[5]

허연에게 인간이란 자기 욕망의 화자가 되어야 하는 형벌을 부여받은 존재이고, 그러한 형벌을 받아들이는 자가 곧 예술가다. 언젠가 산문에서 쓴 "시는 내가 고통받는 형식"이라는 말의 의미도 여기에서 찾을 수 있을지 모른다. 허연의 시에

---

5 허연, 「화자」 부분, 앞의 책.

나타나는 인간은 욕망의 뿌리를 아는 탓에 욕망으로 인해 뽑히지 못하는 형벌이 집행되고 있는 현장이다. 허연의 시가 슬픔을 유발한다면 자신의 욕망을 관조하느라 욕망의 노예조차 되지 못하는 인간이 우리를 대신해서 고통받고 있기 때문일지도 모른다는 생각. 내가 내 욕망의 화자가 되어야 한다는 건 지나친 형벌이지만 이러한 형벌이 인간을 다른 종류의 생명체와 구분되는 존재로 만들어 준다.

분열의 존재론으로 완성한 리듬

그러나 무반주라는 거칠고 차가운 세계 위에 살아가는 인간도 이야기 속에서 살아간다. 허무와 공허로서 생의 본질을 누구보다 잘 알기에 사랑과 이별, 삶과 죽음, 그리움과 외로움을 더 예민하고 격렬하게 치르기도 한다. 그리고 그 격렬한 의식은 리듬을 형성하는 규칙과 흐름이 된다. 허연의 시에서 리듬을 만드는 규칙과 흐름은 '분열'이다. 분열은 고통받는 형식으로서의 시를 구성하는 궁극의 '내용'이다. 허연에게 시는 분열이라는 고통을 감당하는 구체적인 방식이자 스스로 새로워지는 에너지의 원천이기도 하다. '절반'은 그 표상이다.

기울어진 탑에서 종소리가 들렸다. 닳을 만큼 닳아 버린 나무 계단을 밟고 탑을 오른다. 현기증과 무서움이 섞여 다리가 떨렸다. 절반쯤에서 포기하고 다시 내려온다. 목숨을 걸고 싶지 않았다. 지지부진한 여행을 결국 계단이 삼킨다.

절반의 타협. 끝내 탑을 올라가는 사람들이 두렵다. 돋보기 쓴 저 백인 할머니보다 나는 겁쟁이다. 그늘에 앉아 이 여행의 끝을 생각했다.[6]

어느 여행지의 관광 장소쯤에서 탑의 절반까지 올라갔다 후들거리는 다리를 뒤로하고 더 올라가기를 포기한 채 내려오는 '나'는 스스로를 겁쟁이라 칭하는 동시에 "끝내 탑을 올라가는 사람"들을 두려워한다. 시간이 흘러도 절반은 허연의 시에서 여전히 중요한 모티프로 기능하며 변주되는 양상을 보인다. 『내가 원하는 천사』에 수록된 「콜드 케이스」에서도 시인은 끝까지 가지 못한 화자를 등장시킨다. 이때의 절반은 「탑-비루한 여행」에서 표현화했던 분열이 수용되고 소화되는 과정을 거쳐 그 자체를 받아들이는 모습으로 드러난다. 오르지 못한 절반이 있어야 오른 절반이 존재한다. 오른 절반과 오르지 못한 절반이 공존할 때 탑은 닿을 수도 닿지 않을 수도 있는 존재로 거기 남는다. 완전한 절반이라는 모순 속에서 진실이 드러난다. "절반의 타협"을 통해 시인은 정복하지 않음으로써 대립 항을 내버려 둔다.

---

6 허연, 「탑-비루한 여행」 부분, 『나쁜 소년이 서 있다』(민음사, 2008).

허연의 시에서 전체로서의 절반을 의미하는 이미지를 찾는 것은 어려운 일이 아니다. “트램펄린”이나 “세상의 액면”이 또한 그러하다. 트램펄린은 반동을 이용해 공중으로 튀어 오르도록 해 주는 놀이 기구다. 튀어 오르기 위해서는 먼저 뛰어야 한다. 먼저 뛰어오르는 건 ‘트램펄린’의 절반에 해당하지만, 튀어 오름은 ‘트램펄린’의 한 부분이 아니다. 전체이자 본질이다. 액면 역시 이면을 상정한다. 이면 없이 단독으로 상상될 수 없지만 결코 부분을 이루는 건 아니다. 허연의 절반은 전체의 일부에 해당하는 절반이 아니다. 그것은 차라리 분열의 ‘상징’으로서의 절반이자 분열의 ‘지속’으로서의 절반이다.

허연의 시를 읽으면서 우리는 절반이 인간에게 주어진 근원적 슬픔의 형태임에 시달린다. 날개가 없지만 비행을 꿈꾼다는 것, 비행을 꿈꾸지만 날개가 없다는 것이 날고자 하는 모든 욕망을 절반만 허락한다. 하지만 절반으로 인해 꿈이 완성된다. 꿈은 이루어지는 것이 아니라 이루어지기를 바라는 마음이므로. 두 세계에 겹쳐 있지만 두 세계 어디에도 완전하게 포함되지 않는 자의 슬픔이란 분열을 속성으로 가진 채 살아갈 수밖에 없는 인간의 숙명이며 끊임없이 중독의 유혹에 노출되어 있는 동시에 완전히 중독되지 않아야 하는 고된 함정 속에서 자신을 지켜야 하는 인간의 운명이기도 하다. 절반의 미학이 허연에게는 마치 생의 감각처럼 주어져 있는 듯하고, 그가 부르는 노래에는 인장처럼 그 슬픔이 깃들어 있다.

십일월의 나는 나쁘게 늙어 가기로 했다
잊고 있었던 그대가
잠깐 내 안부를 들여다본 저녁
창문을 열면
늦된 날벌레들이 우수수 떨어지곤 했다
절망의 형식으로 이 작은 아파트는 충분한 걸까
한참을 참았다가
빰이 뜨거워졌다
남은 것들이 많아서 더 슬펐다[7]

그러나 서두에서 고백한 것처럼 이 모든 이해의 말들은 사족일 따름이다.

가질 수 있는 것이 많은 세상일수록 허락되지 않는 것을 꿈꾸는 인간의 어둠은 깊어진다. 세상의 풍요는 어둠의 채도와 비례한다. 일찍이 허연은 남겨진 최소한의 것들 속에서 인간과 세상의 본질을 간파했던 예술가들의 연대기 속에 홀로 서서 자신의 그림자에 깊이를 만들었다. 뿌리 내린 그림자는 빛을 따라다니지 않는다. 빛을 흡수하며 지하의 세계를, 근원이자 본질인 어둠을 다스릴 뿐이다. 주문처럼 와서 강물처럼 휩쓸어 간 자리에 남겨진 깊은 어둠이야말로 소멸을 향해 가

7 허연, 「십일월」 부분, 『당신은 언제 노래가 되지』(문학과지성사, 2020).

는 인간에게 허락된 진짜 희망일 것이다. 분열은 끊임없이 새로워지는 무한의 형식이기 때문이다. 그는 분열하고 또다시 분열하며 새로운 절망을, 진짜 희망의 공화국을 건설한다.

마음의 열두 방향

김금희론

김금희 소설에서 사랑은 연결과 함께 발생한다. 그는 사랑을 시간적·공간적, 정신적·육체적 연결을 통해 발전되는 마음의 형질이라는 맥락에서 살핌으로써 사건과 사고, 상처와 상실이 난무하는 불안전하고 불완전한 상황에서 어떻게 사랑을 계속해야 하는지 성찰한다. 끊임없이 반복되는 상실의 시대에 우리는 어떻게 해야 사랑했던 마음을 중단하거나 폐기하지 않을 수 있을까. 온갖 종류의 방해에도 불구하고 멈추지 않는 사랑이란 과연 무엇이며, 그 주체인 인간의 본질은 무엇인가. 사랑을 다룬 김금희 소설은 한 번 읽으면 연애소설이지만 두 번 읽으면 상처받은 인간에 대한 심리소설이고 세 번 읽으면 회복하는 인간에 대한 철학소설이다. 세세히 구분하자면 얼마든지 더 많은 이름을 붙일 수 있을 것이나, 사랑에 관한 한 가장 유물론적이고 낭만적인 소설이라는 모순된 표현으로 그 희소한 가치에 대한 설명은 충분하리라. 김금희를 희소한 작가로 만드는 작품이라면 여럿이 있겠지만 그중에서도 첫 번째 장편소설 『경애의 마음』을 선택할 수밖에 없는 이유가 여기 있다. 김금희의 연애론이나 인생론은 장편의 세계에서 보다 구체적인 모습으로 나타난다. 단편을 통해 응축되었던 세계관은 장편을 통해 내부와 외부의 갈등을 드러내며 좁은 의미의 사랑이 무한한 정신으로 성숙해 가는 과정을 보여준다.

『경애의 마음』은 반도미싱 베트남 영업지부에 파견되어 한 팀으로 일하는 공상수와 박경애의 관계를 중심으로 그들 각자의 문제와 그들 공통의 문제를 연결하는 이야기다. 연결의 속성 중 하나는 고통이다. 무엇이든 한번 연결된 다음에는 이전 상태로 돌아가는 것이 불가능하다. 불가역적이고 비가역적인 이것은 인간을 과거에 예속된 존재로 만든다. 과거에서 벗어날 수 없는 데서 오는 딱 그만큼의 고통이 연결의 고통이다. 그러나 연결이야말로 빛이고 구원이다. 그 연결됨으로 인해 인간은 독립된 별개의 존재인 타인과 무엇인가 주고받을 수 있다. 이와 같이 연결의 두 가지 특성에는 커다란 차이가 있다. 전자가 자신의 내부에서 일어나는 시간의 연결인 반면 후자는 타자와의 사이에서 일어나는 공간적 연결이다. 내 안에 머무르며 과거 현재 미래의 나와 연결되느냐, 바깥의 존재와 부대끼며 공통의 상처를 소거해 나가느냐에 따라 결과는 아주 많이 달라진다. 고독과 단절. 앞의 연결이 갖고 있는 한계다. 공감과 연대. 뒤의 연결에 내재된 가능성이다. 그러나 이 둘은 부정과 긍정, 그림자와 빛처럼 상반되는 관계가 아니다. 사랑의 변증법이란 결국 이와 같이 서로 다른 연결의 변증법에 다름 아니기 때문이다.

문제는 하나의 연결에만 집중되는 것이다. 과거에 붙들려 옴짝달싹 못하고 있을 때 인간은 세계로부터 단절된다. 자기 내부의 시간과는 강력하게 연결되어 있지만 외부의 시간과는 철저하게 끊어진 상태. 이를테면 소설 속 경애가 딱 그런 상황이다. 오랜 시간 동안 연인 사이였으나 지금은 다른 사람과 결혼한 남자를 잊지 못하고 있는 경애는 삼각관계 안에서도 제대로 된 자리를 못 갖고 있다. 자리가 없는 사랑은 끝난 사랑이다. 경애와 남자의 관계는 그가 원할 때만, 그러니까 그의 필요에 의해서만 일시적이고 제한적이며 일방적으로 존재하다 사라진다. 언제 켜질지 모르는 캄캄한 가로등 밑에서 불이 들어오길 바라는 것. 경애의 마음이다. 그런가 하면 원하지 않는 불 밑에서 내내 환함을 강요받는 것은 상수의 마음이다. 아버지의 사랑을 받지 못한 어머니가 일본에서 쓸쓸한 죽음을 맞았고, 아버지의 기대에 못 미쳐 지난한 재수 생활을 했으며, 그사이 유일한 친구 은총이 죽었고, 현재는 아버지의 낙하산으로 별 관심도 없는 회사에서 꿔다 놓은 보릿자루 같은 존재로 하루하루 버텨 나가는 삶이 상수의 생활이라면 생활이다. 경애에게 자리가 없어서 문제라면 상수에겐 원치 않은 자리가 문제인 셈이다.

포스트 인천, 베트남의 발견

『경애의 마음』이 설정한 주축은 반도미싱 영업팀장 공상수와 팀원 박경애의 관계에 있다. 팀장과 팀원, 즉 한 개의 팀은 향후 얽히고설킬 이들의 관계 중에서도 가장 공적 관계인 동시에 이들에게 가장 큰 변화를 가져다주는 관계이기도 하다. 일찍 어머니를 잃고 정치인 아버지는 물론 폭력적인 형과도 사이가 좋지 않았던 상수는 대학 입시에 번번이 실패하고 회사도 아버지 친구 회사에, 즉 누가 봐도 낙하산으로 보일 만한 취업을 했다. 그 반대 어딘가쯤에 경애가 있다. 경애는 노조 파업에 동참해 삭발까지 강행한 탓에 회사에 찍힐 대로 찍혔는데 파업 중 일어난 노조 내 성폭력을 문제 삼으면서 노조로부터도 배제의 대상이 되었다. 낙동강 오리알이란 말은 경애를 위해 준비된 말이 아니었을까. 회사에서도, 사랑하던 사람에게서도 배제되고 소외된 경애는 내부인이면서 외부인이고 외부인이면서 내부인인 상태로 하루하루를 버텨 나간다. 어디에도 속하지 못하기로는 상수라고 다를 게 없다. 특별한 계기가 있지 않은 이상 가까워지기 힘든, 사실은 달라도 아주 많이 다른 두 사람은 회사의 무관용, 즉 아웃사이더를 아웃사이더끼리 모으는 '좌천'의 시스템에 따라 한곳으로 발령받는다. 이름하여 반도미싱 베트남 영업지사. 무대는 베트남으로 옮겨 간다. 베트남은 『경애의 마음』을 이전 작품들과 구분되도록 만드는 새로운 공간인 동시에 『경애의 마음』을 과연 김금희 소설이게 하는 여전한 공간이다.

반도미싱 베트남 영업지사는 소설의 배경으로만 기능하지 않는다. 지아 장 커 감독의 영화 「스틸 라이프」는 신도시 개발 지역이 공사로 허물어지는 모습을 쉴 새 없이 보여 준다. 인물들이 먹고 마시는 뒤로는 언제나 산 하나가 묵묵히 허물어지고 있다. 아무 말도 하지 않는 그 공사 장면은 떠나간 아내를 찾아다니지만 가는 곳마다 이별의 흔적만 확인할 뿐인 남편의 내면을 정확히 반영한다. 과거에 존재했던 것들이 사라져 가는 자연의 거대한 변화와 과거에 존재했던 마음이 사라져 가는 것을 확인할 수밖에 없는 남편의 길이 중첩될 때, 영화는 시간 앞에서 속수무책인 사랑과 인생의 진실을 말 한마디 없이 완벽하게 표현해 낸다. 새롭게 짓기 위해 과거의 것들이 부서지는 배경이 없었다면 아내를 찾아나선 남편의 길은 공허한 집착에 지나지 않았을 것이다. 『경애의 마음』에서 베트남이 그와 같은 역할을 한다. 베트남은 성격을 지닌 공간이라는 점에서 경애와 상수, 조 선생과 더불어 이 소설의 중요한 인물처럼 기능한다. 이 소설의 네 번째 인물이 있다면 그건 영락없이 '베트남'이다.

새로운 발전에 대한 가능성으로 꿈틀거리는 베트남은 세계의 이성과 감성이 이사해 오는 곳이다. 뜨거운 상승의 기운들, 번화한 거리들. 일찍이 베트남은 마르그리트 뒤라스의 『연인』에 등장하는 식민지의 기억이거나 서구와 아시아의 남성들이 일탈적 연애를 꿈꾸며 한낮의 꿈처럼 다녀가는 쾌락의 장소였다. 『경애의 마음』에서 베트남은 그 모든 과거의 공간과 결별하며 동시대 베트남의 얼굴을 가장 정확하게 보여 준다. 새로움에 대한 열기와 전통적인 것의 흔적이 공존하는 곳. 바뀌고 싶은 욕망과 그대로 있으려는 관성이 서로 등을 맞댄 채 한 몸을 이루고 있는 곳. 베트남은 한 시대의 첨단이었으나 이제는 전에 없이 과거가 되어 버린 미싱 산업이 찾아낸 새로운 공간이다. 그러나 베트남에 가도 반도미싱은 반도미싱. 여전한 것과 새로운 것은 언제나 뒤섞인 채 존재한다. 저물어 가는 미싱 산업처럼 상수와 경애의 마음도 한껏 저물어져 있다. 사회에서 관계의 어려움을 극복하지 못하고 별다른 존재감도 증명하지 못한 채 상처받은 마음은 녹슨 미싱 기계처럼 어딘가 고장 난 모습이다. 욕망과 자본의 최첨단에 저항하다 왕따가 되어 버린 경애의 마음도 어딘가 고장 나 보이긴 마찬가지다. 전통과 첨단이 혼재된 공간. 해외 영업이라는 말에 어울리지 않게 전근대적인 방식으로 영업이 이루어지고 있는 공간. 그렇기 때문에 되려 뭔가 해 보자는 기운이 나고 기계가 아니라 인간이 주체가 되는 아이러니한 공간. 베트남의 혼돈과 열기 속에서 상수와 경애의 차가워진 마음은 서서히 회복되기 시작한다. 김금희의 이전 소설이었다면 '인천'에서 이루어져야 했던 일들이다.

김금희의 첫 번째 소설집 『센티멘털도 하루 이틀』의 주요 무대는 인천이다. 인천은 작가가 평생 자란 곳이다. 김금희 작가는 한 인터뷰에서 인천을 자신이 가장 사랑하는 공간이라고 말한 적이 있는데, 인천에 대한 그의 애정은 다음과 같은 통찰과 함께 살필 때 한결 분명해진다. "인천이라는 도시는 사실 공업지대라서 일하기 위해 모여든 사람들이 많아요. 토박이분들보다 다른 지역에서 옮겨 온 분들이 많은데요. 그 경우 도시가 역동성과 차가움을 동시에 갖는 것 같아요. 그 두 가지가 소설가에게는 좋죠. 빠르게 돌아가는 세계를 읽어 내는 속도, 그 속도와 함께 그 세계를 제대로 들여다보는 눈이 필요한 것이 소설가인데요. 그런 것을 어려서부터 기르기 좋은 곳이 인천이라고 생각해요."[1] 인천이 들어간 자리에 베트남을 넣어도 전혀 어색하지 않다. 오히려 작가가 사랑한, 차갑고 역동적인 인천의 모습, 정확히 말하면 과거의 인천은 지금 이곳에 없다. 베트남은 작가가 사랑했던 소설적 공간, 요컨대 인천의 다른 이름이다. 서로 다른 사람들이 모여들어 각자의 일을 하며

1 「옥수수 한 알만큼의 성장이면 돼요」, 「책읽아웃」 오은의 옹기종기 김금희 편, 2018년 8월 16일.

만들어 내는 뜨거움과 차가움의 조화는 김금희 특유의 온기를 만들어 낸다. 온기의 기원이었던 인천. 작가의 노스탤지어는 이제 베트남으로 무대를 옮긴다. 사랑과 연대의 장소로 분할 준비가 되어 있는 베트남은 김금희 소설의 거대한 전환인 동시에 한국 소설의 중요한 확장이다.

팀플레이, 개성의 공동체

베트남에서 두 사람의 연결은 본격화된다. 경애와 상수는 하나의 팀이다. 팀은 중복된 캐릭터를 반기지 않는다. 서로 조금 비슷하고 많이 다를수록 팀워크는 높아진다. 이를테면 경애와 경애스러운 사람보다, 상수와 상수스러운 사람보다, 경애와 상수가 팀으로서는 더 합리적인 조합이다. 서로 다른 각도의 선들이 모여야 더 입체적인 모양이 만들어지는 것처럼 개성, 다름, 차이는 협력과 연대에 가장 이상적인 구조의 바탕이 된다. 경애와 상수가 무엇보다 한 팀으로 연결되어 있다는 사실에서 우리는 개인과 조직, 개인과 사회의 이상적인 연결 구조를 보게 된다. 이윤 창출을 위해 연결된 두 사람 앞에 놓여 있는 것은 팀플레이다. 피차 회사의 인정을 못 받고 있다는 점에서 누가 더 우위에 있다고 할 것은 없지만 팀이라는 구조 안에서 두 사람 사이에는 역할 구분이 존재한다. 상수의 일은 경애의 일과 다르고 경애의 일은 상수의 일과 다르다. 그러나 역할의 구분이 곧 위계는 아니다. 직장 내 흔한 수직적 구조는, 그러나 상수와 경애 사이에서 전혀 다른 구조로 변해 간다. 수직적이고 수평적인 둘의 관계는 공적 관계의 이상적인 방향인 동시에 서로 다른 사람들이 함께하는 방식을 보여 준다. 관계의 역전이나 전환은 김금희 소설에서 가장 빛나는 반전이기도 하다. 김금희 작가의 단편소설 중 가장 인지도가 높은 「너무 한낮의 연애」는 '양희'라는 캐릭터가 저 혼자서 빛나는 작품이 아니다. 고백한 사람과 고백 받은 사람 사이의 위상을 반전시키는 말과 행동이 양희를, 그리고 「너무 한낮의 연애」를 빛나게 한다. 예컨대 이런 장면들이었다.

"사랑한다며?"
"네. 사랑하죠."
"그런데 내일은 어떨지 몰라?"
"네."
"사랑하는 건 맞잖아. 그렇잖아."
"네, 그래요."
"내일은?"
"모르겠어요."

(……)

오늘도 어떻다고?

사랑하죠, 오늘도.[2]

먼저 사랑한다고 고백할 땐 언제고 지금도 사랑하느냐는 질문에 '오늘은 사랑한다'는 대답을 내놓는 양희 앞에서 필용은 "불가해한 기쁨"을 느낀다. 분명 둘 사이에서 선택권이 있는 쪽은 필용처럼 보였는데, 언제부터인지 알 수 없는 어떤 순간부터 사랑을 확인하고 싶어 하는 건 양희가 아니라 필용 쪽이 되어 있다. 사랑을 갈급하는 건 필용이고 나른하게 사랑한다고 말하는 건 양희다. 더 많이 사랑하는 사람이 약자라는 건 연애의 세계에서 진부하지만 거부할 수 없는 진실이다. 그런데 양희와 필용의 관계에서 우리가 목격하는 것은 사랑받는 사람이 약자라는, 또 하나의 거부할 수 없는 진실이다. '더 사랑하는 사람'과 '덜 사랑하는 사람'이라는 도식은 사랑의 총량이 정해져 있다고 생각할 때만 가능한 구분이다. 사랑은 두 사람이 한 개의 원을 채우는 일이 아니다. 한 사람이 더 많이 채우면 다른 한 사람은 적게 채우는 식을 사랑의 연산이라 말할 수는 없을 것이다. 사랑은 오히려 한 개의 원이 또 다른 원을 만들어 내는 증식의 연산이다. 양희의 마음이 줄어든 자리에 필용의 마음이 들어선 게 아니라 양희의 마음이 필용의 마

2 김금희, 「너무 한낮의 연애」, 『너무 한낮의 연애』(문학동네, 2016), 22~25쪽.

음을 만든 것이다. 수십 수백 개의 원을 만드는 사랑은 차라리 비눗방울을 만드는 행위와 같다. 어떤 마음은 다른 마음과 붙어서 더 커지고 어떤 마음은 조그맣게 사라진다. 사랑은 계속해서 비눗방울을 부는 것이다.

'언니'와 '프랑켄슈타인프리징(frankensteinfree-zing)', 마음의 공동체

팀장과 팀원, 대리와 사원으로 대표되는 공적인 관계 이면에는 가장 사적이라고 할 수 있는 관계가 있다. 소셜 네트워크의 연애 상담 페이지 '언니는 죄가 없다'가 그 연결 고리다. 여기에서 두 사람은 전혀 다른 인격체로 조우한다. 상수는 운영자 '언니'고 경애는 떠난 남자를 잊지 못해 허구한 날 상담을 요청해 오는 'frankensteinfree-zing'이다. 반도미싱에서 상수와 경애는 이윤 창출이라는 사측의 목표에 복무해야 하는 '을'들이지만 '언니는 죄가 없다'에서 상수와 경애는 오직 상처받은 마음을 치유하는 일에만 집중한다. 이들을 조종하는 것은 생산력 증대도 아니고 계약 달성도 아니다. 그저 괜찮아지는 일만이 이들의 공통된 목표다. 두 사람은 각각 상담하는 행위와 상담받는 행위를 통해 현실 세계에서 소화하지 못하는 고통을 연소한다. 상수는 누구와도 인생을 공유하지 못한 절대 고독을 상담 행위를 통해 대체한다. 누군가 자신에게 해 주길 바랐으나 누구에게도 받지 못한 인생 상담을 타인에게 해 줌으로써 그렇다. “그거 그 사람 아니고 그냥 님의 마음일 뿐이야. 그런 건 사랑이 남아 있는 게 아니야. 마음만으로는 뭣도 안 돼.” 언니의 명쾌한 한마디는 경애의 마음을 조금 시원하게 하는 것도 같다. 하지만 이곳이라고 마냥 안전지대는 아니다. 서로 안부를 챙기고 염려를 주고받던 이곳도 위기를 맞는다. 언니의 정체가 의심받으며 상수의 입장도 더는 충고만 하고 있을 수는 없는 상황이 된 것이다. 현실 세계에 대한 대체제가 될 수 있을 것 같던 유토피아도 완전한 세계는 아니다. 오프라인에서 받은 상처를 온라인에서 치료한다면 온라인에서 받은 상처는 어디서 치유해야 할까. 다행히 두 세계는 연결되어 있다.

공적 관계와 사적 관계는 그 경계가 흐려지고 뒤섞이면서 더 의미 있는 장치로 발전한다. 팀플레이하는 팀원으로서 상수와 경애는 점점 공적 관계를 넘어서는 보다 복합적이고 다층적인 관계가 된다. 서로의 사정으로만 연결되어 있는 ‘언니’와 ‘프랑켄슈타인프리징’은 온라인에서 오프라인으로 연결되며 현실 세계에서는 도달할 수 없는 이해의 문을 열어 준다. 이들의 연결은 다만 둘의 연결에만 국한되지 않는다. 실상 우리가 끊어진 실 같은 존재가 아님을 소설은 상징적으로 보여주는 것이다. 베트남 지사에서도 어려움은 피할 수 없다. 배신은 여전하고 갈등은 지난하다. 그러나 연결은 불가역적이다. 한번 맺어진 연결은 두 번 다시 이전 상태로 돌아가지 않는다. 상수를 비롯해 조 선생 등 반도미싱에서 새로이 얻게 된 연결들로 인해 경애는 또 한 번의 위기 앞에서 폐쇄된 문 앞에 서 있는 대신 문을 열고 나가기로 한다. 연결은 사랑의 근육이다. 한때 연결되어 있던 것들이 경애와 상수를 다시 세상 속으로 들어가게 한다.

살아남은 자와 잃어버린 자, 상실의 공동체

경애와 상수의 마지막 연결 고리는 그들의 공통된 친구 은총이다. 소설의 시작은 1999년 인천에 있다고 해도 과언은 아니다. 그해 일어난 '인천 호프집 화재 사건'에서 이 모든 연결 고리가 시작되기 때문이다. 두 사람은 이 비극적인 사고에서 각각 소중한 사람을 잃었다. 경애를 좋아했고 경애도 좋아했던, 경애에게 영화에 대한 숱한 기억들을 만들어 준 친구 은총이 이 화재 사건에서 목숨을 잃었다. 상수를 좋아했고 상수도 좋아했던, 그의 유일한 친구 은총이 이 화재 사건에서 목숨을 잃었다. 경애와 상수는 살아남은 자의 마음과 잃어버린 자의 마음을 공유하는 상실의 공동체다. 상실의 공동체가 서로에게 해 줄 수 있는 일이 뭘까. 상대방의 입장에 가닿기 위해 자신의 생각을 늘리는 것이다. 예컨대 이렇게.

> 은총에 관한 이야기를 경애와 자연스럽게 나누고 걔가 얼마나 경애를 특별하게 생각했는지, 다정한 마음을 가지고 있었는지를 회상하고 싶다가도 경애가 그 일을 어떤 방식으로

> 정리하며 살아왔을까를 생각하면 그럴 수가 없었다. (……) 누군가에게는 세월이 흐르면서 자연스럽게 페이드아웃되는 일이 다른 이에게는 아닐 수도 있다는 것을 이제 상수는 알았다.[3]

우리는 자신의 몸이 허락하는 경계를 넘어설 수 없다. 몸은 경계다. 그러나 상실의 공동체는 우리로 하여금 주어진 감각의 범주를 확장하도록 만든다. 상실의 공동체 안에서 우리는 타인의 고통을 상상하고 이해하는 '넘어선 존재'가 된다. 여기에서 『경애의 마음』은 이중생활하는 한 남자와 옛사랑을 잊지 못하는 한 여성의 드라마를 뛰어넘는다. 마음과 마음의 경계선에서 확장되는 새로운 마음의 지대. 마음은 열두 방향으로 확장되며 그 확장된 공간 어딘가에서 서로를 닮은 두 개의 마음은 만난다. 경애는 사건 현장에서 살아남은 자로서의 자책감과 그리움을 안고 살아왔다. 상수는 죽음으로 점철된 인생을 살아오며 상실의 감각을 내면화했다. 서로의 고통을 이해할 수 있는 두 사람에게 앞선 연결은 하나의 결과다. 나는 이 연결들을, 상실의 공동체가 개인을 얼마만큼 확장할 수 있는지에 대한 커다란 비유로 읽는다.

"사랑이 어떤 시기를 통과한다는 것은 무엇을 말하는지 궁

3 김금희, 『경애의 마음』(창비, 2018), 201쪽.

금했다. 그때도 나아간다는 느낌이 있을까? 견뎌 낸다는 느낌만 있지 않나." 마음에는 질서가 없다. 흘러가지 않았으면 좋겠는데 자꾸만 흘러가고 이쪽으로는 가지 않았으면 좋겠는데 보란 듯이 그쪽을 향한다. 『경애의 마음』은 인물들의 마음이 가는 대로 얼마간 놓아둔다. 고통을 견딜 때 앞으로 나아가지 않고 그 자리에 서서 자꾸만 뒤를 돌아보는 것처럼 소설도 상당 부분 견디는 마음을 재현하기 위해 정체하고 뒷걸음치는 마음을 재현한다. 경애와 상수는 견딘다. 그동안 많은 고통들을 그렇게 버티며 견뎌 왔기 때문이다. 그러나 종내 이들은 버티는 대신 박차고 나간다. 상수도 그러하고 경애도 마찬가지다. 구원은 "정적으로 오는 것이 아니라 동적인 적극성을 통해서 오는 것"이라던 경애의 깨달음은 『경애의 마음』이 말하는 연애론이자 인생론인바, 우리는 이 소설을 통해 견딤의 다음 자세에 대해, 연결의 가능성에 대해 생각하게 된다. 『경애의 마음』을 읽고 난 우리는 이제 사랑이라 쓰고 연결이라 읽지 않을 수 없다. 그 많은 연결들을 애틋함으로 돌아볼 때, 우리는 이미 마음의 공동체가 아닐 수 없다.

뿌리가 되는 꿈

김숨론

유에서 무

나는 지금 있던 존재에서 없는 존재로 상태 변화 중에 있다. 없는 상태로의 변화는 그 물리적 동일성으로 인해 과거로 돌아가는 것처럼 보이기도 하고 완전체에서 불완전체로 훼손되는 것처럼 인식되기도 한다. 퇴보와 불완전함에 대한 과장된 공포는 있는 것에서 없는 것으로의 상태 변화를 한층 더 고통스러운 경험으로 만든다. 착각인 줄 안다. 있는 것과 없는 것은 언제나 동시에 존재했을 테고 미래를 향해서만 진행되는 시간 속 존재에게 과거로의 회귀는 관념적으로만 존재하는 가상의 방향일 뿐이다. 그럼에도 감정의 문제는 좀처럼 해결되지 않는다. 사라짐으로 인해 발생하는 부정적 감각. 상실감을 견딜 수 없는 데에서 오는 끝없는 절망. 유에서 무로의 전환은 인간이 경험하는 가장 큰 고통은 아닐 수 있지만 어떤 인간도 상실이 전제된 무로의 전환을 경험하고 싶어 하지 않는다. 어느 누구도 자신이 갖고 있던 것을 잃어버리며 유쾌해하지 않는 것이다.

예술은 잃어버린다. 기꺼이 스스로 잃어버리는 것이 예술에 대해 내가 말할 수 있는 유일한 정의다. 형용할 수 없는 무질서를 만들어 규정할 수 없는 상태에 도달하는 것은 파괴를 통해 이전에 없던 것을 창조하는 예술의 방식이다. 이른바 카오스. 카오스는 '혼돈'으로 번역된다. 일상에서 카오스는 종종 무질서나 혼란과 같은 의미로 쓰이는데, 알려진 바와 같이 카오스의 원뜻은 chainein, '입을 벌리다' 혹은 '쩍 벌어진 입'이라는 의미를 담고 있다. 마구 뒤섞여 갈피를 잡을 수 없는 상태, 혹은 하늘과 땅이 나누어지기 이전의 상태. 이러한 상태의 명사형인 chaos는 '캄캄한 텅 빈 공간'을 의미하니 우주 공간을 상상할 때 우리가 가장 먼저 떠올리는 단어가 카오스일 때가 많은 건 조금도 이상한 일이 아니다. 헤시오도스의 『신통기(神統記)』에 따르면 암흑과 밤도 카오스에서 생겨났다고 한다. 그리고 이 세상에는 암흑과 밤, 캄캄한 텅 빈 공간을 만들어 내는 예술가들이 있다. 질서에서 무질서를 보고 빛에서 어둠을 보며 채워진 공간에서 틈을 발견하는 사람들. 유에서 무를 만들어 내는 존재들. 나는 언제나 그런 예술가에게 끌렸다.

시오타 치하루의 전시 「영혼의 떨림」을 본 것은 지난해

12월이다. 전시장에는 다양한 작품들이 있었지만 그중에서도 많은 사람들이 자신의 영혼을 사로잡았다고 말하는 작품은 팽팽하게 당겨진 붉은 실로 뒤덮인 방이었다. 시오타 치하루의 작업에서 가장 중요한 재료를 꼽으라면 실일 것이다. 시작과 끝을 알 수 없을 만큼 무한으로 종횡하며 교차하는 실타래들 사이를 걷고 있으면 핏줄로 응축된 집 혹은 혈관으로 둘러싸인 동굴에 들어와 있는 것 같은 착각이 든다. 그 속을 걸어 다니며 사람들은 마치 자궁 속에 들어와 있는 것 같다고 말하는 것 같았는데 걸어 보니 나도 그 이유를 알 것 같았다. 핏줄을 닮은 실은 배를 휘감고 있는가 하면 낡은 의자를 붙들어 매고 있기도 했다. 그럴 때 실은 혈관이나 핏줄이 아닌 거미줄처럼 보였다. 배나 의자를 포획하고 있는 거미줄은 현재가 놓아 주지 않는 과거인 듯도 하고 박제되어 있는 현재인 듯도 했다. 이 거대한 실타래로 이루어진 설치미술은 시작도 끝도 알 수 없는 연결과 엉킴을 통해 시원의 상태이자 규정 불가한 무의 상태를 만든다. 이렇게 만들어진 끝없는 실타래는 죽음이라는 단절에 대한 두려움, 단절되는 관계에 대한 공포로부터 우리를 위로해 준다. 잃어버리는 것이지 사라지는 것이 아니라고 말하면서, 내게 없는 것이지 이 세상에 존재하지 않는 것이 아니라고 말하면서. 우리는 상실을 통해 자신을 넘어서는 법을 배운다. 갖지 않고도 품을 수 있는 마음의 공간을 배운다. 유의 세계에서 무의 세계로 넘어가며 우리는 잃어버림을 얻는다.

잃어버리는 것이 예술이라 할 때, 예술의 오브제는 삶에서 온다. 김숨 소설에서 삶은 언제나 예술의 오브제였다. 그의 소설에 등장하는 예술은 어김없이 삶으로부터 왔거나 삶 그 자체였다. 2014년 발표한 단편소설 「뿌리 이야기」는 뿌리 박제를 작업으로 삼는 예술가가 등장하는 작품이다. 소설은 가까운 일상의 뿌리에서 먼 추상의 뿌리까지, 우리를 둘러싸고 있는 뿌리를 예술의 재료이자 내용으로 삼는다. 2015년 출간된 장편소설 『바느질하는 여자』는 누비 바느질을 생업으로 하며 살아가는 세 모녀의 이야기다. 이들이 한 땀 한 땀 기워 옷을 만들어 가는 과정은 신성한 의식과도 같다. 자연물로서의 뿌리도 생업의 일환으로서의 바느질도 김숨의 언어를 관통하면 예술이 된다. 김숨의 문학 세계를 주제로 한 이 글에서 내가 말하고 싶은 김숨은 삶의 오브제를 통해 '무의 세계'를 만드는 예술이다. 무의 세계를 읽어 내기 위해 작품 속에서 세계를 짓는 사람들, 즉 김숨 소설에 등장하는 예술가들의 면면을 살펴보려 한다. 삶이라는 오브제를 예술화하는 김숨 소설의 예술가를 관찰하는 일은 김숨이라는 예술가를 관찰하는 일과 다르지 않을 것이다.

복원가의 예술

기술과 예술은 언제나 서로를 조금씩 포함한다. 복원사는 기술과 예술 사이에서 늘 갈등하는데, 그 핵심에는 얼마만큼의 거리를 두고 복원을 진행해야 하는지, 즉 거리의 문제가 있다. 이는 곧 시대의 기억과 자신의 판단을 어디에서 만나게 해야 할지에 대한 고민이기도 하다. 개인이 소유했던 평범한 물건이 특정 시대를 상징하는 물건, 즉 '유물'이 되기 위해 필요한 것은 무엇일까. 개인의 물건에 역사적 의미를 부여할 수 있는 집단의 기억에 대한 해석일 것이다. 2016년 출간된 『L의 운동화』는 이한열 열사의 운동화가 복원되는 과정을 그린 장편소설이다. 이한열은 1987년 6월 9일 연세대에서 열린 '6·10대회 출정을 위한 연세인 결의대회' 시위 도중 경찰이 쏜 최루탄에 머리를 맞아 한 달 동안 사경을 헤매다 7월 5일 스물두 살 나이로 유명을 달리했다. 알려진 것처럼 그의 죽음은 6월항쟁의 도화선이 되었고 국민장으로 치러진 장례식에는 150만 추모 인파가 모였다고 한다. 이한열의 삶과 죽음은 이한열 개인의 삶과 죽음을 넘어선다.

피격 당시 이한열이 신었던 270밀리미터 흰색 '타이거' 운동화는 오른쪽 한 짝만 남아 있는 상태다. 남아 있는 한 짝의 모습이 온전하지 않음은 물론이다. 시간의 흐름과 함께 밑창은 100여 조각으로 부서지며 손상되었다. 그리고 2015년, 그의 28주기를 맞아 미술품 복원 전문가인 김겸 박사가 3개월 동안 복원한 운동화는 현재 이한열기념관에 전시되어 있다. 『L의 운동화』는 이러한 사실에 바탕한 소설로, 김겸 박사의

미술품 복원에 관한 강의를 듣고 김 박사의 연구소를 방문한 김숨 작가가 복원 작업을 지켜본 후 운동화가 복원되는 과정을 재구성하는 방식으로 쓰였다. 한편으로는 미술품 복원 전문가의 작업 노트 성격을 띠고 있고 다른 한편으로는 복원 대상물에 대한 자신의 기억을 지니고 있는 사람들, 그러니까 그의 가족과 친구들에 대한 이야기를 병치함으로써 이 소설은 '복원'에 필요한 물리적 토대와 복원을 필요로 하는 심리적 토대의 의미를 엮어 간다. 두 개의 서사가 교차하는 가운데 복원의 기술과 복원의 예술은 서로에게 조금씩 섞여 든다.

소설은 다음과 같은 예술 작업을 소개하며 복원에 대해 질문한다. 마크 퀸의 자화상 「셀프(self)」는 자신의 두상을 모형으로 한 석고 거푸집에 다른 누군가가 아닌 자신의 피를 부어 응고시킨 작품으로 특수 냉동고 안에서만 형태를 유지할 수 있다. 그런데 청소부가 실수로 냉동고의 전원 코드를 뽑는 바람에 피가 녹아내려 훼손되었다고 하자. 마크 퀸이 죽은 다음 「셀프」는 복원될 수 있을까? 작품의 핵심이 그 자신의 피를 사용한 데 있었다면 작품을 복원하는 데에도 누군가의 피가 아니라 바로 마크 퀸 자신의 피가 필요할 터, 한때 마크 퀸의 피로 만들어진 이 작품의 피를 대체할 수 있는 물질을 구할 수 있는 방법이 있기는 할까. 우리의 눈은 피의 주인을 구분할 수 없다. 그럼에도 그의 것이 아닌 다른 사람의 피가 섞였을 때도 여전히 그 작품을 「셀프」, 즉 자화상이라고 말할 수 있을까. 쉽게 대답할 수 없다. 이것은 복원이란 무엇이며 또 무엇일 수 있는지에 대한 질문이다.

> 내가 복원해야 하는 것은, 28년 전 L의 운동화가 아니다. L이 죽고, 28년이라는 시간을 홀로 버틴 L의 운동화다. 1987년 6월의 L의 운동화가 아니라, 2015년 6월의 L의 운동화인 것이다. 28년 전 L의 발에 신겨 있던 운동화를 되살리는 동시에, 28년이라는 시간을 고스란히 담아내야 하는 것이다.[1]

복원은 기술만이 아니다. 복원되는 운동화에는 눈에 보이지 않는 28년이라는 시간의 흔적이 반영되기 때문이다. 소설 속 박사는 사라진 운동화 밑창의 패턴을 찾기 위해 고심하던 중 하나의 해결책으로 흔적화석을 뒤지기 시작한다. 흔적화석은 고생물의 활동이 지층의 내부나 표면에 보존되어 있는 상태로 저질 표면에서 이루어진 저생생물의 이동 기록을 의미한다. "복원 작업은 창작이 아니라 기술이지만, 창작을 할 때처럼 영감이 개입하는 순간이 존재하기도 한다." 과도하게 개입하지 않기 위해 관조할 수 있는 거리를 지키고 기다림의 순간을 견디며 고독한 작업을 이어 가던 그가 흔적화석에서 힌트를 얻고자 한 것은 유사한 패턴을 찾기 위해서만은 아니

1 김숨, 『L의 운동화』(민음사, 2016), 100쪽.

다. 수세기를 지나며 퇴적된 흔적 위에서 시간의 흐름을 읽어 내기 위해서다. 시간의 흔적을 반영한다는 것이 무슨 뜻이며 그러한 행위를 예술이라고 부를 수 있는 이유는 무엇일까. 복제와 구분되는 복원에는 과거와 현재를 연결하는 시간에 대한 해석을 지닌 복원자의 관점이 반영된다. 시간에 대한 해석은 기술자와 예술가를 구분하는 본질적인 차이가 된다.

무수히 많은 사람들이 신었을 똑같은 타이거 운동화. 그 제한된 '유의 세계'에서 28년이라는 시간 동안 이한열이라는 인물이 상징이 된 과정과 그동안의 시간에 대한 의식이 반영된 운동화를 만드는 것은 '무의 세계'로의 전환을 의미한다. 형용할 수 없고 규정할 수 없는 단 하나의 운동화. 한때는 누군가의 신발이었지만 이제는 모두의 신발이 된 바로 그 운동화. 이한열의 운동화를 복원하는 일은 이한열이라는 인물이 한국 역사에서 각인된 방식을 따라 우리가 기억하는 그 시대를 복원하는 일이 된다. 그럴 때 복원가의 예술은 한 사람을 통해 한 시대를 읽고 한 시대에서 한 사람을 발견하는 김숨의 예술과 일치한다. 김숨이 만드는 무의 세계는 무수하게 사라진 것들을 우리 곁으로 불러온다. 사라진 것들이 시간의 더께를 걸치고 현재로 다가온다. 김숨의 문학은 사라짐이 잃어버림의 동의어가 아님을 증명하기 위해 계속되고 있는 것처럼 보이기도 한다.

못 박힘의 예술

우리 몸 끝에 달린 손과 발이 꼭 나무의 뿌리 같다고 생각한 적이 많다. 나는 한 번도 물구나무 따위 서 본 적 없지만 물구나무 선 사람을 보면 바닥에 짚고 있는 열 개의 손가락이 열 개의 뿌리처럼 보이고는 했다. 뿌리는 한 존재의 끝이므로 다른 존재와 연결되는 시작점이 되기도 한다. 김숨의 단편소설 「뿌리 이야기」는 고정되어 있으면서도 이동하는 '뿌리'의 이중적인 상태가 '못 박음'이라는 행위를 통해 한층 선명하게 드러나는 작품이다. 여행사에 근무하는 30대 후반의 '나'와 뿌리를 오브제로 삼아 작품 활동을 하고 있는 '그'는 지지부진한 연인 관계를 지속하고 있다. '나'의 입장에서는 헤어져야겠다고 마음먹고 있지만 막상 결별을 감행하지는 못하는 상황. 그러던 중 '나'의 관심이 그의 '뿌리 작업'에 닿게 된다. 뿌리 작업은 나무의 뿌리를 박제하는 행위를 중심으로 이루어지는데, 이렇듯 뿌리를 박제하는 행위는 뿌리 잃고 부유하는 사람들의 다양한 삶과 교차하며 뿌리에 대한 의미를 확장해 나가기 시작한다.

흔히 나무에서 시간을 떠올린다. 일상에서 흔적화석과 가장 유사한 사물이 있다면 나무일 것이다. 나이테는 시간의 흔적을 그대로 몸에 새겨 보여 준다. 나이테를 보는 건 나무가 몸에 새기고 있는 시차를 직접적으로 확인할 수 있는 방법이다. 그러나 「뿌리 이야기」를 통해 말하는 뿌리는 태초의 것, 원초적인 것이자 근원적인 것, 즉 시간을 의미하기보다 연결이라는 공간적 의미를 더 강하게 지닌다. 못을 통해 뿌리를 고정하고 박제하는 것은 이 소설의 핵심적인 이미지다. 어디로도 가지 못하고 움직이지 못하게 박아 두는 것. 그런데 뿌리는 멈춰 있으면서 동시에 이동한다. 뿌리는 옆으로 아래로 뻗어 나가며 공간을 장악해 가기 때문이다. 나무의 크기는 지표면을 차지하고 있는 만큼 지하에서도 그 크기만큼의 공간을 차지하고 있다. 눈에 보이지 않지만 보이지 않는 영역에서도 나무는 존재하고 있는 것이다. 소설의 마지막 장면은 주인공의 고모할머니가 생의 마지막 순간에 꼭 그러잡고 있던 것이 자신의 손이었음을 이야기하는 내용이다. "그녀가 양로원에서 돌아가시던 날 밤, 그녀의 손이 내 방에 날아들어 이불을 들추고 더듬어 오는 걸 나는 다 느끼고 있었어. 내 손을 찾아 더듬더듬 더듬어 오는 걸……." 한자리에 그대로 서 있으면서도 여기저기로 뻗어 나가는 나무의 뿌리를 못 박아 두는 행위는 정착하고 있으면서도 연결되고 싶어 하는 인간의 욕망에 대한 은유다.

> 자연물인 뿌리가 예술적 오브제로 승화하기 위해 거치는 통과의례 중 가장 단순하고 의미심장한 의례를 그는 '못 박힘'이라고 했다.[2]

---

2 김숨, 「뿌리 이야기」, 『나는 나무를 만질 수 있을까』(문학동네, 2019), 82쪽.

바느질하는 행위 역시 따로 존재하는 것을 실로 박아 하나로 고정하는 행위다. 한 땀 한 땀 바느질을 하는 행위는 땅 위에 씨를 뿌리는 것과도 같다. 일정한 간격으로 땀을 채워 나가면서 보온의 공간이 완성되고 옷이 완성되어 가는 것처럼 일정한 간격으로 뿌려진 씨들이 뿌리를 내리고 제 공간을 확보하며 생명을 지닌 형태로 성장해 나간다. 장편소설 『바느질하는 여자』는 바늘 중에서도 가장 작은 누비 바늘에 전 생애를 바친 세 모녀의 이야기를 다루는 작품이다. 주인공이자 바느질하는 여자인 '수덕'은 경주 인근의 농촌 동네에서 누비옷 만들어 파는 것을 업으로 성이 다른 두 딸을 키운다. 이들의 바느질은 한 땀이라는 유한한 행위의 반복을 통해 완성되어 가는 무한의 세계를 상징적으로 보여 준다. 이 작품에서 보여 주는 '한 땀의 미학'은 바느질이라는 구체적인 행위가 일정한 거리를 지킴으로써 한 땀과 다른 땀 사이, 아무것도 존재하지 않는 무의 공간을 만들어 가는 신성한 행위로 의미를 바꿔 나가는 데에 있다.

> 누빌 선을 따라 뚜벅뚜벅 발자국 찍듯 떠 나간 바늘땀들이 앞다투어 떠올랐다. 폭은 물론 간격을 숨 막히도록 일정하게 맞추어 뜬 바늘땀들이었다. 바늘땀들은 고작 땀구멍만 했다. 간격 또한.[3]

3 김숨, 『바느질하는 여자』(문학과지성사, 2015), 12쪽.

한 땀과 한 땀 사이에 존재하는 유한한 공간은 김숨의 소설에서 무한의 공간이 된다. "기껏해야 좁쌀 정도밖에" 안 되는 간극이지만 어머니는 '금택'에게 그 공간이 별과 별 사이처럼 까마득한 거리라고 이야기한다. 금택은 바늘땀 사이의 적은 공간에서 몇백 광년 떨어진 별과 별 사이의 공간, 즉 무한을 보는 어머니의 말을 훗날 이해하게 된다. 한 땀에서 다음 땀까지 모든 바늘땀은 서로 긴밀하게 연결되어 있지만 각각의 바늘땀은 어떤 경우에도 서로 만나지 않기 때문이다. 『바느질하는 여자』에서 어머니의 바느질은 구체적인 기능에서 형용할 수 없는 상징들로 의미화한다. 금택은 어머니의 바느질을 그녀에게 내려진 천벌처럼 가혹한 노동의 행위로 바라보는가 하면 누비 선을 타는 모습에서 거문고를 연주하는 것 같은 예술로서의 행위로도 바라본다. 그럴 때 어머니가 바느질 올을 튕기는 모습에서는 마치 거문고 줄을 튕길 때처럼 덩, 둥, 등, 당 음악 소리가 나는 것 같다. 음악 소리일 뿐일까. 바늘땀 따는 소리는 맥박이 뛰는 소리처럼 들린다. 춤을 추듯 리듬을 타며 바늘땀이 이어질 때 누빔 옷이 완성되고 이 세상에 존재한 적 없는 호흡이 더해진다.

하나의 상태로 못 박아 두는 것은 시간의 흐름이라는 자연의 속성에 반하는 인간의 도전이다. 이길 수 없다는 것을 알면서도 감행하는 무모한 도전이지만 필멸하는 인간이 꿈꾸는 불멸에의 꿈이 또한 멈춘 시간의 영원성이다. 못 박음에는 기억의 이미지도 있다. 기억은 흐르는 시간 가운데 흐르지 않은 채 멈춰 있는 한때의 시간이기 때문이다. 바느질을 통해 일시적 고정 상태가 유지될 수 있도록 옷을 짓고 박제 작업을 통해 뿌리가 제 형태를 유지할 수 있도록 고정하는 일은 뿌리를 잃고 부유하는 존재들의 정처 없음과 구분되는 정착의 행위이자 휘발되는 한순간을 고정하는 영원성의 행위다. 한 땀 한 땀 일정한 간격을 지키며 옷을 만들어 가는 것은 무에서 유를 만들어 내는 것처럼 보이지만 광목이나 비단 같은 선명하고도 기능적인 재료가 누군가의 옷이라는 규정할 수 없는 사물이 되어 가는 과정이기도 하다. 뿌리가 끝이자 시작이며 멈춰 있는 동시에 연결되는 무한의 가능성의 존재가 되듯 노동이 예술이 되고 기능을 지닌 사람들이 예술가가 되는 것은 김숨 소설에서 그리 낯선 상황이 아니다.

말의 예술

말은 밖으로 나오려고 한다. 밖으로 나온 말은 어느 곳으로든 누구에게로든 가닿으려고 한다. 닿을 수 있다는 가능성 위에서 말은 밖으로 나오려고 한다. 이 단순한 말의 행로는 정체되는 순간 생명을 잃는다. 그러나 움직임을 멈추지 않는다면 한 사람에게서 다른 사람에게로 전달될 때 죽은 말도 살아날 수 있다. 사라진 기억도 되살아날 수 있다. 말의 생명력이란 언제나 발화하는 행위와 함께 그것을 듣는 행위가 있을 때 존재를 드러낸다. 따라서 말은 위기의 순간에 처한 인간이 고통스러운 상황을 견딜 수 있는 유일한 힘이 되어 주기도 한다. 그 힘의 실질적 효과에 대해 이야기하기 위해 마음속에 있는 고통스러운 감정들을 타인에게 이야기하는 동안 벌어지는 일에 대해 말해 볼 수도 있을 것이다. 이야기한다는 것은 자신도 알 수 없는 감정의 덩어리를 범주화하고 개념화하는 언어화 과정을 거치는 것이다. 말하는 과정에서 마음이 가벼워지고 고통이 완화되는 듯한 치유 효과를 경험하는 이유는 그 사이 무지의 베일에 쌓여 있던 감정이 조각나며 파편들이 지닌 의미가 파악됐기 때문이다.

일상의 언어, 즉 대화가 예술이 되는 과정을 우리는 다른 무엇보다 김숨의 작품을 통해 확인해 왔다. 그의 대표적인 증언 소설로 손꼽히는 『군인이 천사가 되기를 바란 적 있는가』와 『숭고함은 나를 들여다보는 거야』는 일본군 위안부 길원옥 할머니와 김복동 할머니의 회고를 바탕으로 쓰인 소설이다. 한 사람이 말하고 다른 한 사람이 듣는 행위는 단절된 시간을 살려 낸다. 그 부활한 시간 안에서 개인의 기억은 집단의 기억이 된다. 경험하지 않은 것을 기억한다는 것은 모순이지만, 김숨의 증언 소설에서 증언의 이름으로 발화되는 말은 누군가의 말이기는 하나 종내에는 주인 없는 말이 되어 그 말을 듣는 이 역시 말의 주인이 되도록 한다. 따라서 '증언집'이라는 분류는 이 작품이 지니는 문학성을 조금도 반감시키지 않는다. 오히려 증언집이라고 분류해야 할 정도로 일방적인 구술의 기록이 문학성을 획득하게 되는 과정을 더 극적으로 표현한다. 한 사람의 말을 집중해서 듣게 되면 그 안에 존재하는 내적 리듬과 형식이 인식되기 마련이다. 두 권의 증언집을 읽는 동안 우리는 논리적으로 전개되는 것도 아니고 합리적이거나 개연성 있게 전개되는 것도 아닌 할머니의 증언 속에서 노랫말에서 경험할 법한 구조를 경험하게 된다. 어떤 말은 반복되면서 그 자체의 리듬을 형성하고 어떤 말은 아예 노래가 된다. 어느 순간에 이르면 누구의 말인지 그 말이 사실인지 아닌지는 더 이상 중요하지 않은 것이 된다. 중요한 것은 오히려 말들의 주인이 바뀌면서 기억의 소유자가 변한다는 것이다.

2020년 출간한 『떠도는 땅』은 김숨 작품에서 특정 인물을 중심으로 드러났던 말의 에너지와 생명력이 집단의 말을 통해 한층 맹렬하게 폭발하는 소설이다. 1937년 소련의 극동 지역에 살고 있던 고려인 17만 명이 화물열차에 실려 중앙아시아로 강제 이주된 사건을 다루는 이 작품의 공간은 오직 열차의 화물칸이다. 어디를 지나고 있는지, 어디로 가고 있는지 알지 못한 채 흉흉한 소문만이 가득 채우고 있는 이곳에서 열차에 실린 사람들은 제각각 품고 있는 사연을 옆에 앉은 사람들에게 이야기하기 시작한다. 살아 있다는 게 원망스러울 때가 있다. 숨 쉬는 것도 고문으로 느껴질 만큼 충분히 더럽고 충분히 끔찍한 열차 안에는 살아 있다는 사실조차 버겁게 느껴지는 조선인들이 타고 있다. 아나똘리, 미치카, 금실, 들숙, 풍도, 오순, 인설…… 엄마가 러시아인인 아이들은 열차에 실리지 않았다. 그러나 아빠가 러시아인인 아이들은 열차에 실렸다.

> 모든 조선인이 땅을 찾아 러시아로 온 것은 아니었다. 신분 차별에 대한 불만, 넓은 세상에서 살고 싶은 갈망, 종교적 신념 등을 이유로 러시아 국경을 넘는 이들도 있었다. 인설의 아버지 이이세는 처자식을 고향에 두고 혼자 러시아로 왔다. 2대째 러시아 땅에 정착해 살던 처녀에게 새장가를 들어 아들 둘을 낳았다. 아버지는 자신이 조선을 떠나온 사정을 비밀로 끌어안고 무덤에 들어갔다. 고향에 처자식이 있다는 것이 이이세에 대해 아들들이 알고 있는 전부였다. 그는 아들들 앞에서 고향의 처자식이나 고향집을 그리워하는 기색조차 보이지 않았다.[4]

겁에 질린 사람들의 울음소리 사이로 석탄 같은 냄새가 들어온다. 말발굽 소리, 삽질 소리, 호루라기 소리, 욕설 섞인 고함 소리…… 이곳이 지옥이 아니라면 우리는 어떤 지옥도 두려워할 필요가 없을 것 같다. "흘러가는 건 구름이 아니라 땅…… 그때 내 나이가 아홉 살, 아버지하고 밭을 갈고 있는데

4 김숨, 『떠도는 땅』(은행나무, 2021), 131쪽.

땅이 흔들렸어.” 땅이 흔들린다. 흔들리는 건 땅이다. 우리가 발 딛고 서 있는 땅은 언제든지 사라질 수 있고, 그러므로 이 땅 위에 서 있는 ‘나’도 사라질 수 있다. 땅은 단단하지 않고 땅은 뿌리내리지 않고 땅은 누구의 것도 아니다. 그토록 뿌리내리고자 땅을 일구고 땅에서 생명을 키워 냈지만 그곳은 한 번도 우리에게 완전히 속했던 적이 없고 언제든지 땅은 우리를 버리고 우리가 없는 곳으로 달아날 수 있다. 그러나 버려진 우리를 다시 받아 주는 것 또한 땅이라는 사실은 우리에게 변화 앞에서 절망할 필요도 기뻐할 필요도 없다고 말하는 것 같다. 기차에 실려 흘러가는 이들은 말하고 또 말한다.

> 열차 문을 열자 눈발 섞인 바람이 휘몰아쳐 들어온다. 눈송이들이 따냐의 산발한 머리카락에 점점이 달라붙는다. 눈송이들은 그녀의 머리에 면사포처럼 드리워졌다 허무하게 녹아 버린다. 요셉이 포효하며 아기를 열차 밖으로 던진다. 아기를 감싼 광목천이 풀어지는가 싶더니 순식간에 시야 밖으로 사라진다.[5]

기차에는 삶도 있고 죽음도 있다. 생과 사는 끊임없이 교차한다. 그러나 이들은 살아 있다. 이들이 말한다는 사실이 이

5 앞의 책, 255쪽.

들의 살아 있음을 증명한다. "아줌마는 수다스런 아이를 무척 좋아한단다." 들판의 참새들처럼 쫑알거리는 것은 그들의 생명이 여전히 살아 숨 쉬고 있다는 것을 의미한다. 『떠도는 땅』은 땅을 잃고 뿌리 뽑힌 사람들이 어디로 가야 할지, 어떻게 살아야 할지 그 어떤 것도 질문할 수 없고 질문에 대답할 수 없는 암흑과 밤의 상황에서 말하기를 통해 그들의 '일상성'을 잃지 않는다는 데 있다. 우리의 일상은 말로 이루어져 있다. 누군가는 말하고 누군가는 그 말을 들음으로써 그들의 고통은 그들 자신의 것만이 아니라 기차 안에 있는 사람들의 것, 우리의 것이 된다. 말하고 듣는 행위가 문제를 해결해 주기 때문은 아니다. 제자리에 서 있으려 하면서 연결되고 싶어 하는 인간의 마음이 말하게 하고 말은 한 사람의 끝이자 다른 사람과 연결되는 시작이라는 점에서 뿌리를 닮았다. 김숨의 소설을 읽을 때마다 나는 뿌리가 되는 꿈을 꾼다. 내 자리에 못 박혀 있으면서 타인과 연결되는 뿌리의 정착과 뿌리의 이동을 꿈꾼다.

이 글의 시작에서 나는 유에서 무로의 전환이 인간이 경험하는 가장 큰 고통은 아닐 수 있지만 어떤 인간도 상실이 전제된 무로의 전환을 경험하고 싶어 하지 않는다고 말했다. 어느 누구도 자신이 갖고 있던 것을 잃어버리며 유쾌해하지 않는다고도 말했다. 김숨은 한쪽이 사라지고 다른 한쪽만 남아 있는 부서져 가는 신발이라든가 일정한 간극으로 무한히 연결된 누빔의 흔적이라든가 이리저리 연결되어 있는 뿌리들을 오브제로 삼아 구체적으로 실재하는 '유의 세계'에서 사라진 기억이나 희미해진 삶의 욕망들이 되살아나는 '무의 세계'를 우리 앞에 펼쳐 놓는다. 규정되었던 것들은 혼돈의 한가운데에서 의미를 잃고 어둠이나 밤이 된다. 캄캄한 어둠 속에서 우리는 사라진 것들과 조우한다. 잃어버린 것들을 얻는다. 김숨의 작품에 등장하는 예술가들이 삶으로부터 예술을 길어 올리는 사람들이라면 김숨은 그들이 길어 올릴 수 있는 뿌리의 꿈을 그리는 작가다. 나무와 함께하면서 나무로부터 가장 멀리까지 나가고 싶은 뿌리의 꿈을.

한 사람을 위한 이념

배삼식론

늦은 겨울과 이른 봄 사이였을까. 어쩌면 가을과 겨울 사이였을지도 모른다. 희미하게 내리쬐는 순한 볕이 땅 위로 환하게 떨어지는 날이었고 주변의 사물들은 반사판을 받은 것처럼 반짝반짝 빛나고 있었다. 어느 한 계절에 속한다기보다는 계절과 계절 사이에 전개되어 있었다고 말하는 것이 더 어울릴 법한 볕이었다. 그날이 언제였는지 정확하게 알아낼 수도 있겠지만, 그때도 지금도 나는 내가 모르도록 내버려 둔다. 앞으로도 그날은 봄의 길목이거나 가을의 뒤안길일 것이다. 채 사라지지 않은 기운과 막 시작되는 기운이 함께 존재하는 순간, 끝나는 시간과 시작하는 시간이 뒤섞인 채 끝도 시작도 허락하지 않는 순간, 침묵을 품고 있는 빛은 아무 말도 하지 않았지만 모든 것을 알고 있는 듯했다. 그날에 대한 내 기억은 그날이라는 사실을 재구성한다.

종로 부암동에 위치한 '소소한 풍경'이라는 식당에서 배삼식 작가와 식사를 한 날이었다. 희곡집 『1945』 출간을 앞두고 작품과 관련한 이야기를 나누기 위해 마련된, 편집자와 작가의 미팅 자리였다. 물론 그때 나눈 자세한 이야기들은 편집 과정에서 단어로 문장으로 색깔로 여백으로, 말하자면 책 곳곳으로 스며들어 지금은 다 사라지고 없는 이야기가 되어 버렸다. 그사이 몇 번의 계절이 쉼 없이 돌아왔고 계절과 상관없이 시간은 앞만 보고 달렸다. 다 쓸어 버릴 기세로 냉정하게 흐르는 시간이었지만 그런 시간이 휩쓸어 가지 못한 것도 있었다. 언제나 남겨지는 것들은 있기 마련이다. 때로 그것은 한순간 느낌의 형태이기도 하고 정지된 화면의 형태이기도 하다. 시간이 남겨 둔 그날의 그것은 '한마디 말'이었다.

'소소한 풍경' 옆에는 환기미술관이 있다. 익히 명성은 들었지만 막상 가 본 적은 없던 곳이었다. 기왕 부암동에서, 그것도 환기미술관 가까이에 있는 식당에서 만나는 것이니 일정이 끝나면 미술관을 방문해야겠다는 야심 찬 계획이 있던 터였다. 평소 예약하거나 시간 약속을 잡는 일에 부주의한 나는 그날도 별다른 준비 없이 기대감만 잔뜩 준비해 갔고, 생각보다 일찍 도착하는 바람에 약속된 장소로 향하기 전 미술관을 둘러볼 수 있게 돼 좋기만 한 마음이었다. 그러나 미술관은 재정비를 위해 휴관 중이었고 당연히 미술관을 들르려던 내

계획은 취소되었다. 이런 구구한 사연을 듣고 있던 작가는 내 말이 끝나자 특유의 웃음기 띤, 정중하고 느릿한 말투로 함께 아쉬워해 주었다.

"멍석 같은 그림 보고 있으면 좋죠……."

이후 지금까지도 나는 김환기 그림을 떠올리면 그 말부터 생각난다. 보고 있으면 좋은 멍석 같은 그림. 그날을 계절과 계절 사이의 시간이었다고 기억하려는 내 고집도 이 말에서 비롯되었을 가능성이 크다. 높지도 낮지도 않은 온기가 무엇 하나 보채지 않은 채 느긋한 표정으로, 또는 안온한 빛줄기로 멍석에 스며드는 이미지. 봄일 수도 있고 가을일 수도 있는 널따란 햇볕의 촉감. 순전히 한마디 말 때문이었던 것이다. 모월 모일 그날이 사이의 시간으로 규정된 것은. 나의 기억이 나의 사실을 구축한다.

*

말은 남는다. 정확히 말하면 무거운 말은 남는다. 한마디 말이란 짧은 말을 의미하지만 잊을 수 없는 말을 의미하기도 한다. 한마디 말 때문에 우리는 영원히 수치스럽기도 하고 인생의 회로가 바뀌기도 한다. 말 못할 그리움을 품은 채 평생을 견뎌 내는 힘이 한마디 말에서 나오기도 하는 것이다. 배삼식의 작품을 읽는다는 것은 전후 맥락도 사정도 필요하지 않은,

그저 그 자체로 앞선 이야기와 뒤따를 이야기를 압도하는 한마디 말의 순간을 만나는 일이기도 하다. 한마디 말의 힘이란 상황을 규정하는 힘이 아니라 가능성을 증폭시키는 힘이고 상황을 증명하는 형식이 아니라 상황을 느끼게 하는 형식이다. 배삼식의 작품을 읽을 때마다 어김없이 경험하는 것은 개념을 잊어버리게, 혹은 잃어버리게 만드는 순간들이었다. 순간은 도착을 필요로 하지 않는다. 도착을 의미 없게 만드는 것이 순간이라 할 수도 있을 것이다. 결말을 향해 진행되는 이야기가 아니라 결말을 잃어버리기 위해 순간만 남겨 두는 이야기. 배삼식의 극은 남았기에 무겁고 사라졌기에 가벼운 측정할 길 없는 한마디 말을 위해 대화라는 모험을 시작한다.

두말할 것도 없이 희곡은 대화의 예술이다. 물론 대사와 대화는 다르다. 희곡을 이루는 절대 요소는 대사이고 대사는 대화 없이도 얼마든지 성립할 수 있다. 그러나 우리 삶을 재현하는 드라마는, 삶이 관계 속에서 이루어지듯 대화라는 맥락 속에서 핍진성을 획득한다. 그런데 누구나 하는 대화는 누구나 할 수 있다는 이유로 인해 누구도 기능의 측면에서 벗어나지 못한 채 목적을 지닌 도구로 그치기 십상이다. 위대한 혼잣말보다 근사한 대화가 더 어려운 것은 대화가 관계에서 비롯되는 예측할 수 없는 작용을 내포하기 때문이다. 모두 다 대화하며 살지만 모두가 대화한다는 보편성으로 인해 예술로서의 대화는 거의 불가능하거나 아예 불가능하다. 일상성과 보편성은 대화라는 형식을 예술의 대상으로부터 멀어지게 한다.

배삼식의 극에 깃든 에너지는 대화를 예술의 차원으로 끌어올리는 데에서 발생하는 희열이다. 구조로만 보자면 단순하기 이를 데 없지만 대화의 맥락은 결코 단순하지 않다. 단순할 수 없는 인간의 내면과 외면을 대화 속에서 이끌어 내는 힘이 배삼식의 작품에서 우리가 경험하는, 그리고 일상에서 우리가 좀처럼 경험할 수도 관측할 수도 없는 대화의 깊이이자 예술이다. 관계에서 비롯되는 복잡한 작용과 반작용으로서의 대화가 깊이와 감동을 주기 위해서는 드러난 말 이면에 드러나지 않은 이야기가 자리 잡고 있어야 한다. 그들의 삶이 지닌 복잡다단한 구조를 드러내기 위해 작동되는 것은 기억을 말하는 행위다. 기억을 말함으로써 과거의 봉인이 풀린다.

> 꼭 그것 때문이 아니라, 아시다시피 제가 잘하는 건 기억하는 일밖에 없잖아요? 전 이 마을의 모든 일들을 하나도 빠짐없이 기억하고 있는데, 여길 떠나면 그게 죄다 아무 소용없게 되잖아요. 전 언젠간 그 기억들을 바탕으로 저만의 이념을 만들어 보고 싶어요 그래서…….[1]

「열하일기 만보」는 "모든 짐승의 특징들을 조금씩은 지닌,

---

1 배삼식, 「열하일기 만보」, 『1945』(민음사, 2019), 230쪽.

매우 어중간한 네발짐승 한 마리"가 인간 세상을 꿰뚫어 보는 이야기다. 다 자란 이 짐승에게 고삐를 씌우고 재갈을 물려 주려던 어느 날 벌판을 가로지르는 모래바람이 불어와 하늘과 땅 사이의 지평선을 지우고 짐승에 불과한 녀석은 생각에 빠지기 시작한다. 생각하는 네발짐승(그의 이름은 연암이다.)이 시간과 공간을 가로질러 과거와 미래를 종횡무진 질주하는 기이한 일이 벌어지는 것이다. 표면적으로 이 작품은 짐승의 시선으로 인간 세상을 바라보는 전복적 말하기를 통해 인간 세상을 풍자하고 있는 것으로 보인다. 그러나 이면에서 바라본 이 작품은 생각하고 말할 수 있는 짐승을 통해 인간 이전의 세상, 인간의 입장에서 보자면 태초의 시점으로 세상을 초기 설정하는 작품에 가깝다. "현재와 과거와 미래의 기억들 사이에서" 길을 잃은 짐승 연암을 통해 그 세상의 이념이 형성되는 과정을 보여 주고 있기 때문이다. "이념이란 아리송하고 앞뒤가 안 맞아야 되는 거"라는 말로 풍자하며 드러내는 진실은 모순으로서의 이념이 아니라 기억이라는 감각으로서의 이념이 우리에게 필요하다는 사실이다.

*

배삼식 선집 『3월의 눈』[2]에 수록된 작품들은 기억을 매개로 지나온 시간을 되짚는 다섯 편의 작품이 수록되어 있다. 기억으로 만든 이념 위에서 과거-현재-미래가 서로를 가로지르며 서로를 끊임없이 지우는 서사가 중심이 되는 작품들은 배삼식 극작 세계의 중심을 관통하는 핵심적인 테마다. 하루가 다르게 바뀌어 가는 도시 한가운데 혼자 멈춰 선 듯 이질적인 한옥집은 동네를 오가는 관광객들의 구경거리가 된 모양새다. 아직도 이 집에 살고 있는 노부부 장오와 이순이 나눈 대화로 이루어진 작품 「3월의 눈」은 무섭도록 슬프게 흐른다. 그들의 대화가 기억 속에만 존재하는 세계에 대한 회상과 그리움으로 채워져 있기 때문일 것이다. 남아 있는 것이 두 사람이 아니라 한 사람이라는 것을 알았을 때 서글픔은 극에 달한다. 익숙한 것들이 사라진 세계에 홀로 남은 존재들의 쓸쓸한 회상이 그해의 마지막 눈처럼, 말하자면 '3월의 눈'처럼 아스라이 떨어진다. 쌓일 새도 없이 흩어져 버리는 봄날의 눈발에 찰나의 인생이, 그리고 찰나라는 인생이 담겨 있다.

「먼 데서 오는 여자」는 2003년 발생한 대구지하철화재참사로 딸을 잃은 부부의 대화로만 진행되는 작품이다. 공동체가 경험한 재난과 고통을 잊지 않기 위해 노력하기는커녕 추모 공원의 이름은 '시민안전테마파크'가 되고 추모하기 위해 맺은 약속은 헌신짝처럼 버려지는 등 최소한의 애도마저 불허하는 권력은 오히려 집단적 망각을 유도한다. 재난 당사자

---

2 배삼식, 『3월의 눈』(민음사, 2021).

이자 파독 간호사로, 또 중동으로 파견 나간 노동자로도 살아왔던 부부는 이렇게 또 국가로부터 소외되는 역사를 경험한다. 그들에게 세상은 차라리 다 잊어버리고 싶은 곳, 몰랐던 시절로 돌아가고 싶은 지옥이 아니었을까. 딸의 죽음이 없는 과거로 도피한 여자가 현실로 돌아오는 순간의 적막은 깊이를 헤아릴 수 없는 절망의 협곡이다. 「3월의 눈」이 과거로서의 기억을 떠올리는 데에서 발생하는 슬픔이라면 「먼 데서 오는 여자」의 슬픔은 과거로 흘려보내지 못해 기억조차 할 수 없는 데에서 발생하는 슬픔이다. 기억은 조각나 있으므로 늘 먼 곳에서부터 서서히, 그리고 천천히 모습을 드러내며 우리 곁으로 다가온다. 대화의 주체는 말하는 자신이지만 때로 대화의 주인공이 대화 그 자신이라는 생각이 들 때가 있다. 기억은 부부의 대화를 통해 드러나고 싶은 자신의 욕망을 실현한다.

앞선 두 작품이 속도와 망각을 유도하는 현재적 시대 속에서 사라지지 않고 남아 있던 개인의 기억들이 자신의 모습을 드러내는 경우라면 「화전가」와 「1945」는 애초에 역사에 기입조차 되지 않았던 자들의 기억을 통해 그들의 존재를 발굴해 내는 이야기다. 「화전가」의 시간적 배경은 한국전쟁 발발 직전이고 공간적 배경은 안동 어느 일가다. 딸들의 성화에 못 이겨 마지못해 치르게 된 환갑잔치에는 시끌벅적한 수다와 사이사이 들어서는 한숨 섞인 정적이 교차된다. 정적에는 전쟁으로 인해 집을 나간 남자들에 대한 걱정이 배어 있지만 그러는 동안에도 삶은 계속되고 있다는 듯 이들의 놀이는 멈추지 않는다. 하룻밤 꿈같은 시간이 끝나자 들려오는 폭발음. 끈질긴 생의 감각 앞에서 슬픈 전쟁의 추억은 한층 서럽게 드러난다. 삶은 멀고 죽음은 가까웠던 시대, 돌이켜 보면 다 헛되고 헛된 시대에 '지금 살아 있다'는 순간의 감각만이 생을 헛되지 않다고 긍정할 수 있는 이유가 아니었을까. 「1945」의 명숙과 미즈코는 식민지, 위안부, 여성이라는 삼중의 차별 구조가 작동하는 존재로 국가가 자신의 정체성을 형성하기 위해 제일 먼저 버렸던 정체성이다. 전후 독립 공간에서 여전히 해방되지 못한 삶을 살았던 사람들이 한둘은 아니었을 것이나, 「1945」는 누구도 그들을 기억하지 않았던 시대에서 살아남기 위해 그들 스스로도 자신을 기억하지 않아야 했던 불운과 불행의 시간을 살아 낸 이들을 통해 기억의 정치성을 환기한다. 명숙과 미즈코가 서로의 입술에 립스틱을 발라 주며 예쁘다고 말해 주는 모습은 어떤 행위보다 더 날카롭게 헛된 이념의 시대를 비판한다.

그러나 예술이 된 대화의 종착지는 한순간의 침묵이다. 어떤 작품이든 그것이 배삼식이 쓴 이야기라면 어김없이 그 끝에는 더 이상 질주하지 않고 그 자리에 멈추어 섬으로써 지금까지의 세계에 이의를 제기하는 정지의 상태가 있다. 순간의 침묵을 위해서 여기까지 왔다는 듯 각각의 침묵은 저마다 다른 곳으로 출발한다. 기억의 행로는 도착을 필요로 하지 않는다.「3월의 눈」을 좌표 삼아 다시 읽는 다섯 편의 작품들 통해 우리는 집단을 구분하기 위해 작동하는 이념이 아니라 집단으로부터 개인을 회복하기 위해 발견되는 이념을 읽는다. 한 사람을 위한 이념 위에서 완성된 과거가 해체되고 해체된 시간들이 다시 조립되는 과정을 거쳐 어디에도 없는 기억의 집, 나의 집이 완성된다.

생의 모든 도면은 기억이라는 언어로 쓰인다. 기억을 뒤적이기 위해 우리는 대화에 나선다. 기억을 끌어내는 대화란 때로는 삼월의 눈처럼 조용히 내리지만 때로는 위험물을 감추고 있는 지뢰처럼 무섭게 폭발한다. 시간을 가로지르며 예측할 수 없게 오가는 그들의 대화가 그것을 증명한다. 일상적이고도 이상적인 대화를 통해 소실되었던 과거가 복원되고 빛바래 멈춰 버린 추억이 재생된다. 여기 실린 다섯 편의 희곡은 개인에 있어, 또 역사에 있어, 잘려 나간 시간의 틈새를 메우는 한끗의 숨이다. 이 숨으로 인해 비어 있던 공간에 이야기가 시작된다. 접혀 있던 시간이 펴지고 잘려 나간 이야기가 돌아온다. 없는 줄 알았던 존재들을 환대하는 소박한 목소리의 세계. 본디 이것은 위대한 대화의 속성이기도 하지만 배삼식이라는 위대한 문학의 본질이기도 할 것이다.

마지막으로, 『3월의 눈』에는 수록되어 있지 않지만 내가 가장 좋아하는 배삼식의 대사를 이야기하는 것으로 이 글을 갈무리해도 좋겠다. "이것만 있으면 무덤 속도 환할 게야."[3] 사상범으로 몰려 일평생 벽 속에서만 숨어 지내야 했던 남자가 임종을 앞둔 어느 날, 어렸을 적의 딸이 햇빛이 보고 싶다던 자신을 위해 학교에서 돌아오는 길마다 따다 주었던 나뭇잎과 꽃잎 들이 차곡차곡 쌓여 있던 상자를 어루만지며 남자가 한 마지막 말이다. "이것만 있으면 무덤 속도 환할 게야."

아쉽게도 나는 번번이 「벽 속의 요정」 공연을 놓쳤다. 하지만 보지 않아서 좋은 것도 있다. 덕분에 나는 세상에서 하나밖에 없는 환한 무덤을 알고 있다. '소소한 풍경'에서 작가를 만났던 그날을 봄 여름 겨울 겨울이 아니라 그저 볕이 잘 드는 어느 따뜻한 날이었다고 생각하는 배경에는 이 장면, 그리고 이 대사가 있었던 건지도 모르겠다는 생각이 뒤늦게, 3월의 눈처럼 온다.

3 배삼식, 『배삼식 희곡집』(민음사, 2015), 325쪽.

2부 자아의 후퇴

자아라는 신화

서사의 쇠퇴와 자아의 후퇴

자아는 하찮은 것이다. 진정한 나를 찾기 위해 길을 나섰던 인물들이 등장하는 수많은 예술 작품들이 여전히 자신의 가치를 증명하고 있고 때로는 그 가치를 인정받고 있음에도, 자아 찾기 모티프는 갈수록 '고령화'되고 있다. 자아를 찾기 위해 모험을 감행하는 문학은 더 이상 새로운 세대에 의해 계승되지 않는 것만 같다. 젊음을 상징하는 모험과 도전으로서의 '자아 찾기'는 철 지난 유행 정도로 축소되며 전환의 국면을 맞이하고 있다. 진실이 파편화되고 가치가 다원화된 현대 사회, 지식의 위상이 변하고 가치 사슬의 전복이 일상화된 기술-산업사회에서 '자아'의 위상, 나아가 자아와 타자의 관계 설정에도 변화가 생기는 것은 필연적인 결과일지 모른다. 자아는 여전히 중요하지만, 각고의 노력 끝에 형성되는 하나의 정체, 즉 주체로서의 자아는 하찮은 것일 수밖에 없는 것이다.

일찍이 자아 찾기는 문학성을 입증하는 클리셰였다. 자신의 운명과 싸우고 삶을 개척함으로써 과거의 나와 작별하고 '진정한' 나를 만나는 숭고한 작품들을 읽는 건 문학의 세계로 들어가는 통과의례였다. 『오디세이아』는 자아 신화의 원형이 담긴 작품이다. 트로이 전쟁에서 공을 세운 영웅 오디세우스가 집으로 돌아오기까지는 10년이란 시간이 걸렸다. 집으로 돌아오는 데 10년이나 필요했던 이유가 무엇이었을까. 흔히 '경험으로 가득한 여정'의 의미로 쓰이는 '오디세이아'라는 말에서도 알 수 있듯 『오디세이아』는 한 사람의 자아란 전쟁에서 승리한 경험만으로는 형성되지 않는다는 사실을 보여준다. 죽을 뻔한 위기를 겪으며 새로운 세계와 만나고, 그 모든 과정을 거쳐 집으로 돌아왔으나 아내에게 구혼한 사람들을 응징해야 할 만큼, 인생은 오디세우스에게 무례하고 무자비하다. 그러나 그 같은 무례함을 견디고 이겨 낼 때, 말하자면 이전의 '나'와는 모든 점에 있어서 다른 '나'라는 존재로 거듭날 때, '나'는 그 경험의 총체로서 단단한 자아를 형성할 수 있게 된다. 오디세우스가 집으로 돌아오기까지의 10년은 자아를 완성하기 위한 시간이었다.

자아 신화는 대중문학이 소비하는 가장 대중적인 모티프이기도 했다. 세계적인 베스트셀러이자 한국에서도 밀리언셀

러로 이름 높았던 파울로 코엘료의 『연금술사』가 대표적이다. 다음의 인용구에는 우리가 소비하는 자아의 이미지가 무엇인지 선명하게 드러난다. "무언가를 온 마음을 다해 원한다면, 반드시 그렇게 된다는 거야. 무언가를 바라는 마음은 곧 우주의 마음으로부터 비롯된 때문이지. 그리고 그것을 실현하는 게 이 땅에서 자네가 맡은 임무라네. (……) 어쨌든 자아의 신화(personal legend)를 이루어 내는 것이야말로 이 세상에서 모든 사람들에게 부과된 유일한 의무지. 세상 만물은 모두 한가지라네. 자네가 무언가를 간절히 원할 때 온 우주는 자네의 소망이 실현되도록 도와준다네."[1] 자아, 그것은 무한히 아름답고 성취할 만한 가치가 있으며 따라서 우리 인생이 추구하지 않으면 안 될 이상향이다. 그러나 자아 찾기에 대한 열정과 탐색의 대상으로서의 자아에 대한 이념은 더 이상 유효하지 않다. 수많은 관계망 속에서 설정되는 범람하는 자아의 시대에 랜선-자아가 하위 정체성이 아닌 것처럼 유동하는 정체성의 시대에 자아란 침입할 수 없는 하나의 성채가 아니다. 오히려 단일한 정체성에서 허구를 발견하고 단단한 정체성에서 환상을 읽는 편이 더 자연스러울 정도다. 요컨대 단일한 자아, 완성된 자아에 대한 관념은 점점 더 왜소해지고 있다. 그것을 승인하고 인정해 주는 거대한 질서, 즉 서사의 종말과 함께.

---

1 파울로 코엘료, 『연금술사』(문학동네, 2018), 47~48쪽.

장프랑수아 리오타르는 서사를 일컬어 전통적 지식의 가장 핵심적인 형식이라고 말한다. 현대사회를 장악하는 지식은 더 이상 서사의 형식을 띠지 않는다는 것이 리오타르가 『포스트모던의 조건』에서 주장하는 바다. 주변을 돌아보면 이런 주장은 충분히 납득 가능하고 또 실제적이다. 서사적 세계가 그것을 소비하는 사람들에게 공통의 프레임을 제공한다면 오늘날 세계는 프레임이 아니라 플랫폼을 제공한다. 플랫폼에는 공통의 프레임 자체가 존재하지 않는다. 이 형식 위에서 지식을 생산하는 권력은 누군가가 아니라 누구나다. 맞춤형으로 편집된 뉴스와 지식을 소비하는 주체는 무엇이 지식이 되는지를 결정하는 주체로서 기존의 질서를 무너뜨리고 새로운 질서를 구축하는 권력이 된다. 서사가 쇠퇴한 세계에는 영웅이 없고, 어떤 자아를 다른 자아보다 가치 있다고 승인해 주는 거대한 질서도 없다. 자아는 어디에나 있다. 그러나 자아의 하찮음이 곧 자아의 무용함을 의미하는 것은 아니다. 신화화된 자아의 종말은 모든 자아의 신화화일 수 있기 때문이다. 일견 '낭만주의의 뿌리'를 연상케 하는 이러한 인식의 변화는 오늘날 서사의 쇠퇴와 그로 인한 자아의 후퇴가 포스트모던 시대의 새로운 낭만주의임을 암시한다. 서사는 어떻게 쇠퇴하고 자아는 어떻게 후퇴하고 있을까. 유독 2010년대에 출현한 시들에서 보이지 않는 것들, 그런 한편 도드라져 보이는 것들을 소환해 보기로 했다. 그중에서도 가장 눈에 띄는 것이라면 가족을 비롯한 타자적 세계의 부재일 것이다.

가족-서사의 변화

진은영의 「가족」과 유계영의 「가족사진」은 절묘한 지점에서 상반된 방식으로 가족에 대한 감각을 제시한다. 「가족」이 비교적 익숙한 가족 서사 위에서 시상을 전개한다면 「가족사진」은 익숙한 가족 서사를 소거하는 방식으로 진행된다. 시간적으로 앞서 발표된 진은영의 「가족」부터 읽어 보자.

밖에선
그토록 빛나고 아름다운 것
집에만 가져가면
꽃들이
화분이

다 죽었다

—「가족」[2]

「가족」은 화분을 키워 본 사람이라면 누구나 한 번쯤 경험해 봤을 법한 감정에 빗대어 가족이라는 관계에서 비롯되

---

2 진은영, 『일곱 개의 단어로 된 사전』(문학과지성사, 2003).

는 갈등의 본질을 드러낸다. 시는 밖과 안을 대비하는 구조로 전개된다. 바깥은 꽃과 화분이 빛나고 아름답게 존재할 수 있는 생명의 공간인 데 반해 집은 아무리 환하고 예쁘던 꽃과 화분도 결국 시들어 버리는 죽음의 공간이다. 밖에서 좋아 보이던 것들이 우리 집에 오면 밖에서 봤을 때만큼 좋아 보이지 않는 데에는 여러 가지 이유가 있겠지만, 그중에서도 가장 절대적인 조건은 누구의 소유도 아니던 상태에서 나만의 소유가 되었다는 상태 변화에 있다. 누구의 것도 아니지만 누구의 것도 될 수 있는 열린 존재를 앞에 두고 있을 때 존재와 나 사이에는 거리가 생긴다. 거리는 타자를 바라볼 수 있는 전제 조건이다. 거리가 있어야 나 아닌 존재의 다양한 측면을 가능한 한 여러 각도에서 바라볼 수 있는 시선이 생긴다. 그러나 누군가의 소유가 되었을 때 거리는 위협받는다. 소유란 다름 아닌 포함 관계이기 때문이다. 소유와 거리는 공존할 수 없다. 거리가 존재할 때조차 소유 안에서 발생하는 거리라는 점에서, 그때 발생하는 거리와 이전의 거리는 같은 것일 수 없다. 거리가 존재하지 않을 때 서로 다른 두 개체는 불편하고 불안한 관계에 이르고, 서로 다른 두 개의 개체는 공존하기 위해 어느 한쪽의 법칙을 따르게 된다. 예컨대 꽃과 화분이라면, 그들 각각의 존재 방식은 그것을 소유하는 사람의 방식으로 변화한다. 확장된 세계의 등장은 소멸된 세계의 존재를 전제한다. 서로 다른 개체가 하나의 방식으로 정의될 때 발생하는 파괴. 화분의 죽음은 단지 물리적인 죽음만을 뜻하지는 않는다. 소유 관계와 그로 인한 거리의 소멸은 가족이라는 관계에 내재된 갈등의 본질을 관통한다.

가족은 나를 포함하는 동시에 나를 배제하는 모순적인 구조물이다. 나를 소유하면서, 그 소유로 인해 내가 소외된다. 가족은 변화하는 내 생장의 조건들을 따라오지 못하고, 그로 인해 '나'와 가족의 불일치는 점점 더 커진다. 「가족」은 이 불일치를 통해 가족과 가부장으로 대변되는 사회의 구조에 대한 개인의 저항을 두드러지게 하는 시다. 거부하는 대상이 무엇인지 비교적 선명하게 인식되는 「가족」은 서로 다른 삶의 조건을 지니고 있는 개체가 하나의 환경을 공유하게 되었을 때 발생하는 폭력의 가능성을 가족으로 대표되는 인간관계 안에서 발생하는 폭력의 가능성으로 확장한다. 서로 다른 존재가 공존하면서 발생하는 축약이나 통합의 상황은 주체와 타자 사이에서 발생하는 폭력의 한 전형이다. 진은영의 「가족」은 개체의 특성을 통합함으로써 주체성을 앗아 가는 존재로서 가족을 조명함으로써 주체의 개별성을 강조한다. 「가족」에서 읽을 수 있는 것은 집단과 구분되는 확실한 단위로서의 개인, 혹은 개별적 정체성, 말하자면 자아라 하겠다.

한편 유계영의 「가족사진」은 가족과 '나'의 대립 관계가 뚜렷하던 「가족」에 비하면 모든 것이 모호해 보이는 시다. '나'를 억압하는 존재로서의 '가족'이 아니라, '가족' 그 자체가 어딘가에 붙박여 있는 수동적이고 억압된 상태로 재현된다. 다음은 「가족사진」 전문이다.

> 가족사진 속의 인물들이 앉거나 서 있다
> 매 순간 떠날 것을 다짐하는 앉은뱅이도 있다
>
> 나는 불행이 방문을 닫고 나갈 때까지 가만히 지켜본다
>
> 한 사람이 아프면 너도나도 약을 먹었다
> 우리 모두의 것이 틀림없다
>
> —「가족사진」[3]

누구나 화분을 죽여 본 경험이 있듯이 누구나 남의 집에서 가족사진을 바라본 경험이 있을 것이다. 그때의 감정이란 묘한 것일 수밖에 없다. 나와의 관계에서 바라보던 그 사람을 그가 속해 있는 관계를 통해 바라보며 발생하는 낯선 감각이다. 「가족사진」은 정물화된 가족의 모습을 그리고 있다. 이 시는 생명의 공간인 밖과 죽음의 공간인 안을 구분하고 안에서 밖으로 나가고자 하는 개별 주체의 에너지가 작용하고 있는 「가족」과 구분되는 정적 이미지로 가득하다. 액자 안에 갇힌 사

3 유계영, 『이런 얘기는 좀 어지러운가』(문학동네, 2019).

진이라는 설정을 비롯해 "앉은뱅이", "가만히", "틀림없다"와 같은 붙박힌 이미지의 단어들은 어딘가 결정론적이고 수동적이다. 불행이 있다는 것을 알고 있지만 그것이 문 닫고 나갈 때까지 지켜보고 있을 뿐인 이미지는 아무 일도 일어나지 않는 고요함 이면에 「가족」에서 확인할 수 있는 것 이상의 불안을 숨기고 있다. 아픈 건 한 사람이지만 다 같이 약을 먹는다는 진술에 이르면 이들이 앓고 있는 비극은 좀 더 극적인 것이 된다. 그 약이 "우리 모두의 것이 틀림없다"는 생각이 맞을 때 나머지 사람은 자신이 아픈 줄도 모르고 약을 먹는 것이고, 그 생각이 틀릴 때 서로 다른 병을 앓고 있는 사람들이 하나의 약을 먹고 있는 셈이다. 전자는 모르는 상태고, 후자는 잘못 아는 상태다. 어느 쪽이든 비극적이긴 마찬가지다.

유계영의 「가족사진」은 개인과 불가분의 관계에 있으면서도 개인에게 억압의 기제가 될 수밖에 없는 존재로서의 가족-서사를 해체한다. 안과 밖의 대비가 선명했던 「가족」에 비해 「가족사진」은 프레임 안에 갇혀 있다. '가족'은 어느 날의 추억처럼 한 장의 사진으로만 남아 있다. 사실상 가족이라는 형식에 깃든 서사는 시대착오적 이념이 되었다. 가족이 가장 강한 힘으로 억압하고 있는 대상은 가족 그 자체다. 가족은 그 기준도 형태도 범주화할 수 없는 개별적 존재로 인정받아야 한다는 생각에서 바라볼 때, 「가족사진」은 과거의 가족 서사가 암시하는 전통적 가족의 병리적 상태를 보여 준다. 기존의 서사를 해체하려는 강력한 욕망은 가족사진 속 개인을 '무지'와 '오해'라는 두려움에 휩싸인 모습으로 표현한다. 무지와 오해는 사진 속 인물들의 것에 그치지 않고 시를 바라보는 독자의 것이 된다. 이들에게서 전통적 서사를 떠올리려는 순간, 그 어떤 것이든 모르거나 잘못 아는 상태에 이를지 모른다는 두려움. 이 두려움과 함께 가족이라는 개념을 구성하는 서사는 폐기된다.

자아-최대화

가족 서사의 쇠퇴와 마찬가지로 자아 서사도 다양한 모습으로 변화하고 있다. 2010년대 이후 출현한 젊은 시인들이 자아와 타자, 자아와 세계를 경유하는 방식은 두 경향으로 나뉜다. 한편에서는 자아를 최대화해 미래와 세계로 확장한다. 집단, 국가, 공동체와 무관하게 개인의 감각이 세계의 존재로 확장되는 시들, 이를테면 황인찬의 시에서 우리가 만나는 적막하고 낯선 세계는 현실의 질서를 지우고 백자의 상태를 빚어낸다. 2018년 출간된 양안다의 시집 『백야의 소문으로 영원히』는 '나'에 대한 집중과 세계에 대한 무심함이 각각 정점에 이른 시편들로 묶여, 자아의 "맥시멈"을 단적으로 보여 준다. 시집은 4개의 부로 이루어져 있다. 각 부는 이해력, 저항력, 불가항력, 예지력이라는 부제를 달고 있고 해당 부에는 부의 제목과 동일한 제목의 시가 있다. 세계를 이해하는 적극적 행위

(이해력-저항력) 뒤에 오는 불가항력으로서의 미래를 예견한다는 것(불가항력-예지력)은 일견 "그렇게 되지 못할 거란 걸 잘 알고 있"는 결정론적 세계관을 의미하는 것처럼 보인다.

너는 몇 개의 소원을 중얼거렸을까 나는 내가 모은 두 손이 견딜 수 없도록 무거워서 오래도록 손을 모으고 있었다 짧은 희망과 더 짧은 여운 위에 우리는 다시 손을 맞잡았지만

나의 소원은 언제나 간결함을 가지지 못했다 가끔은
그 사실이 미래를 짓누른다는 걸 잊은 채

(……)

"오늘은 오늘만 생각하기로 하자."
이미 내일이 되어 가고 있는데…… 평생 심장이나 움켜쥐고 죽어 가라던 저주 대신 그런 말을 하기도 했다 그렇게 되지 못할 거란 걸 잘 알고 있었지만

너도 너도 너도 너도
너도

메아리가 울렸다 밤은 잠시 시간이 멈춘 듯 보였다 마치 읽

다 만 책처럼

서사 없는 소설 속 인물들이
시간을 모르고 아파하는 것처럼

—「예지력」 부분

두 사람이 주고받는 이야기가 서로를 비켜 나가고 그럼에도 서로를 향한 말들이 메아리가 되어 돌아오는 풍경이 펼쳐지고 있다. 메아리는 회귀하는 소리다. 내일이 오고 있지만 "오늘만 생각하기로 한" 나에게 메아리는 다가오는 시간으로서의 미래가 아니라 되돌아오는 시간으로서의 미래를 상징한다. 나에게서 나가 나에게로 돌아오는, 나의 최대치로서의 세계는 결코 나를 벗어나지 못하는 폐쇄적인 세계를 상기시킨다. 이어 살펴볼 「결국 모두가 3인칭」은 나와 너, 나와 세계 사이에서 발생하는 소통의 어려움을 공용어가 부재한 상황에서의 막다른 느낌을 통해 표현하는 시다. 「결국 모두가 3인칭」에 드러나는 타인의 의미는 사뭇 충격적이다.

만국의 언어를 하나로 통일할 수 있는 새로운 언어가 있을
거야 그런 언어를 찾으려고 아이들은 제멋대로 세계를 돌아
다니겠지 각 나라의 인사말과 사랑한다는 말을 잔뜩 주워 모
아서, 안녕, 폼락쿤, 떼아모, 굿바이…… 일기장에 적고 바라

보겠지

여러 종의 꽃이 한순간에 피어나고

(……)

막다른 길에 도달한 아이들은 자신과 같은 마음의 타인이 없어서

꽃 한 송이씩 꺾을 때마다

안녕, 폼락쿤, 떼아모, 굿바이……

꿈인 줄도 모른 채 죽은 꽃에게 이름을 붙여 주겠지

—「결국 모두가 3인칭」 부분

"같은 마음의 타인"을 꿈꾸는 것은 사실상 타인을 꿈꾸지 않는 것과 다름없다. 역시나 폐쇄적인 세계관일까. 「결국 모두가 3인칭」은 죽은 꽃에 이름을 붙여 주는 아이들의 모습을 그리며 끝난다. 부를 수 없는 이름을 붙여 주는 행위는 오지 않을 미래에 대한 시인의 태도이기도 한데, 오지 않을 미래를 향해 이름을 붙여 주는 행위는 메아리로 가시화된 결정론적 세계관이 단절된 세계만을 뜻하진 않음을 보여 준다. '나'를 늘리며 확장하는 행위는 돌아오지 않을 메아리일망정 이름 붙이는 행위다. 이는 곧 실감할 수 없는 미래를 향해 내저을 수 있는 유일한 손짓이기도 하다.

자아-최소화

자아의 최대치를 추구하는 시 한편에는 자아의 최소화를 추구하는 시가 있다. 2019년 출간된 박세미의 첫 번째 시집 『내가 나일 확률』에서도 '나'를 미결정 상태로 만들고자 하는 욕망을 읽을 수 있다. '나'를 지운다는 것은 타자화된 '나'를 지운다는 것이고, 나를 만든다는 것은 주체적 구성물로서의 나를 구축하겠다는 것이다. 무엇보다 '나'를 찾아가겠다는 경험적이고 사후적인 방식의 자아 찾기가 아니라 태어나기 전으로 돌아간다는 자아 재설정의 상상력이 자아-최소화의 핵심적인 특징이다.

집을 나오는 길
두 발이 섞이는 것 같았다 그다음엔 얼굴과
머리카락이 엉키고
몸의 구분이 모호해질수록
흩어져 있던 영혼의 조각들이 뭉쳐질수록
나는 아무렇게나 싸 놓은 똥처럼

처음부터 거기 있었는지 모른다
아무도 내 정체를 모르고
아무도 나를 분류하지 않는 곳
껍질을 깨고 안으로 들어간다

욕조 안으로 들어가면
반쯤 잠기는 몸
최초의 기분은 여기에 있지
출렁인다
다리 하나가 기어 나간다

—「알」 부분

「알」은 욕조에 들어갔을 때 느끼는 최초의 기분과 아무것도 경험하지 않은 상태로 돌아가고 싶은 욕망을 병치한다. 자아의 후퇴가 가장 단적으로 드러난 시라면 태어나지 않았을 때로 돌아가는 퇴행적 상상력일 텐데, 이것은 오랜 시간 동안 유효했던 자아와 타자의 관계를 전복시키는 것이기도 하다. 인간은 자신 아닌 존재를 통해 계속해서 새롭게 거듭나고 성장하는 선형적이고 경험적인 존재라는 관념과 달리, 「알」은 그러한 경험 없는 곳에서 자아를 찾고자 하기 때문이다. 이는 자아가 축적되는 개념이 아니라 순간적인 개념이라는 의식을 전제한다. 축적은 미래를 상정한 시간적 개념이다. 그러나 미래가 충분하지 않은 사람에게 축적의 방식은 사유의 틀이 되지 못한다.

『포스트모던의 조건』에서 리오타르는 지식을 두 가지 유형으로 나눈다. 실증적 지식과 해석학적 지식이다. 실증적 지식은 인간과 물질에 영향을 미치는 여러 가지 기술에 직접적으로 적용될 수 있고, 체계 내에서 필수불가결한 생산력으로 작용한다. 반면 해석학적 지식, 비판적 지식, 반성적 지식은 가치와 목표를 직간접적으로 사유함으로써 거의 모든 종류의 '통합'에 저항한다. 오늘날 문학은 '서사'에서 '통합'을 읽는다. 개별성을 통합하는 과정에서 형성되는 (동시에 비롯되는) 모종의 단일화 혹은 대상화에 적극적으로 저항한다. 오늘날 시와 시적인 것은 어느 때보다 더 통합에 저항하는 면모를 보인다. 완성을 향해 가는 존재로서의 자아가 아닌 '미완'의 자아를 세계 내에 재배치하는 행위 역시 통합에의 저항이자 완성이라는 이념에 대한 반기의 징조가 아닐 수 없다.

『내가 나일 확률』에 수록된 시 중 「먼지 운동」은 후퇴하는 자아의 진전을 예견할 수 있는 시다. "아무도 알아채지 못하겠지만/ 모든 곳에 있겠다". 자아의 후퇴는 퇴조가 아니라 전방위로 튀어 나갈 수 있는 도움닫기에 가깝다. 확률로서의 '나'는 무한한 가능성으로서의 나이며, 그것은 경험적 존재로서의 나와는 상반된 방식으로 자아를 비춘다. 축적되는 시간적 존재가 아니라 동시 다발적으로 성립할 수 있는 공간적 존재로서의 나. 자아를 둘러싸고 있는 서사의 장막이 사라진 자리에는 어디에나 안착할 수 있고 어디로도 갈 수 있는 작고 가벼운 자아가 들어서기 시작한다. 이따금 세계를 창조한 비대한 모습으로, 때로는 한 톨 먼지 같은 작디작은 모습으로.

1인칭 사용법

유계영론

홈쳐 보고 싶은 게 아무것도
없는 시
아무것도 훔쳐보고 싶지
않은 사람[1]

칸토어의 먼지

모든 시대는 저마다 행복의 표상을 지닌다. 2015년 출간된 소설 『한국이 싫어서』의 화자는 행복을 자산성 행복과 현금 흐름성 행복으로 구분한다. 자산성 행복은 무언가를 성취하는 데서 오는 행복이다. 힘든 과정을 뚫고 이 자리에 왔다는 생각에 행복감을 느끼는 사람들은 목표를 이뤘다는 기억이 잔류하는 동안 오래 조금씩 행복할 수 있다. 이들은 행복 자산의 이자가 높아서 순간의 고통을 인내하는 것이 다른 사람들보다 수월하다. 반대인 사람도 있다. 현금 흐름성 행복 성향을 지닌 경우다. 이들은 행복의 금리가 낮아서 행복 자산에서 이

1 유계영, 「시」, 『이런 얘기는 좀 어지러운가』(문학동네, 2019), 96쪽.

자가 거의 발생하지 않는다. 따라서 현금 흐름성 행복을 많이 창출하기 위해 순간의 행복을 최대치로 끌어올리며 살아야 한다.[2] 2018년에는 소확행이라는 말이 행복론의 대명사였다. 소확행은 일상에서 느낄 수 있는 작지만 확실하게 실현할 수 있는 행복을 말한다. 소확행을 실천하는 데 가장 중요한 요소는 '나 혼자'서도 행복할 수 있는지 여부다. 타인이라는 불확정 요소가 끼어들면 확실한 행복은 불가능해진다. 소확행의 핵심은 소소함이라는 행복의 규모보다 '혼자'라는 주체의 단위에 더 방점이 찍혀 있다. 자산 가치로서의 행복이든 실현 가능한 일상적 단위로서의 행복이든 두 종류의 행복론 사이에는 공통된 것이 있다. 행복이 타인과의 관계에서 정의되지 않고 혼자만의 만족감에서 정의된다는 것이다. 타자와 함께 공동체를 형성하며 살아가는 데에서 인간 존재의 의미를 발견하는 생각은 확실히 유효하지 않거나 부차적이다. 행복은 작고 확실하다. 혹은 작고 확실한 것이 행복이다. 보이지 않는 막대한 희망보다 손안에 들어오는 작은 희망이 우리를 더 실존적으로 행복하게 한다.

행복에 대한 정의는 세상을 인식하고 표현하는 방법과도 긴밀하게 연결된다. 행복을 정의하는 기준이 나 자신이거나 나 혼자인 '소확행'은 세상을 바라보는 방식에 있어서도 나 자

2 장강명, 『한국이 싫어서』(민음사, 2015), 184쪽.

신이나 나 혼자가 기준점이 되는 양상에 영향을 미친다. 이른바 탈진실은 정치적으로 비약한 소확행이자 문화적으로 응용된 소확행이다. 진실에서 벗어난다는 것은 진실을 추구하지 않는다는 말이 아니라 '어떤' 진실과 결별하겠다는 말이다. 이때의 어떤 진실은 '공통의 진실'을 의미한다. 탈진실은 모두의 진실을 찾기 위해 노력하는 여정에서 이탈하겠다는 말이며, 나 자신의 진실이 파악할 수 있는 진실의 전부라고 믿겠다는 말이기도 하다. 이러한 관점에서 보자면 모두의 진실은 공동체적 허위이거나 허상의 진리값에 지나지 않는다. 허상의 진실에서 벗어나 자기 확신에 근거한 자기만의 진리에 도달하는 것만이 진리에 이르는 가능하고도 유일한 방법이 된다.

탈진실은 극단화된 다원주의의 한 양상이다. 포스트모더니즘의 다원주의는 같은 세상을 서로 다른 방식으로 살아가는 것이 아니라 각자가 다른 세상을 살아가고 있다는 감각에 기반한 이론이다. 포스트모더니즘의 다원주의에 입각해서 세상을 바라보면 어느 누구도 다른 사람과 같은 세상을 살고 있지 않다. 우리는 각자 자기만의 속도와 방향으로 운행되고 있는 행성이며 저마다의 행성이 어떤 항성 주변을 돌고 있는지는 아무도 모른다. 그러나 다양성 자체인 다원주의는 스스로의 함정에 빠진다. 모순에 빠지고 마는 것이다. 다원주의는 다양한 세계를 논하려고 하지만 그 많은 세계가 공존한 결과 모두가 자기 자신의 이야기 이외 어디로도 도착할 수 없기 때문이다. 많은 이야기가 공존하지만 결국에는 자신에게서 비롯된 단 하나의 이야기만을 이해하고 인정할 수 있을 뿐이니 풍요 속 빈곤이고 새로움이 탄생하지 못하는 척박한 공터다. 공존하기 위한 다양성이 오히려 자기 자신에게 한정되고 고립되는 다양성이 되고 마는 아이러니는 다원주의의 한계를 포함한다.

인류학자 매릴린 스트래선은 다원주의가 여전히 전체를 상정하고 있다는 점에서 구체적 한계를 비판한다.[3] 그에 따르면 다원주의자들은 더 거대한 차원의 세계, 즉 전체가 있고 그 아래에 작은 세계, 즉 부분이 무수하게 존재한다고 생각한다. 따라서 전체에 포괄된 부분들은 아무리 파편화해도 전체를 벗어나지 못하고 전체와 부분이라는 구조를 벗어나지 못함으로써 전체론적 세계관에서 탈주하지 못한다. 요컨대 다원주의의 아이러니는 전체에 복무하는 일부로서 개별자를 바라보는 전체론적 시선으로 인해 발생한다. 그에게 전체론은 인류 문명사의 낡은 사고방식이다. 인간은 전체를 볼 수 없기 때문이다. 전체론적 세계관의 모순이 발생하는 것도 바로 이 지점이다. 인간이 전체를 알 수 없다면 전체라고 구상된 것은 전체가 아니라 부분이며 우리가 알 수 있는 것도 부분이 전부가 아닐까. 스트래선은 이와 같은 생각 아래 전체론에서 비롯되는

---

3 이하 매릴린 스트래선의 이론과 관련한 내용은 『부분적인 연결들』(오월의 봄, 2019)을 참고했다.

전지전능한 시선을 문제 삼는다. 그의 입장에서 전지전능한 시선 역시 인류 문명사의 낡은 시점(視點)이다.

전체론에 대한 스트래선의 생각은 자크 데리다의 이론에 뿌리를 둔다. 전체론적 사고가 위계 발생의 근원이라고 주장한 데리다는 유럽 형이상학의 중심에 '로고스'가 있으며 로고스는 서구와 남성을 중심에, 비서구와 여성을 주변에 위치시킨다고 보았다. 유럽 형이상학은 세계를 전체로 구축하기 위해 초월적 중심을 상정했고, 이 중심을 상상적으로 구축함으로써 객관성을 표방했다. 문학에서라면 3인칭 서사나 전지적 시점이 바로 이와 같이 객관성을 표방하는 시선이겠다. 데리다의 로고스 중심주의 해체를 발전시킨 스트래선에게는 앞서 말한 것처럼 전체를 내려다보는 시야 자체가 문제적으로 보였다. 따라서 전체론적 사고에 저항한 스트래선은 '부분적 감각'을 주입함으로써 전체론적 사고에 균열을 내고자 했다. 부분적 감각은 이 세계에서는 누구도, 무엇도 전체일 수 없고 전체와 부분의 관계는 부분들 사이의 상호 관계로 대체된다는 내용이다. 20세기는 '사회'가 곧 전체였으나 포스트모더니즘에 이르러서는 '개인'이 전체가 되었다. 개인이 전체가 된 세계에서 세계는 전체를 포괄하지 못한다. 전체를 포괄할 수 있다는 방식의 시선이 이미 20세기적이다. 1인칭이 도래하고 1인칭이 확장되는 것은 그것이 전체를 조망하지 않는 21세기적 시선이기 때문이다. 세계는 하나로 파악되는 물질이 아니라 무수한 연결 고리를 사이에 둔 거대한 연결망이다. 부분들이 서로 관계하는 방식만이 세계를 이해하는 가장 종합적인 방식인바, 아래 인용문은 스트래선의 저서인 『부분적인 연결들』 중 가장 핵심적인 부분이기도 하다. 아래 내용은 포스트모더니즘의 관점에서 객관적 현실을 이해하는 것은 부차적이거나 불가능한 일이며 포스트모더니즘의 관점에서 가능한 동시에 중점적으로 취해야 하는 인식 방식은 다양한 관계를 통해 경험을 재구성하는 일이라고 말하고 있다.

> (포스트모던 민족지의) 목적은 지식의 성장을 촉구하는 것이 아니라 경험을 재구성하는 데 있다. 그리고 객관적인 현실을 이해하는 것도 아니며 혹은 어떻게 이해해야 할 것인지를 해명하는 것도 아니다. 왜냐하면 전자는 상식에 의해 이미 확립되어 있으며, 후자는 불가능하기 때문이다. 그것이 겨냥하는 바는 자기를 사회 속으로 재통합, 재동화하고, 일상생활에서의 행동을 재구성하는 일이다.[4]

전체로서의 부분, 부분의 전체성을 이야기할 때 흔히 프랙털을 떠올린다. 프랙털은 부분의 부분을 계속해서 확대하더라도 그 구조가 본질적으로 변하지 않는 자기 닮음을 본성으

4 매릴린 스트래선, 차은정 옮김, 『부분적인 연결들』, 92~93쪽.

로 지니고 있는 구조를 말한다. 프랙털에는 두 가지 종류가 있다. 사람이 만든 프랙털과 자연이 만든 프랙털이 그것이다. 자연이나 몸에서 발견되는 프랙털은 유사하지만 정확히 같지는 않다. 반면 사람이 만든 프랙털을 칸토어의 먼지라 부르는데, 칸토어의 먼지는 부분과 전체의 모양이 정확하게 일치하는 것으로 알려져 있다. 칸토어의 먼지는 부분 그 자체다. 전체와 부분이라는 포함 관계를 거부할 뿐만 아니라 관찰하는 자와 관찰되는 자 사이에 존재하는 위계의 구분 역시 거부하는 칸토어의 먼지는 부분이 곧 전체인 세계에 대한 적확한 비유다. 이 글에서는 칸토어의 먼지처럼 전체의 부분이 아니라 전체인 부분을 지지하는 세계관과 그러한 세계관을 '나'라는 1인칭시점으로 드러내는 시를 통해 전지적 시점과 구분되는 1인칭시점의 다양한 가능성을 발견해 보려고 한다.

1인칭의 다양한 사용

유계영의 시집 『이런 얘기는 좀 어지러운가』[5]는 '1인칭의 귀환' 혹은 '1인칭의 발견'이라고 불러도 지나침이 없을 정도로 다양한 상황에서 전략적인 방식으로 1인칭을 활용한다. 이 시집에서 유계영의 1인칭은 '나'를 구성하고 있던 것들과 헤

---

5 유계영, 『이런 얘기는 좀 어지러운가』(문학동네, 2019). 이하 이 책의 시 인용은 제목만 표시한다.

어지고 계속해서 '나'를 잃어버림으로써 진짜 '나'를 찾아가는 과정의 다양한 변주라고 할 수 있을 만큼 '나'에 대한 탐구가 본격적이다. 그중에서도 전체론적 사고방식과 반대의 목소리를 내고 있는 시가 있어 먼저 읽어 보려 한다. 전체로서의 부분이 잘 드러나는 시이기도 한 「반드시 한쪽만 유실되는 장갑에 대하여」는 '완성'과 '전체', '불완전'과 '결여'에 대한 기존의 사고방식을 전복한다. 아래는 시의 전문이다.

> 접힌 색종이로 테디베어를 오려요
> 내가 줄줄 태어납니다
> 테디베어가 테디베어를 끌고 나오는 것입니다
> 여자에게 여자아이가 대롱대롱 매달려 있는 것처럼요
>
> 손뼉 치던 사람이 짧은 순간
> 손바닥 사이로 하프를 펼쳐 놓습니다
> 거대한 물방울을 연주합니다
> 암전 중의 대공연장
>
> 빛의 반대는 어둠이 아니라 빛의 없음입니다
> 포승줄에 묶여 줄줄 끌려 나오는 빛의 암살자들은 압니다
> 삶의 반대는 죽음이 아니라 살 수 없음입니다

침실의 귀여운 친구 테디베어
수만 명의 아이들을 잠재우고 있습니다
눈동자가 의식과 멀어질 때
악수가 제자리로 돌아갈 때
푸른 덩굴이 웅성웅성 점진하는 것을 보았습니다

나는 반쪽이 사라진 상태로 오랫동안 자장가를 꿰매고 있습니다
너 자신과 멀어지면 멀어질수록
훌쩍 자라게 되는 거란다 속삭이면서

아이가 쥐기 반사에 열광하던 시절
뜯어 간 왼쪽 눈알
아이는 아직도 꼭 쥐고 잡니다

—「반드시 한쪽만 유실되는 장갑에 대하여」

화자인 '나'는 종이로 만들어진 테디베어다. 종이 테디베어를 오린 사람은 줄줄이 엮여 나오는 테디베어를 보고 손뼉을 치다 엮여 있는 테디베어를 하프처럼 손 위에 펼쳐 놓는다. 종이 테디베어가 만들어진 순간에서 시작된 이야기는 아이가 많은 밤을 보내는 동안 그 옆을 지키고 있는 테디베어를 지나 그사이 아이에게 눈이 뜯겨 왼쪽 눈이 없어진 테디베어에 이

른다. 테디베어의 시간이 흐르는 동안 반복적으로 제시되는 이미지는 "반쪽이 사라진 상태"다. 테디베어는 왼쪽 눈이 없다. 그러나 한쪽 눈으로 보면 양쪽 눈으로 볼 때와 비교해 사물과의 거리가 더 멀게 느껴지는 것처럼 "자신과 멀어지면 멀어질수록/ 훌쩍 자라게" 된다고 '나'는 잠자는 아이에게 속삭인다. 반쪽의 사라짐은 결핍과 무용함만을 의미하진 않는다. 3연에 이르면 반쪽의 사라짐을 결핍으로 보지 않는 이유가 전체론에 반하는 사고방식에서 기인한다는 사실을 알 수 있다. "빛의 반대는 어둠이 아니라 빛의 없음"이고 "삶의 반대는 죽음이 아니라 살 수 없음"이라는 말이 전제하는바, 빛과 어둠이 세계를 구성하는 전체가 아니고 삶과 죽음이 생을 구성하는 전부가 아니라는 것이다. 전체의 부분으로서 빛을 보지 않기에 빛의 반대는 흔히 빛의 상대적 개념으로 일컬어지는 어둠이 아니라 빛의 없음이 된다. 삶의 반대는 삶의 상대적 개념으로 일컬어지는 죽음이 아니라 살 수 없음이 된다. 이 과정에서 명확해지는 것은 오히려 반대어 역시 전체론적 사고에 기인한 개념이라는 것이다. 부분이 전체의 일부가 아닌 것처럼 접힌 종이에서 줄줄 태어나는 테디베어 사이에도 위계가 존재하지 않는다. 어떤 테디베어는 다른 테디베어와 구분되지만 어떤 테디베어가 다른 테디베어보다 위아래에 있지는 않다. 테디베어 각각이 곧 전체다.

"반드시 한쪽만 유실되는 장갑"이라는 제목에 대해서도

"자신과 멀어지면 멀어질수록/ 훌쩍 자라게" 된다는 말을 할 수 있다. 사라진 한쪽과 남아 있는 한쪽이 결합해 완전한 하나가 된다는 전체론적 생각을 버리고 나면 유실된 장갑은 남아 있는 장갑과 멀어질수록 남아 있는 장갑을 자라게 한다는 생각에 미칠 수 있다. 장갑은 왼쪽과 오른쪽이 한 쌍을 이루는 데에 그 쓰임의 본질이 있는 것이 아니라 각각의 손을 책임지는 데에, 즉 한 손과 맺는 관계에 그 실질적 의미가 있기 때문이다. 한쪽만 유실되는 장갑은 기능을 잃어버린 장갑이 아니며 부분으로 존재하는 불안전한 장갑 또한 아니다. 남아 있는 반쪽을 불완전한 상태라고 생각하는 것은 다른 하나가 함께 존재할 때에만 온전한 역할을 할 수 있다고 생각하는 고정된, 최초의 형태에 사로잡힌 우리의 낡은 사고방식일 뿐이다.

한 편의 시를 더 읽어 보자. 앞서 살펴본 시 「반드시 한쪽만 유실되는 장갑에 대하여」의 '나'가 줄줄 태어나는 여러 테디베어 중 한쪽 눈알을 잃어버린 어떤 테디베어를 통해 위계가 없고 부분으로도 완결성을 잃지 않는 1인칭의 활용을 보여 줬다면 「눈금자를 0으로 맞추기 위해」에 등장하는 '나'는 '나'의 신이 되고자 하는 또 다른 가능성을 보여 주는 1인칭이다.

> 그들의 신이고자
> 잠자리의 붉은 꼬리 끝에 실을 묶어
> 너희가 돌리며 즐거워하듯이

내가 나의 신이고자
낮은 지붕 밑에서 편안하게 잠드는 것을 보아라

문밖을 나서면 사람을 잊을 수 있도록
여기서부터 저기까지의 마룻바닥에서만 사람이도록 연습한 것을 보아라
비눗갑 밑에서 부글거리는 거품들이 마침내 투명이 되는 것을 보아라

꽃은 나무의 무엇입니까
봄마다 날아오는 식상한 질문을 피하기 위해
창백한 휴가입니다
바늘 끝에 꿰어 둔 떡밥입니다

흰 허벅지를 기운 모서리입니다
종일 기지개 켜는 몽상가들을 길러 낸 것을 보아라

반바지 차림의 대머리가 이발소 문을 열고 들어가
나도 이발할 수 있나요? 물어보듯이
스스로를 얼마나 아껴 쓸 수 있는지

눈금자를 0으로 맞추기 위해

내가 나를 얼마나 가여워할 수 있는지

—「눈금자를 0으로 맞추기 위해」

「눈금자를 0으로 맞추기 위해」에 등장하는 '나'는 나의 신이다. "잠드는 것을 보아라", "연습한 것을 보아라", "되는 것을 보아라", "길러 낸 것을 보아라"와 같이 "보아라"로 끝나는 문장은 전지전능한 신의 목소리를 재현하고 있다. 다른 신과 차이가 있다면 나의 신이라는 점이고 신이 곧 '나'이기도 하다는 점이다. 무엇보다 내가 하는 말은 나에게 돌아오는 나만을 위한 목소리다. "내가 나의 신이고자"가 의미하는 바가 무엇인지 알기 위해 눈금자를 0으로 맞춘다는 것이 무엇을 의미하는 것인지부터 알아야 할 텐데, 그를 위해서는 화자가 가하는 다양한 노력들의 면면을 살펴볼 필요가 있겠다. "내가 나의 신이기 위해" 가장 먼저 하는 일은 낮은 지붕 밑에서 편안하게 잠들기다. 집을 나서면 스스로가 사람임을 잊을 수 있도록 특정 구간의 마룻바닥에서만 사람임을 연습하기도 한다. 여기에서 저기까지의 마룻바닥을 벗어나면 더 이상 사람이 아닐 수 있는 연습이란 실상 존재와 비존재를 넘나드는 연습이기도 하다. 비눗갑 밑에서 부글거리는 거품들이 투명해지는 것을 보는 것 역시 투명해짐으로써 사라지는 것처럼 보이는 이미지를 인식하는 것으로 존재와 비존재를 넘나들기 위한 이미지 학습의 일환이라 할 수 있다. "나"는 또 기지개 켜는 몽상

가들이 길러지는 것을 보고 스스로를 아껴 쓰며 자신을 가여워할 수 있는 것을 상상하기도 한다. 이 모든 노력들은 신으로서 '나'의 목소리가 '나'에게 들려주는 생의 지침이다. 지침에 따르면 편안하게 잠들고 자신을 가여워하고 언제든 투명하게 사라질 수 있다고 믿으며 존재와 비존재를 넘나들 수 있는 능력을 지님으로써 '나'는 '나'를 통제하고 '나'와 화해할 수 있다.

눈금자를 0점으로 맞추는 것은 '나'의 의식이 형성되기 시작하는 태초의 순간을 재현하는 것이다. 이미 시작되어서 갖은 역사를 쌓아온 '나'에게 처음부터 리셋되는 0점은 언제나 누구나가 원하는 이상적인 순간이지만 사실은 누구도 도달할 수 없는 가상의 순간이자 몽상의 순간이기도 하다. 나를 0점으로 맞추어 다른 누군가의 시선이 아닌 내가 나를 가여워할 수 있는 상태에 이르는 것은 나의 무게를 만들어 내는 다른 누군가의 시선이 더해져 있지 않은 '순순한' 상태다. 이 시는 「반드시 한쪽만 유실되는 장갑에 대하여」와 더불어 태어나는 '나'를 재구성하고 '나'의 존재를 자신이 소속되어 있는 사회나 집단에 의탁하지 않고도 '나'를 완성하는 방법을 발견하고자 한다. 나의 신으로 군림하는 '나'는 내가 물질적으로 심리적으로 수단화되고 전락해 껍데기로 살아가는 것을 방지해 준다. "내가 나의 신"이라는 말은 '전지적 1인칭시점'이라는 이상한 말을 연상케 한다. 오직 '나'만이 '나'의 신일 수 있고 이럴 때 신은 인간의 자기소외적 존재가 아니지만 그만큼

'나'는 '나'를 알 수 없고 통제할 수 없다는 제한적이고 한정적인 존재로서의 '나'도 동시에 드러낸다. 이어서 살펴볼 시 「나는 미사일의 탄두에다……」는 '나'를 지켜보는 '나'의 시점이 보다 구체적인 상황 속에서 재현된다. 이 시는 추락하고 있는 '나'를 바라보는 '나'의 입장을 보여 준다.

내가 떨어지는 것을 보고 있다
사고 현장에 우두커니 서서

나는 왜 떨어지고 있는 것인가 점심은 먹고 떨어지는 것인가 옷매무새는 잘 여미고 떨어지는 것인가 몇 층에서 떨어지기 시작한 것인가 나는 내가 떨어지는 모습을 처음 목격하기 때문에 내가 떨어지는 것을 끝까지 내버려 둔다 떨어진 것이 내가 확실한지 알기 위해서

난간 위에서 누군가 외친다
밑에 떨어진 사람 없어요?

(……)

내가 떨어지는 것을 지켜보다가 꾸벅꾸벅 존다
꿈결에 사고 현장을 벗어나 버린 줄도 모른다

걷는다 어딘지도 모른다

—「나는 미사일의 탄두에다 꽃이나 대일밴드, 혹은 관용,

이해 같은 단어를 적어 쏘아 올릴 것이다」 부분

앞서 살펴본 시에서 내가 나의 신이었다면 「나는 미사일의 탄두에다……」에서 '나'는 나의 관찰자다. '나'는 내 죽음의 최초 목격자인 것이다. 내가 죽어 가는 과정을 지켜보는 '나'는 지금 떨어지고 있으며 이렇게 계속 떨어지다가는 사망할 것이 분명해 보이는데 그런 와중에도 이 상황의 주인공이 자신인지 확신하기 위해 떨어지는 것을 막지 않고 끝까지 내버려 두고 있다. '나'는 '나'의 생존에 별로 관심이 없어 보인다. 내가 나의 생사에 관심이 없다는 건 뒤에서도 반복되는데, 떨어지는 '나'를 지켜보던 '나'는 졸음을 참지 못한다. 꿈결에서 어딘지도 모를 곳을 걸어가며 사고 현장을 벗어나는 '나'는 '나'의 무엇일까. 「눈금자를 0으로 맞추기 위해」가 전지적 1인칭으로 '나'를 장악하며 '나'에게로 귀환한다면 이 시는 나와 내가 한 사람이었던 것을 상상할 수 없을 정도로 나와 나 사이의 거리가 멀다. 두 사람의 '나'는 거의 타자화되어 있는데, 사건 현장을 세밀하게 관찰하지 못하고 잠들어 버림으로써 끝내 관찰자 시점에도 미치지 못하는 목격자 시점으로, 그러니까 지나가다 우연히 마주한 사고 현장 앞에서 처음에는 조금 관심을 보이다 어느새 지루해져 딴생각을 하게 되는 목격자

자리로 뒤처진다.

이럴 때 1인칭은 「눈금자를 0으로 맞추기 위해」와 달리 자기소외의 기제가 된다. 내부에 있어야 할 목소리가 외화하여 자신과 다른 존재가 되었고, 다른 존재가 되었을 뿐만 아니라 자신에 대한 무심함과 무관심으로 서먹한 불화의 관계까지 형성하고 있기 때문이다. 이쯤에서 시의 제목을 상기해 볼 필요가 있겠다. '미사일의 탄두에다 꽃이나 대일밴드, 혹은 관용이나 이해 같은 단어를 적어 쏘아 올린다.' 보기에 좋은 꽃이나 상처가 덧나지 않도록 보호해 주는 밴드, 품어 주는 관용과 이해라는 단어가 미사일 탄두와 결합할 때 앞서 언급한 평화롭고 아름다운 개념들은 여전히 존재할 수 있을까. 미사일이 관용과 이해에 포함될 수도 있고 꽃이나 밴드, 관용이나 이해의 이름이 공포와 폭력의 수단이 될 수도 있을 것이다. 무기 자체와 무기를 이루는 정신이 분리되어 무기의 성격을 규정하지 못하고 있는 상태는 내가 죽은 나를 바라보고 있고 나와 내가 분리되어 있는 상황과 유사하다. 내가 나에 의해 대상화되는 현장을 보여 주고 있는 이 시는 자기 자신과 타자로 분열되어 있는 주체의 상태를 부분의 감각을 통해 재현한다고도 볼 수 있다. 여전히 중요한 것은 떨어지고 있는 '나'와 목격하는 '나' 사이에 통합을 전제한 의식이 보이지 않는다는 것이고 이는 유계영의 1인칭이 완전하고 독립적인 '부분'을 생산하고 있음을 말해 주는 지점이기도 하다.

자신의 죽음을 목격하는 1인칭이 있다면 죽음을 통과한 1인칭도 있다. 이른바 사후적 1인칭의 존재다. 「적록색맹에게 배운 지혜」는 죽은 이후 냉동 보관되고 있는 시체가 화자로 등장하는 시다. 냉동 보관 상태에서 화장에 이르는 시간 동안 화자인 '나'의 눈에 들어온 '당신'은 시체를 관리하는 사람이다. 아마도 당신은 영안실에서 시체를 닦거나 그와 비슷한 종류의 일을 할 것이다. 당신은 맡고 싶지 않은 것이 있다. 죽은 사람에게서 나는 냄새다. 당신은 자신을 따라다니는 냄새를 없애 보려 조향사를 찾아가 애원한 적도 있는 것 같다. 그러나 냄새는 사라지지 않고 끈질기게 당신을 따라다닌다. 그 냄새, 그러니까 죽음의 냄새가 싫기는 당신이나 '나'나 마찬가지다. 조향사를 찾아가 냄새를 떨쳐 달라고 애원하는 당신을 보며 '나'는 죽더라도 죽음의 냄새를 남기고 싶지 않다고 생각한다. 당신에게 조향사가 있었던 것처럼 '나'에게는 지혜를 배울 수 있는 색맹의 증상이 있다. 보지 않을 수 있음이 맡지 않을 수 있는 방법을 알려 줄 수 있다고 생각했을 것이다. 제목에서 언급되는 적록색맹은 적색과 녹색의 감각이 결여되어 무색 또는 황색으로 보이는 것을 뜻하는 말로, 스펙트럼이 단축되어 분간할 수 있는 색깔의 수가 적은 사람을 가리킨다. '나'는 분간할 수 있는 색깔의 수가 적은 적록색맹의 지혜로부터 냄새를 맡지 않을 수 있는 방법을 모색한다.

냉동 보관이라면
얼마나 더 삽니까
이 사랑스러운 아파트식 병동에서

(……)

사람 냄새가 매일 밤 담장을 넘어요
참을 수 없는 건
다시 돌아온다는 것
아침이면 내 옆에 곤히 잠들어 있다는 것

냄새를 남기지 않는 냄새를 찾아
극지의 불씨를 들고

나는 얼마나 오래 살았던지
불태우고 싶은 것을 만날 때까지 걸었고
영원히 쉬지 못했습니다

어떤 자들은 불붙지 않으려고 빠르게 걸었습니다
이마 위로 붉은 땀이 뻘뻘 흘렀습니다

여름의 거리에는 여름의 사람들이 몰려나와요

싱싱한 코를 손에 꽉 쥐고서

—「적록색맹에게 배운 지혜」 부분

사후적 존재인 '나'는 아직 완전히 죽음을 통과하지는 못했다. '나'는 영안실에 냉동 보관된 상태이므로 아직은 죽은 '사람'의 냄새를 공간에 남기고 있다. "극지의 불씨"가 화장의 순간 만나게 되는 불이라면 "불붙지 않으려고 빠르게" 걷는 "어떤 자들은" 죽었으나 '완전히' 죽지 않기 위해 마지막으로 달음질쳐 보는 것이겠다. 화장장에서 소멸 직전에 흘리는 땀은 생의 시간, 여름의 거리를 메우는 여름의 사람들이 몰려나오는 이미지로 전환된다. 그들이 "싱싱한 코를" 손에 쥐고 맡지 않으려는 냄새는 뭘까. 영안실 시체에게서 나는 죽은 냄새를 맡은 것도 아닐 텐데 그들은 어떤 냄새를 맡고 싶지 않았던 걸까. 아마도 그것은 땀과 뒤섞인 삶의 냄새일 것이다. 시체인 '나'의 눈으로 본 사람들은 죽음의 냄새를 떨쳐 내려고 조향사를 찾아간 "당신"과 여름의 거리에 몰려나온 여름의 사람들 사이에 뒤섞여 있는 삶의 냄새가 달라붙는 것을 피하고 싶은 당신들로 이루어져 있다. 적록색맹처럼 특정한 향을 맡지 못해 무향이나 본래의 향과 전혀 다른 향으로 느낄 수 있다면 가장 많은 사람이 거부할 냄새. 그것은 바로 살아 있는 사람의 살냄새와 죽어 있는 사람의 살냄새일지 모른다는 생각에 시인은 이른 것 같다. "냉동 보관이라면 얼마나 더 삽니까"라는 말로 시작되는 시에서 영안실 시체로서의 '나'는 어디에도 속할 수 있는 '부분적 존재'다. 죽었지만 끝까지 죽지 않았기 때문이다. 삶의 끝과 죽음의 입구 사이에서 '나'는 '부분적 존재'로서 모든 냄새에 근접할 수 있다. 앞선 시들이 '나'에게로 귀환하고 '나'와 불화하는 '나'였다면 죽음 당사자로서 '나'는 죽은 자들과 산 자들을 연결하는 생사의 부분적 존재가 된다.

앞서 살펴본 네 편의 시는 유계영의 시에 드러나는 1인칭의 다양한 사례들을 보여 주는 작품들이었다. 접은 종이에서 태어난 테디베어를 통해 살펴본 1인칭은 복수의 테디베어를 통해 위계 없는 부분을 보여 주는가 하면 한쪽 눈을 잃은 테디베어와 한쪽을 잃어버린 장갑을 통해 멀어짐으로써 성장하는 사유를 보여 준다. 이는 남아 있는 것이 '반쪽'이 아니라 여전히 '한쪽'이며 이때의 한쪽은 미완성으로서의 절반이 아니라 여전히 완결한 한쪽임을 암시한다. '나'에게 여러 행동 방침을 일러 주는 나의 신으로서의 1인칭은 세상을 굽어보는 전지전능한 신이 아니라 오직 '나'에게만 존재하는 '나'의 작은 신으로서 '나'의 평화와 안정을 위한 지침만을 예언할 수 있을 뿐이다. 모두의 신이 아니라 '나'의 신이라는 점에서 이때의 1인칭은 신의 개념과 범주 역시 개인의 단위로 축소한다. 죽은 나를 바라보는 목격자이자 관찰자인 1인칭은 죽어 가는 '나'를 바라보는 '나', 즉 분열된 주체를 통해 자기소외가 발생하는 현장을 재현한다. 분화하는 '나'는 '나'를 이루고 있는 다양성이 '나'라는 하나의 정체로 통합되어야 한다는 생각과 결을 달리하며 전체를 이루지 않은 채 불화하는 것 자체를 긍정한다. 시체가 된 1인칭은 영안실에 누워 있는 시체의 시점에서 본 당신을 시작으로 화장 직전에 처한 시체들과 뜨거운 여름을 나고 있는 사람들 사이에서 살아 있는 사람들을 '냄새'로 연결한다. '나'를 등장시킴으로써 형태적으로 1인칭의 목소리를 내고 있지만 '나'가 처해 있는 상황과 실존적 배경은 내면의 심리적 공간에 한정되지 않는다. 오히려 1인칭은 제한 없는 시점으로 '나'의 범주를 확대해 전체를 종합적으로 보는 대신 무수히 많은 부분을 그리는 방식으로 활용된다.

1인칭, 인간의 가장자리

1인칭 시점에 대해 갖는 가장 일반적인 생각은 '나'의 목소리로 '나'의 내면을 드러낸다는 것이다. 그러나 살펴본 바와 같이 유계영의 시집에서 발췌한 네 편의 시에서 1인칭은 자기 고백을 위한 도구로 사용되거나 내면의 풍경을 묘사하는 심리적 재현의 기제로 쓰이지 않는다. 1인칭은 감각이나 사적 관계를 측정하는 언어로 쓰이지도 않는다. 유계영의 '나'는 오히려 시체가 되어서 생사에 걸쳐 있는 모든 사람들을 바라보거나 '나'의 죽음을 목도하거나 '나'에게 가르침을 주는 존재가 되는 길을 선택함으로써 대체로 바깥의 존재에 더 가까운 양태를 띠고 있다고 봐야 할 것이다. 내가 파악할 수 없는 전체론적 관점이 아니라 내가 파악할 있는 지성과 감성에 기반한 가장 바깥의 존재로서의 '나'가 유계영의 1인칭이 지닌 개념과 범주이다. 부분을 통해 전체를 그리는 것이 아니라 부분의 전체성을 그리는 것이고 단편을 엮어 전체를 이루는 것이 아니라 단편의 확장성을 이루는 것이다. "혼자 열심히 쪼개지면서" 부유물을 만들어 내지만 이때 생성되는 부유물은 "많고 투명"하다. 투명하기 때문에 가라앉을 때까지, 그러니까 부유물이 눈앞에서 사라질 때까지 기다리지 않아도 좋다. 부유물이 투명한 이유는 열심히 쪼개진 그것들이 다시 결합되어야 할 부분이 아닌 그 자체로 이미 완성된 형태이기 때문이다. 불완전한 단편이 아니기 때문에 투명한 부유물 사이로 많은 것들이 보이고 많은 것들이 비친다. 스트래선은 20세기스러운 전체론적 사고방식이 불완전한 존재이자 과정에 해당하는 개념으로서만 부유물을 바라보는 이유를 다음과 같이 분석한다.

부분들과 절편들로 넘쳐 나는 세계에 절망한 사람들은 그것들을 '모으고' '묶고' 하는데, 그 노고에는 어떤 서구적인 불안이 뒤따른다. 아마도 이 불안은 절단이 파괴적인 행위라는 전제하에 가상의 사회적인 전체가 그로 인해 반드시 다수화되고 파편화되고 말 것이라는 사실에서 비롯된다. 그들은 신체가 수족을 잃어 가는 느낌을 받는다. 그러나 절단이 관계를 출현시키고, 응답을 이끌어 내고, 또 증여자의 선물을 수중에 넣으려는 의도와 함께 행해지는 곳에서, 요컨대 절단이 창조적인 행위인 곳에서, 절단은 인격의 내적인 역량과 관계의 외적인 힘을 지열한다. 그리하여 이번에는 사회성이 이 능력과 권력 속에서 인격과 관계를 배경으로 하는 형상처럼 '움직이는' 것으로서 나타난다. 칸토어의 먼지는 연결들의 부분적인 현현을 다루는 방식 간의 알레고리를 시사한다.[6]

모으고 묶고 엮는 것을 전체론적 사고에 근거한 서구적 불안의 전조로 읽는 스트래선이 주장하는 바의 핵심은 부분과 절단이 불완전한 단수가 아니라 다른 세계와 연결될 수 있는 최상의 단위이며 그러한 단절을 바탕으로 단수와 단수, 단수와 다수를 넘나드는 연결이 이루어질 때 여전히 전체론적 사고방식이 유효하게 작동하는 세계에 균열을 가하고 그 사이에서 발견되지 않은 무수한 관계의 가능성을 발견할 수 있다는 것이다. 따라서 모든 것을 내려다볼 수 있는 전지적 시점이 지닌 현실적, 윤리적 문제점을 민감하게 인식한 스트래선은 부분과 부분이 연결되는 관계, 말하자면 '관계의 시점'으로 세계를 바라보고자 했다. 유계영이 1인칭을 사용하는 전략은 '나'를 쪼개고 분할함으로써 '나'라는 1인칭의 영역 안에서 칸토어의 먼지처럼 '분할되었으나 완전한' '나'들을 현현시키는 것이다. 살펴본 시들에서 '나'는 그 자체로 완전한 '나'들의 절편을 다루는 방식의 알레고리를 시사한다.

---

6 매릴 스트래선, 차은정 옮김, 『부분적인 연결들』(오월의 봄, 2019), 267쪽.

기준점을 0에 맞추면 통합의 기준으로서 '나'는 사라진다. '나'의 0점은 하나의 지점을 의미하지 않는다. 분분한 '나'들이 공존하며 결합을 전제하지 않되 어떠한 방식으로도 결합할 수 있는 상태야말로 기준점 0이 의미하는 바이며 유계영의 시에서 '나'들이 혼자 열심히 쪼개지는 이유이기도 하다. 이르사 시구르다르도티르의 스릴러 소설 『부스러기들』은 살인 사건이 발생하자 하찮은 부스러기 단서들을 그러모아 숨겨진 진실을 추적해 가는 이야기다. 부스러기는 언제나 이렇게 존재한다. 그것은 하찮고 작으며 전체를 드러내기 위해 모아야만 의미를 발견할 수 있는 파편이다. 그러나 전체가 곧 실체는 아니며 인생은 가해자와 피해자, 목격자와 용의자로 구성된 서사물이 아니다. 전체에서 의미를 찾지 않을 때 부스러기는 모아야만 의미를 가지는 불완전한 존재가 아니라 자유롭게 결합할 수 있는 유동적이고 완전한 존재가 된다. 1인칭이 나의 세계로 침잠하는 것이 아니라 바깥의 세계와 연결됨으로써 관계를 만드는 연결의 시점일 때 점점이 쪼개지는 '나'는 투명한 부유물이고 혼자 있어도 좋은 부스러기다.

"훔쳐보고 싶은 게 아무것도 없는 시/ 아무것도 훔쳐보고 싶지 않은 사람". 이 글의 도입부에 배치한 유계영의 「시」 일부를 불러 본다. 아직 서른네 살밖에 안 먹은 화자가 다 죽은 사람처럼 미소를 잃고 아무것도 훔쳐보고 싶은 게 없다고 말할 때 그것은 세상이 지루해서만은 아닐 것이다. 차라리 너무 많은 것들을 보고 있어서 남몰래 보고 싶은 게 없어진 세상을 향한 목소리가 아닐까. 가장 훔쳐보고 싶은 것은 '나'이고 아직 다 보지 못한 것도 '나'이다. 내가 쪼개지면서 다른 나와 만나는 것은 인간의 가장자리를 증식하는 일이다. 가장자리가 많아질 때 세계와의 접점도 많아진다. 전체 없는 세계에서 1인칭은 쉼없이 절단면을 만든다. 연결을 위해, 발생하는 관계를 위해.

자아를 해체하는 물질의 시

강혜빈,
『밤의 팔레트』

강혜빈 시의 특징은 극화된 물질성에 있다. 강혜빈은 자아라는 구성된 관념의 허상을 해체하기 위해 물질이라는 객관적 실체에 집중한다. 그렇다고 그의 시가 물성 자체에 의지하고 있다고 볼 수는 없다. 물질이 변하는 상태에 집중함으로써 객관적 실체의 경계가 흐려지는 과정을 드러내는 과정은 확실한 모든 것에 대한 해체로 이어지기 때문이다. 『밤의 팔레트』[1]를 구성하는 네 가지 물성의 키워드는 다음과 같다. 드라이아이스, 물방울, 셀로판, 그리고 홀로그램. 선명하고 분명한 물성의 시학이 도착하고자 하는 궁극의 좌표가 잃어버리는

---

1 강혜빈, 『밤의 팔레트』(문학과지성사, 2020). 이후 시 인용은 제목만 표시한다.

데에 있다는 사실은 아이러니하다. 하지만 그 아이러니함이야말로 단단한 것을 무너뜨릴 수 있는 단단한 방법이라는 사실에는 조금도 모순적인 데가 없다. 극화된 물질성을 특징으로 하는 강혜빈의 언어는 규정이라는 이름으로 형태화된 고체적 진실에 균열을 가하는 불이다. 물이며, 또한 공기다. 물질에서 출발한 그의 시는 물질화한 관념을 흩뜨린다.

드라이아이스(Dry ice)

고체 형태의 이산화탄소. 높은 압력으로 이산화탄소를 액화시킨 다음 급격히 팽창시켜 만든다. 얼음보다 온도가 낮다. 냉각 효율이 높아 식품 보관에 유용하지만 피부에 직접 접촉하면 동상에 의한 화상을 입을 수 있다. 뜨거운 물에 넣으면 승화 속도가 빨라지며 짙은 안개 같은 연기가 만들어진다. 식료품 배달 서비스를 이용할 때마다 드라이아이스가 담긴 상자를 마주한다. 비닐을 벗긴 다음 뜨거운 물줄기를 부으면 싱크대 안에서 안개가 피어오른다. 하얀색 고체는 금세 희뿌연 기체가 되어 어디론가 사라진다. 얼음은 없어지고 사라짐만 남는다.

표정은 인간이 맨 처음 가진 언어다. 얼굴 위에 쓰이는 표정이라는 언어에는 아무런 한계도 없어서 배우지 않아도 우리는 그것을 말할 수 있고 들을 수 있다. 이해하기 전에 느낄 수 있으며 느낌에는 웬만한 한계도 작용하지 않는다. 사라진 표정은 약속된 언어로부터 탈주하고 싶어 하는 시들이 "이름 없음"의 세계에 도달하기 위해 구사하는 오래된 전략이다. 그 결과는 무지와 다르다. 알지 못하는 것과 모르게 되는 것은 다르기 때문이다. 지우는 시가 도달하고자 하는 곳은 알지 못하는 곳이 아니다. 그들의 목적지는 "언젠가 너의 이름을 모르게 되"는 곳이다. "모르는 얼굴을/ 한 개만 가지고 싶"어서 사라진 표정을 연습하는 그들은 "웃지 않는 거울을 기다리거나" "웃지 않는 병원에 가야겠"다고 말한다. 욕망하는 것은 다만 모르는 얼굴뿐. 언어가 사라진 얼굴을 무어라 부르면 좋을까. 표정을 거부한 채 눈, 코, 입으로만 남은 얼굴에는 사라진 것들의 흔적만 가득하다. 사라짐은 강혜빈 시의 첫 번째 동사다.

표정이 사라진 자리를 차지하는 것은 차마 표정이라 부를 수 없는 "싱그러운 울상"이다. 싱그러운 울상을 마주하고 있다고 생각하면 정작 그 앞에서 나 자신이 어떤 표정을 지어야 할지 알 수 없는 기분이 된다. 울상이 싱그러울 수 있는 상황을 떠올려 보기도 하지만 좀처럼 다가오는 이미지가 없다. "모두들 눈 코 입을 가질 수 있을 때까지 오늘도 싸우고 구르고 부딪히겠지만" 눈과 코와 입이 협업하며 만들어 내는 표정을 갖고 있지 않으므로 "싱그러운 울상을 연습"한다. 눈, 코, 입은 표정을 만들어 내는 얼굴 표면의 기관인 동시에 시각, 청각, 미각이라는 감각 기관이기도 하다. 눈, 코, 입의 사라짐은 근육의 조합으로 형성되는 표정의 사라짐뿐만 아니라 감각의 사라짐을 포함한다. 보고 냄새 맡고 맛을 느끼는 감각기관의 상실은 “나의 이름이 느리게 증발할 때까지” 지속된다. 이름이 증발하는 상황에 도달하기 위해 사라짐이 필요했는지도 모른다. “싱그러운 울상을 연습”한다는 것은 외부로부터의 자극을 받아들이지 않고 외부를 자극하지 않는 완벽한 지움의 상태에 도달하기 위한 일련의 훈련인 동시에 결과다. 모르는 얼굴을 연습한다는 것은 세상을 읽고 싶지 않고 세상으로부터 읽히고 싶지 않은 상태에 대한 표식이다. 누구도 그 표정이 의미하는 것을 간파할 수 없다.

표정이 사라진 자리에서 새로운 표정을 짓는 강혜빈의 상상력은 환상성으로 구체화된다. 환상은 나의 문법과 타인의 문법이 교환되지 않는 곳에 거주한다. 강혜빈의 환상성은 수족이 절단되는 그로테스크한 이미지를 드러내는 환상과 다르고 현실을 드러내는 알레고리로서의 환상과도 다르다. 강혜빈의 환상은 “세상에 없던 주문이 가능해”지는 문법이다. 세상에 없던 주문이 가능해지는 환상이란 무의식이 이미지화하는 꿈의 문법에 따른 환상과 구분될 뿐만 아니라 현실화할 수 없는 의지가 메타적 언어로 표현되는 환상과도 구분된다. 차라리 현실과 무관한 세계에 기거하는 환상. 여기에 없는 것이 거기엔 있다. 현실의 그림자도 아니고 현실이 되지 못한 대체재도 아니다. 「108개의 치치」는 동화적 상상력이라 부를 수 있을 방법으로 현실의 이미지를 재배치한다.

땅에 누운 흰 줄무늬들을 힘껏 당기면
잠자던 신호등이 켜지고
부풀어 오른 구름의 배를 가르면
사람들이 뱉은 거짓말이
끈적끈적한 사탕처럼 쏟아져 나오고

시끄러운 이웃집이 지팡이 가게로
하늘에 뭉게뭉게 널린 양말들이
반짝이는 지느러미로 변하고
세상에 없던 주문이 가능해지고

치치는 지붕 위를 달리며
알록달록한 치치들로 불어나고
별들의 느린 하품보다 낮고
발밑의 비밀보다 더 낮은 곳에 모여서
새로운 울음소리를 자랑하지

—「108개의 치치」 부분

이 시에서 그리고 있는 세계에 대해 알 수 있는 것은 거짓말이 바깥으로 쏟아져 나오는 곳이라는 것, 별들의 느린 하품보다 낮고 발밑의 비밀보다 낮은 곳이기도 하다는 것이다. '낮다'는 것이 위상학적 개념일 뿐만 아니라 시간의 개념까지 포함한다는 것을 알 수 있는데, 이로써 이 세계가 현실과 독립된 곳임이 더 분명해진다. 현실의 그림자로서 현실을 비판하기 위한 목적에 복무하지 않고 현실의 이면으로서 현실의 가능성을 제안하기 위해 존재하지 않는 세계는 실용적이지 않다. 목적이 없기 때문이다. 그러나 그 목적 없음과 쓸모 없음으로 인해 현실로부터 완전하게 달아날 수 있다. 현실의 지배를 받지 않는 문법으로 새로운 표정을 그릴 수 있다. 새로운 언어는 세상에 없는 것을 주문할 수 있는 방법이다. 무엇을 주문하고 싶은 걸까. 여기 없고 거기 있는 것은 무엇일까. 양말이 지느러미로 변하고 횡단보도 무늬가 늘어나면 신호등이 켜지는 환각의 이미지를 보는 데 감각기관으로서의 눈, 코, 입은 필요하지 않다. 환각의 이미지를 통한 환상적 이야기가 도달하는 곳은 "새로운 울음소리를 자랑"할 수 있는 곳이다. 세상에 없는 것의 목록에 싱그러운 '울상'과 새로운 '울음소리'를 추가한다. 안개로 바뀌어 버리는 고체 얼음처럼 여기 없던 표정이 피어오른다.

물방울(水滴)

메도루마 슌의 단편소설 제목. 도쿠쇼의 오른쪽 다리가 갑자기 부어오르더니 엄지발가락 끝에서 물방울이 떨어지기 시작한다. 그날 이후 발끝에서 떨어지는 물로 목을 축이기 위해 밤마다 병사들의 유령이 도쿠쇼를 찾아온다. 그들은 50년 전

도쿠쇼와 함께 오키나와 전투에 참전했던 전우들이다. 갈증을 호소하던 전우와 부상당한 친구를 버려 두고 혼자 도망쳤던 도쿠쇼는 이들에게 죄의식을 느끼지만 그 감정을 마주하지는 않는다. 한편 낮에 도쿠쇼를 돌봐주러 오는 사촌 세이유는 그의 발끝에서 떨어지는 물방울에 신비로운 효능이 있다는 걸 알고 비싼 값에 물을 팔기 시작한다. 사람들은 바르기만 하면 젊어지는 '기적의 묘약'을 앞다투어 사들인다. 물방울은 생명수인 동시에 죄의식이고 상처인 동시에 치유제다. 물방울은 그 모든 것이다. 과거이자 현재이고, 그 둘 다인 동시에 미래다.

둥글고 투명한 물방울을 마주하는 건 비 내리는 창문 앞에 서 있을 때다. 물방울은 뒤섞인 물질이다. 하나의 이름으로 부를 수 없는, 가변적인 동시에 불변적인 진실의 물질이기도 하다. 비 오는 날 창문 앞에 서 있으면 물방울과 물방울이 합쳐져 하나의 물방울이 되는 모습을 목격할 수 있다. 섞이고 또 하나가 되고 섞이고 또 하나가 되는 과정이 끊임없이 반복된다. 이름을 붙일 수 없는 상태가 지속된다. 표제작이기도 한 「밤의 팔레트」는 이름을 만드는 것이 아니라 이름을 섞는 것이 시인의 목적이라는 사실을 보여 주는 것 같다. 팔레트는 그림을 그리는 동안 그리는 사람이 색깔을 섞는 데 쓰는 보드다. 팔레트의 존재 이유는 이름을 가진 색깔을 뒤섞는 데에 있다. 마구 뒤섞여 규정할 수 없는 색으로 변해 가는 것. 물방울의 상태는 이 시집을 관통하는 중심적이고 일관된 이미지이기도 하다.

노랑과 옐로는 너무 많은 밤을 오렸다
성별이 다른 별을 꿰매는 건 위험해
우리는 틀린 그림 찾기처럼 조금만 달랐는데
왜 아들은 두 글자일까

살아 있는 물방울들은 방금 다 외웠어

나와 언니를 섞으면 하얗게 된다
나에게 누나를 바르면 까맣게 된다

내가 나를 동그랗게 벗고 굴러간다

—「밤의 팔레트」 부분

「밤의 팔레트」에서 섞임의 상태는 두 가지 방식으로 구분된다. 꿰매는 것과 섞는 것이다. 꿰매는 건 위험하고 물방울들은 살아 있다는 대립이 보여 주는 것처럼 물방울의 섞임은 꿰매는 행위보다 긍정적으로 묘사된다는 점에 주목할 필요가 있다. 꿰맬 수 있는 대상은 고체 상태의 사물이다. 두 개 이상의 사물을 덧대어 하나로 만드는 바느질은 뒤섞임이 아니라 외부 요소에 의해 일시적으로 고정되는 상태에 지나지 않는다. 무엇보다 실밥을 풀면 고정된 상태는 금방 해체되고 만다. 반면 뒤섞인 물방울은 한번 결합한 이상 이전의 상태로 돌아갈 수 없다. 섞여서 새로운 상태의 하나가 되기 때문이다. 「밤의 팔레트」는 어떤 존재와 결합하느냐에 따라 달라지는 '나'의 미결정 상태를 통해 결정된 세계의 허상을 드러내는 시다. 팔레트 위에서 뒤섞이는 액체 상태의 물감처럼 '나'는 '언니'와 섞으면 하얗게 되고 '누나'를 바르면 까맣게 된다. 꿰매는 것이 환원 가능한 일시적 형태의 결합이라면 섞이는 것은 불가역적인 영원의 결합이다.

「빙하의 다음」에서 우리는 다시 한번 물방울과 만난다. "오늘은 우산을 잊어버렸어 어제도 그랬고 그제도 그랬지 잃어버리기 위해 다음을 준비했어 접었다 펼치면 튀어 오르는 물방울처럼 다음의 다음을 다음의 다음다음을……". 규정될 수 없는 영원의 결합물로서의 물방울은 "잊어버"린 우산을 접었다 펼칠 때 튀어오르는 이미지로 등장한다. 잃어버린 우산이 아니라 잊어버린 우산은 사물로서의 우산이 아니라 기억에 존재하는 관념으로서의 우산이다. 물방울을 차단하는 우산으로부터 튕겨져 나가는 물방울은 우산으로부터 벗어남으로써 공중으로 증발될 것이다. 자유롭게 튀어 올라 공기 중으로 사라지는 물방울은 다시 사라짐의 상태에 이른다. 형태를 '잊은' 자유가 된다.

셀로판(Cellophane)

비닐처럼 보이지만 비닐과 다른 물질. 물을 투과시키지 않는 비닐과 달리 물을 투과시킬 수 있다. 빛의 투과율이 높고 어떤 가스든지 쉽게 통과되지 않을 뿐만 아니라 인화성도 없다. 염색이 쉽고 인쇄도 가능해 활용도가 높다. 수분과 추위에 약하다. 흡수성이 있어 물에 닿으면 약해진다. 흐물흐물해지고 쉽게 뭉치며 금방 마른다. 어릴 적 문구점에서 셀로판을 사면 눈앞에 가져다 대기부터 했다. 반투명 노랑, 반투명 초록 너머로 다른 색깔의 세상을 보고 있으면 어느새 나도 노랑이나 초록의 존재로 바뀐 것 같은 착각이 들었다. 하지만 셀로판이 주는 이색적인 체험은 시각보다 촉각, 혹은 청각에서 늘 절정을 이루었다고 해야 할 것이다. 셀로판이라는 말을 듣는 동시에 작동하는 바스락거리는 소리와 바삭바삭한 질감. 금방이라도 찢어질 것 같은 셀로판은 쉽게 구겨졌고 그럴 때마다 나는 갓 구운 과자처럼 부서질 것 같은 그것을 조심스럽게 만지려 했다. 그런 셀로판이 물을 머금고 흐물해지며 바삭거림을 잃어 가는 순간을 바라보는 것은 힘들다. 방수 기능이 결여된 셀로판이 어째서 우리 일상에 스며들지 못했는지는 셀로판으로 스며드는 물이 잘 보여 준다.

오늘의 #레시피

1) 아이들의 웃음소리를 해동시킨다

2) 잘 말린 크레파스를 설탕에 졸인다.

3) 1과 2를 냄비에 넣고 잘 으깨 준다.

4) 해가 질 때까지 젓는다.

5) 마음이 노릇노릇해지면 복습한다.

—「셀로판의 기분」 부분

「셀로판의 기분」은 셀로판이라는 물성을 바탕으로 연상되는 성장의 이미지들을 열거한다. 이미지들은 역시나 환상적 문법으로 세상 속에 재배치된다. 얼린 채 보관되어 있던 아이들의 웃음소리를 녹이고 말려진 크레파스를 졸인다. 녹인 웃음소리와 졸인 크레파스를 냄비에 넣고 으깬 다음 해가 질 때까지 젓는다. 노릇노릇해질 때까지 구워 주면 완성. 완성된 그것은 마음이다. 크레파스를 졸였으므로 구워진 마음에는 색깔이 있고 해동한 웃음소리가 들어갔으니 바스락거리는 소리도 있다. 「밤의 팔레트」가 뒤섞임의 감각을 통해 이름 없는 세계를 만들어 내는 과정을 시각적으로 보여 주는 시였다면 「셀로판의 기분」은 스며듦의 감각을 통해 상태의 변화가 변화하는 과정을 그리는 시다.

「셀로판의 기분」은 스며드는 과정에 집중한다. 물을 통과시키므로 물을 머금고 기존의 물성을 잃어 가는 셀로판을 모티프로 한 이 시는 성장 과정에서의 익숙한 이미지를 재료 삼아 다른 성장 이야기를 쓰고자 한다. 투명하던 세상이 “순식간에 불투명해"지며 "발등에서 파란 버섯이 자라나기 시작"하며 "아이들은 빠르게 땅속으로 스며든다." 성장한다는 것은 투명함에서 반투명함으로, 색깔을 가지는 과정이기도 하다. 그 과정에서 수많은 외부의 질서가 우리 자신에게 스며들어 점차 우리는 그 결과로서 혼종적인 색깔을 갖게 된다. 그렇게 이름을 얻고 역할을 받아들며 점차 무엇이 되어 간다. 그러나 물도 빛도 쉽게 받아들일 수 있는 유연한 물질이지만 물과 추위에 약한 셀로판처럼 우리의 성장은 많은 것들을 수용할 수 있기 때문에 외부 환경으로부터 자유롭지 못하다. 웃음소리와 크레파스를 재료로 조리하는 과정은 쉽게 사라지는 것들을 조리하는 상상력을 통해 무력하게 영향 받는 스며듦이 아니라 언제든지 살려 낼 수 있는 운동성을 그린다.

홀로그램(hologram)

홀로(holo)는 그리스어로 '전체'를, 그램(gram)은 그리스어로 '메시지' 또는 '정보'를 뜻한다. 따라서 홀로그램은 '완전한 사진'이라는 의미를 가진다. 대상의 3차원 입체상을 재생하므로 여러 각도에서 물체의 모습을 볼 수 있다. 얼마 전에 홀로그램 사진을 한 장 받았다. 사진에는 영화 속 두 개의 장면이 담겨 있었다. 하나는 성인이 된 주인공이 사진을 찍는 것이고 다른 하나는 그 주인공이 학생일 때 사진을 찍는 장면이다. 한 순간을 기록할 수 있을 뿐이지만 한순간의 모든 것을 응축할 수 있는 사진에 부재하는 것이 있다면 시간성일 것이다. 어떤 사진도 흐르는 시간을 담을 수는 없다. 시간을 담을 수 있다면 그것은 사진이 아니다. 그런데 과거의 한 장면과 현재의 한 장면이 중첩되어 있는 순간은 사진이 줄 수 없는 연속성에 대한 감각을 준다. 여전히 나는 완전한 사진이라는 말에 내재된 모순을 해결하지 못하고 있지만, 홀로그램에 입체적으로 바라보지 못하는 한계 차원으로서의 인간 인식을 지적하는 지점이 분명히 있다는 것은 부정할 수 없다.

「커밍아웃」은 시집 『밤의 팔레트』에 드러나는 물성의 종착지와도 같은 시다. 냉장고에 넣어 둔 "물컹한 표정"이나 "놀이터에서 치마를 까고 그네를" 타는 화자를 바라보는 "미끄럼틀과 시소의 표정"이 의미하는 바가 무엇인지 알기 위해 우리는 이 글의 시작에서 언급된 "모르는 얼굴"과 사라진 표정을 다시 상기할 필요가 있다. 이들 표정에 대해 "낮지도 높지도 않은 마음을 가지자"고 다짐하는 화자 앞으로는 "빨주노초 아이들"이 뛰어가고 "옷장에서 알록달록한 비밀이 흘러나"온다. 퀴어를 상징하는 선명한 이미지들 사이에 드러나는 위의 표정들이 어떤 말을 건네고 있는지 우리는 알 수 없고, 시는 끝내 그 표정들을 언어화하지 않음으로써 "토마토의 보관법"이 무엇인지, "불가능한 토마토"가 무엇이어야 하는지 우리에게 질문한다.

축축한 비밀 잘 데리고 있거든
일찌감치 날짜가 지난 토마토 들키지 않고
물컹한 표정은 냉장고에 두고
나는 현관문을 확인해야 해
아픈 적 없는 내일을 마중 나가며

(……)

옷장에서 알록달록한 비밀이 흘러나와
자라지 않는 발목 아래로, 말을 잊은 양탄자 사이로
기꺼이 불가능한 토마토에게로

—「커밍아웃」 부분

과거과 현재가 공존하는 홀로그램 사진을 들여다본다. 홀로그램을 두고 사진이 꾸는 꿈이라라고 말할 수 있다면 "축축한 비밀", "알록달록한 비밀"이 흘러나오는 옷장을 가리켜 토마토가 꾸는 꿈이라고 할 수도 있을 것이다. 토마토의 안과 밖에는 경계가 없다. 안에 있어도 바깥으로 흘러나올 수 있는 옷장에 경계가 없다면 어떨까. 이것이야말로 토마토가 꾸는 불가능한 꿈이고, 토마토로 살아가는 경계 없는 존재들의 꿈이기도 하며, 규범과 규정으로 제한당하는 인간이 꾸는 꿈이기도 하다. 드라이아이스, 물방울, 셀로판, 홀로그램은 서로 너무 다른 물질들이다. 그러나 이들 물질은 모두 상태 변화를 자신의 속성으로 지니고 있다는 점에서 공통된 물질이기도 하다. 이들 사이에 '나'라는 관념을 넣어 본다. '나'를 설명해 주는 숱한 단어들을 넣어 본다. 사라지고 뒤섞이고 스며들고 공존함으로써 자기다워지는 물질들에 비하면 '나'의 경직됨은 무엇도 되지 못한 채 그 자리에 그대로 있다. 많은 표정을 짓고 있으나 무엇도 나만의 표정은 아닌 것이다.

정치적 무기력

서이제론

'나이'라는 오류

노년의 불행은 그들이 아직 늙지 않았다는 것이고 젊음의 불행은 그들이 이미 젊지 않다는 것이다. 젊음은 늙음의 대립적 개념이다. 늙음의 대립어로서의 젊음은 어린 나이를 의미한다. 어린 나이는 직관과 사회적 합의가 결합되어 파악되는 결과값이다. 그런데 젊음을 나이로 환원해서 파악할 때 우리는 한 가지 문제점을 마주하게 된다. 나이는 사회 문화적으로 구성되고 분절된 시간이므로 사회 문화적 구조가 눈에 띄게 변할 때 구성된 시간으로서의 나이 개념에도 변화가 동반될 수밖에 없다는 사실이다. 나이에 대한 개념이 변한다면 나이로 환원된 개념인 젊음 역시 수정되어야 한다. 젊음을 나이로 인식하는 것은 '나이'가 고정값이라는 전제 아래에서만 유효하다. 지금까지 인생의 눈금마다에 붙여진 이름으로서의 나이가 유효하게 작동했다면 이제 눈금과 눈금 사이의 경계는 흐려지고 각 부분을 칭하는 이름에도 의문이 들기 시작했다. 나이가 흔들리고 있다. 그렇다면 불행은 늙음의 젊음이나 젊음의 늙음이 아니라 늙음이나 젊음을 나이로 정의하는 방식일 것이다.

2020년에 개봉한 덴마크 영화 「어나더 라운드(Another Round)」는 권태로운 일상에 갇힌 네 명의 중년 남성이 삶의 새로운 국면을 맞기 위해 발버둥 치는 과정을 다루는 작품이다. 네 사람은 같은 학교에서 역사, 체육, 음악, 심리학을 가르치는 고등학교 교사다. 매일같이 반복되는 우울 속에서 표류하는 이들은 그중 한 사람의 마흔 번째 생일을 축하해 주기 위해 모인 자리에서 '인간에게 결핍된 혈중 알코올 농도 0.05%를 유지하면 적당히 창의적이고 활발해진다.'라는 가설에 대해 이야기한다. 네 사람은 농담 삼아 주고받으며 호기심을 느끼는 정도였던 가설의 진위를 파악하기 위해 직접 실험해 보기로 한다. 알코올의 힘이라도 빌리지 않으면 현실을 견딜 수 없는 현대인의 위축과 고독을 유머러스한 상황으로 극대화하는 이야기로 봐야겠지만 사실 이 영화는 젊음이라는 개념에서 벌어지고 있는 근본적이고 보편적인 변화 현상을 포착하고 있는 작품이다. 그 현상이 무엇인지 말해 주는 것은 시작, 중간, 끝에 걸쳐 세 번이나 반복되는 하나의 이미지다.

시작할 때 영화는 10대 학생들이 광란의 알코올 파티를 벌이는 장면을 보여 준다. 학교 축제 기간 동안 벌어지는 알코올 파티는 이성을 잃고 스스로를 탕진하는 태도가 허용되는 '공인된 일탈' 속에 젊음의 표상이 있다고 말하는 장면이다. 그러나 영화의 클라이맥스에 이르면 0.05%의 술기운이 삶을 더 자신감 있고 활력 있게 만들어 준다는 가설을 확신하게 된 네 사람이 그들 각자에게 최상의 농도가 몇 퍼센트인지 찾기 위해 마시고 마시다 급기야 무아지경에 빠져 파티를 즐기는 장면이 나온다. 시작할 때 젊음을 표상했던 10대들의 파티가 이제 40대의 그것으로 대체되는 순간이다. 그러나 이들 중 일부가 학교에서 알코올을 섭취한 사실이 발각되고 그중 한 명이 자살로 생을 마감하며 잠깐의 해방도 모두 끝난다. 친구의 장례식이 진행되는 날은 마침 아이들의 졸업식이기도 하다. 마지막 장면은 장례식을 마치고 애도주를 마시던 세 사람이 밖으로 나와 졸업한 학생들과 인사를 나누다 점점 무리 속으로 들어가 그들과 함께 춤을 추고 술을 마시는 모습이다. 술과 일탈, 그리고 해방의 이미지가 반복되는 가운데 변주되는 것은 행위의 주체다. 영화가 발산하는 메시지는 이렇다. '방황하고 탕진하는 것이 젊음이라면 그것은 결코 10대와 20대의 전유물일 수 없다. 40대와 50대도 바로 그 이유에서 젊다. 모두가 젊은 사회에 우리는 살고 있다.'

모두가 젊을 때 젊음은 그 의미를 상실한다. 젊음이 희소하고 가치 있는 개념으로 여겨져 온 것은 그것이 유한하고 일시적인 시간대를 전제하기 때문이다. 얼마 지나지 않아 끝나고 말 젊음이기에 욕망하는 대상이 될 수 있고 생의 다른 구간과 다른 수준의 통제와 해석을 적용받을 수도 있었다. '젊어 고생은 사서도 한다.'라는 말은 그 시절 수준의 고생이 지속되지 않는 삶이기에 할 수 있는 말이고 들을 수 있는 말이다. 고생이 계속된다면 어떤 시절의 고생이 다른 시절의 고생보다 의미 있게 해석될 여지는 없고, 의미 없는 고생을 견뎌야 할 성장통으로 이야기할 수 있는 근거도 없다. 일본의 사회학자 후루이치 노리토시는 『절망의 나라의 행복한 젊은이들』에서 모험하고 방황하는 이미지의 젊은이론이 더 이상 유효하지 않은 개념임을 주장해 화제가 됐다. 노리토시에게 의미 있는 자료들 속에서 청년들은 양극화, 불안정한 고용 구조 등 척박한 사회를 바꾸기 위해 저항하거나 불만을 표출하기보다 그런 사회에 만족하며 사는 방법을 '터득'하는 쪽을 선택했다. 만족하고 안주하는 것은 젊음의 의미를 배반하므로 그들은 더 이상 젊지 않다. 저항하는 대신 적응하는 '사토리(득도)' 세대는 현실에 적극적으로 안주한다. 그들이 저항하는 것이 있다면 오히려 젊음에 대한 기존의 관념이다. 노리토시가 기존의 젊은이론을 폐기하며 발견한 것은 더 이상 아무도 젊지 않다는 것이다. 젊음을 나이로 파악할 때 우리는 모두 젊거나 아무도 젊지 않다. 따라서 질문은 근본적인 것이 되고 만다.

이 시대에 젊음이란 무엇인가. 무엇으로 젊음을 이해해야 하는가.

'성장'과의 결별

모든 시대는 그 시대만의 무질서를 지닌다. 젊음은 그 시대를 관통하는 무질서에 붙여진 이름이다. 젊음에 대한 기존의 개념이 적용되지 않는다는 사실은 이 시대가 기존 시대와 구분되는 새로운 무질서를 갖게 되었다는 뜻이다. 젊음에 대해 극단적으로 다른 두 태도를 바탕으로 우리는 우리가 사는 세상을 가리켜 모두 젊거나 아무도 젊지 않은 곳이라고 말할 수 있는데, 모두가 젊거나 아무도 젊지 않다는 결론은 한시적이고 제한적인 시간성으로 규정되던 젊음의 종말을 의미한다. 모두가 젊다는 것은 불안정한 시간의 영속화를 의미하며 아무도 젊지 않다는 것은 영원히 불안정한 세계로부터의 탈속화를 의미한다. 물론 이때의 불안정이 반드시 부정적 가치를 의미하지 않는다. 불안정은 기회와 가능성의 다른 이름일 수도 있고 기회의 가능성이라는 희망 고문일 수도 있다. 사회적으로 구성된 시간성으로서의 '나이'가 '젊음'이라는 환상을 작동시키는 세계관이었다면 이제 변형과 변화를 전제하는 유동하는 세계는 사라지고 없다. 우리 앞에 주어진 것은 영원한 고통이거나 고통으로부터의 완전한 탈주다. 고통의 양극화와 결정론적 세계관이 젊음의 개념을 바꾸고 있다.

하트는 존재하지 않는다

서이제가 2021년 10월《릿터》에 발표한 단편소설「위시리스트」는 상품으로 둘러싸인 시대를 살아가는 현대인들이 소비와 맺고 있는 불가항력적 관계를 세 청년이 소비에 연루된 방식을 통해 독창적으로 보여 주는 의미 있는 작품이다. 세 청년을 이어 주는 두 개의 연결 고리는 다음과 같다. 첫째, 세 사람의 관계다. '나'를 중심으로 문호와 현진 이들 셋은 대학 동창이다. 그중에서도 '나'와 문호는 현재도 지속적인 연락을 주고받는 사이지만 '나'와 현진은 물론 현진과 문호 역시 지금은 건너 건너 소식을 듣는 정도. 사실상 끊어진 사이다. 둘째, 그들 각자의 '소비적' 삶이다. 세 사람은 소비를 중심으로 연결되어 있고, 실은 소비를 중심으로만 연결되어 있다. 다른 계층에서 다른 지향을 갖고 살아가는 이들이 현실에서 만날 일은 점차 줄어들지만 소비의 세계에서 그런 벽은 힘을 발휘하지 않는다. 누구나 그렇듯 세 명의 대학 동창은 시간이 갈수록 더 멀어지지만 누구나 그렇듯 세 명의 소비자는 그들의 의지와 무관하게 시간이 갈수록 더 상호 협력한다. 협력의 열매는 그들의 것이 아니지만.

'나'에게 소비는 수렁이다. 덫이고 후회다. 그런 한편 기쁨이고 구원이며, 닻이고 일상이다. 내심 '나'는 미니멀리스가 되고 싶다. 하지만 '나'의 온라인 장바구니는 하루도 비어 있는 날이 없다. 무언가를 사야 한다는 강박에 휩싸인 '나'의 온라인

서점 장바구니에는 자그마치 103종, 그러니까 168만 1700원어치의 책이 담겨 있다. 온라인 마켓 바구니에는 80만 4500원어치의 식료품이, 셀렉트숍 장바구니에는 839만 5700원어치의 옷이 담겨 있다. 이걸 다 살 거냐고? 당연히 아니다. '나'는 "필요한 것들과 사고 싶은 것, 언젠가 살 것이지만 언제 사게 될지는 정확히 알 수 없는 것들을 장바구니에 담았"을 뿐. '나'의 장바구니는 "언제나 가득 차 있"음으로 인해 존재 가치를 증명한다. '나'는 소비에 중독된 사람처럼 끝도 없이 장바구니를 채우지만 그 소비를 다 실현하는 건 아니다. 장바구니에 넣어 두고 결재하지 않은 시간이 90일을 넘어가면 상품은 목록에서 사라지는데, 시간이 조금만 지나도 구매욕이 사라지는 심리에 의지해 소비에의 욕망을 억제하는 것이다. 앞서 말했다시피 '나'는 미니멀리스트가 되고 싶다는 생각을 하자마자 미니멀리스트에게 필요한 것들을 쇼핑하는 양분된 감정의 소유자. '90일 동안의 결제 대기'는 소비에 대한 극단의 지향점을 통합하지 못한 채 분열되고 만 '나'의 자구책 아닌 자구책이자 대리 만족 아닌 대리 만족, 이른바 기괴한 소비벽이다.

다음으로 문호. "문호는 뭐랄까. 늘 예술뽕에 취해 있었는데, 그렇다고 나쁜 애는 아니"다. 누군가는 "백수 한량 새끼"로 보고 누군가는 "파워 블로거"로 보지만 대체로 "그냥 혼자 취미"를 일삼는 "집이 좀 괜찮게" 사는 애라고 생각하는 문호는 7년째 블로그를 운영 중이다. 문호의 소비 행태는 '나'와 대조적이다. 소비 자체에 의미가 있다는 듯 읽지 않을 책을 장바구니에 담거나 사기 일쑤. 매주 미술관에서 난해한 현대미술 작품을 보고 예술영화관에서 영화를 보는가 하면 소수에게조차 잘 알려지지 않은 연극이나 뮤지컬을 보러 다니고 경제적 이유로 해체 위기에 놓인 밴드의 공연을 보러 다닌다. 그런 다음 그 내용을 포스팅해 블로그 이웃에게 공개한다. 누가 봐도 문호는 블로그에 진심이다. 그가 이렇듯 "대가 없는 일"에 열과 성을 다하는 이유는 "사람들이 좋아해 주"기 때문이다. 문호의 소비는 그가 소비한 결과물을 무상으로 제공받은 사람들의 환호와 교환된다. 대가 없는 일이 아니라 사람들의 관심이 대가인 셈. 문호는 이름이 아니고 별명이다. 대학 시절 소설을 쓴다고 붙여진 별명인 대문호를 그냥 문호라 부르다 문호로 굳어졌다. 문호의 소비는 이른바 '정체성 소비'의 외향을 띠고 있다. 그런데 문호의 소비는 자신의 정체성을 향하지 않고 블로그 이웃의 '좋아요'를 불러일으키는 또 하나의 소비재가 된다. 문호는 직접 돈을 주고 예술을 '소비'해서 관련된 정보를 생산하고 그 글을 읽는 사람들에게서 관심을 받지만 종국에는 이웃들로 하여금 그 영화, 그 공연, 그 전시를 관람하게 만드는 부스터 역할을 한다. 누군가에게는 "백수 한량 새끼"고 누군가에게는 "파워 블로거"이며 누군가에게는 "그냥 혼자 취미"를 일삼는 "집이 좀 괜찮게" 사는 애인 문호의 현재 상태는 창작자를 꿈꿨던 과거를 십분 발휘한 자발적 소비 촉진제다.

그는 또 다른 소비를 위한 매개물이다.

"지금 이 시간에도 일하고 있을" 현진은 마케팅 회사에 취직한 신입 마케터다. 사람들이 무엇을 좋아하고 무엇을 원하는지 파악하는 것이 현진의 주된 업무다. 취직하기 전에는 설문 조사 아르바이트를 했다. 소액을 버는 일이었지만 "지하철이나 버스 기다릴 때, 식당에서 주문한 음식 기다릴 때, 잠깐 옥상에 나가서 담배 피울 때, 화장실에서 똥을 쌀 때"도 틈을 내서 할 수 있다는 것이 별 부담 없이 아르바이트를 하는 이유였다. 어떻게 해서든지 일을 하려고 하는 현진에게 소비는 삶의 영역인 동시에 직업의 영역이다. '나'의 장바구니와 문호의 블로그가 현진의 시장이자 현장이고 전쟁터이다. '나'와 문호를 더 자극하고 더 갈등하게 만드는 것이 현진의 일이다. 이렇듯 소비에 휩싸인 채 살아가지만 이들에게 돌아오는 것은 기괴한 소비벽이거나 타인의 소비를 진작시키는 매개물에 지나지 않는다. 그 과정에서 발생하는 유일한 '기쁨'조차 마케팅을 위한 자본으로 물질화한다. 그사이 그들이 얻는 것은 불안정한 관심과 소비에 대한 모순된 감정뿐, 이들은 주어질 만한 '행운'으로부터도 소외된다. 현진과 '나'의 첫 만남은 대학 시절 아르바이트하던 아이스크림 공장에서였다. 전체 러브콘 중 1%만 하트가 그려져 있는 이벤트가 진행 중이었지만 두 사람은 아르바이트가 끝날 때까지 한 개의 하트도 발견하지 못했다. 아이스크림 공장에서 일하는 사람조차 한 번도 모시 못한 하트라면 그 하트는 정말 존재했던 걸까. 애초에 1%의 하트가 존재한다는 건 하트를 만날 확률이 0%라는 걸 가리키는 말이 아니었을까. 왜 우리는 1%에서 없음이 아니라 있음을 읽었던 걸까.

이들에게 소비는 출구 없는 세계다. 그리고 이 세계를 지배하는 정념은 무기력이다. 이들의 무기력은 각자의 에피소드가 리스트처럼 분절된 채 정리되던 와중 세 사람이 한데에서 만나는 순간에서 절정에 달한다. '나'는 문호의 블로그에서 세잔 전시에 대한 글을 읽고 세잔의 작품을 보러 간다. 전시관을 나오는 길, 방문자 후기를 남기면 굿즈를 받을 수 있다는 말에 휴대폰으로 방문자 후기를 남긴다. 그러자 '나'의 머릿속엔 웹 서핑을 하며 사람들이 남긴 후기나 별점을 모아 자료를 만들고 있을 현진이 떠오른다. 이들은 마치 머리와 꼬리가 연결된 우로보로스 같다. 이들이 사는 세계에 더 이상 버킷 리스트의 낭만은 없다. 위시리스트의 욕망이 있을 뿐이다. 그러나 서이제에게 발각된 이 창백한 욕망은 무기력에 그치지 않고 정치적 무기력을 향해 조금씩 나아간다. 최근작 「위시리스트」와 「벽과 선을 넘는 플로우」를 비롯해 소설집 『0%를 향하여』[1]에 수록된 작품들로부터 서이제 소설에 나타나는 무기력

---

1 서이제, 『0%를 향하여』(문학과지성사, 2021). 이하 인용은 소설의 제목만 표시한다.

의 다양한 함의를 읽을 수 있다.

하면 되는 세계, 해도 안 되는 세계

내가 어릴 때 우리 집 한쪽 벽에는 '하면 된다.'라는 문장이 새겨진 장식품이 늠름하게 걸려 있었다. 고속도로 휴게소에서 흔하게 볼 수 있을 법한 플라스틱 명패였다. 그때는 학기초가 되면 예외 없이 가족 신문 만들기를 숙제로 내 줬는데, 마흔 명이 넘는 아이들이 만들어 오는 가족 신문 상단을 채우고 있는 가훈 중 가장 흔한 것이 또한 '하면 된다.'였다. 1990년대 초, 막연한 낙관과 기대 속에서 살아가던 시절은 아니었다. 다만 '하면 된다.'라는 문장을 통해 모든 것이 더 좋아질 수 있을 거라고 낙관하는 것이 현실적인 태도였던 한 시절을 냉소나 조롱 없이 추억할 수 있는 시대였고, 그 말은 곧 '어쨌든 좋은 시절'도 끝을 향해 가고 있다는 것을 의미했다. 범람하던 '하면 된다.'는 역설적으로 하면 되는 시대의 마지막을 드러내는 징후가 아니었을까. 그로부터 얼마 지나지 않아 IMF라는 고유명사가 그 시기를 가리키는 대명사가 되었다.

그로부터 30년이 흐른 지금, '하면 된다.'가 놓여 있던 자리를 차지하고 있는 것은 "어차피 안 된다."라는 새로운 슬로건이다. 하면 되는 세계에서 해도 안 되는 세계로의 전환은 서서히 다가오는 변화였다. 자조와 불모의 분위기를 띠는 문화가 출몰하며 시대의 뉘앙스를 바꾸기 시작했지만 그건 하나의 놀이와도 같았으므로 농담처럼 가벼운 시선으로 즐기면 그뿐이라고 생각했던 시간도 있었다. 그것이 이토록 진지한, 정색한 표정으로 우리 앞에 도착한 세계관이 될 거라고는 생각하지 않았던 것 같다. '어차피 안 될 거'라는 세계는 "모두 다 맞는 말이고 모두 다 틀린 말이어서 뭐가 맞고 뭐가 틀린지 도무지 알 수 없는 상태"(「0%를 향하여」)의 모습으로 드러나기도 하고 "너무 많은 정체성이 있어서 정체성이 없어"(「0%를 향하여」)진 모습으로 드러나기도 했다. 전자가 민주주의의 절망이라면 후자는 개인주의의 절망이었다.

그사이 부모님은 퇴직했고 나는 사회인이 되었다. 단일 직업으로 살아온 부모님은 퇴직 후 그동안과 전혀 다른 직업으로 전환해 이전과 구분되는 삶을 살기 시작했다. 다음 세대인 나는 전환이 곧 형식인 삶을 살아간다. 다른 성격의 일을 동시다발적으로 하며 그때그때 전환하는 탓이다. '하면 되는 세계'와 '해도 안 되는 세계'의 차이는 모노와 폴리의 상태로 표면화된다. 모노적 세계는 단조롭지만 예상 가능하므로 힘을 집중시킬 수 있다. 그러나 폴리적 세계는 동시 다발적이고 복합적이기에 예상할 수 없고 힘도 분산된다. 힘이 분산된다는 것은 힘 없음의 상태로 가시화한다. 이때의 힘 없음이란, 재산을 증식하지 못하고 직장이 보장해 주는 안정된 미래를 기대하지 못하는 것 같은 구체적인 상황만을 가리키지 않는다. 위로 성장하는 시대에서 옆으로 성장해야 하는 시대로 전환해야 하는 상황 아래, 즉 주입 받은 가치와 적용해야 할 현실 사이에 심각한 불일치가 발생한 데에 따른 힘 없음은 보다 근원적인 방황이다. 지금까지 진통제로 기능하던 성장에의 믿음이 더 이상 약효를 내지 못한다. 이쪽과 저쪽 사이에서 어느 쪽으로도 진행하지 못한 채 표류하는 위상학적 갈등이 청년 세대가 처한 정체(停滯)와 모순의 핵심이다.

무기력은 모순의 결과다. 일찍이 우리는 이 사태에 붙여진 다양한 이름을 들어 왔다. 주어진 현재에 안주하고 만족하는 달관의 태도로 '젊은이'의 정의를 다시 내리게 한 일본의 '행복한 젊은이'[2]가 사회 문화적 무기력이었다면 앞선 세대와 달리 운명에 체념한 듯 보이는 영국 청년들은 상황이 나쁘다는 것을 알지만 자신이 할 수 있는 일이 없다는 것 또한 안다는 점에서 무관심이나 냉소와 구분되는 만성적 우울증 상태, 즉 '반성적 무기력'[3]으로 불리는 병리적 성격을 띤다. 두 종류의 무기력이 드러나는 양상은 다르지만 수용한다는 점에서 유사한 부분이 더 크다. 전자는 세계를 받아들이고 후자는 그 세계를 살아가는 자신을 받아들인다. 그에 비하면 서이제 소설의 인물들은 확실히 좀 더 복잡한 양상을 보인다. 그들

2 후루이치 노리토시, 이언숙 옮김, 『절망의 나라의 행복한 젊은이들』(민음사, 2015).

3 마크 피셔, 박진철 옮김, 『자본주의 리얼리즘』(리시올, 2018), 44쪽.

은 "내가 부족한 탓"이고 "그냥 내가 다 미안하다."라고 말하는 한편 "오래된 그리움이거나 외로움이거나 원망이거나 후회거나, 또는 몇 마디 말로는 도무지 표현할 수 없는 애증과도 같은 것"을 느끼며 갈피를 잡지 못하는 모습도 보인다. 「미신」의 '나'는 선생님의 죽음과 관련, 다음과 같은 반응으로 전대미문의 가정법을 선보인다. "나는 선생님 같은 어른이 되고 싶어 한 적이, 선생님 같은 사람이 되고 싶어 한 적이 없었는지도 모른다. 어쩌면 내가 기억하는 선생님은 없을지도 모른다. 선생님은 애초에 없었으므로, 선생님이 죽었다는 사실조차 실제로는 벌어지지 않았던 일일지도 모른다." 머릿속에서 현실을 부정하는 생각은 무기력의 결과다. 그러나 이때의 무기력에는 체념도 있고 성찰도 있지만 체념과 성찰을 결합해 이미 벌어진 세상을 하나의 가능성으로 축소하며 다른 가능성을 도모하는 적극적이고 의지적인 면모도 있다. 이러한 무기력은 사회 문화적 현상으로서의 '달관'이나 '체념'이 아니고 병리적 증상으로서의 '우울'도 아니다. 서이제는 나의 무기력을 세계의 무기력으로 확장한다. 내가 무기력해진다면 세계도 무기력하게 만들어 그 세계의 존재를 약화시킨다. 한 세계의 약화는 다른 세계가 출현하는 조건이다. 서이제 소설의 무기력이 정치적 무기력인 이유다.

100%는 없고 0%는 있다

「0%를 향하여」와 「벽과 선을 넘는 플로우」는 약화된 세계를 보여 준다. 「0%를 향하여」가 소멸해 가는 과정을 통해 100%의 기만을 보여 준다면 「벽과 선을 넘는 플로우」는 0%의 가능성을 보여 줌으로써 약화된 세계의 또 다른 면모를 그린다. 벽을 타고 넘어오는 시끄러운 음악 소리 때문에 괴로워하던 '나'는 옆집 사람에게 경고장을 쓰기 위해 백지 앞에 앉는다. 그러나 옆집에서 시작되 내 방으로 넘어오는 힙합 소리 때문에 쓰고자 했던 말은 계속 끊어지고, 급기야 자기 흐름을 놓쳐 버린 '나'는 애초에 하려던 것을 잊어버린 채 힙합의 플로를 타느라 자신의 리듬마저 잃어버린다. 하지만 플로에 휩쓸리던 '나'로부터 생각하지도 못했던 이야기가 쏟아져 나온다. 친구에 대한 이야기였다. 목적을 잃고 자신을 잃어버린 상황과 쓰고 싶었지만 쓰지 못했던 글을 쓰게 되는 이야기, 언뜻 동떨어져 보이는 두 개의 에피소드 사이에는 그를 괴롭히던 옆집의 소음에 대한 그의 태도가 있다. '나'는 벽을 넘어오는 소리의 세계에 점령당했지만 그 소리의 언어로 자신을 표현하지 않음으로써 내면에 숨겨져 있던 진짜 자기 세계를 꺼내 놓는 데 성공한 것이다.

사실 나도 한 번쯤, 나쁜 세상을 향해 나쁘게 말해 보고 싶었다. 그렇다고 욕을 하려고 했던 것은 아니었다. 욕 같은 건 쓰고 싶지도 않았는데, 그도 그럴 것이, 그런 말들은 죄다 약자나 소수자를 혐오하는 말이었으므로, 그런 말들을 쪽지 위에 아무리 거칠게 휘갈겨 봤자, 강해 보이기는커녕, 그냥 보잘것없고 변변치 않아 보일 게 뻔했기 때문이다. 나는 밑도 끝도 없이 욕으로 시작해 욕으로 끝내는 래퍼들을 떠올리며, "사람들은 할 말이 없으면 욕을 한다."라는 볼테르의 명언을 다시금 가슴속에 새기게 되었다.

―「벽과 선을 넘는 플로우」 부분

세계관으로서 정치적 무기력은 힘 있는 세계가 갖고 있던 힘을 무력화한다. 「벽과 선을 넘는 플로우」에서 화자는 무례한 이웃에게 그가 속한 세계의 방식으로 나쁜 말을 해 주고 싶지만 혐오와 차별 등 폭력을 내면화하고 있는 그 세계의 언어를 사용하는 것이 결코 자신이 원하는 복수가 될 수 없음을 떠올린다. 괴물이 되지 않고도 괴물에 저항하는 방식을 택한 것이다. 극적으로 반항하기보다 잘못된 세계의 일부가 되지 않음으로써 세계에 저항하는 적극적 무기력이자 정치적 무기력이기도 하다. 그 결과 경고문을 쓰려고 책상에 앉았을 때에는 생각하지도 못했던 글쓰기가 떠오른다는 것. 힘의 부재, 혹은 약화된 세계를 보여 주는 작품이지만 그를 통해 말하는 것은 소멸이 새로움의 전제 조건이기도 하다는 사실이다. 힘의 제거는 새로운 힘의 가능성일 수도 있다.

100%는 없고 0%는 있는 서이제의 현실은, 그래서 있는 듯 없고 없는 듯 있는 방식으로 나타난다. 서이제의 문체는 있는 듯 없고 없는 듯 있는 세계의 존재를 드러내는 적절한 육체다. 가령 「미신」은 "읽어도 안 읽은 것 같고 안 읽어도 읽은 것 같은 느낌을 주는 소설"이다. "그런 의미에서 읽어도 안 읽은 것 같고 안 읽어도 읽은 것 같은 느낌을 주는 소설은 써도 안 쓴 것 같고 안 써도 쓴 것 같은 느낌을 주는 소설이기도" 한데, 이건 내가 한 말이 아니고 소설 속 화자가 현실에 존재하는 서이제 소설 「미신」에 대해 한 말이다. 역시나 그 화자의 말에 따르면 "희미한 안개 속에서 중얼거리는 목소리뿐"인 그 소설은 미신을 대하는 우리의 태도를 연상시키고, 나아가 서이제의 소설과 그 소설을 읽는 사람의 관계를 떠올리게 한다. 인과 관계도 없고 책임 관계도 없으며 다만 말하는 목소리와 듣는 귀, 그 사이에서 반신반의하는 마음만 존재하는 상태가 미신을 향한 태도라고 할 때, 이 세계가 존재하는 방식 역시 미신과 같다. 있는 것 같기도 하고 없는 것 같기도 한, 읽어도 안 읽은 것 같고 안 읽어도 읽은 것 같은, '미신'의 세계는 허약하고 강렬하다.

자기중심에서 자기 객관화로

세계는 강한 것이었다. 하면 된다는 믿음이 있었고, 버킷리스트라는 낭만이 통했으며, 100%라는 숫자가 도전과 가능성을 의미했다. 강한 세계를 지속시키는 건 자기를 더 혹독하게 밀어붙이는 태도, 이른바 자기중심 문화였을 것이다. 자기계발이야말로 자기중심의 일환이다. 이기적인 유전자의 관점에서 바라본 인간은 경쟁을 통해 능력을 키우고 상대를 정복해 나가는 것을 본성으로 가진다. 그 생각은 통했다. 전진하는 세계였기 때문이다. 자기중심에서 비롯된 자기 숭배 문화는 세계가 전진하는 속도를 더 높였다. 그사이 개인주의와 이기심은 현대의 미덕이 되었고 스스로를 채찍질해 능력을 키우는 인간은 현대인의 표준이 되었다. 인간을 행동하게 하는 실질적 동인은 '이기성'에 있다는 명제가 군림하는 세상이었다. 타인과 함께하는 삶의 형태는 부속이거나 액세서리에 지나지 않는다는 메시지가 은밀하게 퍼지는 세상이었고. 그러나 자기중심은 오히려 자기기만에 가깝다는 사실이 발각되고 있다. 자기 숭배는 자신을 소중하게 대해 주는 것이 자기 자신밖에 없다는 것을 숨기고 있다는 점에서 자기기만이다.

급증하는 상담이나 자기 서사들은 자기중심에서 비롯된 자기 숭배 문화가 더 이상 작동하지 않는 현실을 방증한다. 혼자 힘으로 가능하지 않다는 사실이 드러나고 있다는 것이고, 자기 숭배 신화가 붕괴되고 있다는 것이기도 하다. 『커밍 업 쇼트』에 등장하는 "치료적 자아"[4]라는 개념은 만연한 상담 문

---

4 제니퍼 M.실바, 문현아·박준규 옮김, 『커밍 업 쇼트』(리시올, 2020).

화에서 성장이 사라진 시대가 만들어 낸 위축된 자아를 간파한다. 더 이상 성장하지 않는 시대를 살아가는 청년들이 유일하게 경험할 수 있는 성장 서사란 상담을 통해 아픈 자신을 치료해 나가는 서사뿐이라는 것이다. 자기 숭배 시대가 멈추었음을 보여 준다. 서이제가 소설을 통해 거듭 말하고 있는 것처럼 이제 우리가 마주한 세계는 약한 것이다. 희미하고 희박한 것이다.

그러나 서이제 소설에는 희미한 문체 아래로 흐르는 적극적이고 의지적인 행위가 있다. '거리 두기'가 대표적이다. 거리 두기는 자기 객관화로 표현된다. 자기 객관화는 있는 듯 없는 존재하는 세계에서 자기를 인식하고 세계를 인식하는 구체적인 방법론이다. 방법론으로서의 '자기 객관화'는 무기력이 절망이나 체념이 아니라 변화로 이어질 수 있도록 한다. 자기 객관화를 통해 타자와의 실질적인 거리가 파악되고 그때 비로소 관계가 시작되기 때문이다. 자기 객관화는 능력을 키우고 경쟁함으로서 세계와 함께 성장한다는 믿음이 작동하지 않는 시대에 타인과 함께 살아가는 첫걸음이다. 서이제의 '나'들은 저마다 처한 상황이 달라도 자기와의 거리 두기가 장착되어 있는 인물이고, 그건 소설에만 국한되지 않고 소설의 구조에도 반영된다.

「셀룰로이드 필름을 위한 선」은 1번에서 5번까지 다섯 개의 번호 아래 전개되는 형식의 소설이다. 번호가 같으면 연속적인 이야기가 진행되지만 각각의 이야기는 불연속적으로 배치된 형태다. 영화나 드라마를 편집한 것처럼 배치했으나 영화나 드라마가 아니므로 읽는 사람으로서는 꽤 까다로운 독서를 할 수밖에 없다. 3번 이야기 뒤에 나오는 1번 이야기는 앞서 나왔던 1번 이야기에서 계속되는 것인데, 3번 이야기를 읽느라 앞선 1번이 어떻게 마무리됐는지 잊어버리기 때문이다. 시작부터 끝까지 이 같은 혼란 속에서 독해가 진행되는 이 소설은 읽는 사람으로 하여금 눈에 보이는 연결 너머 보이지 않는 연결을 상상케 하는 편집자적 관점, 혹은 거리 두기 관점을 요구한다. 다양한 이야기들이 동시에 공존하므로 시간은 단일하게 흐르지 않는다. 이야기와 이야기 사이를 오가는 가운데 점점 더 선명해지는 것은 시간이 연속적으로 흐르지 않는다는 경험이다. 흔히 서이제 소설을 쿨하거나 깔끔하다고 느끼는 이유도 기대하거나 도모하는 것이 없기 때문일 텐데, 기대나 도모가 없다는 건 미래라는 시간을 인식하지 않는다는 뜻이기도 하다. 서이제 작품에서 도열하는 현재형은 동시에 존재하는 다른 시간들을 함께 바라보는 거리 두기 관점에서 비롯된 또 하나의 문체다.

지속되는 현재는 시간의 부재가 아니라 부재하는 시간의 존재다. 흐르는 시간이 없는 것이 아니라 멈춘 시간이 있는 것이며 시간의 소멸이 아니라 새로운 시간의 탄생이다. 서이제의 소설에서 읽을 수 있는 정치적 무기력에 대해서도 똑같이 말할 수 있다. 정치적 무기력이란 힘이 없는 것이 아니라 없는 힘이 있는 것이다. 없는 힘은 때로 소멸을 향해 수렴하기도 하지만 사위어 가는 힘에 속하지 않음으로써 태어나는 힘이 되기도 한다. 힘의 소멸이 아니라 새로운 힘의 탄생이다. 정치적 무기력의 탄생이다.

더 나은 무엇이 되어 만날 때까지

강석희,
『우리는 우리의 최선을』

올드 힙합 키드의 딜레마

강석희 작가와 나는 2005년에 대학생이 되었다. 세대론이 주는 단순화의 오류를 무릅쓰고 말하자면 우리 세대, 그러니까 80년대생들도 청소년기의 중요한 감각을 거리에서 배웠다. 그러나 우리의 거리는 승리의 경험을 안겨다준 정치적 구호가 메아리치던 80년대의 거리와 구분된다. 자유로운 분위기 속에서 새로운 문화가 수혈되며 생기가 돌던 90년대의 거리와도 구분된다. 2002년 6월의 거리로 시계를 돌리면 가장 먼저 나타나는 장면은 월드컵 4강 진출에 대한 열망과 흥분이 담긴 응원 소리로 가득 찬 현장이다. 당시 한일월드컵축구대회에서 한국의 축구 대표팀은 16강 진출이라는 오랜 숙원을 넘어 '4강 신화'로 기억되는 승리의 역사를 쓰고 있었다. 마침

고등학생이 된 '나'는 수능에 대한 두려움과 긴장으로 가득한 와중에도 분주하게 내 방과 거실을 오가며 축구를 봤고 축구보다 더 열정적이었던 거리 응원에 동참했다. 같은 시기 또 다른 거리에서는 여중생 장갑차 사망 사건에 대한 애도와 저항이 담긴 촛불 시위가 이뤄지고 있었다. 경기도 양주군에서 주한미군이 조종하던 미 육군 장갑차에 두 여중생이 압사당한 사고가 벌어진 후 전 국민적인 반미 시위가 시작됐다. 이듬해 고등학생 2학년이 되었을 무렵에는 나도 촛불 시위에 참석하기 위해 거리로 나갔다. 응원을 위해 소리 지르던 거리에서 타도를 위해 소리 질렀다.

2002년에 벌어진 두 사건의 동시성은 세계 속 한국의 위치에 대한 상반된 인식을 불러일으킨다. 월드컵 4강 진출은 한국 축구가 4강에 올랐다는 사실뿐 아니라 지금껏 경험해 보지 못한 '중심'을 경험하는 데에서 오는 전 국민적 환희에 다름 아니었다. 아닌 게 아니라 변방의 작은 나라에서 이루어진 작은 꿈이었으니 결코 축소될 수 없는 사건이었던 것은 사실일 테다. 반면 여중생 미군 장갑차 사건과 이후 벌어진 논의 과정은 강대국과의 관계 속에서 한국의 지위를 적나라하게 들여다보게 만든 사건이었다. 염원해 왔던 세계화가 목전에서 이루어진 것만 같은 자신감과 여전히 약소국으로서의 한계를 벗어날 수 없는 상황을 절감하는 사건이 동시에 벌어진 것이다. 2002년 6월의 거리가 상징적인 것은 어느 쪽도 완전히 선택하거나 완전히 배척할 수 없는 딜레마적 상황이 한 시절의 기억으로 끝나지 않고 우리를 규정짓는 하나의 세계관이 되었다는 점에 있다. 욕망과 신념 사이에서 무엇도 선택하지 못한 채 정체되어 있는 딜레마적 상황은 '무력한 주체'의 출발점이다.

강석희의 첫 소설집 『우리는 우리의 최선을』에서 가장 주목해야 할 부분도 이러한 딜레마에 빠져 있는 인물들이다. 「길을 건너려면」에서 교사인 '나'는 부동산 투자를 속된 투기라 바라보며 거리를 두지만 결국에는 세태의 흐름에 편입되고 만다. 「알레」에서 '나'는 오랜만에 만난 대학 동창의 느슨한 생활을 한심해하는 한편 느슨함으로 자신을 지켜 내는 삶을 부러운 눈으로 바라본다. 「우따」에서도 '나'의 상황은 다르지 않다. 인종차별 문제를 바로잡으려다 비극적인 상황에 처한 우따를 만나기 위해 면회 간 '나'는 별다른 질문을 하지 못하고 별다른 대답을 듣지 못한 채 침묵할 뿐이다. 그를 지지하지도 못하지만 외면하지도 못하는 자신을 부끄러워하면서. 그리고 또 한 사람, 부끄러운 도망자로 기억되는 '나'가 있다. 「그런 식의 여름」에서 '나'는 이것도 저것도 선택하지 못하다 선택을 미룰 수 없는 상황에서 도망이라는 돌발적인 행동을 선택함으로써 지워지지 않을 흑역사를 쓴다. 누구도 이해하지 못했고 그 자신도 이해할 수 없었던 도망은 역설적으로 그가 처한 딜레마적 상황을 부각시킨다. 어떤 것도 선택할 수 없을 때 할 수 있는 것은 선택하지 않는 것을 선택하는 것이다.

「그런 식의 여름」에 대한 이야기를 조금 더 이어가 보자. 한때 유별난 '올드 힙합 키드'였던 '나'는 현재 평범한 유튜버로 살고 있다. 그가 운영하는 채널은 알려지지 않은 명작을 찾아 정성껏 리뷰하는 것을 정체성으로 삼았으나 구독자 수와 조회 수가 올라가지 않자 마블 영화를 비교하는 등 대세에 영합하는 콘텐츠를 올리는 것으로 콘셉트를 바꾼 터였다. "아무도 알아주지 않았지만 아무도 알아주지 않았던 것이라 좋았"던 세계에서 나오자 조회 수는 눈에 띄게 올라갔다. 그러나 자신이 원하는 방향에는 예측 가능한 외로움이 있었지만 사람들이 원하는 방향대로 간 곳에는 예측할 수 없는 유명세가 있었다. 그러는 동안 '망작 전문 리뷰어'라는 멸칭까지 얻게 된 '나'는 어느 날 단편영화제 평가단으로 참여해 달라는 요청을 받게 되고 그곳에서 과거 힙합 동아리에서 활동했던 동창 홍미와 재회한다. 홍미와 '나'는 월드컵의 열기를 등에 업고 힙합 공연을 했던 각별한 사이지만 떠올리고 싶지 않은 기억을 공유하는 불편한 사이이기도 하다. '통일 기원 콘서트'라는 프로그램을 주최하는 단체로부터 공연 제의를 받았을 때 촛불집회를 보며 못마땅해하던 부모님 생각에 참여를 꺼려했던 '나'를 아는 홍미. 비밀은 지켜 줄 테니 오기만 하라는 홍미의 말을 듣고 공연장에 갔지만 기자와 인터뷰를 하게 된 상황에서 '나'는 홍미가 들고 있던 촛불을 끄고 도망친다.

촛불을 끄고 도망칠 때 '나'의 마음에는 촛불을 끔으로써 이 상황을 인터뷰에 어울리지 않는 장면으로 만들려는 순간적인 판단이 있었을 테고, 그런 판단을 하는 자신에 대한 부끄러움도 있었을 것이다. 홍미와의 재회는 그때와 지금을 돌아보게 한다. 축제 현장에 있어야 할지 시위 현장에 있어야 할지, 현실에 절망해야 할지 아직은 낙관해도 될지, 원치 않는 노동일망정 붙들고 있는 게 맞는 건지 이런 식의 업무 변경은 부당하다며 박차고 나오는 게 맞는 건지 결정하지 못한 채. "더 나은 무엇이 되어 만날 때까지."는 우따가 썼던 문장이다. 뒤에 이어질 문장을 상상하면 이 책의 제목이 떠오른다. "우리는 우리의 최선을." 거부할 수도 없고 받아들일 수도 없는 중간 지대에서 우리는 정의로운 패자가 되지도 못했고 불의의 승자가 되지도 못한 채 색깔 없는 표정을 짓고 있다. 다만 최선을 다하거나, 그들의 무용한 최선을 바라보거나. 어느 쪽으로도 기울지 못하는 불안한 평형 상태는 '학교'라는 공간을 통해 효과적으로 표현된다. 학교는 딜레마를 압축적으로 보여준다. 학교를 배경으로 하는 소설이 연거푸 등장하는 이유이기도 하다.

1세계 속 3세계

학교는 사다리다. 학교를 통해 우리는 상승하거나 하강한다. 정규 교육 과정이란 자신의 계급을 제도적으로 배급받는 과정이기도 한 것이다. 초등학교 졸업을 앞두고 내가 느꼈던 해방감에 대해 종종 생각한다. 그때의 해방감이란 다른 차원으로 이동하는 데에서 오는 기대감이나 이전 과정을 수료한 데에서 오는 만족감과는 차원이 다른 종류의 감정이었다. 아마도 그건 다시 시작할 수 있으리라는 재설정에의 희망에 가까웠던 것 같다. 눈에 띄지 않을 만큼 평범한 모범생이었고 눈에 띄지 않을 만큼 평범한 가정 형편이었는데도 그랬다. 노출된 환경에서 벗어나 익명성이 보장되는 곳으로 간다는 것은 오로지 '나' 자신만으로 시작할 수 있는 깨끗한 출발에 대한 기대감을 주었다. 중학생이 되자 초등학교에서 벌어지던 다양한 구분 짓기는 성적이라는 절대 기준으로 수렴해 갔다. 그로부터 다시 상급 학교에 진학하면서 성적으로의 집중은 한층 더 강해졌다. 학교라는 공동체에 속하는 순간부터 우리는 자의든 타의든 모두 구분 짓기라는 레이스 위에 올라선 선수가 된다.

대학생이 되자 성적으로 획일화되었던 구분 짓기는 다양한 방식으로 확장되었다. 초등학생 시절에 경험했던 원시적 형태의 구분 짓기가 보다 구체적인 형태로 이루어졌다. 말하자면 그것들은 계급화된 모습으로 출현했다. 초등학생 때 정서적 차원에 머물렀던 지표들이 대학으로 옮겨 오자 '힘'으로 작용했다. 비교적 비슷한 수준의 성적표를 지닌 학생들로 구성된 대학이라는 공간에서 발생하는 구분 짓기는 대학이라는 공간에서 초등학생 시절로 회귀하는 것 같은 감각을 경험한 이유이기도 했다. 학교라는 존재를 통해 우리는 우리도 모르는 사이 계급을 수용하고 계급에 순응하는 것을 배운다. 학교라는 통로를 지나면서 자신을 둘러싸고 있는 무형의 상황들이 유형의 자본으로 계급화되는 과정을 목도한다. 계급의 관점에서 보면 학교는 사회적 구분 짓기를 위해 발명된 가장 성공적인 시스템인 셈이다. 물론 사다리로 기능하는 이상 이 시스템은 가치중립적이다. 오르내림을 통해 위치 이동이 가능하기 때문이다. 그러나 어느 순간부터 이 시스템이 제대로 기능하지 않기 시작했다. 사다리를 타고 오르내리는 움직임이 둔화되다 못해 사다리는 허울뿐이라는 이야기도 들려오기 시작했다. 오르내림이 사라지자 중간 지대는 줄어들고 위아래의 간극은 넓어졌다. 학교는 더 이상 사다리가 아니다.

미국의 사회도시학자 사스키아 사센은 세계도시의 특징이 사회 경제적 양극화라고 주장한다. 세계도시에서는 고소득층이 늘어남과 동시에 소득이 낮고 사회 경제적으로 불안정해지는 층도 확대되는 반면 비교적 안정되고 좋은 임금을 받았던 사회 경제적 중간층이 계속해서 줄어드는 현상이 나타난다는 것이다. 크리스틴 콥튜치는 여기에서 한 걸음 더 나아가, 우리가 '제1세계 속의 제3세계화'를 목도하고 있다고 주장한다. 전 지구적 불평등과 헤게모니적 지배가 이른바 '제1세계'의 도시에서 재생산되고 있기 때문이다. 매우 착취적인 노동조건의 작업장이 제1세계에서 생겨나고 있다는 것이 '제1세계 속의 제3세계화'의 명백한 증거다. 사치스러운 부자의 문화가 생성됨과 동시에 그들에게 개인적인 서비스를 제공하는 가난의 문화가 뒤따른다. 세계의 수준이 상승하면 상승할수록 그 상승의 열매가 전반에 영향을 미치는 것이 아니라 극단의 존재를 뚜렷하게 구분한다는 사실은 우리가 살고 있는 시대와 역사를 설명하는 가장 선명한 조건이다.

작가의 등단작 「우따」는 '1세계 속의 3세계'를 상징적으로 보여 주는 작품이자 사회의 축소판으로서의 학교를 통해 이 사회가 어떻게 양극화를 지속하며 강화하고 있는지 보여 주는 대표적인 작품이다. 백인들이 대부분을 차지하는 프랑스 파리에 있는 한 학교에서 유일한 동양인 학생이었던 '나'와 아프리카계 영국인인 우따, 그리고 필리핀 출신 소녀 마리엘이 중심인물이다. 이들이 다니고 있는 학교에서의 인종차별은 눈에 띄는 방식으로 이루어지지 않는다. 가령 '나'와 우따는 아이들로부터 '아아아미(AAAmi)'라 불린다. '아아아미'는 '우리 교실의 유색인종'이라는 뜻이다. 당연히 혐오 표현이다. 암묵적으로 이루어지는 차별 속에서 자신이 편하게 자리 잡을 만한 곳을 탐색하며 은근한 혐오에 익숙해지던 차에 학교에서 사건이 발생한다. 실종된 지 두 달 만에 나타난 마리엘이 학교 축제날 피터라는 남학생의 얼굴에 염산을 부어 퇴학당하고, 그로부터 얼마 후 교장 살인 미수 혐의로 우따가 교도소에 수감된 것이다. 인종차별 문제를 알리기 위해 사이트를 개설해 활동하고 있던 마리엘이 피터로부터 폭력을 당했고, 이러한 사실을 묵인한 교장을 향한 분노가 우따로 하여금 폭력을 선택하게 한 것이다.

차별을 없애기 위한 우따와 마리엘의 노력은 수포로 돌아갔거나 처음부터 없던 일처럼 잊혔다. 혹은 오명으로 뒤덮였거나. 그리고 '나'는 이 비극적인 사건 앞에서 외면과 침묵만 할 수 있을 따름이다. 우따를 면회하러 간 곳에서 '나'는 여전히 우따로부터 많은 말을 듣지 못한다. 많은 것을 묻지 못했기 때문이다. 마리엘은 끝내 자살했고 우따는 구속되었으며 '나'는 여전히 "비겁함이 영리함이고 침묵이 성숙"이라는 규칙을 내면화한 채 살아간다. '더 나은 무엇이 되자. 그때 만나자.' 우따의 글은 이루어질 수 없는 꿈인 것만 같아 우따의 웃는 얼굴을 더 쓸쓸하게 만든다. 우리는 공동체에 속하는 그 순간부터 구분 짓기라는 '범주화' 작업에 끊임없이 노출되지만 점점 더 그 범주는 고정된 핀에 못 박힌 채 움직이지 않는다. 학교를 통해 획득한 지적 자본이 사다리 타기의 수단이 될 수 없다면 이제 남은 것은 자산 증식 수단으로서의 집뿐이다. 그러나 집을 둘러싼 도전 역시 패배의 서사를 벗어나지 못하기는 마찬가지다. 「우따」를 통해 폭력에 폭력으로 맞설 수밖에 없는 막다른 상황에서의 절박함과 고립감을 학교에서 벌어지는 차별이자 학교라는 차별로 날카롭게 바라봤던 강석희는 이후 발표한 소설들을 통해 유연한 이동이 불가능해진 고체 사회의 비극적인 단면을 특유의 거리감을 좁히지 않은 채 기록해 나간다.

판타지스타의 추억

"평범한 3골보다는 화려한 1골을 넣는 것이 좋다. 그것이 판타지스타다."

— 로베르토 바조

고체 사회는 시대의 변화에 몸을 바꾸지 못한 사람들을 끊임없이 생산한다. 한 시대의 전환 지점에서 다음 열차에 올라타지 못한 채 망해 버린 사람들. 빛바랜 기억으로 남은 추억의 영웅들을 우리는 어떻게 기억해야 할까. 「알레」는 판타지스타를 동경했던 '판타지스타'에 대한 이야기다. 스무 살의 '나'는 수원에 살고 있는 애인을 만나러 가는 길에 대전에 살고 있는 야채의 집에서 하룻밤을 머물기로 한다. '나'에게 야채는 인간관계에 나타난 최초의 흡연자였고 신입생 환영회에서 자신을 '판타지스타'라고 소개한 "빛나는 돌아이"였다. 알레는 이 시대 마지막 판타지스타로 기억되는 알레산드로 델 피에로의 이름이었고 야채가 동경하는 인물이었으며 야채가 자신의 개를 부르는 이름이었다. 개는 보름 전 놀이터에서 사라졌다. 그날 이후로 야채는 개를 잃어버린 시간인 저녁 7시가 되면 동네 이곳저곳을 돌아다니며 알레를 찾는다. 그러고는 말한다. "오늘도 망했구먼." 오랜만에 만난 야채는 여전히 축구를 좋아했고 '미드'를 공짜로 보기 위해 편의점에 들러 웹하드 쿠폰을 수집하며 드라마를 보기 위한 쿠폰을 사는 데에 주말 동안 호프집 아르바이트로 번 돈을 다 쓰는 생활을 이어 가는 중이었다. 망했구나. '나'에게 야채는 그렇게 보인다.

> 그러나.
>
> 판타지스타는 속도와 피지컬을 중시하는 현대 축구의 생태에서 도태되고 있었다. 쉬지 않고 앞으로 달려야 하고 잠시 멈추면 몰아넣고 두들겨 패는 현대 축구의 방식에 판타지스타들은 자리를 잃어 갔다. 모난 돌이 정을 맞는 현대 축구. 리얼 판타지스타의 계보는 델 피에로에서 끊길 위기였다.[1]

이탈리아어로 판타지스타는 위대한 축구 선수를 의미한다. 이탈리아 축구 선수 로베르토 바조에서 비롯된 말이자 뒤이은 선수 알레산드로 델 피에로를 가리키는 말로도 쓰이지만 사전적으로는 재주꾼에다 센스까지 갖춘, 그야말로 예술의 경지에 이른 선수에게 보내는 찬사의 표현이다. 현대적 영

---

1 강석희, 『우리는 우리의 최선을』(창비교육, 2021), 206쪽.

웅은 자리가 아니라 빈자리를 통해 증명된다. 메워지지 않는 빈자리는 시대와의 불화를 의미하기 때문이다. 그런 점에서 판타지스타는 현대적 의미의 영웅이라 부르기에 충분한다. 그들은 살아남지 못했다. 팀플레이에 맞춰지는 단순한 플레이에서 판타지스타는 자신의 역량을 드러낼 수 없다. 판타지스타의 몰락은 위대한 플레이어의 종말이라기보다는 화려한 개인이 활약할 수 있었던 느슨한 세계의 종말이라 불러야 한다. 시스템이 강해질수록 개인은 약해진다. 시스템 중심의 세계에서 화려한 개인은 쓸모를 잃는다.

축구와 영어를 잘했고 한번 읽은 책을 오래 기억했고 우는 얼굴을 본 것 같은 기분이 들게 했으며 신해철을 좋아했던 친구. '나'에게 '자아'를 지닌 삶을 보여 주고 그런 삶에 대한 자극을 불어넣어 주었던 친구. 누구나 인생에 한 명쯤 만나 봤을 추억 속 영웅으로서 야채는 빛나는 돌아이였지만 이젠 그냥 돌아이다. 그러나 돌아이라는 판단이 외부에서 온 것처럼 그에게 빛이 사라졌다는 판단 역시 외부의 시선일 뿐이다. "우아하지 않다면 이기는 게 무슨 소용"이냐고 말하는 야채는 자신의 기억 속에서 현존하는 판타지스타처럼 시대가 요구하는 모습에 자신을 맞추지 않고 기억 속으로 사라질망정 자신이 원하는 자신으로 남아 있기를 택한다. 망했다고 말할 수 없는 또 다른 실패 이야기가 「앵클 브레이킹」이다.

「앵클 브레이킹」은 목표를 이루기 위해 매진하지만 어떤 것도 이루지 못하는 한 시절을 보내는 남매의 시간을 따라간다. 두 사람은 각자의 꿈을 이루기 위해 열심히 노력한다. 누나는 방송반 아나운서가 되기 위해 밤낮으로 펜을 입에 물고 연습하고 '나'는 작은 키에도 불구하고 농구를 하기 위해 무던히 애쓴다. 그러나 두 사람에게 기회는 주어지지 않는다. 그 과정에서 나만의 플레이를 하고 싶은 꿈들은 정해진 틀 안에서 도전되고 좌절된다. 「알레」가 틀이 사라지면서 존재를 규정할 수 있는 이름들도 사라진 경우라면 「앵클 브레이킹」은 이미 주어진 틀 안으로 들어가기 위해 노력했지만 끝내 입장을 허락받지 못한 경우다. 안으로 들어가고자 하지만 문이 열리지 않거나 들어가고 싶은 세계가 사라지면서 바깥에서 살아가야 하는 이들에게도 삶은 계속된다. 안으로 들어가지 못한 삶은 새로운 시대의 추억으로 잠기거나 주변으로 밀려난다. 문제는 변화의 속도가 빨라지고 변화의 종류가 많아질수록 판타지스타가 늘어난다는 것이다. 배제하기 위한 시스템은 시스템의 배제를 가져올 수 있다.

부동산 오디세이

학교라는 공간에서 벗어나면 새로운 계급 상승의 사다리가 있다. 부동산이다. '화려한 1골'을 동경하지만 '평범한 3골'의 삶을 살아가야 하는 사람들은 마지막 사다리를 올라가기 위해 기꺼이 영혼을 내어준다. 자조하는 신조어들이야 숱하게 생기고 사라지지만 '영끌'이라는 말의 무게만큼은 여느 신조어들과 확실히 차이가 난다. '영혼까지 끌어모은다'는 뜻의 이 말은 현금 조달 여력이 없는 젊은이들이 가능한 모든 수단을 동원해 그야말로 영혼까지 탈탈 털어서 빚을 낸 다음 주택을 구입하는 현상을 가리킬 때 사용된다. 무리해서 빚을 낸다고 생각하면 그다지 특별할 것 없는 표현처럼 들리겠지만 이들이 처해 있는 상황을 생각하면 그 절박함의 정도는 심각하다. 영혼까지 끌어모은다는 것은 모든 것을 포기한다는 말이고 집을 장만하기 위한 돈을 빌리는 데에 가능한 모든 것을 저당잡히겠다는 말이다. 소설집의 다른 한 축에서는 '부동산'이라는 생존 조건이자 재태크 수단이 우리 삶을 어떻게 주조하고 있는지를 세대별로 보여 준다.

「공중정원」은 부동산 불패 신화의 직접적인 수혜자라고 할 수 있는 세대가 주어진 조건 안에서 아파트를 갈아타고 이사를 거듭하며 재산을 증식하는 과정을 통해 서민이 '중산층'으로 입성하는 과정의 민낯을 보여 준다. 성공기라고 부르기엔 그 끝이 공허하고 약전이라 부르기엔 평생에 걸쳐 도모한 일들이 지나치게 단순하거나 물질적인 이 성공기는 거품 위에 세워진 공중 도시의 텅빈 내면을 들여다본다. 「길을 건너려면」에서는 집을 사는 게 그보다 훨씬 어려워진 세대를 등장시켜 투자와 투기 사이에서 부동산에 대한 입장을 정리하고 있지 못하는 청년의 고민을 핍진하게 묘사하고 있다. 80년대

생으로 추정되는 '나'는 학교에서 교사로 일한다. 학교에는 길 하나 건너 민들레아파트와 G팰리스라는 두 세계로 나뉘어져 있다. 30년 전에는 누구나 살고 싶어 하던 '민들레아파트' 아이들의 생활수준과 학력은 시골 아이들을 압도했다. 하지만 시간이 흐르고 민들레아파트의 가치가 떨어지자 주민들의 경제 수준이 낮아지고 학력이 떨어지는 아이들이 입학하게 되었다. 학교 뒤쪽에 G팰리스가 들어오면서 세계는 민들레아파트와 G팰리스로 구분되었다. "다들 쉽게 돈을 벌고 있어. 우리만 빼고." 여자 친구가 부동산에 열을 올리는 데에 반해 '나'는 재테크 수단으로서의 부동산에 큰 관심이 없지만 부동산 시장에 들어서자 휩쓸리듯 기득권이 되어 가도 민들레아파트와 G팰리스를 바라보던 사회학적 관점도 사라져 간다. G팰리스는 살기 좋고 살고 싶은 곳일 뿐이다.

「디즈 이스 포 유」에 이르면 그보다 더 곤란한 상황에 처해 있는 인물들을 만나게 된다. 12년 동안 함께 살았던 혜연과 수현은 '월세 공동체'다. 혜연의 결혼으로 이들의 오랜 동거 생활이 끝나게 될 상황에서 두 사람은 함께 지리산 여행을 가게 되는데, 월세 부담이 가중된 수현의 상황을 비추는 데에서 시작한 소설은 고단한 삶의 내막을 조금 더 가까이 들여다본다. 방과 후 글쓰기 수업을 해 왔던 수현은 개인 사업자로 분류되어 있는 탓에 고용보험에 가입할 수 없고 대출에 규제도 많다. 언제 계약이 해지될지 몰라 늘 불안하기도 했다. 다만 “세상이 내게 내어줄 몫이 그만큼이라면, 알겠다. 그만큼만 받겠다.”라는 태도로 검박하게 살아오던 수현에게 코로나 19는 새로운 비극이 된다. “외부인 출입 금지”와 함께 졸지에 실직에 가까운 상태가 되었기 때문이다. 한참 만에 연락 온 학교 측에서 수현에게 제안한 자리는 ‘방역 인력’이다. 수현은 매일 아침 열화상 카메라 옆에 서서 학생들에게 손 소독제를 짜 주거나 걸레를 손빨래한 다음 세탁기에 넣었다. 수현의 일이란 무엇일까. ‘N잡러’를 경쾌한 트렌드로 바라볼 수 없는 건 청년 세대가 처한 노동가치의 하락이 수반된 문제이기 때문이다. 몰입할 만한 가치가 발생하지 않는 일을 할 때 그 일은 다른 일들 중 하나의 일에 불과해진다. 어떤 것도 ‘선택’하지 못해 서성이던 인물들은 그 대가로 너무 많은 것을 ‘선택’하게 되는 역설적인 상황에 놓인다.

미지근한 딜레마적 상황은 다음 세대로 조명이 이동하며 한층 싸늘해진다. 「길을 건너려면」에 등장하는 제자의 에피소드가 결정적이다. 교사인 ‘나’는 백화점에 갔다 손님에게 이른바 갑질을 당하고 있는 제자를 보고 선뜻 나서지 못한 채 망설이던 중 주변인으로부터 도움받는 장면을 목격하고 안도한다. 하지만 예상과 다른 전개에 다시 놀라고 마는데, 자신을 도와주는 사람의 뒤에다 대고 욕을 하는 제자를 보게 됐기 때문이다. 후에 제자로부터 듣게 된바, 제자는 세상에 존재하는 차별을 깊숙이 받아들이고 있다. 차별은 당연하므로 그로 인해 겪게 되는 부당한 대우도 별스러울 것이 없고, 그 상황에서 자신이 얻을 수 있는 것은 진정성 있는 사과가 아니라 물질적 피해 보상이라는 것이다. 이러한 세계에서는 더 많이 모욕당할수록 더 많은 보상을 받을 수 있다. 모욕은 수치심을 자극하는 감정의 문제가 아니라 물질적인 이득을 가져다주는 생산의 매개다. 그러나 '나'는 제자의 반응에 놀라면서도 이것이 '더 나은 무엇'이 아니라고는 결코 말할 수 없다. 이 사실이 주인공으로 하여금 또다시 무력함을 느끼게 한다. 이제 길은 두 갈래가 아니라 세 갈래 길이 되었다.

욕망과 신념 사이에서 어느 한쪽을 선택할 수 없는 자는 분열되고 만다. 분열된 채 통합을 이루지 못하는 자아의 서성거림은 강석희가 발견한 '무력한 주체'의 풍경이며 하지 않거나 하지 못하는 주체라는 점에서 주체에 대한 재발견이기도 하다. 이른바 강석희의 '반주체'는 주체에 반하는 주체가 아니라 주체적이지 않은 주체이며 모순된 주체이자 불가능한 주체다. 그럼에도 우리가 이 무력한 자들을 '주체'라고 불러야 하는 것은 왜일까. 회복될 수 있는 전체나 통합, 그리고 통합된 개인으로서의 주체는 이미 이룰 수 없는 꿈이라는 사실을 받아들일 수밖에 없기 때문이다. 강석희 소설의 무력한 주체들은 기억으로서의 판타지스타를 추억하지 않는다. 오히려 새로운 주체로서의 판타지스타를 예고한다.

『도주론』에서 아다사 아키라는 근대의 인간을 편집증형과 분열증형으로 구분한다. 편집증형 인간은 한 발이라도 더 앞으로 나아가고 조금이라도 더 축적하기 위해 계속해서 열심의 태도를 유지한다. 반면 분열증적 인간은 초월당했을 때 앞서려고 더 노력하기보다 주변을 두리번거리고 예상하지 못한 방향으로 달려가 버리길 택한다. 활발한 성장이 이루어지는 과정, 즉 사다리를 통한 위치 이동이 원활하게 이루어지는 상황에서 편집증적 노력은 "동적인 안정"을 얻을 수 있다. 이때의 "동적인 안정"[2]을 우리는 오랜 시간 성장과 진보라 불러 왔다. 그러나 성장의 종언이 현실화된 지금, 동적인 안정도 소멸했다. 무력한 주체들은 이제 어디로 가야 할지 알 수 없는 상황에서 분열하는 길들을 앞에 두고 있다. 친구가 들고 있던 촛불을 끄고 화면 밖으로 뛰어 나가 버린 주인공이야말로 막다른 길에 이른 현대인의 초상이자 표상이며 도래할 탈주의 시대에 대한 예언으로 읽힌다. 바야흐로 도망갈 시간인 것이다.

---

2 아다사 아키라, 문아영 옮김, 『도주론』(민음사, 2012), 31쪽.

처음 만나는 무게

임선우론

가벼움에 대한 질문

모두가 가벼움을 원한다. 얽매인 삶이 너무나도 무겁기 때문이다. 그러나 어느 누구도 진정으로 가벼워지고 싶어 하지는 않는 것 같다. 부유가 주는 공허함을 아는 탓이다. 현대인에게 '가벼움'이란 무엇일까. 모두가 원하지만 누구도 진정으로 원하지는 않는 그 간극에 자리한 것은 무엇일까. 그것은 실재하는 가능성일까 관념적 이상에 지나지 않는 것일까, 수사적 도피처에 불과한 것일까 실제적 욕망에 더 가까운 것일까. 분명한 것은 가벼움이 새로운 정의를 필요로 하는 시대에 우리가 살고 있다는 점이 아닐까. 외로움을 더 이상 개인의 감정이 아닌 사회적 감정으로 바라봐야 한다는 생각처럼, 가벼움도 더는 사적 소망이나 위로를 가져다주는 선택적 기호의 차원의 그쳐서는 안 된다는 생각도 특별하지 않다. 존재의 가벼움은 참을 수 없는 무엇이 아니라 참고 도달해야 할 무엇이다. 예술의 세계에서 가벼움은 점점 더 중요한 모티프로 활용되며 이 세계의 무게중심을 바꾸는 방법론으로 참여하고 있다.

스티븐 킹의 중편소설 『고도에서』는 몸무게가 0킬로그램에 수렴해 가는 한 남자의 이야기다. 미스터리한 체중 감량이 벌어지고 있는 몸의 주인공은 스콧이다. 스콧은 맨발로 서면 키가 195센티미터에 이르는 장신이다. 처음에는 살이 좀 빠지는 걸까, 하는 가벼운 마음이었다. 왜 아니겠는가. 거구의 몸을 가진 사람에겐 환호를 부를 만한 일인데. 그러나 어딘가 모르게 이상하다고 느낀 스콧은 이상함의 정체를 알아차린다. 지속적으로 일정하게, 느리지만 꾸준히 0.5킬로그램씩 감소하는 것도 모자라 물리적으로는 아무 변화가 없는데 체중계 위로 올라가기만 하면 무게가 줄어드는 것이다. 더욱이 체중계는 물리적인 변화를 전혀 반영하지 않는다. 양손에 무거운 아령을 들고 올라가나 빈손으로 올라가나, 입고 있던 옷을 훌떡 벗고 올라가나 전부 챙겨 입고 올라가나 체중계 바늘이 가리키는 숫자에는 변함이 없다. 스콧의 몸이 중력의 영향을 받지 않는 걸까. 체중계가 스콧의 몸을 전혀 반영하지 못하는 걸까. 혹은 그 둘 다인 걸까. 초현실적 상황에 당황한 스콧은 의사를 찾아가 보지만 난생처음 목격하는 현상 앞에서 의사라고 뾰족한 수가 있을 리 없다. 그런데 어쩐 일인지 스콧의 마음은 생각보다 괜찮다. 정확히 말하면 기분은 좋은 편이다. "말기 암 환자처럼 몸무게가 줄고 있"지만 스콧은 어느 때보다 생기가 넘친다. 그러다 문득 회의주의자의 태도로 무게의 본질을 생각하는 철학적 모습까지 보인다.

> 시간은 눈에 보이지 않아. 중량과 다르지. 아, 어쩌면 그건 참이 아닐지도 모르겠다. 중량을 느낄 수는 있으니까. 그렇지. 중량이 너무 많이 실리면 몸이 터벅대게 되잖아. 하지만 중량도 시간처럼 기본적으로는 한낱 인간이 만든 생각 아닌가? 시계의 바늘, 욕실 체중계의 숫자. 그것들도 가시적인 영향력이 있는 비가시적 힘을 측량하려는 노력의 수단에 불과하지 않나? 미천한 우리 인간들이 실재라고 여기는 것을 초월한 보다 높은 실재를 손안에 넣어 보겠다고 애쓰는 미미한 노력 아닐까?[1]

허리는 여전히 40인치이고 다리 길이는 86센티미터. 벨트를 조이거나 풀 일조차 없으며 음식을 벌목꾼 수준으로 먹는 것까지 똑같다. 외양에는 그야말로 조금의 변화도 없다. 스콧이 보고 느끼는 자신의 몸과 체중계가 말하는 스콧의 몸 사이에 드러나는 차이는 인간이 직관적으로 바라보는 세계와 체

---

1 스티븐 킹, 진서희 옮김, 『고도에서』(황금가지, 2019), 32~33쪽.

중계가 지시하고 의미하는 세계 사이의 불일치를 의미한다. 그러나 두 세계가 처음부터 일치했던 적이 있었던가. 일치한다고 느낄 수 있는 수단을 만들었던 것일 뿐, 체중계가 체중을 의미한다는 것은 인간에 의해 만들어진 세계라는 것을 스콧은 정확히 인지한다. 스콧이 무게에 대해 제기한 반론은 언어의 자의성과 같은 원리로 무게의 필연성을 의심하하는 대목이다. 무거움과 가벼움에 대해 우리가 느끼는 감각의 차원을 전면적으로 부정할 수는 없지만 그 양을 측정해 실재라 믿는 것은 실재 그 자체와 구분해야 한다. 이러한 이해 아래 스콧이 선택한 것은 무게를 더 이상 질량의 관점으로 바라보지 않는 것이다. 측정할 수 없는 것을 측정할 수 있는 범주의 문제로 파악한 무게는 눈에 보이지 않는 힘을 장악하기 위해 인간들이 만든 인위적인 노력쯤으로 보이기 때문이다. 스콧의 줄어드는 몸무게는 무게를 질량으로부터 해방시켜 준다.

인간이 만든 질서의 세계에 대한 의심과 의구심은 다양한 분야에서 다양한 방식으로 제기되고 있다. 지난 몇 달간 많은 사람들이 룰루 밀러의 『물고기는 존재하지 않는다』를 읽고 있다. 베스트셀러는 그 시대의 가치관을 반영한다. 『물고기는 존재하지 않는다』야말로 몸무게를 무게로부터 해방시키듯 인간의 직관적 세계가 갖는 부정확성과 그런 부정확성 위에 쌓아 올려진 대중 지식의 영역을 근본적으로 회의하게 하는 책이다. 어느 저명한 분류학자의 일대기가 영웅적인 삶에서 빌런의 그것으로 추락할 때, 그 추락의 배경에는 그를 영웅으로 승인했던 우열과 질서의 세계가 가진 허위와 몰락이 있었다. 그 세계의 몰락과 함께 권위를 회복한 것은 기존의 세계가 승인하지 않았던 소외된 세계다. 이를테면 지배적이지 않은 성 정체성이라든가 이름을 얻지 못한 관계라든가. 스티븐 킹이 인간의 '무게' 개념을 부정했다면 룰루 밀러는 인간이 만든 범주의 틀을 부정한다. 무게나 범주처럼 이 세계를 질량화해 주고 구분할 수 있게 해 주던 기본값의 근거를 부정한다. 일등이 되지 못할 바에야 일등의 자격을 부여하는 평가 시스템을 부정해 버렸던 낭만주의의 뿌리처럼.

시간이 지날수록 스콧은 점점 더 가벼워져 급기야 하늘 위로 떠오르기에 이른다. 그런데 이 이야기가 그저 한 남자가 가벼워지다 하늘로 날아가 어디론가 사라진 이야기이기만 하다면 그의 불가해한 체중 감량이 우리에게 던지는 의미심장한 질문 따위는 없을 것이다. 그러나 그의 몸무게가 감소함과 동시에 진행되는 또 하나의 이야기가 있다. 그가 사는 마을에는 결혼한 레즈비언 커플이 있다. 그들은 '결혼'한 레즈비언이라는 이유로 마을 사람들의 외면을 받아 식당 운영에 어려움을 겪는다. 스콧의 무게가 줄어들수록 스콧의 생각과 행동은 커플을 향한 편견이 없어지는 데 일조하는 방식으로 작동한다. 인간이 만든 무게 시스템이 작동하지 않자 인간이 만든 그 무게중심으로 인해 주변으로 밀려났던 사람들의 삶이 가운데로 들어오기 시작한다. 스티븐 킹은 이 소설을 통해 인간이 존재의 무게를 재고 가늠하며 그에 따라 배치할 수 있다는 믿음을 거부한다. 무엇이 가볍고 무엇이 무거운가. 가벼운 것은 무거운 것보다 얼마만큼 더 가볍고 무거운 것은 가벼운 것보다 얼마만큼 더 무거운가. 인간이 기존에 만들어 놓은 무게 측정 기계는 실재의 영역에서 차지하는 가벼움과 무거움을 표현하지도 반영하지도 못한다. 무게가 다만 질량의 문제는 아니기 때문이다. 이 소설에서 가벼움의 의미는 무게의 가벼움만을 뜻하지 않는다. 오히려 우리 머릿속에서 오랜 시간 동안 중심과 주변을 구분하게 했던 생각의 무게중심을 바꾸는 조건이 된다.

무게로부터의 해방

알베르토 자코메티의 가느다란 인간들, 겨울 나뭇가지처럼 앙상한 인간들은 가벼움을 표현한다. 알베르토 자코메티의 「걷는 남자」 시리즈는 비대할 정도로 길게 늘어뜨려진 팔과 다리를 지닌 남자가 걷고 있는 모습을 나타낸 조각이다. 자코메티의 작품은 흔히 뼈만 남은 인간을 형상화한 작품으로 파악된다. 뼈는 인간이 탄생할 때 가장 먼저 생겨나는 것이자 인간이 소멸하는 순간에도 마지막까지 남아 있는 것이다. 걷는 행위와 뼈만 남아 있는 상태의 인간이 결합할 때, 이들 작품은 어딘가로부터 출발해서 어딘가로 도착하는 행위의 지속만이 인간의 전부라고 말하는 것으로 이해된다.

그러나 내가 그의 조각에서 바라보는 건 뼈가 아니라 그림자다. 무게가 나가는 단 하나의 실체가 아니라 무게가 없는 실체다. 그림자가 길게 늘어지는 시간, 내 앞에 기다랗게 드리워진 그림자는 언제나 내 안에서 튀어나온 나의 마지막 존재물처럼 느껴졌다. 어느 시간에는 나의 뒤에 있다 또 어느 순간에는 나를 관통하는 기다란 형체로 나를 앞서 있고는 했다. 자코메티의 걷는 인간을 볼 때마다 실체가 아니라 실체의 그림자를 느끼는 이유는 그것이 인간으로부터 무게를 소거한 형상을 재현했기 때문이다. 무게가 없는 인간의 형상이라면, 그건 바로 그림자이다. 그림자는 비춰질 뿐이므로 저 자신의 무게를 갖지 못한다. 표현된 인간 가운데 가장 가벼운 것이 또한 그림자다. 자코메티의 인간은 무게가 나가지 않는 인간이다. 힘없고 나약하며 오직 자신 앞에 주어진 길을 걸어감으로써만 자신의 무사함과 존재를 증명할 수 있는. 나는 자코메티가 표현하려 한 인간이 누구도 살상하지 않고 그저 자신으로 존재하는 가벼운 인간이라고 생각한다.

> 거리를 걷는 남자는 무게가 없다. 죽었거나 혹은 의식이 없는 남자보다 훨씬 더 가볍다. (……) 걷고 있는 남자는 자신의 다리로 균형을 잡고 있고, 무게가 느껴지지 않는다. 이것이 내가 무의식적으로 재현하고자 하는 것이다. 실루엣을 다듬

어 이런 가벼움을 만들어 내고자 한다.

—알베르토 자코메티,

「미술사학자 장 클레와의 인터뷰」(1963) 중에서

2차 세계대전을 겪은 많은 예술가들처럼 자코메티의 작품에도 전쟁의 흔적이 남아 있다. 그의 무게 없는 남자는 전쟁을 관통하면서 잃어버린 것들, 혹은 사라진 것들의 흔적을 품고 있는 형상이기도 하다. 자코메티가 그의 작품에서 소거한 무게란 무엇일까. 그것은 살상과 폭력을 도모할 수 있는 인간의 자의적 질서들이 아닐까. 요컨대 자코메티가 우리 눈에 보이는 인간과 다른 모습의 인간을 만들 때, 그 다른 모습을 위해 깎아 낸 것은 스콧의 무게를 반영하지 못했던 체중계의 바늘이거나 룰루 밀러의 책에서 영웅의 자리에 갔다 빌런의 자리로 전락한 분류학자 데이비드 스탄 조던을 승인했던 분류의 세계였을 것이다. 무게를 구분할 수 있고 범주를 나눌 수 있다는 이성을 활용해 어떤 것들을 다른 것의 주변으로 몰아내고 바깥과 안쪽 사이에 벽을 세웠던 '한때 이성'의 무게를 걷어 낸 자리에 남은 것. 최초의 인간이자 최후의 인간은 그림자와 구분되지 않는다.

무게가 나가는 것들, 눈에 보이는 것들, 힘을 가진 것들, 힘으로 제압할 수 있는 것들, 이 세계에서 앉아 있을 자리가 없는 존재들. 그렇듯 가벼워졌을 때 인간은 무엇일 수 있을까. 힘이 없는 인간, 힘이 없으므로 어떤 것도 강제로 제압할 수 없는 인간, 이 세계에서 자기 자리를 잡고 앉을 수조차 없는 인간. 무게가 사라진 세계에서 인간은 자코메티의 걷는 사람처럼 정주하지 못하고 이동해야 한다. 인간을 위해 마련된 안전한 지정석은 없다. 지구의 다른 존재들처럼 서 있어야 한다. 가벼움이 우리에게 묻는다. 인간이 획득한 것들이 부정당했을 때, 인간이 얻은 것을 모조리 잃어버렸을 때, 그때 인간은 어떤 존재인가. 우리는 우리의 초상으로 가벼운 인간을 긍정할 수 있을까?

어긋난 가벼움

그러나 현실의 가벼움이란 가벼움보다 멀어짐의 형태로 나타나는 것 같다. 개인주의는 극단화되었고 타인과 접촉하지 않는 것은 일상이 되었다. 가벼움이라는 이름의 멀어짐이 우리를 둘러싸는 기본값이 되어 가고 있다. 어느새 나도 그 대열에 합류했다. 자동차를 소유하면서부터 타인과의 접촉이 급격하게 일상 저편으로 사라졌고 12년째 출퇴근하고 있는 회사에서는 입구로부터 가장 먼 자리, 타인의 시선으로부터 거의 완벽하게 차단된 공간에 앉아 일을 하고 있다. 영화관에 가거나 공연 시설을 이용할 때 돈을 조금 더 내고 타인으로부터 분리된 '프라이빗'한 공간에서 보다 더 '단절'된 상태로 관람하는 것도 그다지 특별하지 않은 일이 되었다. 어느새 나는 획득할 수 있는 자본이 늘어 간다는 것과 타인과의 접촉점을 줄일 수 있다는 말을 동의어로 이해하고 있다.

현대사회에서 타인과 접촉하거나 타인의 시선에 노출된다는 것은 부정적인 상태를 의미한다. 적어도 최상의 상태는 아닐 것이다. 직장에서 직급이 올라갈수록 타인의 시선을 느끼지 않는 곳으로 자리가 옮겨지고 타인으로부터의 접촉이 줄어드는 공간을 선택할수록 더 많은 비용을 지불해야 한다는 것은 단절(혹은 고립, 혹은 독립)이 속도와 함께 현대사회를 구성하는 또 다른 미덕임을 말해 준다. 그리고 기술의 발달은 무엇보다 '단절의 민주화'를 가져다주었다. 이제 타인과 접촉하지 않는 삶은 일반적이고 보편적인 상태가 되었다. 기술의 발전은 타인과의 소통, 타인과의 접촉을 최소화할 수 있는 방향으로 우리를 안내하고 있다. 기술 시대가 파악하는 우리 인간은 삶을 영위하기 위해 타인을 필요로 하지 않거나 최소한으로만 필요로 하는 존재인 것 같다. 그러나 정말 그럴까.

얼마 전 우연히 한 장의 사진을 보고 한참 동안 시선을 빼앗겼다. 두 사람이 포개어진 모습이 전부인 단순한 이미지였다. 이렇게 과도한 접촉이라니, 어쩐지 시대 감각을 거스르는 듯하다는 생각이 들면서도 눈길을 거둘 수가 없었다. 한 사람의 등에 다른 사람이 업혀 있는 형상이었고, 처음에 그것은 사진이라기보다 색면화가가 그린 추상 미술에 가까워 보였다. 사진작가 천경우의 「The weight」(무게) 연작 중 하나였다. 「The weight」 시리즈는 천경우가 프랑스의 한 이민자 학생들과 함께한 퍼포먼스를 바탕으로 한 사진 작업이었다. 파리 근교 도시 이브리쉬르센의 한 고등학교에는 막 이민 온 가정의 자녀들을 위해 운영되는 특별 학급이 있었다. 낯선 나라에서 새로운 언어를 익히던 작가는 자신과 마찬가지로 프랑스어가 서툰 학생들에게서 자신이 경험하고 있던 이방인의 감정을 느꼈다. 그가 그랬던 것처럼 아이들도 몸짓과 표정 등 통할 수 있는 모든 방법을 동원해 소통하고 있었다. 작가는 이들에게 누군가의 몸을 책임지고 지탱하는 방법을 몸동작으로 보여 주는 행위를 연습하자고 한다. 각국에서 온 학생들은 손바닥을 마주하고 서로를 지탱하기도 하고 어깨에 올라타는 방식으로 한 사람이 다른 사람을 짊어지기도 했다. 얼마 후 작가는 이 연습을 바탕으로 이들과 사진을 위한 퍼포먼스를 함께하기로 계획한다. 각자 한 명의 급우를 등에 업고 얼마나 지탱할 수 있을지 생각해 본 다음 상대를 짊어질 시간을 정해 보는 것이다. 작업 노트에는 그때 그 퍼포먼스의 의도에 대해 다음과 같이 적혀 있다.

인간은 점점 몸으로부터 유리되고 육체와 생산이 직접 연결되는 일 또한 줄어 간다. 하루하루 더욱더 지적인 인간이 되어야만 한다. 그리고 누군가와 마주할 필요가 점점 없어지는 사람들은 끊임없이 접하게 되는 고속 정보 속 무거운 타인들의 이야기를 작고 가볍게 인식하는 무감각의 훈련을 반복하며 살아간다. 그 무게감을 제대로 느껴 보기도 전에 새 정보들의 밀어내기로부터 면죄부를 받기 때문이다. 대신 타인의 삶에 관한 불확실한 조각들로 뒤엉킨 기억의 비만해져 감은 멈출 수 없고, 의미 있는 이미지는 좀처럼 무게를 얻기 어려워진다.[2]

어릴 적 우리가 누군가의 등에 업혀 자라던 모습에 첫 영감을 얻어 시작된 이 프로젝트는 우리의 삶이 누군가와 연결된 무게와 제한적인 시간으로부터 형태를 찾아간다는 태도에 입각해 그 무게를 이미지로 표현하는 프로젝트다. 각자가 책임지고 있는 무게는 짐이지만 그 짐을 보고 있는 것이 힘들지만은 않다. 한 사람의 몸이 다른 사람의 몸에 완전히 의지하고 있는 모습에서 체중으로 인한 고통만이 아니라 안정과 관계 또한 연상되기 때문일 것이다. 사진을 보는 동안 어머니에게서 들었던 어린 시절의 이야기도 떠올랐다. 어머니는 요즘도 종종 나를 업어 키우던 시절에 대해 이야기하신다. 울음을 그치지 않는 나를 등에 업은 채 한 시간이고 두 시간이고 동네

2 천경우, 『보이지 않는 말들』(현대문학, 2019), 233쪽.

를 서성이다 돌아와 눕히면 또다시 울음을 터뜨려 도무지 등에서 나를 떼 놓을 수 없었다는 어머니는 졸음을 이길 수 없는 시점이 오면 이불을 켜켜이 쌓아 놓고 거기 얼굴을 묻은 채 잠깐 눈을 붙였다고 했다. 등에는 여전히 나를 업은 채. 물론 나는 기억할 수 없는 시간이다. 내리사랑과 치사랑이라는 말로 자식을 향한 부모의 사랑을 비교하는 이유는 자식이 기억하지 못하는 육체적 의존의 기억이 부모에게만 속해 있기 때문일 것이다. 몸의 부딪침을 기억하는 사랑은 기억하지 못하는 사랑보다 클 것이다.

이미지로 가시화된 '무게'와 '시간'을 통해 소멸해 가고 있는 인간의 육체성을 환기하는 천경우의 작품들은 어긋난 가벼움 속에서 우리가 회복해야 할 가치가 무엇인지 환기한다. 타인과 함께하는 삶 속에서 우리가 상실해 가는 접촉의 의미를 되새기게도 한다. 가벼워지지 못하고 그저 멀어질 뿐인 세계에서의 접촉, 이 무거움의 미학은 가벼움에 대한 새로운 접근법이 필요함을 역설한다. 천경우의 무거움은 무게가 아니라 연결의 무거움이다. 삶에 필요한 관계의 본질에는 인간과 인간의 접촉이 있을 것이다. 서로를 책임지고 서로에게 의지하는 것이 관계의 본질이 될 때 실제적이로도 일상적인 가벼움이 가능해진다. 가벼운 무거움도 가능해진다. 타인과 실제적이든 비유적이든 접촉하지 않는 사람들, 혹은 그러한 문화는 '유령'의 세계를 닮았다. 유령은 육체가 없는 정신 또는 영혼으로 정의된다. 비디오 게임 등 여러 매체에서 유령은 물리적 공격이 통하지 않는 언데드형 존재로 등장한다. 요컨대 유령은 몸을 결여했으므로 접촉이 불가능한 존재이자 물리적이지 않은 존재다. 그런데 접촉할 수 있는 유령, 몸이 있는 유령은 불가능할까? 인간과 유령 사이, 혹은 인간이면서 유령인 상태. 가볍지만 사라지지 않고 존재하지만 너무나도 가벼운 이들은 체중이 0킬로그램에 수렴하는 스콧의 가벼움과 서로를 짊어지고 있는 학생들의 무거움이 결합된 존재를 연상시킨다. 가벼운 무게의 가능성을 자극한다.

유령의 무게

임선우의 소설에서 내가 받은 매혹은 소설에 등장하는 인간들이 이른바 '유령류'의 존재들을 통해 비로소 '실재감'을 획득하고 자신으로 살아가는 에너지를 얻는다는 지점이다. 실체가 불분명한 것, 현실 세계의 지배에 종속되지 않는 것을 유령이라고 할 때, 임선우의 유령들은 그 반대에 더 가까워 보인다. 눈에 보이지 않거나 누군가의 눈에만 보이는 존재들이라는 점에서 이들의 실체는 불분명하지만 그들의 존재는 무엇보다 더 사실적이다. 흔히 유령을 만난 인간은 정신을 잃거나 정신이 아니라면 그 무엇이라도 빼앗기고 만다. 반면 임선우 소설에서 유령은 자연스럽게 나타나 인간의 조력자가 되거나 인간에게 도움을 구한다. 인간은 도움을 받아 힘을 얻기도 하지만 누군가를 도와줌으로써 힘을 얻기도 한다. 임선우의 소설에 나타나는 비일상적이고 초자연적인 현상들은 환상소설이라고 불러야 할 만큼 비현실적인 사건들이지만 그 사건을 수용하는 사람들의 태도는 다분히 일상적이고 전개되는 이야기들도 일상의 감정선을 흩트리지 않는 선에서 이루어진다. 이 지점에서 보아도 임선우의 소설은 이미 기존의 인간 세계가 정해 놓은 정상성의 개념과 범주의 힘이 유효하게 작동하지 않는 곳임을 알 수 있다.

임선우의 소설집 『유령의 마음으로』의 표제작인 「유령의 마음으로」에서는 어느 날 갑자기 '나'라고 주장하는 '그것'이 나타난다. '그것'과 함께 일상을 나누는 '나'에게는 만난 지 5년 된 남자 친구 정우가 있다. 교통사고를 당한 정우는 '나'와 만난 5년 중 2년의 시간을 의식을 잃은 채 병원에 누워 지내고 있다. 평일에는 아르바이트를 하고 토요일이 되면 정우를 간호하는 부모님이 계신 병원에 가서 정우를 만나고 돌아오는 것이 '나'의 주말 루틴이다. 자신은 유령이 아니고 그저 '나'라고 주장하는 '그것', 그러니까 유령은 '나'의 마음을 똑같이 느낀다고 주장하는 존재다. '나'는 유령을 통해 자신의 마음을 듣는다. 왜 '나'는 유령으로부터 자신의 마음을 들어야 했을까. 자신의 마음속에는 정우와 이별하고 싶은 마음이 있고, 있으나 그 마음을 들여다볼 수는 없으며, 들여다볼 수 없으므로 이별을 생각하는 것조차 감당할 수 없기 때문이다. '나'의 마음을 똑같이 느끼는 유령을 통해 비로소 자신의 마음을 외면하지 않게 되는 '나'는 정우와 정우를 둘러싼 모든 것으로부터 도망친다.

이 소설에는 세 가지 상태의 인간이 등장한다. 첫 번째는 어느 날 유령을 만난 '나'다. 유령을 보고 놀란 '나'는 내심 자신이 죽은 것일까, 기대하지만 그렇지 않음을 알게 되고는 자신이 죽지 않았다는 사실에 실망한다. 죽음은 삶보다 보편적이다. 누구나 죽지만 누구나 살아 있는 것은 아니다. '나'는 살아 있지만 충분히 살아 있는 것은 아닌 상태다. 두 번째는 정우다. 정우는 교통사고로 코마 상태에 빠져 있다. 살아 있지만 깨어 있지 못한다. '나'에게 정우는 살아 있고 또 죽어 있다. 다만 '있다'라는 감각만이 확실할 뿐. 세 번째는 유령이다. 유령은 '나'의 몸에서 튀어나왔다. 그의 말에 따르면 그것은 또 다른 '나'다. 다른 사람의 눈에 보이지 않고 '나'에게 '나'의 마음을 정확하게 알려 주는 것만이 그의 존재 이유이자 목적이다. 유령은 '나'보다 '나'의 감정에 훨씬 더 충실하게 반응한다. 주인공이 슬픔에 잠길 때면 아예 바닥에 드러누웠고 기쁠 때는 콧노래를 흥얼거렸다. 화가 날 일이 있으면 주인공은 내지 못하는 화를 대신 냈다. 유령은 '나'와 분리된 '나'의 감정이다.

> 정수에 대한 내 사랑이 소멸해 버렸다는 사실을 알고 있었다. 언젠가부터 나는 정수를 사랑해서가 아니라, 정수와 헤어

지기 위해서 정수를 기다리고 있었다. 천장을 바라보며 나는 한동안 소리없이 울었다.[3]

타인과 함께하기 위해서는 타인이라는 짐을 짊어져야 한다. 타인으로 인해 무거워져야 한다. '나'에게 필요한 것은 정우에 대한 사랑이 소멸했다는 현실을 받아들이는 것이다. 아픈 정우를 두고 변심했다는 자신을 받아들이는 것이며, 그 모든 것에 결별을 고하고 그를 떠난 자신을 받아들이는 것이다. 변심을 인정하는 것, 그리고 변심했다는 사실이 주는 죄책감의 무게를 감당하는 것. 이전의 '나'는 그것을 받아들이지 못했기에 가벼웠을 것이다. 정우에게 묶여 있는 자신이 무겁다고 생각했을 테지만 사실은 정우와 결별하고 그런 선택을 한 자신을 견디는 것이 무거운 일이다. '나'는 자신의 감정이 자신으로부터 분리되어 나오자 비로소 자신과 만난다. 나와 정우의 결합이 해제되기 위해 '나'로부터 '나'의 감정이 분리되어야 했다. 유령의 존재를 통해 '나' 스스로는 꺼내지 못했던 마음이 밖으로 나온 것이다. 유령이라는 매개를 통해 '나'와 정우의 결별이 이루어진다. '나'는 이제 조금 더 살아 있는 상태가 될 것이다. 정우의 상태에 동일시하고 있던 자신과도 결별할 수 있을 것이다.

3 임선우, 「유령의 마음으로」, 『유령의 마음으로』(민음사, 2022), 19쪽.

「유령의 마음으로」에 등장하는 유령이 연인과 헤어지고 싶은 '진심'을 스스로 인정하게 해 주는 존재였다면 「여름은 물빛처럼」에서 방에 뿌리를 내리고 나무가 되어 가는 남자는 시간이 지나면서 "슬픈 마음 없이도 누군가를 그리워할 수 있"는 존재가 된다. 「빛이 나지 않아요」에서 해파리로 변해 가는 여자는 빛이 나지 않는 이 생을 끝내고 단 한 번 빛을 내는 해파리의 삶을 살기 위해 기다린다. 그리고 이들은 모두 평범한 인간 앞에 갑자기 나타나 그들의 가로막힌 삶에 숨통을 틔워 준다. 유령이 인간 이후이거나 인간의 부분이 아니라 인간 이상이거나 인간의 전부가 된다. 인간은 무게 없이 살아가다 이들 존재를 만나 처음 갖는 무게를 획득한다. 이전에는 알지 못했던 무게로 살아가게 된다.

가벼운 무거움

임선우의 소설에 등장하는 변신 모티프들은 때로는 자신의 의지로 변화를 시도하기도 하고 무심코 내뱉은 말이 현실로 이루어지면서 벌어지기도 한다. 그리고 그 핵심에는 서로 다른 존재의 결합이 있다. 「빛이 나지 않아요」에서는 빛이 나는 해파리로 변하고 싶어 하는 여자와 여자가 해파리가 될 수 있도록 도와주는 주인공의 관계가 등장하고, 「여름은 물빛처럼」에서는 '나'의 룸메이트와 사귀던 남자가 언니를 만나기 위해 찾아온 방에서 뿌리를 내리고 나무가 되어 굳어 버린 남자와 그를 지켜보는 '나'의 관계가 등장한다. 이들의 관계가 지속되며 '나'의 심리 상태엔 자그마한 위로가 생겨난다. 이들의 관계는 '가벼운 무거움'를 형상화한다. 유령으로 표상되는 존재들은 이 세계에서 이름을 갖거나 기존의 개념으로 명명될 수 없으므로 부유할 수밖에 없는 존재들이다. 그러나 그 부유하는 가벼움으로 인해 무거운 삶을 살아가던 현실의 인물들이 자기 자신으로 살아가지 못하던 상태를 바꿔 나가기 시작한다. 움직이지 못하던 무거움에 '유령'이라는 형태의 가벼움이 더해지면서 양방향으로, 아니 이전에 없던 방향을 향해 이동할 수 있는 자유로움이 달성되는 것이다.

이 글의 서두에서 나는 가벼움이 일으키는 모순적인 상황, 혹은 우리가 가벼움 앞에서 일으키는 혼란에 대해 이야기했다. 모두 가벼워지고 싶어 하지만 누구도 완전하게 가벼워지고 싶어 하지는 않는다고. 주어진 무게로부터 벗어나고 싶지만 무게 없는 삶이 주는 표류가 우리의 도착지는 아닌 것 같았기 때문이다. 임선우가 소설에서 그려 내는 인간과 유령의 결합체는 새로운 형태와 무게로 인간의 존재 상태를 설정한다. 앞서 언급한 작품 속 인물들에는 0킬로그램에 수렴하듯 무게를 잃어 가던 스콧의 존재가 있는가 하면 자코메티의 걷는 남자처럼 실루엣만으로 남은 가벼움이 있다. 그러나 그 가벼움은 인간을 벗어나기 위한 가벼움이 아니라 인간 사이에서 살아가기 위한 가벼움이라는 점에서 육체성의 회복을 통해 무게성을 인식하고 연결의 무거움을 실현하고자 했던 천경우가 포착한 몸들의 시간을 떠올리게도 한다.

우리가 원하는 가벼움이란 무엇일까. 그것이 무엇이든 익숙한 무게로부터 벗어나는 일이 포함될 거라고 생각한다. 아사다 아키라는 현대인에게서 도주하는 인간을 보았다. 현대인의 분열은 인간으로 하여금 정주하지 않고 탈주하게 만드는 기제로 작용할 수 있으며, 우리는 모두 어디로든 도망가야 한다는 주장이었다. 그러나 가벼움에 대한 모순된 감정처럼 도주에 대한 우리의 감정 역시 단일한 것일 수는 없다. 탈주하고 싶지만 모든 것으로부터의 완전한 벗어남을 원하는 건 아니기 때문이다. 임선우의 소설에 나타나는 측정 불가한 존재들은 머무르면서 도망가고 도망갔지만 머무르면서 도처에 존재한다. 지금으로서는 그 가벼움의 무게를 잴 수 없다.

누적과 축적의 근대는 무게의 세계 위에 성립했다. 이 세계에서는 뒤에 오는 사람이 앞에 가는 사람을 따라잡고 그를 앞지르는 것에 열광한다. 『도주론』에서 아사다 아키라는 이렇듯 따라잡고 뛰어넘어야 하는 세계를 근대의 핵심으로 바라보며 학교와 가족이 이 경주의 무대를 지속하고 아이들이 이 경주에 참여하도록 유도하는 장치로서 가장 중요한 시스템이라고 말한다. 누적하고 쌓아서 이룩해야 하는 사회의 무게중심이 어떻게 변할 수 있을까. 오로지 따라잡고 뛰어넘기 위한

'편집증적 추진력'에 의해 추동되는 인간들로 운영되는 사회는 병적이다. 도주란 이런 병적인 사회로부터의 도망이다. 다행일까, 그런 관점에서 보자면 학교와 가족이라는 제도의 위기는 상대보다 빨리 달리고 상대를 앞질러 가야만 하는 사회 제도의 붕괴를 의미하는 반가운 시그널이다.

임선우 소설의 탈인간적 존재들은 모두 도주의 길에 오른다. 그들은 근대가 결정한 정상 상태에서 벗어나 새로운 상태로 향하기 위해 체중계에서 내려온다. 그러자 우리 앞에 나타난 건 처음 만나는 무게로 존재하는 세계다. 눈금이 지워진 자리에서 우리는 그들을 더 이상 가볍다거나 무겁다는 말로 측정할 수 없다. 구분할 수 없고 파악할 수 없다. 그저 바라볼 수 있을 따름이다. 유령과 뿌리 내린 남자와 해파리로 변하려는 사람들을 묵묵히 바라보듯. 그들을 파악하기 위해 기대고 의지할 수 있는 기준은 없다. 다행히도 없다. 무게의 사라짐을 재현하는 작품들은 누적되고 쌓이며 질서를 답습하는 세계로부터 탈주를 시도한다. 가볍고 무거운 것을 가리키는 이름들로부터 도망친다. 이 움직임은 무게중심의 이동이 아니라 무게가 중심으로부터 이동하고 있음을 의미한다. 다른 중심이 아니라 중심의 틈을 벌린다. 벌어진 틈으로 새로운 무게들이 시작된다.

스스로 도는 인간

신동옥,
『달나라의 장난 리부트』

스스로 도는 힘을 위하여

『달나라의 장난 리부트』에 수록된 편편의 시를 읽으며 신동옥에게 시란 불면의 밤을 지새우는 자신에게 불러 주는 자장가일지도 모르겠다고 생각했다. 내가 나에게 불러 주는 자장가는 어디에도 도착하지 않는 독백이자 끊임없이 제자리로 돌아오는 돌림노래다. 잠들지 못하는 인간에게는 의식의 불을 꺼 줄 노래가 필요하다. 하지만 어떤 타인도 자신의 의식을 멈추게 할 수 없다면 자장가를 불러 주는 한 사람은 자신이 되어야 할 것이다. 노래하는 동안에는 잠들 수 없다. 잠들지 못하는 시인은 피로한 동시에 피로한 자신을 위로한다. 정신적 피로와 만성적 수면 부족에 시달리는 곤혹스러운 상태와 쓰러진 마음을 일으키는 치료의 언술을 한몸에 지니고 있는 시인은 피로와 위로의 공동 주체다. "스스로 잠들기 위해 자장가를 부르는 나날"[1]이 시인의 삶이라면 잠들 수도 없고 그렇다고 잠을 거부할 수도 없는 상태야말로 시인의 존재 조건일 것이다. 날마다 자장가를 부르지만 아무도 잠들지 않는 불면의 세계에 혼자 깨어 있는 고독한 보초병. 신동옥이라는 한 시인을 떠올리면 나는 쓸쓸한 자장가부터 떠오른다.

『달나라의 장난 리부트』에 대해 이야기하기 위해 김수영의 시집 『달나라의 장난』에 대해 말하지 않을 수는 없을 것 같다. 『달나라의 장난』은 1959년 춘조사에서 '오늘의 시인 총서'로 발간된 김수영의 첫 시집이자 사실상 마지막 시집이다. 김수영이 살아생전 출간한 유일한 시집이 되고 말았다는 점에서 상징적인 의미가 가중된 책일 뿐 아니라 1957년 시인협회상 1회 수상자로 선정된 이후 출간된 첫 시집이라는 점에서 김수영에게, 그리고 한국 현대 시단에 던지는 의미가 각별한 시집이기도 하다. 그러나 상징은 상징일 뿐이다. 『달나라의 장난』에 수록된 시들은 이후 그가 발표한 시들에 견주어 특별히 높은 성취를 인정받지는 못하는 것 같다. 그의 정신세계를 대표하는 시들과 나란한 자리에 놓이지도 않는 형편이다. 그런

1 신동옥, 「종이인형」, 『달나라의 장난 리부트』(문학실험실, 2021). 이하 시 인용은 제목만 표시한다.

데 어쩐 일인지 참여 시인 김수영이 아니라 피로를 호소하고 두려워하는 동시에 경멸하는 인간 김수영이야말로 한층 김수영스럽게 여겨지고, 그런 김수영을 생각하는 사람들이 떠올리는 시는 「봄밤」이나 「달나라의 장난」 같은 작품이다. 모두 『달나라의 장난』에 수록되어 있다.

"아둔하고 가난한 마음은 서둘지 말라/ 애타도록 마음에 서둘지 말라"라는 일부 시구로 잘 알려진 「봄밤」은 피로를 느끼며 생활에 안주하는 자신의 나태함을 경계하는 시다. 피로하다는 것은 돌고 있지 않다는 것이다. 움직이지 않고 있다는 의미이기도 하다. 한편 표제작인 「달나라의 장난」은 남의 집 마당에서 빙글빙글 돌고 있는 팽이를 신기한 듯 바라보며 저마다 스스로 돌아가는 가운데 예정되지 않은 방향으로 움직이는 애처롭고 꿋꿋한 회전에서 인간의 자유와 그 형식에 대해 말하고 있는 작품이다. 김수영의 시가 언제나 청춘의 이미지로 상기되는 것은 회전하는 팽이에서 비롯되는 삼중의 움직임과 그것으로 대표되는 혼돈의 운동 때문일 것이다. 팽이에게서 발견되는 혼돈의 움직임이란 이런 것이다. 혼자서는 회전을 시작할 수 없으므로 외부에서 작용하는 힘에 의해 시작되는 움직임이 첫 번째다. 그렇게 발생한 무게 중심에 의해 계속해서 스스로 돌아가는 움직임이 두 번째이며, 그 두 개의 힘이 작용하며 자기만의 경로를 만들어 나가는 난맥의 움직임이 세 번째다.

생각하면 서러운 것인데
너도 나도 스스로 도는 힘을 위하여
공통된 그 무엇을 위하여 울어서는 아니 된다는 듯이
서서 돌고 있는 것인가
팽이가 돈다
팽이가 돈다

— 김수영, 「달나라의 장난」 부분[2]

그런데 팽이가 보여 주는 이 혼돈스러운 삼중의 움직임은 "공통된 그 무엇을 위해 울어서는 아니 된다는 듯이" 스스로 돌고 있다. 외부의 작용에 의해 시작되었으나 스스로 중심을 잡고 정해지지 않은 길로 나아가는 와중에 발생하는 모든 움직임은 오직 자신의 무엇에 의해, 혹은 그 무엇을 위해 움직일 때에만 의미가 있을 뿐 타의를 위해 돌아서는 안 된다는 것이다. 힘겹게 혼자 돌고 있는 모습이 가엾고 애처롭지만 그렇다고 멈출 수도 없는 팽이의 회전에 김수영의 자유가 있고 김수영의 사랑이 있으며 무엇보다 시가 있다. 팽이의 회전은 신동옥의 언어로, 그러니까 "스스로 잠들기 위해 자장가를 부르는 나날"의 돌림노래로 다시 쓰인다. 잠이 필요하지만 잠을 쫓을 수밖에 없는 모순적인 상황 속에서 깨어 있을 수밖에 없

2 김수영, 『달나라의 장난』(민음사, 2018).

는 혼돈스러운 의식은 움직임을 계속한다. 자장가를 부르기 때문에 잠을 잘 수 없고 잠을 잘 수 없기 때문에 자장가를 부르는 끝없는 돌림노래의 반복은 타의에 의해 회전을 시작하지만 자기만의 축을 형성하며 정해지지 않은 길을 만들어 간다. "셀 수 없이 많은 이명을 거느리고/ 스스로 비명을 새기는 유령처럼/ 영정 사진 속에서 눈뜨는 짐승들"(「불타는 교과서」)의 시간. 이 혼돈의 행로에서 우리가 가장 먼저 만나는 재시동(reboot)은 솟구치는 동력이다.

솟구치고 일으키는 힘을 위하여

불꽃놀이는 솟구침 그 자체에 핵심이 있는 놀이다. 아래에서 위로 올라가지만 올라간 뒤에는 내려오는 대신 흩어지며 사라지는 쪽을 선택하는 불꽃놀이는 쏘아진 이후 쏜 자리로 다시 돌아오지 않는 일방향의 움직임을 보인다. 왕복운동하지 않는 불꽃놀이는 공중에서 소멸된다. 조금 전까지만 해도 있었으나 금세 사라져 버림으로써 잔상으로만 실감할 수 있는 불꽃은 오직 현재의 상태로만 존재한다고도 말할 수 있을 것이다. 현재는 표현된 과거와 표현되지 않은 미래를 포함한다. 현재 속에서 과거는 비로소 지난 기억이었음이 입증되고 미래는 현재 속에서 다가올 사건으로 예감된다. "불꽃이 터질 때마다" 발생과 소멸이 반복되는 모습을 관찰하며 우리는 그것이 모두 한순간에 일어난다는 사실을 알아차릴 수 있다.

「불꽃놀이」는 하늘로 솟구쳐 올라 공중에 뿌리 내린 채 사라지는 불씨를 통해 존재하는 많은 시간들이 현재로 수렴되고 현재로 발산되는 것을 목격할 수 있는 현장이다.

불꽃이 터질 때마다
소용돌이와 깨진 유리 조각
내게 작은 틈이라도 허락된다면
그 틈으로 온 하늘이 쏟아지는 걸 볼 수 있겠다

불꽃이 터질 때마다
다시는 깨지 않기로 다짐한 약속들을
파기했다 하늘 너머로 내던져져
금이 가는 얼굴로 별이 돋아나고 있어

(……)

불꽃이 터지고 나서도
깨지지 않는 납덩이로 빚어진 것은 누구의 목소리일까?
귀에 물이 차오르듯
돋아나는 기억들

—「불꽃놀이」 부분

불꽃이 터지며 부분과 부분으로 불씨들이 흩어지는 모습에서 소용돌이, 깨진 유리 조각, 금이 가는 얼굴 등 파편화된 이미지들을 상기하는 화자는 자신에게도 그런 틈이 허락된다면 그 틈으로 하늘을 보겠다고 말한다. 하늘이 전체라고 하면 불꽃놀이는 부분을 통해 전체를 볼 수 있는 역설적인 시간이자 공간이라고 할 수 있다. 그런가 하면 "불꽃이 터질 때마다"로 시작하는 이 시의 각 연은 과거와 현재, 현재와 미래가 이어서 진술되는 방식으로 전개되며 시간을 통합한다. "불꽃이 터질 때"라는 현재가 과거의 약속들을 떠올리게 하는 기폭제가 되거나 하늘이 쏟아지는 것을 볼 수 있을지도 모르겠다는 미래를 상상하게 만들기도 한다. 내려오는 것을 기다리지 않는다는 점에서 불꽃놀이는 시간에 대한 관성적이고 타성적인 관념에서 우리를 해방시켜 준다. 하강하며 상태가 변화하는 것이 아니라 있었던 것이 사라지는 전면적이고 폭발적인 소멸은 정점의 순간과 소멸의 순간이 일치하는 상태다. 소멸은 부분을 전체로 만들어 준다.

존재하는 순간에도 우리는 사라지고 있으며 사라짐의 순간이야말로 존재했다는 것을 증명한다. 부서지고 깨지는 것들이 솟구칠 때 그 발산의 에너지는 전체를 구성하는 부분이 아니라 전체로서의 부분이기 때문이다. 따라서 "불꽃이 터지고 나서도/ 깨지지 않는 납덩이로 빚어진 것"은 부분과 구분되는 전체가 아니다. 이때 "깨지지 않는 납덩이"는 부서지지 않는 독립된 부분이자 완전한 부분을 말한다. 스스로 도는 힘처럼 스스로 솟구치는 힘에서 사랑에 대한 정의도 비롯되는 것이 아닐까. 모순적 존재의 아이러니가 "나날을 배반하는 사랑"(「가장 불쌍한 나라」)이라는 명제를 가능케 했다고 볼 수도 있을 것이다. "시인은 영원한 배반자다. 촌초의 배반자다."라고 말했던 김수영처럼 신동옥은 사랑이야말로 "나날을 배반하는" 행위라고 정의한다. 사라짐 속에 존재가 있고 존재함과 동시에 사라지는 나날의 배반들 속에 사랑이라는 에너지는 존재한다. 불안정하고 불완전하며 끝없이 흔들리며 방황하는 에너지. 이때 팽이의 회전이 다시 한번 오마주된다. "마치 모든 것이 무너져 내리듯하지만 별은 돈다"(「가장 불쌍한 나라」)고 할 때 '별의 회전'이라든가 "비구름 언저리에서 사라지는 기도와 메아리를 엮어 매듭지은/ 회오리"라고 할 때 기도와 메아리로 만들어진 회오리는 모두 팽이의 회전에서 시작된, 팽이의 회전과 같고도 다른 회전들이다.

솟구치는 동작은 몸을 '일으키는' 동작들을 통해서도 섬세하게 묘사되거나 확장된다. "오늘은 모두 같은 시간 속에 손을 모으는 날/ 여태 몸을 일으켜 걷게 하는 힘은 설익은 기도뿐이라서"(「일요일들」) 기도를 통해 몸이 일어날 시간을 손꼽아 기다린다. 불꽃놀이에서 형상화된 솟구침의 운동이 한층 추상화된 것이 바로 몸을 일으키는 시간에 대한 상상일 것이다. 신동옥에게 시란 불면의 밤을 지새우는 스스로에게 불러 주는 자장가일지도 모르겠다는 생각은 이제 조금의 변형을 거쳐 다음과 같이 말해질 수도 있겠다. 시는 일어나는 시간이다. 앉아 있을 수 없어 일어나고 잠들지 못해 일어난 사람은 끊임없이 자세를 곧추세우며 몸을 일으키고 일으킨 몸을 둘 데 없어 사방을 서성거린다. 시 쓰는 행위는 부서져 솟아오르고 솟아오르며 부서지는 동시에 일으켜 세우고 일어나는 행위이기도 하다. 전체와 부분이라는 위계와 질서를 전복하고 부분과 부분의 관계에서 새로운 질서를 출현시키는 것은 일찍이 시가 드러나는 방식이었다. 그림자가 잠시 "제가 거느린 몸보다" 커지는 세계. 시는 언제나 돌출되는 자신을 드러낸다.

이빨이 아니라 사랑니, 천 길이 아니고 천 갈래

이빨이 '사실'이라면 사랑니는 '이야기'다. "궤도는 하나지만 행로는 셀 수가 없듯"(「달나라의 장난 리부트」) 사실은 하나지만 이야기는 셀 수 없을 만큼 다양하게 분기한다. 이번 시집에서 특히 눈에 띄는 시편으로 공동체의 재난과 슬픔을 소재로 삼은 작품이 있다. 「4월」과 「올해의 안부」를 비롯해 「격리구역에서」 같은 작품들은 각각 '세월호'라는 국가적 재난과 코로나19라는 집단 감염병을 바라보는 시인의 시선이 이야기 중심으로 펼쳐진다. 「4월」은 저수지 수면에 비치는 구름이며 산에서 시작된 시선이 수심으로 가닿으며 건너지 못한 채 빠져 버린 존재들을 애도한다. 깊이의 세계에 잠겨 있는 존재들에게 저수지의 표면을 건너도록 기원하는 것은 수면 아래로 잠겨 간 시간을 수면 위로 끌어올려 저수지를 통과하도록 하는 서사적 상상력이다. 솟구침의 동력으로 과거와 미래를 연결하며 슬픔을 애도하는 '이야기'의 방식이기도 하다. 집단 감염병의 시대에 대해 말할 수 있는 이전과 이후의 삶에 대해 쓴 시 「올해의 안부」는 "병으로 인유되는 오늘"을 "비유가 멎은 밤"이자 "빛이 건"힌 밤이라고 표현한다. 이야기는 공통의 이야기가 아니라 누군가의 이야기다. 공통의 진실은 누구의 진실도 아니다. 시는 '나'의 진실이면 족하며 모든 시는 작은 시다.

> 나는 당신의 미래다. 미래에서 당신에게 편지를 쓴다. 이곳에서는 서로 눈 맞추지 않는다. 말하지 않는다. 사랑은 사랑한다는 말보다 중요하지 않다. 사유는 중단된다. 가정과 논증은 폐기되었다. 믿음이나 신앙 역시 폐기되었다. 비유는 범법행위로 간주된다. 모든 것은 끝이 있는 하나의 이야기로 완결된다. 서사는 법이다. 길이 당신을 대신해서 걷는다. 당신의 삶이 당신을 받아 적는다. 이곳에서 당신은 종이 위에 붉은 잉크로 휘갈겨 쓴 허구다. 당신의 언어는 사랑으로 만들어졌다. 맥박이 한 번 지나갈 때마다 살갗에 돋았다 지워지는 이력들. 매 순간 느끼지만 기억할 수 없다. 당신의 말 속에서 당신이 존재하는 이유 또한 포함되어 있기 때문이다. 알아먹기

> 힘든 대화를 이어 가느니 시를 쓰라. 당신이 쓰는 시는 당신 이전의 당신 이전의 당신 이전의 당신 이전의 당신……에게 도달할 것이다. 마침내 아무것도 존재하지 않았을 그곳에는 아무것도 존재하지 않았다고 쓴 당신의 시가 있다. 나는 당신이 종이 위에 잉크로 휘갈겨 쓴 허구다. 당신은 나의 미래다.
>
> —「아주 작은 세계」

「아주 작은 세계」는 삶과 시의 관계에 대해 탐구하는 작품이다. 사랑보다 사랑한다는 말이 중요한 "이곳"에서 "사유"나 "가정" 그리고 "논증"은 유효하지 않다. "믿음"과 "신앙" 역시 마찬가지이며 "비유"는 "범법 행위"로 간주된다. 사유하지 말고 가정하지 말며 논증 따위 잊어버릴 것. 그런데 이들 사유와 논증과 가정, 나아가 믿음과 신앙은 김수영이 「달나라의 장난」에서 말한 "공통된 그 무엇"으로 볼 수 있다. 신동옥 식으로 말하면 "서로 눈 맞추"라고도 말할 수 있을 것이다. 타인과의 기준 속에 자신의 자유를 저당잡히지 말 것을 요구하고 다짐했던 것처럼 신동옥은 눈을 맞추지 않음으로써 공통된 그 무엇이 이끄는 대로 살아가지 않을 것을 요구하고 다짐한다. 시는 눈을 맞추지 않는다. 눈을 맞추며 '교환'하는 것은 그들 각자의 안쪽이 아니라 세상과 접촉하며 만들어진 껍질이기 때문이다.

인간 삶을 에워싸고 있는 모든 언어적 행위가 금지되어 있는 곳의 법은 오직 "서사"라 하겠다. 길이 나를 대신해 걷고 삶이 나를 대신해 쓴다. 길과 삶이 나 자신보다 앞서 걷는 이곳에서 우리는 차라리 하나의 허구이며 하나의 이야기다. 서사는 시간이다. 소설을 서사라고 정의할 수 있다면 그것이 시간의 예술이기 때문이다. "처음 돋아난 이빨이 마지막 남을 사랑니가 될 때까지"(「나의 친구들」) 우리를 지속시키는 것은 기억이다. "기억은 신념을 이긴다."(「탑동에서」) "바다 위에는 오색 돛단배가 가득한데, 눈길이 닿는 돛대는 모두 천천히 가라앉는다"고 하는 시인은 "천 길이 아니라 천 갈래"에서 시와 시적인 것을 구한다. 천 길은 헤아릴 수 없는 깊이를 뜻하며 물속의 세계를 가리킨다. 반면 천 갈래는 물 바깥의 세계로 헤아릴 수 없이 흩어진 표면을 가리킨다. 물은 깊지 않고 멀다. 세대에서 세대를 거듭하며 이어지는 개념은 눈을 맞추며 형성되는 '사실'이다. 사실은 공통의 중간지대다. 이야기는 불연속적이며 불완전하므로 독백에 그치거나 돌림노래로 재회하며 저 혼자 멀리 나간다. '이야기'는 스스로 도는 힘이다. 이빨은 사랑니의 기억이고 천 길은 천 갈래의 환상이다. "끝이 보이지 않는 어둠 속에서도 사람은 스스로 잠들기 위해 자장가 한 소절쯤 부를 수 있다"고 말할 수 있는 것은 심연에서 비롯되는 것이 아니다. 뿌리 없이 부유하고 표류하며 도착지를 상정하지 않은 채 돌림노래를 부를 수 있는 사람만이 어둠 속에서 노래할 수 있다. 도착할 곳이 없는 그는 머무르는 모든 곳이 도착지인 탓이다.

뿔의 미학

자신만의 움직임으로 세상과 맞서는 시인의 내면을 들여다본다면 어떨까. 「꿈의 숲」은 한편의 자화상처럼 읽히는 시다. 시는 화자의 고백과 함께 시작된다. 그는 자신에게 뿔이 있다고 말한다. 더불어 자신에게는 "아내 모르게 산 중고 노트북"이며 "쓸모를 초월하는 세간"와 "알 수 없는 충동이 있다"고 말한다. 뿔이 있는 '나'를 이루고 있는 것을 다시 말하면 실용적으로 구입한 것, 사치재로 구입한 것, 그리고 알 수 없는 충동이라 할 수 있겠다. 앞의 두 가지는 생활인으로서의 자신을 이루는 것일 테고 뒤의 한 가지는 생활인으로서의 자신과 양립하지 않는 것일 테다. "뿔"의 영역에 속하는 것일지도 모르겠다. 자신이 갖고 있는 뿔이 무엇인지 화자는 알지 못한다. 화자는 동네의 즐겨 찾는 "숲"에서 다시 뿔을 만난다. 가지를 쳐 가며 하늘을 뒤덮는 뿔, 이쪽에서 저쪽으로 가로지르는 별자리 같은 이름들이 남아 있는 뿔, 나무에 못을 치고 잘라 냈을 뿔…… 그리고 더 많은 온갖 뿔. 뿔은 "솟구치는 고백"이다. 삐져나온 모든 것이고 잘려졌거나 잘려질 모든 것이기도 하다.

신동옥이 만든 혼돈의 행로에서 우리가 가장 먼저 만나는 재시동(reboot)을 일컬어 솟구치는 동력이라 했거니와, 길 없는 길 위에서 시집을 읽으며 다시 한번 마주하게 되는 것 역시 솟구치는 동력이 아닐 수 없다. 다스려지지 않았던 과거의 흔적이자 끝내 다스려지지 않을 미래를 예감케 하는 뿔은 이제 신동옥에게서 비롯되었으나 신동옥에게만 속하지 않는, 시를 감각하는 새로운 방향이자 깊이이며 공간이자 시간으로 인식될 것이기 때문이다. "밤이면 파란 눈을 횃불처럼 치켜뜨고 혀를 날름거리며 뜨거운 콧김을 쏘이는" 얼굴 위에 아무도 없는 나라에서 오직 자기 자신을 위해 자장가를 부르던 보초병의 표정이 스치고 지나간다. 치켜뜨고 솟구쳐 오르는 모든 것들에 시적인 것이 있고 시적인 것들은 모두 얼마간 치켜뜨거나 솟구치고 있는 것이다.

그러나 이 시집에 대해 마지막으로 이야기해야 할 움직임, 방향, 그러니까 운동성이 있다면 그것은 뿔과는 상반되는 곡선이라 할 수밖에 없다. 마을을 감고 유유하게 흐르는 강물의 곡선은 중력을 거부하는 역방향과 별로 닮은 데가 없어 보인다. 차라리 중력의 결과라 봐야 할 것이다. 정선에 위치한 작은 마을, 미탄이라 불리는 이곳을 흐르는 하천은 U자 형태로 이루어져 보는 이의 마음을 느긋하게 만든다. 긴장감 넘치는 전복적 이미지와는 조금도 어울리지 않아 보이는 풍경. 그러나 유유자적한 이미지가 서로 다른 두 세계의 치열한 공존에서 비롯된 결과임을 알게 되면 미탄 마을의 하천은 달리 보이기 시작한다. 바깥쪽 하천은 빠르게 흐르며 암석을 깎는 바깥쪽 하천이 절벽을 만들고 천천히 흐르는 안쪽 하천은 모래를 쌓으며 강물 한가운데에 마치 섬 같은 새로운 공간이 만들어지는 식이다.

> 방림 지나 미탄 돌아
> 정선에 들면
>
> 그저 또 미탄하고 미탄한 삶이
> 조양조양 잠기다
> 씨앙씨앙 스미는
> 물소리 바람 소리조차
> 그저 또 미탄하고 미탄하다고
>
> —「미탄」 부분

"물도 나무도 방향을 정해 흐르고 기우는데" 자신의 방향을 스스로 만들어 나갈 수 없다는 것은 얼마나 슬픈 일일까. 서로 다른 속도가 공존하며 만들어 낸 곡류를 바라보며 시인은 "그저 또 미탄하고 미탄한 삶이" 잠기고 스미며 "그저 또 미탄하고 미탄하다"고 말한다. 존재해 나가는 동시에 사라지는 삶은 유속이 빠른 곳과 그렇지 않은 곳이 공존하는 가운데 만들어 내는 곡류일지도 모른다. 서로 다른 유속이 만들어 내는 새로운 속도, 둘 사이에 생성되는 의외의 중간 지대. 미탄하고 미탄하다는 말 속에는 서로 다른 속도가 공존함으로써 어떤 한 속도로 편입되지 않을 때 강 사이에는 땅이 생기고 지대가 생기며 그것이야말로 우리 삶이 계속되는 방식이라는 의미가 담겨 있다. 격차가 만들어 내는 중간 지대를 그대로 살려 두는 것은 뿔의 미학과 조금도 배치되지 않는다. 미탄 마을의 흐르는 강 한가운데 생겨난 한반도 모양의 섬이 또한 뿔과 같기 때문이다. "잿더미 속에서도 되살아나는 노래"(「불타는 교과서」)는 불이 꺼지지 않을 때 가능하다. 불씨의 온도는 모두 다 달라야 한다. 어느 불씨가 마지막 불씨가 될지 누구도 알아서는 안 된다. 이 비밀스러운 솟구침의 세계에서 신동옥은 교과서를 불태운다. 우리는 "저마다 제 운명의 지휘자들"이기 때문이다. "익숙한 곡조"는 필요 없다. 자기만의 자장가를 부를 시간이다.

3부 사랑과 우울이 한 일

사랑에 대해 우리가 말하지 않은 것들

이승우,
『사랑이 한 일』

배타적 사랑의 역사

2019년 방영된 미드 「와이 우먼 킬」은 20~30년 간극으로 한 저택에 살았던 세 가정의 치정과 복수를 다루는 10부작 블랙코미디다. 서로 다른 시대에 같은 집을 공유한 세 가정을 연결하는 것은 남편 살해 모티프다. 남편의 죽음이 표면화된 소재라면 이면의 소재는 셋이라는 숫자다. 셋은 불길한 사랑의 그림자다. 셋에서 둘로 가는 길목에 죽음이 있다. 여자들은 왜 죽였을까. 그러나 내 관심사는 '왜'에 있지 않다. 오히려 시간이 흘러도 변하지 않는 배타적 사랑의 역사가 이 드라마의 숨은 주제다. 1963년, 1984년, 2019년을 배경으로 하는 각각의 이야기를 조금 더 들여다보자. 2019년의 부부는 개방적인 결혼 생활을 즐긴다. 그들의 관계는 다자 연애를 원하는 아내와 아내의 요구를 받아들이는 남편의 합의에 기초한 독특한 결합으로 지속된다. 그러던 중 아내와 아내의 동성 연인, 그리고 남편이 삼자 연애 관계에 이르게 되는데 아내의 동성 연인과 남편이 가까워지면서 그간 부부가 합의해 온 개방적 결혼 생활의 기조가 흔들리기 시작한다. 파국은 여러 사람을 동시에 좋아할 수 있다고 생각했던 아내가 혼란에 빠지면서부터 본격화한다. 극렬한 전투를 거쳐 셋은 둘이 된다. 각각의 사랑은 일정한 양으로 흐르는 전류가 아니다. 어떤 사랑은 다른 사랑보다 크며 큰 사랑은 자신을 중심으로 관계를 재편하고 싶어 한다.

다음은 1963년이다. 남편의 외도를 알게 된 아내는 남편의 내연녀와 친구가 된다. 남편에게서 떼어 놓을 목적으로 신분을 속인 채 접근한 것이 시작이었다. 하지만 만남을 거듭할수록 둘은 점점 더 진실한 우정을 나누는 사이가 된다. 남편을 향한 사랑이 줄어들수록 그녀를 향한 마음은 커진다. 역시 극렬한 전투를 거쳐 셋은 둘이 된다. 앞의 두 이야기와 비교하면 1984년의 부부는 조금 다른 경우인데, 남편이 게이라는 사실이 드러나면서 완벽해 보이던 부부 사이에 균열이 생긴다. 그러나 부부는 이혼하지 않는다. 남편이 에이즈에 걸려 죽을 때까지 함께 산다. 두 사람은 사랑이 아니라 우정으로 묶여 있다. 이들이 주고받는 감정에 붙일 정확한 이름은 내게 주어져 있지 않다. 확실한 것은 병든 남편이 죽을 때 함께 있고 싶어 한 사람이 그의 파트너가 아니라 아내였다는 것이다. 세 편의 이야기는 두 사람에서 시작해 세 사람이 되었다 다시 두 사람이 되는 경로를 따르며 기어이 한쪽으로 치우쳐야만 끝나는 사랑의 법칙을 확인시켜 준다. 50여 년에 이르는 시간 동안 이전 세상은 사라지고 전혀 다른 세상이 등장했지만 사랑의 법칙만은 바뀌지 않았다. 사랑은 집중하기 위해 배척한다. 배척하지 않는 것은 사랑이 아니다.

사랑이 한 대상을 향한 유일무이한 마음을 일컫는 것이라면 하늘 아래 같은 사랑이 존재할 리 없다. 그런 사랑이 존재한다면 하나뿐인, 다른 사람을 향하는 어떤 마음과도 동일하지 않은, 요컨대 차이에 근거한 사랑의 정의는 수정되어야 한다. 사랑은 차별을 전제한다. 차별의 감정만이 사랑을 입증한다. 이른바 사랑의 편애성이다. 이승우라면 이렇게 말할 것이다. "사람에게는 균형을 잡는 재주가 없고 사랑에게는 균형에 대한 감각이 없다. 사랑하는 사람은 균형을 잡을 줄 모르는 사람이다."[1] 사랑의 발생은 균형의 소멸에서 비롯된다. 한 사람을 향한 사랑의 마음이 커질 때 다른 이를 향한 사랑의 마음은 줄어든다. 타인의 출현을 간섭하고 배척함으로써 형성되는 배타적 독점 관계만이 사랑을 주장할 수 있는 근거다. 기울어진 곳에 사랑이 있다.

1 이승우, 「허기와 탐식」, 『사랑이 한 일』(문학동네, 2020), 128쪽.

누군가에게 이 말은 마음에 들지 않을 수도 있겠다. 이러한 주장은 다자간 연애(폴리아모리)의 존재를 부정하는 의미로 오해받을 수도 있는데, 물론 그렇지 않다. 폴리아모리는 서로를 독점하지 않음으로써 열려 있는 사랑의 방식이다. 편애로서의 사랑은 다중 사랑의 가능성 그 자체를 부정하지 않고 다중 사랑은 서로를 독점하지 않는 사랑의 방식일 뿐 그 모든 동시적 관계가 동일한 크기로 존재하는 형태임을 의미하지는 않는다. 따라서 둘은 충돌하지 않는다. 사랑의 배타성이 문제되는 것은 차라리 이쪽이다. 예컨대 복수의 사람에게 동일한 크기의 사랑을 줄 수 있다고 생각되는 모든 관계에서 모순을 일으킬 수 있다는 것. 이는 가족 구성원이 주고받는 사랑에 대한 불편한 진실을 폭로한다. 그러나 우리는 자녀들을 향한 부모의 사랑이 다를 수 있다는 질문은 하지 않는다. 오랜 시간 합의를 이뤄 온 침묵을 깨뜨리는 질문이기 때문이다. 부모를 향하는 자식의 마음이 동일하지 않은 것처럼 자식을 향한 부모의 마음도 동일할 수 없다는 것은 가혹하지만 진실이다. 진실이지만 가혹하다. 그 마음을 들여다보는 것은 시험에 드는 일이다. 덜 사랑받는 것이 고통스러운 것과 마찬가지로 더 사랑받는 것도 고통스럽다. 그러나 이승우는 질문한다. 사랑에 대해 우리가 묻지 않은 것, 묻지 않았으므로 누구도 대답하려고 노력하지 않은 것, 요컨대 미화되었거나 누락된 사랑의 신화를 점검한다.

결정론적 사랑의 미래

사랑의 시간은 사랑이 정한다. 사랑 그 자신만이 시작과 끝을 알고 있다. 장편소설 『사랑의 생애』에 이어 연작소설집 『사랑이 한 일』을 출간하며 이승우는 사랑의 발생학에 관한 누구도 먼저 나서지 않은 길을 만들며 걸어가는 독학자의 면모를 보여 준다. 『사랑의 생애』는 사랑의 주체를 사랑하는 사람이 아니라 사랑 그 자체로 바라보는 전환적 시선을 통해 사랑에 관한 통념을 뒤집는다. 인간은 사랑의 선택을 받고 사랑이 머무를 수 있도록 공간을 내어 주는 숙주일 뿐이다. "사랑할 만한 자격을 갖춰서가 아니라 사랑이 당신 속으로 들어올 때 당신을 불가피하게 사랑하는 사람이 된다. 사랑이 당신 속으로 들어와서 당신에게 자격을 부여하는 것이다. 사랑이 들어오기 전에는 누구도 사랑할 자격을 가지고 있지 않다."[2] 사랑이 사랑하는 사람에 앞선다는 생각은 실패한 사랑에 대한 고통으로부터 우리를 해방시켜 준다. 바이러스가 소멸할 시간을 결정하는 것이 인간의 의지가 아니듯 사랑의 실패도 우리 자신의 과오에서 비롯된 결과는 아닌 것이다. 숙주는 선택하지 않고 선택당한다. 사랑이야말로 인간을 가장 수동적 존재로 만드는 독재자다. 사랑이 명령하면 따르는 수밖에.

2 이승우, 『사랑의 생애』(위즈덤 하우스, 2017), 12쪽.

『사랑의 생애』가 사랑 책임론으로부터 인간을 독립시킴으로써 사랑 그 자신의 독립적(혹은 독재적) 면모를 드러낸다면 이후 발표된 단편소설 「사랑이 한 일」, 「허기와 탐식」, 「야곱의 사다리」는 사랑이 내리는 불가해한 선택을 이해하기 위한 해석학적 시도로 보인다. 세 소설은 「창세기」의 야곱과 에서를 향한 이삭과 리브가의 치우진 사랑의 역사를 다시 쓴다. 「사랑이 한 일」은 사랑하는 외아들을 자신에게 바치라는 신의 명령 앞에서 죽음에 비견할 만한 고통을 느끼다 결국에는 아들을 바치기로 결정한 아브라함의 마음을 헤아리고 싶어 한다. 불가능한 것을 가능하도록 요구하는 신의 요구를 인간이 이해할 수 있을까. 덜 사랑했더라면 요구받지 않았을 일이지만 조금만 사랑하는 것은 불가능한 일이었으므로 그것은 신이 한 일이 아니라 사랑이 한 일이다. 사랑이 부족해서 생긴 사건이 아니라 사랑이 넘쳐서 생긴 사건이다. 그는 시험에 들어 고통받았지만 시험에 들지 않기란 불가능했다. 「허기와 탐식」은 아버지 이삭이 큰형인 에서에게 가졌던 편애의 실체를 규명하기 위해 그의 사랑이 어디에서부터 시작되어 이삭에게 도착했는지 추적한다. 자신을 신에게 바치려 했던 아버지 아브라함에 대한 기억, 자신으로 인해 광야를 떠돌며 '독립적'인 성격이 될 수밖에 없었던 이복형에 대한 죄책감 같은 것 때문에 이삭은 큰아들 에서를 자신의 형과 동일시했다. 에서를 향한 이삭의 편애는 아브라함이 이삭을 너무 사랑하는 순간부터 결정되어 있었다. 이 또한 사랑이 한 일이다. 「야곱의 사다리」는 어떨까. 에서와 달리 어머니의 편애를 받던 동생 야곱은 어머니가 시키는 대로 아버지를 속이고 형의 축복을 가로챈 뒤 자신에게 가해질 형의 위협을 피해 길을 떠난다. 소설은 길 위에서 느끼는 고독과 공포 한가운데에서 꾸었던 꿈에 대한 이야기로, 꿈속에서 야곱은 하늘에서 땅으로 향하는 탑을 본다. 땅에서 하늘이 아니라 하늘에서 땅으로 향하는 '야곱의 사다리'를 타고 천사들이 오간다. 사랑이 하는 일이 이와 같다. 하늘에서 내려온 사다리처럼 사랑은 주어진다. 주어진 사랑을 타고 우리는 오르내릴 수 있을 뿐이다.

그러나 사랑이 한 일임에도 고통받는 건 인간이다. 사랑이 한 일이니 인간이 고통받는 것일까. 고통은 숙주의 운명이다. 「마음의 부력」은 야곱과 그의 어머니 리브가에 대한 후일담인 동시에 인간의 이야기로 다시 쓰인 창세기이며 사랑의 독재에서 비롯된 후유증에 대한 소설이기도 하다. 야곱과 에서처럼 '나'와 형은 상반된 인생을 살았다. 그리고 이제는 완전히 다른 세계에 속해 있다. 살아 있는 아들을 죽은 형의 이름으로 부르는 어머니, 형보다 자신에게 집중되었던 지난 삶이 별로 유쾌하지 않았던 동생. 소설에서 어머니의 사랑이 지나치게 편중되었다고는 볼 수 없을 것이다. 그러나 '나'는 어머니의 사랑이 형보다 '나'에게 더 기울어져 있었음을 직감한다. 상대적으로 안정적인 삶을 영위하고 있는 '나'와 달리 직업도 없고 언제나 빚에 쫓겼으며 동생에게 면목 없어 하는 자유로운 영혼이었던 형의 기질이 본디 밖을 향했다기보다 애초에 집에는 그가 차지할 자리가 없었을지도 모른다고 '나'는 생각하고 있다. '나'를 향한 어머니의 사랑이 더 컸으므로 중력을 받는 건 '나'였고 부력을 받는 건 형이었다. '나'는 어머니 옆으로, 가족의 중심으로 끌어당겨졌지만 형은 어머니 밖으로, 점점 더 가족의 외곽으로 멀어져 갔다. 어머니의 치우진 사랑이 형에게는 배제와 소외의 기제가 되었다.

> 한 사람을 사랑했을 뿐인데 다른 누군가가 사랑받지 못하는 일이 일어나는 것이 세상 이치다. 누군가를 사랑하는 순간 의도하지 않은 배제가 발생한다. 사랑은 차별을 만든다. 진 사람의 이름은 굳이 부를 필요가 없다. 이긴 사람을 호명하는 것으로 충분하다. 이긴 사람이 호명되면 진 사람이 누군인지 저절로 알게 된다. 사랑하는 사람의 이름만 부르는 것으로 충분하다.[3]

사랑하는 사람의 이름을 부르는 것만으로 패배자를 만든다는 것은 이름을 부르는 자에 대한 너무 가혹한 처사가 아닐

3 이승우, 「마음의 부력」, 『제44회 2021 이상문학상 작품집』(문학사상, 2021), 37쪽.

까. 사랑은 한 사람만을 향한 무자비한 집중이지만 자비 없는 집중이 그것을 주고받는 사람 모두를 행복하게 하는 건 아니다. 그렇다면 필연적으로 한 사람을 배제시키는 사랑은 왜 계속되는 걸까. 사랑은 왜 늘 '더'의 형식으로만 존재하는 걸까. '더'의 형식으로 존재해서 사랑의 열등생을 만드는 걸까. 이 배타적이고 독재적이며 결정론적인 사랑은 인간에게 두 개의 죄를 선물한다. 너무 사랑하기 때문에 잃어버린 자가 되거나(아브라함이 그랬듯이) 덜 사랑하기 때문에 죄인이 된다.(리브가가 그랬듯이) 상실과 죄책감은 사랑하는 존재에게 따르는 불가피한 결론이다. 피할 수 없는 사랑의 이면이다. 사랑이 결정되어 있는 것처럼 그로 인한 고통도 결정되어 있다.

사랑에 실패한 자들을 위한 변론

「마음의 부력」은 편파적 사랑을 시전한 리브가를 위한 변론인 동시에 상실과 죄책감으로 귀결되고 마는 사랑의 마지막 표정을 관찰한다. 더 사랑한 마음과 덜 사랑한 마음이 일대일의 관계를 이루며 어느 쪽으로도 치우치지 않는 중립 상태가 될 때, 우리는 그것을 사랑의 부재라고 부를 수는 없다. 그러나 사랑은 차별이며 기울어진 곳에 사랑이 있다고 했으므로 서로 상쇄되어 남은 힘이 없는 상태를 사랑이라고 부를 수도 없다. 물 위에 가만히 떠 있는 나무토막처럼 어머니의 마음은 '나'라는 중력의 힘과 형이라는 부력의 힘을 동일하게 받으며 가만히 떠 있다. 있으나 작용하지 않는 평형 상태는 이 소설의 어둡고 모호한 분위기의 실체이기도 하다. 사랑에 대해 말할 때 우리가 이야기하지 않는 이 장면은 마주하고 싶지 않은 사랑 없는 순간이기도 할 것이다.

「허기와 탐식」이 에서를 향한 이삭의 사랑을 추적한다면 「마음의 부력」은 야곱을 향한 리브가의 사랑을 추적한다. 어느 날 느닷없이 어머니가 '나'에게 빌린 돈을 돌려줄 것을 요청한다. 물론 '나'는 어머니에게 돈을 빌린 적이 없다. 「야곱의 사다리」에서 야곱이 꿈을 꾼 것처럼 '나'도 깜빡 잠이 든다. 꿈속에서 '나'는 빚 독촉에 시달리는 형을 만나는 데 이어 "그렇게 날짜를 안 지키면 어떻게 하냐? 사람이 신용이 있어야지."라고 말하는 어머니의 목소리를 듣는다. 언제나 절반의 힌트만 보여 주는 꿈은 이번에도 절반의 미지와 함께 사라진다. 빌려 간 돈을 갚으라는 얼토당토않은 말을 듣고 황당해하는 '나'에게 꿈속에서 들었던 어머니의 말은 생각할수록 기묘하다. 어머니의 말은 돈을 꾸어 준 사람이 어머니 자신인지 아닌지 충분한 정보를 담고 있지 않기 때문이다. 자신에게 달라는 것 같기도 하지만 가까운 지인으로서 돈을 갚으라고 충고하는 것처럼 들리기도 한다.

빚이 있으나 누구에게 갚아야 하는지 알 수 없는 것은 형에 대한 '나'의 무의식이기도 할 터이다. 형에게 미안한 마음이 있지만 그 마음이 누구로부터 온 것인지, 누구에게 전해야 전달할 수 있을지 알 수 없다. 솔직히 말하자면 '나'도 이 사랑의 피해자인 것 같다. 그러나 누가 봐도 죽은 형보다 잘살고 있는 동생은 형에 대한 부채감을 마음의 짐으로 품고 있다. 어디로 가야 할지 알 수 없는 야곱이 사무치는 고독과 외로움 속에서 겁먹었던 것처럼 형을 떠올리면 '나'의 마음도 길 위에 선 야곱의 그것이 된다. 더욱이 '나'의 부채감은 갚을 수 없는 부채감이다. 갚아도 소멸하지 않을 부채감이다. 한편 형을 향한 어머니의 마음은 죄책감이다. 잘사는 둘째 아들과 비교해 불안한 삶을 살았던 첫째 아들의 죽음 이후 어머니는 둘째 아들과 부러 거리를 두려는 듯 어둠을 자처한다. 생전에 첫째 아들을 더 사랑하지 못한 데 대한 죄책감을 지금 둘째 아들을 덜 사랑하는 것으로 상쇄하려는 것처럼 무표정한 사람이 된다. 사랑이 있으되 그것을 내놓지 않는 어머니에게서 물속에 떠 있는 나무토막을 본다.

> 상실감과 슬픔은 시간과 함께 묽어지지만 죄책감은 시간과 함께 더 진해진다는 사실을, 상실감과 슬픔은 특정 사건에 대한 자각적 반응이지만 죄책감은 자신의 감정에 대한 무자각적 반응이어서 통제하기가 훨씬 까다롭다는 사실을 이해하지 못했다. 나는 사랑의 대상인 야곱이 져야 했을 마음의 짐에 대해서는 제법 깊게 생각하면서 사랑의 주체인 리브가가 져야 했을 마음의 짐에 대해서는 헤아리지 못했다는 사실

을 인정했다.[4]

'야곱의 사다리'가 닿을 수 없을 것 같았던 하늘과 땅을 연결해 주는 것처럼, 어머니는 형이 살아 있는 세계와 형이 죽고 없는 세계를 함께 살고 있다. 어머니는 사다리를 오르내리며 하늘과 땅을 모두 살고 있는 천사를 닮았다. 천사처럼 어머니는 하늘과 땅에 모두 닿아 있는 존재가 되어 형에 대한 죄책감을 감당한다. '나'에게는 지금이 부력의 시간이지만 형에게는 지금이 중력의 시간이다. '나'는 기꺼이 사다리가 되기로 한다. 앞선 통화에서 자신을 형으로 오해하는 어머니에게 사실을 바로잡아 주었던 '나'는 두 번째 통화에서는 그렇게 하지 않는다. 형과 통화하고 있다고 생각하는 어머니를 위해 형인 척하며 통화를 이어 간다. 어머니가 계속해서 두 세계를 살아갈 수 있도록 협조하는 방법이다. 중력과 부력이 같은 힘으로 존재하며 어느 쪽으로도 기울어지지 않은 평형 상태를 이루는 것이 사랑의 반대라는 것을 인식할 때, 그제서야 우리는 과도함과 부족함 모두 사랑하는 상태임을 알 수 있다. 사랑이 배제를 전제하듯 배제도 사랑을 전제한다. 하늘과 땅을 오가며 사랑을 속죄하는 어머니의 사정은 사랑이 하는 일로 고통받는 인간의 일에 대한 상징으로 다가온다. 어쩌면 이것은 편

4 앞의 글, 47쪽.

파적으로 사랑한 리브가를 위한 변론이 아니라 사랑에 실패한 자들을 위한 변론일지도 모르겠다. 그들은 고통받고 있으나 그들에게는 잘못이 없다. 모두 사랑이 한 일이다.

바람이 불어온다는 말

김연수,
『이토록 평범한 미래』

인생은 살아 볼 만한 가치가 있나요?

딱 한 번 김연수 작가를 직접 본 적이 있다. 14년 전 내가 대학생이었을 때, 국문과에서 마련한 특강에 김연수 작가가 초청됐다. 가까이에서 보지는 못했다. 그날 강의실에는 '김연수'를 보기 위해 몰려든 학생들로 발 디딜 틈이 없었다. 더욱이 나는 그 수업의 청강생에 불과했다. 멀리서, 그것도 옹색한 자리에 끼어 겨우 말소리를 들을 수 있을 뿐이었다. 그럼에도 그날을 또렷이 기억하는 건 대학교 특강에 초청받은 스타 작가가 보여 준 예외적인 모습 때문이었다. 그는 그 시간을 위해 따로 써 온 글을 읽어내려 갔는데, 그날 이후 지금까지 그와 같은 장면은 본 적이 없다.

하지만 내가 그 장면을 잊을 수 없는 이유는 다른 데에 있다. 글을 읽으며 그는 자기 글 속으로 빠져들고 있었다. 강의실에서 자신이 쓴 글의 한가운데로. 여기 있지만 저기에도 있는 사람. 그날은 내가 소설가에 대한 정의를 얻은 날이기도 하다. 마음만 먹으면 순식간에 다른 세계와 사랑에 빠질 수 있는 사람. "내가 진정으로 사랑에 대해 말하고 싶었던 것은 하나뿐이었다는 것을 다시 한번 강조하고 싶다. 사랑은 '빠진 상태'라는 것이다." 호세 오르테가 이 가세트의 문장을 떠올린 '지훈'(「사랑의 단상 2014」)처럼 나도 김연수를 생각하면 이 문장부터 떠오른다. 나에게 김연수는 '빠진 상태'에 있는 사람이고, 김연수가 쓰는 소설도 언제나 '빠진 상태'로서의 사랑을 말하고 있는 이야기였으니까.

이건 내가 기억하는 14년 전의 일이다. 하지만 그때의 나는 그날에 대한 기억을 쓰고 있는 지금, 그러니까 2022년의 가을을 기억할 수는 없었다. "우리가 기억해야 하는 것은 과거가 아니라 오히려 미래"인데도 말이다. 여름방학에 '나'와 함께 동반자살을 할 거라고 말하는 지민에게 '나'의 외삼촌은 과거가 아니라 미래를 기억해야 한다고 얘기하며 그 이유를 들려준다. 외삼촌의 이야기에는 이번 소설집을 관통하는 동시에 인간이 경험하는 비극의 핵심에 가닿는 진실이 각인되어 있다. 우리는 우리의 미래를 기억하지 못해 슬퍼진다는 것. 그러므로 미래를 기억할 수 있다면 우리의 슬픔은 괜찮아질 수 있다는 것.

미래를 기억하는 사람은 세 번째 삶을 살게 된다. 과거에서 현재로 진행되는 첫 번째 삶, 과거를 기억하며 거꾸로 진행되는 두 번째 삶, 그리고 두 번째 삶이 끝나고 다시 과거에서 현재로 진행되는 세 번째 삶. 그런데 이 세 번째 삶은 첫 번째 삶과는 다르다. 그 안에 미래가 머물러 있기 때문이다. 14년 전 내가 강의실에서 멀찍이 서 있었던 건 그 수업의 청강생이기 때문만은 아니었다. 그날 내게 김연수 작가는 가고 싶지만 갈 수 없는 세계에 대한 막연한 동경과 두려움의 상징이었다. 그 무렵 나는 "희망의 방향"을 찾을 수 없어 "꽉 막힌 어둠 속에서 살아가"(「진주의 결말」)고 있었다. 마음속에는 글을 쓰고 싶은 열망으로 가득했지만 그 열망을 어느 길로 내보내야 할지는 알 수 없던 시절. 『이토록 평범한 미래』[1]에 수록된 8편의 소설을 읽으며 나의 시간이 재구성되는 걸 느낀다. 그날로부터 지금까지 14년, 그날로 되돌아가며 14년, 그날을 품고 다시 살아갈 14년. 어느새 14년의 기억은 42년의 기억이 된다. 14년에는 비관이 들어올 틈이 있지만 42년에는 비관이 설 자리가 없다.

이 소설집을 흐르는 가장 중요한 질문도 여기에 있다고 생

---

1 김연수, 『이토록 평범한 미래』(문학동네, 2022). 이하 수록작 인용은 쪽수만 표시한다.

각한다. 「진주의 결말」에서 아버지를 학대해 죽음에 이르게 한 데다 방화까지 저지른 혐의로 악마화된 유진주가 범죄심리학자인 '나'에게 던진 질문을 빌려 말하자면 이런 것이다. "타인을 이해하려고 애쓸 때 우리 인생은 살아볼 만한 값어치를 가진다고 말씀하셨는데. 누군가를 이해하는 게 정말 가능하기는 할까요?" 이 질문에 대답하기 위해 김연수는 "빠진 상태"의 사랑에 대해 끝까지 써 보기로 한 것이 아닐까. 사랑은 빠진 상태다. 그러나 어떤 사랑도 하나의 상태에 머물러 있지는 않는다. 그 변화들을 어떻게 감당하고, 그럼에도 어떻게 계속 사랑할 수 있을까. 나아가 우리 인생이 살아볼 만한 가치가 있다고 말할 수 있을까. 유한한 육체적 시간 속에서 비관할 수밖에 없는 우리에게 김연수는 무한한 정신적 시간 속에서 낙관할 수 있는 "깊은 시간은 눈"에 대해 말한다. 깊은 시간의 눈 속에는 나에게 들어온 타인이 있고 나를 품은 타인이 있다. 나와 타인이 섞이며 서로를 이해하는 과정은 인생의 행과 불행에 새로운 의미가 생겨나는 시간이다. 미래를 기억하는 사람들만이 알 수 있는 아름다운 시간이라고도 할 수 있을 것이다.

세 번째 삶을 살아간다는 것의 의미

말년의 푸코는 '자기 배려'를 위한 주체성에 골몰했다. 1981년~1982년 콜레주 드 프랑스에서 했던 강의록[2]에서 내가 읽는 건 살아갈 의미를 찾을 수 있는 단단한 주체성의 구조를 만들어 내기 위한 그의 끈질긴 사색과 집념이다. 푸코는 내내 '내가 누구인지' 물었던 근대의 주체화 방식을 뒤로하고 '내가 무엇일 수 있는지' 물었던 고대의 주체화 방식으로 복귀해야 한다고 말한다. 내 안에 있는 것을 발견해야 한다고 주장하는 인식론적인 세계관보다는 내 안에 없는 '나'를 만들어 가기 위해 스스로를 변형시켜 가는 실천적인 세계관으로 살아야 한다고 여기는 푸코에게 '영성(spiritualité)'은 철학과 대등한 지적 체계였다. 이때의 영성은 나를 변형시키는 정신의 삶을 위해 필요한 '자기와의 관계 맺기'와 '자기 돌보기'의 핵심을 의미한다. 거대한 전환의 시대에는 자신을 아는 것보다 자신을 변형시키는 것이 더 중요할 수 있다. 아는 것은 딜레마에 빠지게 하지만 선택하는 것은 딜레마로부터 벗어나게 하기 때문이다. 이유는 알게 한다. 하지만 이해는 행동하게 한다.

푸코가 절실히 매달렸던 주체화 개념은 김연수가 그간 집필한 소설들에서 동시대적인 삶이 품고있는 질문의 형태로 현재화된다. 미래를 기억한다는 것은 자신이 누구인지 묻지 않고 자신이 누구일 수 있는지 물으며 스스로를 변형시킨다는 말이기도 하다. 「이토록 평범한 미래」와 「다시, 2100년의 바르바라에게」는 미래를 기억하는 주체에 대한 이야기다. 「이

---

2 미셸 푸코, 심세광 옮김, 『주체의 해석학』(동문선), 「1982년 1월 16 강의」 참고.

토록 평범한 미래」는 현재 부부인 '나'와 지민이 연인이 되기 시작한 1997년 어느 여름날에 대한 회상으로, 두 사람은 몇 가지 일을 경험하며 예언이란 예외적인 존재만이 할 수 있는 신비스럽고 불가사의한 말이 아니라 우리가 만들 수 있는 가장 보통의 시간임을 깨닫게 된다. 그 깨달음에 이르는 과정에서 지민과 '나'는 지민의 엄마가 쓴 소설 『재와 먼지』의 줄거리를 알게 되는데, '시간 여행'에 대한 일종의 판타지 소설인 『재와 먼지』에서 한 연인은 자신들의 사랑이 끝나간다는 사실에 좌절해 동반자살을 한다. 자살 직후 임사체험을 하게 된 두 사람은 그날을 시작으로 거꾸로 흘러가는 시간 속에서 날마다 어려진 끝에 자신들이 처음 사랑에 빠졌던 순간에 이른다. 그리고 그 시점에서 시간은 다시 원래대로 흐르고 그들 앞에는 세 번째 삶이 펼쳐진다. 자신들이 함께하는 미래는 더 이상 없다고 생각했던 『재와 먼지』 속 연인들에게도, 훗날 결혼하게 될 줄 몰랐던 '나'와 지민에게도, 미래는 가장 보통의 얼굴로 그들의 현재에 이미 존재하고 있었다. 이를테면 "여느 여름과 다를 바 없는 평범한 여름"으로. 그 시절이 무려 "기나긴 사랑의 시작으로 기억될" 찬란한 여름이었다 해도. 그러니 미래를 기억해야 한다는 말은 허황된 것일 수 없다.

「이토록 평범한 미래」가 개인 단위에서 진행되는 세 번째 삶의 의미를 보여 준다면 「다시, 2100년의 바르바라에게」는 보다 광활한 시간의 흐름 속에서 세 번째 삶의 의미를 이야기한다. 과거 '나'는 구순을 갓 넘긴 할아버지가 살아온 백년의 지혜를 책으로 묶어 출간하려 했으나 이런저런 상황 탓에 작업이 흐지부지된 적이 있다. 그러나 할아버지의 임종이 임박해 오면서 '나'는 그때의 녹취록을 다시 열어 보고, 당시에는 이해하지 못했던 할아버지의 말을 이제는 이해할 수 있게 된다.

> 정신의 삶은 자기 자신으로부터도 멀어지는 고독의 삶을 뜻하지. 개별성에서 멀어진 뒤에 우리가 발견하는 것은 우리의 정신은 얼마간 서로 겹쳐져 있다는 것이야. 시간적으로도 겹쳐지고, 공간적으로도 겹쳐지지. 그렇기 때문에 육체의 삶이 끝나고 난 뒤에도 정신의 삶은 조금 더 지속된다네. 육체로 우리가 팔십 년을 산다면, 정신으로는 과거로 팔십 년, 미래로 팔십 년을 더 살 수 있다네. 그러므로 우리 정신의 삶은 이백사십 년에 걸쳐 있다고 말할 수 있지. 이백사십 년을 경험할 수 있다면 누구라도 미래를 낙관할 수밖에 없을 거야.(231쪽)

할아버지의 이야기를 들으며 각 존재가 "공통의 시원"으로 들어가는 정신의 삶이 지닌 중요성에 대해 알게 된 '나'는 할어버지가 1839년에 죽은 정하상에게 어떤 얘기를 직접 들었다고 한 말이 어떤 의미인지도 알게 된다. 육체의 불꽃은 "시간의 폭풍"을 이기지 못하고 사위어 가지만 정신의 시간 속에서 우리는 "이백 년을 경험한 사람의 시각으로" 살아갈 수 있다는 것을 이해하자, '나'는 할아버지 꿈에 반복적으로 나타난다는 바르바라 역시 전체를 경험한 사람의 시각으로 바라볼 수 있게 된다. 소설에는 총 세 명의 바르바라가 나온다. 이교도인 왕의 딸로 태어나 아버지의 반대를 무릅쓰고 그리스도인이 되었으나 끝내 아버지에게 참수당한 바르바라, 목숨을 버리면서까지 동정을 지킨 조선의 열여덟 살 소녀 바르바라, 그리고 할아버지의 막내 여동생 바르바나. 서로 다른 시공간 속에서 살아간 세 사람은 '바르바라'라는 이름으로 연결된다. 정신의 영역에서 세 사람은 각자의 삶을 통해 서로의 삶을, 서로의 삶을 통해 각자의 삶을 이어 나간다.

이들에게 세 번째 삶이란 유한한 인간이 영원을 실천하고 낙관을 확신할 수 있는 삶의 방법이다. 미래가 기준이 되어서 현재를 결정하면 자신이 원하는 대로 주체를 변형시켜 나가는 정신의 삶을 살 수 있다. 실천을 중요하게 여겼던 스토아주의자들은 죽음, 질병, 고통 등과 관련된 참된 원칙들을 발견하고 그에 부합하게 행동할 수 있도록 수련하기 위해 '죽음 명상'[3]을 했다. 죽음 명상은 인간이 죽는다는 사실을 상기시키는 것이 아니라 삶 안에 죽음을 현재화하는 방식으로 이뤄진다. 이 수련의 핵심은 하루하루를 생의 마지막처럼 사는 데 있다.

---

3 미셸 푸코, 같은 책. 531~532쪽.

세네카는 죽음 명상을 가장 많이 수행한 사람으로, 세네카가 사람들과 주고받은 서신에는 그가 미래를 살아 내기 위해 연습한 죽음 명상에 대한 구체적인 방법이 나온다. 그것은 죽음이라는 미래를 현재화해 삶을 회고할 수 있는 시선을 가짐으로써 자신이 자기 삶의 심판관이 되는 것이다. 시간을 겹쳐 보았던 그는 미래를 가져와 현재를 채우고 과거가 된 미래를 통해 전체를 봤다. 심판관의 눈을 통해 미래에 이르기 전에 먼저 미래를 사는 셈이다. 시간은 흐르지 않는다. 흐르는 건 기억이다. 우리가 할 수 있는 건 기억이 흐르는 길을 만들어 내는 것뿐이지만 기억의 흐름을 만듦으로써 아직 오지 않은 시간을 살 수 있다. 그 긴 시간 속에서, 짧은 시간 속에서는 상상할 수 없었던 일을 목도하는 우리는 세상을 낙관할 수밖에 없는 것이다.

기억은 시간을 필요로 하지 않는다

시간이 과거에서 현재로, 현재에서 미래로 흐른다는 근대적 시간 개념은 기억의 대상을 과거에 한정 짓는다. 하지만 시간이 다시 정의되면 기억도 다른 범주를 필요로 한다. 경험한 것만을 기억할 수 있다는 믿음은 경험하지 못한 것도 기억할 수 있는 믿음으로 바뀌고, 기억의 쓸모는 무한히 확장된다. 내게 생길 일을 기억하는 건 모두의 일을 기억하는 것보다 더 강한 힘을 발휘할 수 있다. 내게 생길 일은 내가 기억하지 않으면 사라지고 말기 때문이다. '나'만이 지켜 낼 수 있는 세계가 있을 때 우리는 절망을 모르는 사람이 될 수 있다. 절망을 모르는 마음으로 간절하게 기억하는 미래는 우리 삶을 바로 그 미래로 데리고 간다. 「다만 한 사람을 기억하네」와 「사랑의 단상 2014」는 기억이 어떻게 자신의 존재를 드러내는지, 그 방식이 어떻게 우리의 상식과 일치하지 않을 수 있는지 보여 주는 작품이다.

「다만 한 사람을 기억하네」에는 두 개의 기억이 등장한다. 한 번도 만난 적 없는 희진에 대한 후쿠다 준의 선명한 기억과 한때 연인이었다가 이제는 각자의 삶을 살고 있는 희진과 '나'의 흐릿한 기억이다. 소설의 배경은 2014년, 희진이 오랜만에 '나'에게 연락을 해 오며 시작된다. 희진은 일본에서 열리는 공연에 한국 인디 가수를 대표해 참여했다가 자신을 초청한 사람이 후쿠다 준임을 알게 된다. 후쿠다 준은 2004년, 일본에 방문한 '나'와 희진이 간 적 있는 카페에 들렀다 두 사람이 틀어 달라도 한 시디에서 흘러나온 노래 「하얀 무덤」을 듣고 인생이 바뀐 사람이다. 후쿠다는 희진에게 설명한다. 죽기로 결심하고 마지막으로 커피를 마시자는 생각으로 들어간 카페에서 그 노래를 듣고 다시 살아갈 결심을 했으며, 이후 재기에 성공한 뒤 당시 카페에 남겨진 단서로 10년 동안 희진을 기억하고 있다 초청한 것이라고. 그런데 그 카페에 대한 희진의 기억은 그야말로 흐릿하다. 그것이 수년 만에 희진이 '나'에게 연락해 온 이유이기도 하다. 카페에 대한 기억 자체도 어렴풋하지만 자신이 「하얀 무덤」을 듣기 위해 카페 주인에게 시디를 건넸다는 것은 희진으로서는 처음 듣는 이야기다. '나' 역시 그 카페에 갔던 건 기억하지만 거기서 희진이 「하얀 무덤」을 들었던 것은 전혀 기억하지 못한다.

"그 시절의 우리를 우리조차도 기억하지 못하는" 일상은 조금도 특별하지 않다. 기억의 수명은 기억하려는 사람의 의지에 의해 결정되므로 의지가 없다면 기억은 사라진다. 그러므로 기억이 사라지지 않도록 붙잡는다면, 미래에 대한 기억은 우리를 둘러싼 세상을 기억이 원하는 대로 그려갈 것이다. "우리가 누군가를 기억하려고 애쓸 때, 이 우주는 조금이라도 바뀔 수 있"다. '단 한사람'은 기억하고자 하는 의지의 형식이다. 한 번도 만난 적 없는 누군가를 기억하는 일은 '단 한 사람'이라는 형식을 통해 가능해진다. 단 한사람은 '그 한 사람'이 아니라 '단 한 사람'이기 때문에 잊을 수 없는 것이고, 잊을 수 없기에 '단 한 사람'이 되는 것이다.

오지 않은 미래를 기억하는 것은 상실된 미래를 영원히 기억하는 방법이 되기도 한다. "우리에는 아직도 지켜볼 꽃잎이 많이 남아 있다. 나는 그 꽃잎 하나하나를 벌써부터 기억하고 있다는 걸 네게 말하고 싶었던 것일 뿐." 2004년, 그 카페의 방명록에는 두 개의 메시지가 남겨져 있었다. 하나는 희진이 쓴 「하얀 무덤」의 노랫말이고, 다른 하나는 '나'가 쓴 것으로 2014

년 4월 16이라는 미래에 대한 내용이다. 희진이 쓴 노랫말이 후쿠다와 희진을 연결시켜 줬다면 피지 않은 꽃잎 하나하나에 대한 '나'의 이른 기억은 우리 눈앞에서 없어진 미래를 기억하는 애도의 주문이 되어 준다. 미래를 품고 있는 그 과거는 사라지지 않는 과거가 된다. 기억할 수만 있다면 과거는 계속 미래의 모습으로 우리 곁에 남아 있을 수 있다.

기억은 시간을 필요로 하지 않는다. 「사랑의 단상 2014」에서 '나'는 리나와 헤어진 지 반년이 지난 시점에서 리나와의 기억을 단상의 형태로 기술한다. 리나를 사랑했던 지난 3년의 시간이 사랑이 끝난 다음 어떻게 사라지지 않는지, 삶의 파편 속에 어떻게 자리하고 들어가 사랑 그 자신의 생애를 계속하는지 보여 준다. 서른다섯이란 앉아 있던 새들이 다 날아가고 비어 버린 나무 같은 것이라고 생각했던 지훈은 이별 이후에도 계속되는 사랑을 삶의 곳곳에서 발견하면서 다음과 같은 사실을 깨닫는다. "한번 시작한 사랑은 영원히 끝나지 않는다고, 그러니 어떤 사람도 빈 나무일 수는 없다고, 다만 사람은 잊어버린다고, 다만 잊어버릴 뿐이니 기억해야만 한다고, 거기에 사랑이 있었다는 사실을 기억할 때 영원히 사랑할 수 있다고." 사랑은 끝나지 않는다. 그것을 기억하려는 의지만 있다면.

그때 불어오는 새 바람

세 번째 삶을 살 수 있다면, 한 사람이 있다면, 그리고 기억하겠다는 의지가 있다면, 매일의 시련과 불행 속에서도 우리는 새 바람을 맞을 수 있다. 「난주의 바다 앞에서」와 「엄마 없는 아이들」은 불행 속에서 새로운 바람들이 불어오는 과정을 그리는 작품이다. 「난주의 바다 앞에서」의 소설가 '정현'은 강연을 해 달라는 초청을 받아 찾아간 남해의 한 중학교에서 대학생 때 호감을 가졌던 (지금은 이름을 바꾸고 손유미가 된) 은정을 만난다. 병으로 아이를 먼저 떠나보내고 깊은 고통을 겪던 은정은 남해에 정착한 뒤 낮에는 돌봄 센터에서 일하고 밤에는 추리소설을 쓰며 살고 있다. 30여 년 전 한 시절을 함께 보낸 뒤로 각자 살아오다 재회한 두 사람을 연결시켜 준 것은 '세컨드 윈드'다. 은정이 아이들과의 인터뷰에서 말한 '세컨드 윈드'는 대학시절 정현이 알려 준 것이다. 은정은 복싱 시합에서 KO패를 당한 정현에게 질 게 뻔한 일을 왜 하느냐고 물었고 그때 정현의 대답을 오래도록 기억하고 있었다.

버티고 버티다가 넘어지긴 다 마찬가지야. 근데 넘어진다고 끝이 아니야. 그다음이 있어. 너도 KO를 당해 링 바닥에 누워 있어 보면 알게 될 거야. 그렇게 넘어져 있으면 조금 전과 공기가 달라졌다는 사실이 온몸으로 느껴져. 세상이 뒤로 쑥 물러나면서 나를 응원하던 사람들의 실망감이 고스란히

> 느껴지고. 이 세상에 나 혼자뿐인 것만 같은 기분이 들지. 바로 그때 바람이 불어와. 나한테로.(60쪽)

세컨드 윈드, 버티고 버티다 넘어졌을 때 가만히 누워 있으면 그 위로 불어오는 새로운 바람. 은정에게도 새 바람이 불어왔다. 은정을 다시 살게 해 준 남해의 이 바다는 정난주의 바다였고 정난주의 바다는 곧 은정 자신의 바다이기도 했다. 천주교 집안에서 태어난 정난주는 남편의 순교 이후 관아의 노비가 되어 갓 태어난 아들과 함께 제주도로 유배를 간다. 아들이 평생 죄인으로 살 아들을 염려해 정난주는 아들을 동쪽 갯바위에 내려놓고 떠난다. 여기까지가 현재 전해지는 정난주에 대한 이야기다. 하지만 은정은 정현에게 그것과는 조금 다른 이야기를 들려준다. 정난주는 자신의 죽음이 아들의 죽음에 대한 알리바이가 되어 줄 거라는 생각에 죽기로 결심하고 바다로 뛰어든다. 그때 정난주에게 하느님의 음성이 들려온다. 하느님은 자신이 죽어야 아들이 살 수 있다는 정난주의 기도를 다음과 같이 바꿔서 들려주며 그녀에게 따라 해 보라고 말한다. "제가 살아야 아들이 살 수 있습니다."

그날 이후의 나날은 "늘 새 바람이 그녀 쪽으로 불어오는 나날"이었다는 말이 행복으로 가득한 날들을 뜻하지는 않을 것이다. 그러나 정난주와 은정은 인생에 KO패를 당한 이후에도 그다음이 있음을 알게 된다. 삶에 완전히 패배했다는 것은 더 이상 살아갈 수 없다는 의미가 아니다. 이제 다른 방향으로 살아갈 수 있다는 뜻이다. 비로소 은정은 바람이 불어온다는 말이 왜 우리를 다시 살게 하는 말인지 이해하게 된다. 나날이 불어오는 새 바람은 시간을 바라보는 우리의 유한한 시선을 무한한 시선으로 바꾸어 준다. "새로운 바람은 새로운 감각을 불러온다. 그 감각을 통해 우리의 몸과 세계는 동시에 새로 태어난다."(「바얀자그에서 그가 본 것」) 「바얀자그에서 그가 본 것」에서 주인공이 몽골 바얀자그에서 불어오는 '미래의 바람'을 맞으며 누대의 시간을 느낄 때, 그 바람에는 어디에서부터 불어와 어디로 가는지 모를 바람의 미래가 있다. 그 유장한 시공간의 움직임 속에서 그는 아내의 죽음이 두 사람의 이야기의 끝이 아님을, 죽음 이후에도 이야기는 계속될 수 있음을 느낀다.

「엄마 없는 아이들」 속 명준이 기억하는 혜진의 얼굴, 그러니까 엄마를 잃은 그해, 자신이 혼자가 아니라고 생각할 수 있었던 그 여름 혜진의 얼굴에도 바람의 흔적이 있었다. 기존의 연극 동아리 부원도 아닌데 클레오파트라 역할을 맡게 되어 부원들로부터 따돌림을 당했던 혜진은, 그러나 명준의 눈에는 '흐르는 얼굴'을 가진 사람이었다. "우리의 얼굴은 유동한다. 흐르는 물처럼 시간에 따라 조금씩 과거의 얼굴에서 미래의 얼굴로 바뀌어간다. 그렇게 우리의 얼굴이 바뀔 수 있다는 사실 덕분에 거기 희망이 생겨나는 것이라고 그는 생각한다. 그게 예술이 하는 일이라고도." 배우인 명준이 생각하는 좋은 얼굴은 좋은 삶을 바라보는 시선과도 통한다. 새 바람은 공기가 전해주는 희망의 움직임이다. 공기가 뒤섞일 때 우리는 타인과 뒤섞이고, 그 뒤섞임 속에서 또 다른 삶을 계속해서 살아간다. 다른 삶을 계속 살아갈 수 있다는 사실 덕분에 희망이 생기는 것이다.

이유의 세계에서 이해의 세계로

그렇다면 어떻게 대답할 수 있을까. 진주가 범죄심리학자인 '나'에게 했던 그 질문에 대해 말이다. "타인을 이해하려고 애쓸 때 우리 인생은 살아 볼 만한 값어치를 가진다고 말씀하셨는데. 누군가를 이해하는 게 정말 가능하기는 할까요?" 「진주의 결말」은 치매에 걸린 아버지를 죽인 용의자이자 방화범인 유진주가 들려주는 자신과 아버지에 대한 이야기다. '사건의 결말'이라는 티비 프로그램에서 유진주는 '전형적인 악녀'이자 능동적인 가해자로 그려지지만 범죄심리학자인 '나'는 유진주를 수동적인 피해자로 바라본다. 끝을 알 수 없는 돌봄의 고통이 낳은 피해자. 부검 결과 유진주는 존속상해치사죄는 무혐의 처분을 받았고 방화죄는 심신미약 상태였던 점이 감형 사유가 되어 징역 6년 6개월에 집행유예 2년을 선고받았으니 '나'의 판단은 어느 정도 타당했다고 볼 수도 있을 것이다. 그러나 이것은 드러난 결말일 뿐, 진짜 결말은 다른 데에 있다.

유진주는 '나'에게 보내온 메일 속에서 그는 자신을 가해자도 피해자도 아닌 사람으로 그린다. 유진주에 따르면 자신이 집에 불을 지른 이유는 "아빠가 죽어야만 끝나는 그 이야기에서 (……) 어떤 결말도 찾을 수가 없었"기 때문이었다. 그때 그녀의 머릿속에 떠오른 것이 유튜브에서 본 '나'의 말이었다. "우리가 달까지 갈 수는 없지만 갈 수 있다는 듯이 걸어갈 수는 있다"는. 유진주는 치매 증세가 심해져 혼돈 그 자체가 된 아버지를 사랑할 수도 미워할 수도 없었을 것이다. 사랑하자면 미워지고 미워하자면 사랑했기 때문에. 걸어가는 것의 의미는 걸어가는 데에 있다. 진주는 달의 방향만을 생각했다. 도착지가 아니라 방향만을. 방향은 선택하는 것, 방향은 변형이 시작되는 전제 조건이다. 진주는 자기 삶을 변형시킨다. 더 이상 대답을 구하지 않음으로써.

"가슴이 얼마나 벅차올랐게요. 저는 비로소 자유를 얻었거든요. 그 순간 전 모든 이야기로부터 자유로워진 거예요." 설명할 수 없는 세계로 스스로를 던져 버린 행동에는 도무지 이해할 수 없는 세상처럼 살아 보자는 진주의 선택이 있었을 뿐이다. 진주는 치매에 걸려 우연히 떠오른 생각을 그대로 믿어버리는 아빠의 마음을, 사전 경고도 없이 사람들의 운명을 바꾸는 신의 마음을 이해한 사람처럼 살아 보기로 한다. 그리고, 혹은 그래서 불을 지른다. 그러므로 우리는 영영 그녀가 불을 지른 의미를 알 수 없을 것이다. 애초에 이유를 알 수 없다는 데에서 비롯된 선택이기 때문이다. 그녀는 자신에게 주어진 삶에서 불행에 대한 이유를 찾지 못했고, 세상은 그녀가 선택한 결말에서 방화에 대한 납득할 만한 이유를 찾지 못했다. 그러나 한 가지 추측할 수 있는 것은 있다. 진주가 자신의 집을 불태웠을 때 전소된 건 이유로 둘러싼 인식의 세계였다는 것이다. 그로 인해 자유를 느끼며 유진주가 얻은 건 '아빠가 죽는 결말'과 '아빠가 죽지 않는 결말' 사이에서 딜레마에 빠지게 했던 인식의 통로가 아니었을까. 이유의 통로가 없어졌으므로 이제 그녀는 이해의 통로를 걸어야 한다. 그러므로 대답은 이미 그녀의 질문 안에 있었다. 타인을 이해하려고 애쓸 때만 우리 인생은 살아 볼 만한 값어치를 가진다는 것. 이유를 알아 내기 위한 시도는 헛될 수 있지만 이해하려고 애쓰는 마음에는 패배한 이후에도 새로운 바람이 불어오기 때문이다.

미래가 없어 동반자살한 어느 연인처럼, 10년 동안 얼굴도 이름도 모르는 한 사람을 기억한 후쿠다 준처럼, 죽을 마음으로 뛰어내린 바다에서 살기 위한 마음을 만난 난주처럼, 타인과 연결되는 정신의 삶 속에서 겹겹의 시간을 살며 차가운 마음에 온기를 만들어 나간 할아버지처럼, 멀리서 불어오는 바람 속에서 이젠 더 만날 수 없는 아내의 존재를 느끼는 한 사람처럼, 요컨대 삶에 패배한 적 있는 그들처럼 진주에게도 세 번째 삶이 시작되었으면 좋겠다. 희생적인 아버지와 함께했던 유년의 삶, 치매와 함께 시작된 혼돈의 한가운데에서 지켜 보았던 아버지의 과거, 그 모든 기억들을 품고 시작되는 세 번째 삶. 이 순간 나는 진정한 마음으로, 진주에게 불어올 새 바람을 기다린다. 마치 나의 삶인 것처럼, 다른 방향에서 불어오는 새 바람을 기다린다. 정신의 삶에서 세 명의 바르바라가 겹쳐진 시간을 함께 살았던 것처럼 진주의 삶과 나의 삶도 중첩될 수 있다고 믿는다. 깊은 시간의 눈으로 미래를 기억할 수 있다면 진주의 슬픔도 나의 슬픔도 새 바람 속에서 조금씩 괜찮아질 것이다. 바람이, 새 바람이 분다.

페가수스의 우울

손보미론

하얀색 우울

페가수스는 날개 달린 백마다. 하늘을 달리는 모습에 위엄이 있어 그리스인들에겐 숭배의 대상으로 여겨졌다고 하는데 순백의 이미지와 달리 그 탄생엔 붉은 피가 함께한다. 메두사의 목이 잘릴 때 흘러나온 피에서 태어난 페가수스의 역할은 제우스의 번개를 옮기는 것이었다. 성질은 난폭해서 그 위에 올라탈 수 있는 자가 없을 정도였지만 예외가 없는 건 아니었다. 페가수스는 아테나의 황금 고삐를 자기 몸에 두르는데 성공한 사람에게는 기꺼이 길들여졌다. 어김없이 황금 고삐를 두르는 데 성공한 자가 나타났고 페가수스를 길들이는데 성공한 그는 자신의 모험길을 페가수스와 함께하며 영웅으로 거듭났다. 그러나 천마의 힘을 자신의 힘과 동일시하며 허영심에 빠진 그를 벌하기 위해 제우스가 페가수스를 향해 화살을 쏘자 놀란 페가수스가 발버둥 쳤고 그는 지상으로 낙마했다. 메두사의 죽음에서 태어났고 번개라는 불길한 예언의 메신저로 일했으며 대체로 난폭하지만 때로는 길들여지기도 하는 존재. 언제나 누군가에게 속하지만 누구에게도 완전히 속하지는 않는 존재. 독립적으로 보이지만 고립되어 있고 유연함 이면에 불안정을 숨기고 있는 페가수스는 하얀색의 우울, 우울의 전령이라 할 만하다. 고립과 불안정에서 비롯되는 비이성적인 공포와 입증할 수 없는 두려움이 연쇄하는 가운데 지속되는 예감은 손보미 소설에서 마주하는 인간들의 모습이자 이따금 고개 드는 우리 내면의 모습이며 무엇보다 하얀색의 우울, 죽음에서 시작된 페가수스의 불안한 삶을 닮았다.

진부하고 상투적이며 다소 감상적인 경험으로 시작해 보자면, 나도 우울증에 대해 조금은 말할 수 있다. 내 인생은 그날 이전과 그날 이후로 나뉜다. 신체적 통증이 없는데도 신체를 통제할 수 없을 만큼 불안과 두려움이 가속화하고 나쁜 생각이 꼬리를 물었던 그 며칠 동안 내 정신은 내가 붙잡을 수 없는 곳으로 달아나 버린 것 같았다. 그때껏 경험해 보지 못한 종류의 정신적 마비 상태는 여하한 신체적 통증보다 오랫동안 기억에 남아 있다. 나는 인간관계에 위기를 겪고 있었다. 자존감은 곤두박질쳤고 불안감은 끝도 없이 상승했다. 벌어질 대로 벌어진 간극 안에서 나는 나를 잃어버렸다. 이런 경우를 '생활 사건'이라고 부른다는 건 나중에야 알게 된 사실이다. 소중한 사람의 상실, 역할의 상실, 자아 관념의 상실 같은 생활 사건은 우울증 초기 발병의 계기가 된다는 연구 결과와 함께. 부끄러운 얘기지만 그때가 되도록, 그러니까 내가 나를 잃어버렸다는 느낌을 인식하는 지점에 이르도록 나는 우울증을 약한 사람들의 변명이나 도피쯤으로 여겼다. 현대사회에서 우울증을 부정한다는 건 지동설을 부정하는 것만큼이나 허황된 얘기라는 것쯤 모르지 않았다. 하지만 안다는 것과 받아들이는 건 다르고 받아들이기까지는 모종의 경험이 필요하다. 나는 인간이 정신적으로 고통받는 존재고 그 고통은 내부에서 발생하는 경미한 균열에 의해서도 가능하며 간혹은 이유를 알 수 없는 습격에도 정신이 몰락할 수 있다는 데 대한 판단을 유보했다. 지금은 다르게 얘기할 것 같다. 이를테면 그것은 평소라면 상상할 수 없을 만큼 비정상적인 상태로 우리 자신을 몰아넣는다고. 내 인생은 그날 이전과 이후로 구분되니까. 그러나 지동설만큼이나 확실한 심리 기제로 여겨진다고는 하나 우울증은 여전히 미지의 세계다. 우울증의 증상은 고유하며 누구도 다른 누구와 그 증상을 공유하지 않는다. 소설의 개인성은 보편의 고통에서 개인의 고통을 적출한다. 그중에서도 손보미의 소설은 별스럽지 않은 평범한 사람들이 느끼는 낯설고 기이한 찰나의 감정을 통해 고유한 통증 안에서도 우울을 추출한다. 손보미의 소설에 등장하는 인물들이 중산층 계급에 밀집되어 있는 것 역시 우울증이 중산층의 개인적인 고통으로 여겨진 역사와 떼어 놓고 생각할 수 없다. 그들이 우울증을 호소하는 유일한 집단은 아니다. 그러나 우울증을 인지하고 그것을 치료하거나 외면하는 집단의 최전선에는 그들이 있다.

인간은 저마다 마음속에 자기만의 어둠을 품고 있다. 품속에 갇힌 어둠은 좀체 모습을 드러내지 않지만 무엇도 사랑할 수 없는 무기력한 상태에 이르렀을 때 평소의 우리로서는 상상할 수 없을 만큼 비정상적인 상태로 밀어 넣으며 이상 신호를 보낸다. 혹자는 우울을 가리켜 인간으로서의 특징이라고 말하기도 한다. 고통받을 수 있는 능력을 다른 생명체와 구분되는 인간의 조건이라 부르는 데에 얼마간 동의할 수 있지만 그렇다고 해서 이 상태가 일상의 범주 안에 포함될 수 있는 것은 아니다. 우울함에 빠진 사람은 타인을 사랑할 수 있는 의지를 갖지 못한다. 타인을 사랑하지 못하는 사이 그 자신이 변형되고 자신과 타인이 맺고 있는 관계도 예기치 못한 방향으로 흘러간다. 다만 이 광범위한 변화는 바로 그 광범위함으로 인해 개념과 범주를 설정하기가 어렵다. 기분으로서의 우울에서 질환으로서의 우울에 이르기까지 우울의 범위는 넓다. 우울이 가하는 힘의 선명함과 우울을 규정하는 일의 모호함에 대해서는 앤드루 솔로몬이 『한낮의 우울』에서 정리해 놓은 비유를 참고할 수 있겠다. 그는 우울을 슬픔과 구분하며 슬픔을 "강하고 분명한 생각들과 자신의 깊이에 대한 이해를 남기는" 것으로, 우울을 "겁에 질리도록 만드는 것"으로 규정한다. 슬픔이 지나간 자리에는 지식이 남지만 우울이 지나간 자리에는 두려움이 남는다. 슬픔은 아는 것이고 우울은 모르는 것이다.

> 슬픔은 상황에 걸맞은 우울함이지만 우울은 상황에 걸맞지 않은 슬픔이다. 우울증은 가을에 밑동에서 부러져 들판을 굴러다니는 회전초처럼 자양분을 주는 대지와 분리되어서도 죽지 않고 척박한 환경에서도 잘 자라는 고뇌다. 그것은 오로지 은유와 우화로만 설명될 수 있다. 성 안토니오는 사막에서 허름한 옷을 입고 찾아온 천사들과 화려하게 치장한 악마들을 어떻게 구분할 수 있느냐는 물음에 그들이 떠난 후 어떤 기분이 들었는지를 보면 알 수 있다고 대답했다. 천사가 왔다가 떠나면 그의 존재로 인해 힘이 솟고 악마가 왔다 떠나면 공포에 사로잡혔다는 것이다. 슬픔은 우리에게 강하고 분명한 생각들과 자신의 깊이에 대한 이해를 남기는 허름한 옷의 천사다. 그리고 우울증은 우리를 겁에 질리도록 만드는 악마다.[1]

---

1 앤드루 솔로몬, 민승남 옮김, 『한낮의 우울』(민음사, 2021), 18~19쪽.

나는 소설 속 인물들을 죄다 정신병력이 있는 환자로, 손보미의 소설을 육화된 무의식의 세계로 단순화하고 싶은 욕망은 없다. 등장인물들의 개성(個性)을 각종 심리적 외상의 결과로 읽어 내는 것은 어쩌면 가장 손쉬운 독해일지 모른다. 개성이라는 무늬는 모종의 마찰, 이른바 상처가 지나간 자리에 만들어지는 흔적이므로 모든 개성은 보기에 따라 상처를 동반한다. 그러나 손보미의 소설은 점차 체호프와 도스토옙스키의 소설처럼 인간을 이해하기 위해 읽어야 하는 심리학적 텍스트로 발전해 간다. 인물의 욕망은 그를 둘러싸고 있는 관계와 상황에 가려 뚜렷하게 드러나지 않고 그들의 행동은 낯익은 듯하면서도 결코 파악되지 않는다. 손보미가 그의 소설을 통해 누적하고 있는 특수한 감정들은 인간을 이해하기 위해 필요한, 그러나 아직은 명명되지 못한 감정들의 양태들이지만 여러 인물들에게 공통으로 발견되는 감정 상태는 있다. 바로 우울이다. 요컨대 손보미 소설에 등장하는 인물들의 심리를 읽는 일은 손보미 소설의 핵심을 지나는 일인 동시에 손보미 소설의 변화를 따라가는 일이기도 하다. 일시적인 기분 상태를 의미하는 슬픔과 구분되는 이들의 우울감은 미래에 대한 기분 나쁜 불안감으로 가장 먼저 드러난다. 안 좋은 일이 벌어질 것 같은 예감은 생각이라기보다 비이성적인 공포에 가깝다. 불행이라는 침입자로부터 자신을 보호하는 일을 끊임없는 반복하는 것이 인생이라고 할 때, 불행이 한 사람에게 미치는 영향을 궁금해하지 않은 사람은 없으리라. 손보미의 소설은 불행에 맞선 인생들의 조용한 방어전이다. 싸움이 진행되는 동안 발생하는 감정들을 사후 해석의 손길이 닿지 않은 상태에서 들여다보려고 한다. 이것은 손보미의 소설을 읽는 유일한 방법은 아닐 것이나 손보미 소설을 가장 경험적인 방법일 수는 있다.

「폭우」[2]는 손보미의 상징과도 같은 작품이다. 최근작들과 비교하면 감정의 인과관계가 비교적 명확한 이 작품은 예고도 없이 나타난 생의 커브 앞에서 적절하게 회전하지 못하는 사람들의 내면을 예민한 필치로 그린다. 특히 「폭우」에 등장하는 두 여성에게 집중하면 손보미 소설에서만 볼 수 있는 인물들의 기이한 심리 상태를 목격할 수 있다. 첫 번째 여자의 경우. 시력을 상실한 후 일을 그만둔 남편은 집에서 라디오를 듣거나 사연을 써서 라디오에 보내는 것으로 소일한다. 남편이 쓴 글을 라디오에 보내 주기는 하지만 어떤 글도 읽어 본 적 없는 여자는 일주일에 한 번 구민회관에서 실시하는 대중음악 강연을 들으러 다닌다. 볼 수 없는 남편은 글을 쓰고 볼 수 있는 아내는 보지 않아도 공감할 수 있는 음악을 배우는 셈인데, 이것이 부부의 위기를 극복할 수 있는 방법이 되지는 못한다. 오히려 이들의 거리는 더 멀어진다. 급기야 여자는 강의

---

2 손보미, 『그들에게 린디합을』(문학동네, 2013).

가 끝난 뒤 집으로 돌아와 강사에게 배운 것을 남편에게 알려 주며 다음과 같이 질문 아닌 질문을 건네기에 이른다. “내가 읽어 주는 걸 이해할 수 있어?” 대답을 필요로 하는 질문은 아니다. 둘 사이의 거리를 확인시켜 주는 질문에 가까운 이 말에 남편은 어떤 기분을 느낄까. 확실한 건 남자가 여자를 의심하기 시작했다는 것이다. 여자가 대중음악 강사를 좋아하고 있다고 생각한 남편은 여자가 탐탁지 않아 하는데도 강사를 집으로 초대해 누구도 즐겁지 않은 시간을 보낸다. 강사가 돌아간 후 여자는 남자에게 강사의 지식에 대해 칭찬하면서 다시 한번 질문 아닌 질문을 한다. “여보, 우리가 아이를 낳으면 아이는 똑똑할 수 있을까? 그럴 수 있을까? 아마 우리는 그렇게 똑똑한 아이는 낳을 수 없을 거야. 그렇겠지? 왜냐하면 우리는 멍청하니까.” 여자는 자신에게 닥친 불행의 원인을 그들의 멍청함에서 찾는다. 시력을 잃은 남편에 대한 안타까움과 그럼에도 멈춰지지 않는 남편에 대한 원망, 남편의 아픔이 불행한 삶의 원인이라 여기는 마음과 그렇게 생각하는 자신에 대한 경멸, 모순된 판단이 뒤섞인 복잡한 감정은 자신감과 자기존중감을 상실한 모습으로, 이른바 수동 공격성의 형태로 드러난다. 수동 공격성은 타인에게 화가 나지만 화를 표출하는 데 어려움을 느끼는 사람들이 다른 방식으로 불만을 드러내는 행위를 말한다. 자기 비하에 가까운 이런 발언은 남편을 비난할 수 없는 현실과 그를 비난하고 싶은 도덕적 자괴감 사이에서 자신을 비참하게 만들어 스스로를 공격함으로써 궁극적으로 아내에게 불행의 조건이 되어 버린 남편에게 고통을 가한다.

그리고 또 한 명의 불행한 여성이 있다. 강사의 아내다. 그녀는 이중의 역할 상실에 갇혀 감정의 미로에 빠져 있다. 남편의 외도를 의심하는 가운데 아내로서의 역할 상실을 느끼는 동시에 아들로부터 거부당함으로써 발생하는 부모로서의 역할 상실을 느끼는 여자에게 기존의 생활을 꾸려 나가기란 불가능에 가깝다. 그리고 이 두 가지 상실은 서로 긴밀하게 얽혀 여자를 더 강하게 에워싼다. 아이는 집에 혼자 있을 때 화재가 난 이후 부모를 거부하기 시작했고, 그날 여자가 집에 없었던 것은 남편을 미행하기 위해 길을 나섰기 때문이며, 부부는 진실을 대면하고 싶지 않기에 그날 밤에 대해서만큼은 서로에게 아무것도 물어보지 않는다. 남편은 아내에게 책임을 지움으로써 비난의 화살에 방향을 정해 주고 싶지 않았을 테고 여자는 그날에 대해 이야기하는 순간 남편의 외도에 대한 진실을 알게 되는 것이 무서웠을 것이다. 이들의 침묵은 일견 서로를 위한 선택적 침묵 같지만 실은 그 반대다. 우울의 근접 감정에는 절망의 감정이 있다. 돌이킬 수 없는 상실에 대한 깊은 절망은 사실을 확인하지 않고 추측과 예감이라는 잠정적이고 주관적인 상태에 스스로를 유기함으로써 관계의 종결보다 관계의 유실을 선택하도록 한다. 그 가운데 절망은 우울로 바뀌어 갈 테지만 이러한 악화를 두고 자발적인 선택이라고 단정할 수는 없다. 삶에는 원근법이 없다. 인생은 계속되고 계속되는 인생에는 크고 가까운 현실만 있는 게 아니라 멀고 작은 현실도 있지만 멀리 있는 현실까지 바라보기에 우울증은 눈앞에 있는 고통에 우리를 붙들어 놓는다. 손보미의 소설은 붙들린 영혼을 가장 냉정하게 기록해 왔다.

타인으로의 도피

우울증에 대해 인식한 사람들은 가장 먼저 뿌리를 찾고 싶어 한다. 찾은 다음에는 뽑아 없애 버리길 원한다. 손보미의 소설 가운데에는 설명할 수 없는 울적함을 이기지 못해 타인의 삶에 맹렬하게 집중하는 사람들이 나온다. 그들은 대체로 불안 증세를 느끼고 불안을 해소하기 위한 방법을 모색한다. "우울증은 과거 상실에 대한 반응이고 불안증은 미래의 상실에 대한 반응"[3]이라는 설명이 있는 것처럼 우울이 불안을 포함한다는 말에는 그들에게 과거 상실과 미래 상실이 공존한다는 말이 포함되어 있다. 우울증은 과거와 미래가 현재에 함몰돼 과부화된 현재가 그로기 상태에 이른 것이기도 하다. 손보미의 첫 장편소설 『디어 랄프 로렌』은 현재가 그로기 상태에 처한 주인공이 타인의 삶으로 잠시 도피함으로써 자신의 삶

3 앤드루 솔로몬, 민승남 옮김, 『한낮의 우울』(민음사, 2021), 103쪽.

을 향해 쏟아지는 폭우를 피하는 이야기다. 부모님의 기대를 충족시키며 유년 시절을 보낸 종수는 미국의 대학원에 진학하지만 지도 교수로부터 자퇴를 권고받고 사실상 대학원에서 쫓겨난다. 방황하던 종수는 사람들도 만나지 않고 방에만 틀어박혀 지내다 고등학생 때 좋아했던 수영이 보낸 청첩장을 발견한 것을 계기로 그녀와 함께한 시간을 회상한다. 그녀는 반에서 영어를 제일 잘했던 종수에게 자신이 쓴 편지를 영어로 번역해 줄 것을 요청했는데 그 편지의 수신자는 다름 아닌 랄프 로렌. 랄프 로렌 컬렉션을 완성하고 싶었던 수영은 랄프 로렌에게 시계를 만들어 달라는 편지를 써 달라고 부탁한다. 종수가 불현듯 랄프 로렌의 삶, 그러니까 인터뷰를 통해 남긴 '말'은 많지만 삶에 대한 '이야기'는 묘연한 어느 유명인의 인생을 추적하기로 한 데에는 대학원 중퇴에 다른 미래의 상실과 부모님을 만족시키기 위해 살아왔으나 남은 건 비참하고 남루한 현실이 전부인 공허한 과거에 대한 회의감, 즉 과거 상실이 추동한 바 크다. 랄프 로렌의 삶을 추적하기 위해 자료를 찾아 읽고 새로운 사람을 만나며 타인의 삶이 서서히 그 전모를 드러내는 과정은 자신의 삶에서 느끼는 실존적 불안감을 해소하는 방법이었던 것이다.

『우아한 밤과 고양이들』에서도 우울은 계속된다. 「산책」에 등장하는 여자는 아버지의 딸이자 남편의 아내다. 여자는 늦은 밤마다 산책 나가는 아버지가 못마땅한 나머지 산책 나간 아버지를 미행하기 시작한다. 아버지에게는 안부 전화만 하는 것처럼 이야기하지만 실은 아버지가 산책하는 모습을 지켜보며 전화하는 것이다. 표면적으로는 늦은 밤에 산책을 하다가 위험한 일이 생기면 어쩌냐는 것이 이유지만 사실은 산책에 취미가 생겼다는 아버지의 말을 믿지 못해서이고 산책을 핑계로 아버지가 연애를 하는 것은 아닌지 '염려'하는 게 그보다 더 진실한 이유다. 아버지로서는 자신의 밤 산책을 "죽도록 싫어"하는 딸을 생각해서라도 "웬만하면 자제하려고 애썼"지만 "가끔 참을 수 없을 정도로 울적해지면 어쩔 수 없이 밖으로 나가 동네를 산책"할 수밖에 없는 처지다. 그런 중 산책길 분수공원에 앉아 있다 목격하게 된 어린 부부의 이야기를 엿듣고 싶어 산책하지 않고서는 참을 수 없게 된 아버지는 "그들이 더 이상 나타나지 않을까 봐 두려"워하며 두렵고 마음이 아프기도 하지만 조금 들뜬 기분도 느낀다. 당신 자신에게도 불가해한 이 두려움은 타인의 삶을 통해 자신의 감정을 대리 체험한다는 점에서 딸이 지닌 두려움과 본질적으로 다르지 않다. 더욱이 딸이 아버지의 연애를 걱정해 밤 산책을 미행하는 것과 자신이 남편의 외도에 대해 품고 있는 의심은 분명히 연결된다. 남편을 상대로 확인할 수 없는 행위를 아버지의 산책을 염탐하는 것으로 대신하고 있는 것이다. 아버지의 산책을 몰래 보고 어린 부부의 대화를 몰래 듣는 이들은 자기 삶으로부터 소외되었다. 자기소외라는 이방인의 지위를 덮을 수 있는 것은 차라리 확실한 이방인이 되는 것이다. 타인의 삶을 직관하며 구경하고 발언하는 관중이 됨으로써.

「대관람차」에 이르면 타인에게 집중하는 데서 한 발짝 더 나아가 타인을 욕망하는 인물을 만나게 된다. 영화제작사 사장이 죽은 후 직원과 사장의 아내 사이에서 벌어지는 기묘한 동일화의 감정을 포착한 이 소설은 방화로 인해 서울 한복판에 서 있던 호텔 초이선이 무너져 내리는 데에서 시작한다. 방화 사건으로 영화제작사의 대표가 죽고 남편을 잃은 여배우 P는 '호텔 초이선 철거와 새로운 공공 지역 활성화를 위한 모금운동'을 제안한다. 행사에서 P가 읽을 연설문이 필요했던 제작사는 해당 제작사가 제작에 착수한 영화의 시나리오 작가에게 연설문 작성을 맡긴다. '나'는 P를 대신하는 글을 써야 하는 것에 대해 굴욕감을 느꼈지만 "자신의 마음을 정확하게 표현할 만한 그 어떠한 문장도 찾아내지 못"해 아내에게 그 마음을 전달하지 못한다. 그러나 그가 쓴 글은 P에게 "모든 단어가…… 모든 문장이……" 정확했다는 평가를 받고 그가 쓴 글에 자신이 하고 싶은 말이 들어 있다는 느낌을 받았다는 격찬까지 받는다. 연설문 대리 작성에 굴욕감을 느꼈던 그는 "갑자기 별 이유도 없이 눈물이 날 것 같았고" 그런 자신 때문에 당혹감을 느낀다. 이후 P가 주최한 파티에 초대받은 남자는 아내, 그러니까 죽은 사장의 비서였고 한때 배우를 꿈꿨으나 진짜 배우가 된 P와 달리 꿈을 이루지 못한 자신의 아내와 그 자리에 가지만 어쩐지 아내의 남루함이 자신과 어울리지 않아 보인다. P의 만족을 통해 자신을 P의 남편, 즉 영화제작사 대표와 동일시하는 남자에게 아내는 자신의 자격지심을 확인시켜 주는 존재일 뿐이다. 남자는 아내와 유명 배우 P를 비교하고 아내에게서 실패한 자신을 본다. 돌이켜보면 호텔 초이선의 붕괴에 대해 서술하는 소설의 첫 장면은 남자의 붕괴를 은유하는 것 같다. 이제 유명 제작자가 되어 "가끔 신인 여배우들과 잠을" 자고 "옷장에는 버버리 프로섬, 톰 포드와 지방시 코트"를 몇 벌씩 갖고 있는 그는 "아내를 정말로 사랑했고 존경"하며 "인생의 많은 부분을 아내에게 빚지고 있다고 생각"하지만 그것은 아내에 대한 것이 아니라 성공담을 이루는 시련과 극복 서사로서 자신의 과거에 대한 것이리라.

> 호텔 초이선(choisun)은 불에 탄 후, 6개월 이상 그 상태 그대로 서울 한복판에 남아 있었다. 어느 날 밤, 누군가 건물 내부의 작은 퓨즈를 하나 끊어 버렸다. 그러자 연달아 자잘한 파열이 일어났다. 그 파열은 가스관에 도달했고 마침내 건물 전체를 무너뜨렸다. 호텔 초이선은 그 자리에 세워진 1972년 이후 약 40년 만에 그런 무시무시한 방법으로 자신의 존재를 드러냈다. 전철을 타고 한강을 건널 때나, 혹은 자동차를 운전해서 강변북로를 지나가 때마다 사람들은 거의 절반이 소실된, 마치 조각조각 찢긴 것처럼 보이는 거대한 철근 덩어리

에 무기력하게 노출되었다.[4]

자신에게로 도피

그런가 하면 도피하지 못한 사람들도 있다. 현실에서는 훨씬 더 많은 사람들이 타인에게 도피하거나 타인을 욕망할 기회를 얻지 못한 채 불안한 자신과 머무른다. 우울은 성장하는 인간이 서서히 변해 가며 어느 날 어른이 되는 것처럼 천천히 자란다. 그렇다면 경미하게 발견되는 우울증들이 오랜 시간 누적되면 어떻게 될까. 또는 아주 어린 시기에 자신의 상태를 설명할 수 없는 상황에서 발현된 우울의 행로는 어떻게 되는 걸까. 「임시교사」와 「밤이 지나면」은 말하지 않다 보니 말할 수 없게 되어 버린 자와 말하지 않음으로써만 간신히 자신을 지킬 수 있다고 믿었던 자를 통해 외부로 도피하지 못하고 잔류한 감정들을 관측할 수 있는 소설이다. 탈주로를 찾지 못한 사람들은 자신으로 탈주한다. 「임시교사」와 「밤이 지나면」에서 만나게 되는 두 인물은 서로 다른 방식으로 자신을 숨긴다. 자기를 속이고 자기를 숨김으로써 자신으로 도피한다.

「임시교사」는 보모 P와 P의 일터인 어느 가정에 대한 이야기로, 전직 '임시 교사'였던 P는 20년 동안 학교에서 아이들에게 역사, 때로는 사회, 때로는 지리 과목을 가르쳤다. 작년까

---

4 손보미, 「대관람차」, 『우아한 밤과 고양이들』(문학과지성사, 2021), 21쪽.

지 여러 학교를 전전하며 중고등학생들에게 역사 과목을 가르쳤지만 작년 봄, 출산휴가를 얻은 선생 대신 일한 뒤로는 더 이상 일이 들어오지 않고 있다. 그는 어떤 거부나 부정의 과정도 없이 앞으로 자신에게 임시 교사로서 교단에 설 일은 없을 거라는 미래를 받아들이고 보모가 되기 위한 구직 활동을 한다. 자신보다 "훨씬 더 젊고 유능한 임시 교사들이 있는데" 자신이 어떻게 교단에 더 머물 수 있겠냐는 그에게 누군가를 원망하거나 비난하는 마음은 없어 보인다. 그는 더할 나위 없이 순응적이다. P 부인은 면접 보러 간 집에서 여자와 대화를 나누며 집의 아름다움을 느낀다. 찰나에 해당하는 시간 동안 이 집의 화려함과 상반되는 자신의 집을 떠올리기도 하지만 P 부인은 자신의 일에만 집중하고 오히려 그런 시간을 통해 집에서 차지하는 영향력이 강해진다. 아이를 돌볼 뿐 아니라 아이 아빠의 노모를 돌보는 일까지 완벽하게 해내며 보모로 시작한 P의 역할은 전문 요양사의 역할까지 아우른다. 그러나 P 부인이 집 안에서 자연스러운 존재가 되어 가는 것은 역설적으로 그가 이 집에서 일을 계속하지 못하는 이유가 된다. 그는 20년을 '임시' 교사였던 것과 마찬가지로 지금도 '임시' 보모이기 때문이다. 임시적인 존재가 집안의 임시 상황들을 통제하는 상수가 되어 가는 것을 고용주는 바라지 않는다. 그에게는 익숙함이나 안정, 자연스러움이 허락되지 않는다. P 부인은 자신을 젊고 유능한 임시 교사들과 견주어 늙고 무능한 임시 교사로 인식했던 것처럼 돌봄 노동의 주체로서 최소한의 권리마저 제한될 때조차 그 연유를 물어보지 못하고 훗날 물어보지 않은 자신에게 안도한다. 어느 날 갑자기 사실상의 해고 소식을 들었을 때도 누구 하나 미워하지 못한다.

「밤이 지나면」은 부모의 이혼 후 누구도 자신을 맡아 키우지 않으려 하면서 외삼촌 부부에게 맡겨진 주인공이 말을 잃은 채 보냈던 유년기에 대한 소설이다. 주인공은 외삼촌 부부의 집으로 온 후 한마디도 하지 않는다. 학교에서도 말하지 않는 상태는 계속된다. 말하지 않는다는 사실, 즉 누구에게도 아무것도 요구하지 않고 불만, 슬픔, 분노 혹은 기쁨을 표시하지 않는다는 것이 학생들에게는 이상하게 받아들여진다. 우울증 상태에 이른 사람들이 서서히 감각들을 잃게 된다는 것은 우울증을 경험한 다수의 사람들이 말하는 증상이다. '나'는 부모와 함께 살 때에도 "어둠을 비정상적으로 두려워하는" 소녀였다. "밤은 그저 지구가 자전한 결과로 나타나는 자연스러운 우주의 이치"라는 설명에도 불구하고 어둠에 대한 두려움에서 벗어나지 못한다. 허기를 느끼지 못해 식사를 거르는가 하면 잠과 욕구와 활력이 사라진다. 말을 하지 않는 주인공이 유일하게 대화하는 사람은 외숙모를 비롯해 동네에서 "미친년" 소리를 듣던 여성이다. 심지어 그에게 자신을 데리고 멀리 가 달라고 부탁함으로써 자발적 납치를 도모하기도 한다. 부모에게서 버림받았다는 생각, 보이는 부분에 신경 쓰며 주인공의 내면에는 조금도 관심을 두지 않는 외삼촌 부부, 관계를 맺고 싶지 않은 친구들까지, 열 살 무렵의 '나'는 애들 앞에서 소리를 내면 죽어 없어지기라도 할 것처럼 침묵했다. "돌이켜 보면 그때 나는 어떤 욕구를 느끼고 있었다. 마음속 깊은 곳에서부터 부추김당한 충동. 아무런 소리도 바깥으로 흘리지 않을 수 있다면 다른 사람이 될 수 있으리라는 막연한 소망." 주인공은 신체를 통제하지 못하는 데에서 패배감을 느낀다. 감정은 표출되면 안 되는 것이고 그래서인지 여자와 대화하는 동안에도 '나'는 거짓말을 일삼는다. 자신을 숨겨야 한다는 생각의 연원은 어디에서 오는 걸까. 부모에게서 거부당한 이후 사랑받지 못하는 존재라는 인식을 내면화함으로써 자신을 드러내지 않는 것만이 유일한 목표가 된 주인공에게 드러나지 않는 것은 거부당하지 않기 위해 취할 수 있는 가장 수동적인 형태의 방어다.

평행 세계의 위로

손보미 소설에서 인물에 집중할 수 있는 이유는 다양한 인물들이 간파되지 않는 다면적인 모습으로 존재하기 때문이다. 다양한 인물과 복수의 이야기 사이에는 대개 위계나 층위가 존재하지 않는다. 공존하는 구조가 서사적으로 형상화되는 장치로는 옴니버스가 있다. 옴니버스의 핵심은 독립된 가운데 이뤄지는 연결이다. 잉고 슐체의 『심플 스토리』는 인구 3만

5000명 규모의 작은 옛 동독 도시 알텐부르크에서 살아가는 사람들의 일상을 한 장면씩 담은 장편소설로 총 29개의 장으로 구성되어 있다. 옴니버스 형식은 부분의 나열을 통해 전체를 구성하는 데 맞춤하다. 가령 동독의 공산주의 체제 안에서 생존을 위협받고 실직을 경험했던 피해자와 공산 체제의 하수인인 동시에 가해자이기도 했던 사람이 한 대의 관광버스를 타고 여행을 떠나는 일이라든가, 통일 후 서독에서 인정받지 못하게 된 동독인들의 학위에 대한 문제 등 통일 후 새로운 세상과 만나게 된 동독 사람들의 사소한 일상의 종합은 통일 시대의 독일을 보여 주기에 효과적이다. 그런가 하면 옴니버스는 부분과 부분이 겹치는 과정을 통해 단선적 이야기로 재현할 수 없는 시차를 담아내기도 한다. 소설의 여러 장에 걸쳐 등장하는 마트린 모이어는 통일된 독일에 적응하지 못한다. 그는 라이프치히 대학교의 예술사 강사직을 잃은 후 한 회사의 영업 사원으로 들어가지만 눈에 띄는 실적을 올리지 못한 채 직장을 잃는다. 소설의 마지막에 이르면 독자들은 행인들에게 레스토랑 광고지를 나눠 주는 일용직 근로자 모습을 한 그를 만나게 되는데 잠수 복장으로 광고지를 돌리다 행인으로부터 오해를 사 폭행당하는 장면은 다양한 시공간에서 목격된 앞선 장면들과 느슨하게 연결되며 한층 핍진하게 그의 삶을 전달한다. 최소한의 이야기로 최대한을 전달하는 옴니버스 방식은 다양한 이야기를 층위 없이 공존시켜 현실의 핍

진함이라는 깊이에 도달한다.

잉고 슐체의 소설에 드러난 옴니버스적 구성에서 발견할 수 있는 구조적 특징으로서의 공존은 손보미의 소설에서도 찾아볼 수 있다. 공존의 차원이 양극단으로 멀어지면 평행 세계가 된다. 도피가 마이너스 세계관이라면 평행하는 우주는 플러스 세계관이다. 도피하면 통합되며 줄어들지만 평행 세계에서는 각각이 모두 존재한다. 우울한 사람들에게 평행 세계는 희망의 형식이다. 「죽은 사람(들)」과 「고양이의 보은」은 평행 세계가 선명하게 드러나는 작품으로 나는 이 두 작품을 일종의 소설론으로 읽었다. "세계가 끝도 없이 가라앉고 있다."라는 문장으로 시작하는 「죽은 사람(들)」은 죽음 이후에 바라보는 생의 시간을 기술한다. 소설 안에서 생사의 경계는 거의 인식되지 않는다. 거듭 등장하는 "시계를 잃어버렸다."라거나 시간이 궁금하다는 문장은 그의 생애 시간이 다했음을 상징하며, 소설을 다 읽었을 때 독자들은 이 소설이 죽음 이후의 시간을 그리는 작품이라는 것을 반전처럼 알게 된다. 주인공 '나'는 새벽에 전화벨 소리가 울릴 때마다 수화기 너머의 목소리가 누군가의 부음을 전해 주리라는 막연한 생각을 한다. 그 생각은 언제나 틀렸지만 이번만은 맞았다. 전화기 너머로 들려오는 소리는 케이의 죽음을 알려 온다. 나는 케이의 부음 소식과 함께 케이의 어린 시절을 떠올리는데 그때 떠오른 어린 시절은 지금까지도 남아 있는 절망에 관한 것으로, 부모님은 크리스마스 카드에 외국어로 쓰인 "약간 추잡한" 노래 가사를 써서 그에게 주었고 그는 이것을 부모의 무신경함에 대한 증거로 소환하고 있다. 케이의 죽음을 전해 준 여자는 케이에게 받은 떡갈나무 상자를 전해 줘야 한다고 말하지만 정작 그 상자 안에 무엇이 들었는지는 확인해 본 적이 없다고 말한다. 케이의 죽음 앞에 황망해하며 어쩔 줄 몰라 하는 여자에게 '나'는 우주에서 하루에 평균 세 번씩 발생한다는 감마선 폭발에 대해 들려준다. 폭발의 잔광은 우주 공간을 빛의 속도로 이동해 때때로 우리에게 도달하기도 한다. 지금 우리가 보는 별빛이 125억 광년 전에 출발한 빛의 도달이라는 얘기는 죽은 자와 살아 있는 자의 대화를 통해 두 세계를 공존시킨다. 죽은 자의 시선으로 바라보는 산 자의 시간은 125억 광년 전에 출발한 빛의 도착과도 같이 죽음의 시간과 삶의 시간이 공존한다.

「고양이의 보은」은 왕성한 창작 활동을 이어 가고 있는 소설가이자 지난 30여 년간 울었던 적이 거의 없는 주인공이 매일매일 눈물을 흘렸던 한 계절을 다룬다. 그해 겨울 '나'는 매일매일 눈물을 흘렸다. 시도 때도 없이 흐르는 눈물 탓에 일상생활이 힘들어진 '나'는 안과에 가서 진료도 받아 보고 성당에 가서 기도도 해 보지만 다 소용이 없자 두문불출하고 잠만 자기 시작한다. 잠자는 시간 동안에는 눈물이 흐르지 않기 때문이다. 그러던 중 배달부로부터 초대장으로 받고 찾아간 곳에서 눈이라는 이름의 고양이를 만난다. 눈이의 안내로 마주친 '자주 우는 여자'를 본 '나'는 한눈에 그녀가 "이 세계에서의 나"라는 것을 알아차린다. 눈이의 설명에 따르면 두 사람은 눈물의 씨앗을 공유하는 사이다. 주인공이 이곳에서 눈물 없이 살 수 있었던 건 그곳에서 그녀가 주인공의 눈물을 흘리고 있기 때문이고 그녀도 울고 '나'도 우는 이 상황은 그녀의 울음을 멈춰 주고 싶은 눈이가 내 눈물의 씨앗에 구멍을 낸다는 게 잘못돼 일종의 부작용이 생긴 거라고. '나'는 소설이 잘 써지지 않은 그녀를 대신해 잠든 그녀의 귀에 대고 소설이 될 만한 이야기를 들려준다. 주인공이 들려주는 이야기는 소설집 『우아한 밤과 고양이들』에 수록된 소설들의 내용과 일치한다. 언젠가 그녀가 소설로 쓸 수 있도록 인생에 대한 이야기도 들려준다. '나'와 그녀는 이 세계와 저 세계의 존재일 수도 있고 현재와 미래, 혹은 과거와 현재, 과거와 미래의 존재일 수도 있다. 중요한 것은 서로 다른 두 세계가 연결되어 있다는 것이고 그 연결은 조용하고 은밀하게 자기만의 우울과 만난 사람들을 위로한다. 밤을 무서워하고 말을 하지 않기로 결심한 소녀에게도, 빈틈없이 일하고도 자꾸만 위축되는 부인에게도, 랠프 로런의 삶을 구성하며 길 잃은 자기 삶에 대해 보상받는 대학원생에게도…….

우울은 절망 이후에 오는 마음의 작용이다. 두 세계가 존재하고 그 세계는 서로 연결되어 있으며 그 사이에 공유할 수 있는 중간 지대가 있다는 인식은 절망이 회복 불능의 상실이 아님을 주장한다. 이 세계의 주인공이 자신과 눈물의 씨앗을 공유하는 저 세계의 여자에게 소설의 내용을 알려 주고 자기 인생의 이야기를 들려준다는 것은 자신이 이 세계에서 쓰고 있는 소설의 내용 역시 나만의 것이 아니라는 깨달음을 전제한다. 125년 전에 죽은 별의 빛을 지금 바라보고 있는 순간 인식할 수 있는 두 시간의 공존, 두 차원의 공존. 125억 년 전 빛이 우리에게 도착하듯 우리의 이야기도 어딘가에 도착할 수 있다.

> 그렇지만, 그런 건 내게 도움이 되지 않을 거라는 사실도 나는 알고 있다. 내게 도움이 되는 문장은 딱 한 가지다. 정말로 그렇다. 나는 그 문장을 끝까지 붙들고 싶다. 하지만 역시, 실패할 거라는 걸 안다. 나는 페가수스의 날갯짓을 떠올린다. 한 번, 두 번, 세 번, 네 번, 다섯 번, 여섯 번, 일곱 번. 일곱 번의 날갯짓. 날개 달린 페가수스. 나는 그 날갯짓을 떠올리며 우리의 이야기가 다른 누군가의 이야기 속에 포함되기를, 언젠가, 아주 오랜 후가 되더라도 좋으니까 누군가 우리가 어떤 이야기 속에 등장하는지 궁금해하기를 간절하게 바랐다.[5]

5 손보미, 「죽은 사람(들)」, 『우아한 밤과 고양이들』(문학과지성사, 2021), 182쪽.

우울의 정령 페가수스. 실패할지라도 페가수스의 날갯짓은 계속된다. 계속해서 번개는 옮겨지고 불길한 예감은 현실이 되며 규정할 수 없는 감정은 우리 정신을 벼랑 끝으로 몰고 갈 것이다. 그러나 어느 한 순간, 어쩌면 일곱 번의 날갯짓 중 어느 한 번만은 눈물의 씨앗을 공유하는 다른 세계의 내가 있는 곳으로 나를 안내할지 모른다. 내게도 눈이와 같은 고양이가 있으니, 우울한 페가수스가 그것이다. 소설에서 만난 기이한 감정의 주인들은 난폭한 페가수스를 길들일 수 있는 황금고삐라 부르기로 했다. 이름 없는 감정들을 알아 갈수록 페가수스를 이해할 수 있다.

절망의 돌림노래

양안다론

절망으로부터

문제는 절망이다. 질병과의 대결이란 기실 싸우고 있는 대상을 특정할 수 없다는 점에서 자기 자신과의 싸움에 다름 아니다. 『페스트, 1665년 런던을 휩쓸다』는 흡사 대재앙을 연상시키는 전염병의 시대에 시민과 당국이 어떻게 대처했는지, 각각의 대처는 시간의 흐름과 함께 어떻게 변해 갔는지, 그리하여 지금 또다시 코로나19라는 실체가 불분명한 바이러스의 등장으로 전례 없는 불안정과 불확실의 시간을 보내고 있는 우리가 지난 역사로부터 배울 것은 무엇인지에 대한 실마리를 보여 주는 작품이다. '전염병 대유행 당시 런던에서 벌어진 사적 공적 기록'으로 요약할 수 있는 이 책은 소설의 형태를 띠고 있기는 하나 한 권의 정밀한 르포이자 보고서에 더 가깝다. 코로나19에서 비롯된 생활이 4개월째 접어들고 있는 지금, 한 치 앞도 내다볼 수 없다는 막막한 심정으로 펼쳐 든 이 책에서 내가 가장 눈여겨본 장면은 절망 이후 사람들의 행동에 나타난 변화다. 페스트를 정복하거나 극복할 수 없을지도 모른다는 생각이 굳어지자 주택 격리를 비롯해 스스로를 억제하고 있던 시민들의 마음에 타격이 온다. 6, 7, 8월을 지나 9월에 이르자 사람들의 태도는 파괴적이고 자해적인 모습으로 바뀌어 간다. 급기야 자신과의 싸움에 지친 이들은 전염병에 대한 공포와 죽음에 대한 불안으로부터 자신을 완전히 방임해 버린다. 다음의 인용문은 『페스트, 1665년 런던을 휩쓸다』의 한 부분으로, 더 큰 고통을 피하기 위해 작은 고통을 감내하고 있던 사람들이 절망 이후 자신과 타자를 동일하게 방치하는 상황을 묘사한다.

> 그러나 여기서 내가 사람들이 절망에 깊이 빠졌다고 할 때 그것이 종교적 절망이나 영원한 상태에 대한 절망을 뜻하는 것이 아니라 전염병을 피하지 못하거나 전염병을 이기지 못한다는 사실에 대한 절망을 뜻한다는 것을 밝혀 둘 필요가 있다. 당시에 전염병의 기세가 너무나 거셌기 때문에 절정에 이른 시기, 그러니까 8월과 9월경에 전염병에 걸린 사람은 그 손아귀에서 거의 벗어나지 못했다. 그 같은 기세는 6월과 7월, 그리고 8월 초의 상태와는 매우 달랐다. 내가 관찰하기

로는, 그때만 해도 많은 사람들이 전염병에 걸려서 며칠 동안 고통을 겪으면서 피 속에 독을 오랫동안 품고 있다가 죽어갔다. (……) 너무나 많은 사람이 삶에 절망하여 스스로 포기하는 상태에 이르렀다고 언급한 바가 있는데, 이 같은 사실이 3, 4주 동안 사람들에게 이상한 영향을 끼쳤다. 말하자면, 그런 현상이 사람들을 대담하게 나서도록 만들었다는 점이다. 사람들은 더 이상 서로를 피하지 않았으며, 집 안에 처박혀 지내지도 않았다. 어디든 가서 아무나 붙잡고 대화하기 시작했다. "당신의 상태가 어떤지도 묻지 않을 거요. 내가 어떤지도 말하지 않을 것이고. 우리 모두 죽을 게 확실하니까요. 그러니 지금 누가 건강하고 누가 병에 걸렸는지는 전혀 중요하지 않아요." 그렇듯 사람들은 장소와 집단을 가리지 않고 절망적으로 매달렸다.[1]

페스트에 대해서라면 카뮈 역시 절망에 집중했다고 할 수 있다. 그는 절망하지 않는 태도만이 정체불명의 재난 앞에서 인간이 취할 수 있는 유일한 대응이자 최선의 선택이라고 말한다. 『페스트』는 페스트령이 내려져 외부와 단절된 오랑에서 수개월 동안 벌어지는 일들에 대해 기록한 형식을 띠고 있다.

---

1 대니얼 디포, 정명진 옮김, 『페스트, 1665년 런던을 휩쓸다』(부글북스, 2020), 265~268쪽.

알제리 항구 도시 오랑에 쥐가 페스트를 몰고 오는 것으로 시작된 이야기는 정부가 오랑을 페스트 재해 지구로 선포하고 도시를 전면 봉쇄하며 절정으로 치닫는다. 그런데 수많은 사람들의 목숨을 앗아 가는가 하면 페스트를 놓고 대립하는 사람들 사이에 불화를 일으키기도 한 페스트는 어느 날 갑자기 찾아왔던 것과 마찬가지로 어느 날 갑자기 자취를 감춘다. 여기에서 알 수 있는바, 카뮈의 『페스트』는 페스트의 정체를 밝히는 데 관심이 없다. 카뮈의 관심은 페스트에 대해 각기 다르게 반응하는 인물들에게 향해 있다. 파늘루 신부처럼 초월적 신념에 기대면서 사실상 체념하는 경우, 보건위원회 행정관처럼 제도와 기준을 앞세워 판단을 유예하고 책임을 회피하는 경우, 그리고 마지막으로 리외처럼 종교에도 제도에도 관심을 두지 않고 고통을 줄일 수 있는 실천만을 주장하는 경우. 리외는 그 자체로 실존주의를 상징하는 인물로, 『페스트』가 실존주의자로서 카뮈의 철학이 집약된 작품이라고 말할 수 있는 이유도 『이방인』의 뫼르소와 더불어 리외라는 인물을 만들어 낸 데에 있다. 지금 이 사태가 페스트라는 걸 확증할 수 있냐는 보건 당국의 질문에 리오는 이렇게 대답한다. "질문을 잘못하셨습니다. 이건 어휘의 문제가 아니고 시간 문제입니다." 리외는 페스트를 '언어의 문제'가 아니라 '시간의 문제'로 바라본다. 리외가 페스트 앞에서 절망하지 않을 수 있었던 것은 모르는 언어에 집착하지 않고 아는 감각에 집중했기 때문이다.

그러나 문학은 의사가 아니므로 누군가의 고통을 직접적으로 해소해 줄 수 없다. 문학의 도구는 언어이며 언어만이 문학의 표현 방식이기 때문이다. 그렇다면 언어 예술로서 문학은 질병 앞에서 절망하는 인간에게 무용한 사치재에 불과한 걸까. 이때 리외가 말한 시간의 문제는 문학의 역할을 설명하는 데에도 중요한 단서가 되어 준다. 문학은 언어 예술일 뿐만 아니라 시간 예술이기도 한 것이다. 시간을 자유롭게 통제할 수 있다는 의미만이 아니다. 문학은 형용할 수 없는 통증을 재현함으로써 다른 사람들이 그 고통에 동참할 수 있는 상상의 공동체를 조직한다. 상상의 공동체는 시간에 국한되지 않는다. 과거 어느 인간이 경험한 통증의 기록이 훗날 유사한 질병을 앓는 다른 인간에게 손을 내미는 것. 우리는 이것이 문학의 쓸모이며 문학의 효용임을 알고 있다. 기실 페스트를 포함한 모든 질병은 언어가 삶의 감각을 따라가지 못하는 사태에 다름 아니다. 우리가 손에 들고 있는 언어 다발은 몸에서 벌어지고 있는 불가해한 병증에 대한 감각을 다 담아내지 못한다. 보편의 이름으로 분류할 수 없는 개인의 고통과 고통의 개인화에 근거한 것이 문학이라는 점에서 문학은 일찍이 명명할 수 없는 병증과 절망을 기록하는 유일한 매체였다. 질병의 기록자로서 양안다의 시는 파격적일 만큼 적나라한 렌즈로 손상된 내면을 비춘다. 2018년 『백야의 소문으로 영원히』에서 종말적 세계관과 그러한 세계관을 형성하는 주체할 수 없는 감정들을 포착하는 양안다가 최근 출간한 시집 『숲의 소실점을 향해』[2]는 언어화할 수 없는 우울의 감정들이 시차를 두고 도착하는 절망의 돌림노래다. 끝났는가 하면 다시 시작되고 시작되기 무섭게 끝나는 이 나날의 돌림노래는 우리 감정의 그림자를 반복적으로 보여 준다.

양안다의 시에서 화자들은 무수한 질병을 앓는다. 그들은 물리적으로 "폐쇄병동"에 갇혀 있거나 심리적으로 자신이라는 회로 안에 갇혀 옴짝달싹하지 못한다. "친구, 나는 지금도 병실입니다/ 여름이면 여전히 온몸이 서늘하고 방 안 가득 그림자가 쏟아집니다/ 머릿속엔 온통 영상뿐입니다 최근에는 쪽가위로 의사의 목을 찌른 뒤/ 트렁크에 쇠붙이를 잔뜩 싣고 떠나는……". 이들의 마음속에는 살의가 가득하고 살의가 향하는 곳은 자신과 타자 모두를 포함한다. 요컨대 『숲의 소실점을 향해』는 "탈진과/ 우울과 고독과/ 망상과 자폐와 잡념과/ 슬픔"의 시고 각각의 시편들에 등장하는 화자를 한마디로 말하면 "검은 잎 소년"이다. "입속의 검은 잎", 즉 기형도의 우울을 연상시키는 시 「긴 휴가의 기록」의 제목은 기형도의 산문 「짧은 여행의 기록」의 한 구절을 인용한 문장이기도 한데,

2 양안다, 『숲의 소실점을 향해』(민음사, 2020). 이하 시 인용은 제목만 표시한다.

한눈에 봐도 기형도의 시 세계에 대한 오마주임을 알 수 있는 작품이다. 「긴 휴가의 기록」에서 화자는 일기장에 종종 다음과 같은 문장을 쓴다. "내가 왜 날 버렸을까요?" 1665년 런던 시민들이 자신을 버렸던 것처럼 병동에 있거나 병증이 있는 화자들은 지독한 절망에 사로잡혀 자신을 버리려 한다. 이토록 우울한 "죽음의 서사"는 여러 병증에 동반되는 감각을 통해 병환의 모습으로 구체화된다. 삶에서 멀어지고 있는 그들의 절망에 다가가기 위해 그들의 병증을 알아보는 일이 우선이겠다. "검은 잎 소년"의 투병기를 하나씩 들춰 보자.

발열과 현기증, 이상 징후

발열과 현기증은 신체의 이상을 나타내는 가장 일차적인 증상이자 누구나 흔히 경험하는 일상적인 증상이기도 하다. 이러한 증상들은 다가올 일들에 대한 징후라 할 수 있다. 특히 현기증은 어지럼증의 다른 말로 실제로는 자신도 주위도 정지해 있지만 마치 회전하는 것처럼 지각하는 현상을 뜻한다. 평형을 감지하는 기관에 생긴 문제로 인해 발생하는 현기증은 균형의 상실로 인해 발생하는 시차와 그로 인한 통증을 비유하며 다음과 같이 전유된다.

그런데 말이야. 절벽을 다 오르고 나니까 그곳에 또 바다가 있었어. 절벽 밑을 내려다보니까 정말이지 바다 아래에 바다가 있는 거야. 너는 여전히 아이의 모습으로 손뼉을 치며 발을 구르고 있고…… 너에게 그 장면을 보여 주고 싶다. 어떻게 묘사해야 네가 이해할 수 있을까

그들도 언젠가 소년이었던 적이 있었다
단은 미성숙한 아이였다 아무 거리에서나 분노를 표출했고
자주 취했지만 길을 잃진 않았어
원은 그동안 자신이 죽인 숫자와
앞으로 죽일 숫자가 같아질까 봐 추위 속에서 손발을 떨었지
그리고 어느 오두막에서의 일이다
밤새 취해 있던 둘은 날이 밝아서야 강물에 발을 담그고
서로의 슬픔을 공유하려 했지만 뜻대로 되진 않았다
무엇도 뜻대로 되지 않는구나, 원은 그것을 슬픔이라 이해했다

열이 나고 모든 게 불분명해졌어, 단이 말했다

—「슬픔을 부정확하게 말할 때마다
행복과 함께 넘어졌으므로」 부분

이 시는 절벽과 바다의 거리감을 감지하며 시작된다. 그런데 화자가 절벽에서 바라보는 것은 바다가 아니라 바다 아래에 있는 바다다. 가장 높은 장소인 절벽과 바다보다 더 아래에

있는 바다 사이의 간극은 공포를 불러올 만큼 크다. 일반적인 사람이라면 절벽과 바다 사이의 거리를 인식하겠지만 화자는 절벽과 바다 아래 바다 사이를 본다. 까마득한 거리감은 상상할 수 있는 최대한의 거리감을 뜻한다. 멀어지는 감각은 이번 시집 전체를 관통하는 대표적인 감각이기도 하다. 앞으로 계속해서 멀어지는 감각에 대한 이야기가 나올 것이다. 그런데 이 간극, 말하자면 현기증을 유발하고도 남을 이 간극을 바라보는 화자는 모순적으로 간극이 좁혀지는 것을 두려워하고 있다. 그동안 자신이 죽인 숫자와 앞으로 죽일 숫자가 같아질까 봐 손발을 떨고 있는 것이다. 이 문장은 두 가지로 해석할 수 있다. 첫 번째는 미래가 과거와 같아질 가능성에 대한 두려움, 이른바 변화가 없는 것에 대한 두려움이다. 그동안 자신이 죽인 숫자와 앞으로 죽일 숫자가 같아진다는 것은 과거 누군가를 향한 증오의 크기만큼 미래에도 누군가를 향한 증오의 크기를 품고 있을 거란 얘기이기 때문이다. 두 번째는 그동안 죽인 숫자가 실현되지 않은 마음속의 일이고 앞으로 죽일 숫자가 현실에 일어날 일일 경우다. 그렇다면 이 문장에서 두려워하는 것은 그동안 머릿속에서만 생각하던 살의를 현실에서 표출하는 것에 대한 두려움이라고 할 수 있겠다. “열이 나고 모든 게 불분명해졌어”. 발열은 현실과 비현실 사이의 경계가 무너지고 과거와 미래 사이의 경계가 무너짐으로써 야기된 혼란에 대한 징후다.

가능한 한 가장 먼 거리, 가장 멀어진 상태에서 시작한 이 시는 거리가 좁혀지는 데 대한 두려움을 드러내며 맺고 있다. 그런데 이 두려움, 그러니까 과거에 죽인 숫자와 앞으로 죽일 숫자가 같아지는 데 대한 두려움의 본질이 무엇이든지 이것을 화자가 뜻하는 바에 맞게 조정할 수 없다는 게 더 근원적인 문제다. 화자는 그것을 슬픔이라 부른다. 따라서 이 시의 슬픔이란 다른 무엇이 아닌 나 자신을 예측하거나 확신할 수 없다는 사실, 내가 나 자신으로부터 소외되어 있다는 지독한 고립에서 비롯된다. 멀어지고 싶은 욕구와 가까워지고 싶지 않은 욕구가 공존하는 상태. 이것은 언뜻 두 극단이 균형을 이루고 있는 안정된 상태처럼 보이지만 선택의 연속인 일상에서 양극단이 공존한다는 것은 선택하지 못하므로 행동하지 못하는, 행동이 결여된 상태를 의미한다. 아무것도 선택하거나 행동하지 못하는 심리적 무위 상태가 상반되는 가치의 극단적인 공존으로 인해 발생한다. 그렇다면 이때의 공존은 공존이 아니라 대치 상태라 부르는 게 더 정확하겠다. 평상심을 잃고 실제적이지 않은 것을 지각하는 등 발열과 현기증은 심리적 재난 상황에 울리는 맨 처음 사이렌이다.

섬망과 발작, 달아나는 정신

섬망은 의식과 주의력이 흐려지면서 인지 기능이 전반적으로 떨어지게 되고 때로는 환각이 동반되기도 하는 질병으로 알려져 있다. 고령자들에게 흔히 발생하는 것으로 알려진 이 질병은 특수하고 심각한 증상처럼 생각되지만 질병관리본부의 발표에 따르면 내과 입원 환자의 10~13퍼센트가, 심장 수술 환자의 70~90퍼센트가 경험한다고 하니 비교적 많은 사람들이 멀어지는 의식에 대한 감각을 지니고 있다고 볼 수 있다. 섬망의 가장 큰 증상은 의식이 흐려지고 주의력이 결핍되는 것이다. 이로 인해 시공간에 대한 지각력이 떨어지고 사람을 알아보지 못하는 증상이 발생할 수 있으며 언어능력에도 영향을 미치는 것으로 알려져 있다. 심각하면 환각이라는 정신적 증상까지 발현될 수 있다. 이렇게 증상을 나열하고 보면 치매 환자의 증상과 겹치며 섬망을 치매와 유사한 질환으로 생각하게 되지만 초조하고 흥분하는 상태를 보이는 데 더해 의식이 혼미해지는 증상도 함께 나타난다는 점에서 치매와 구분된다고 한다. 사실 치매, 즉 뇌질환으로서의 섬망보다 우리에게 더 익숙한 이미지는 약물중독에 의한 섬망이며 쉽게 목격할 순 없지만 치료를 목적으로 하는 약물 역시 섬망을 유발할 수 있는 것으로 알려져 있다. 앞서 살펴본 것과 같은 발열과 현기증이 정상 기준에서 벗어난 상태에 대한 최소한의 징후라면 섬망과 발작은 징후가 구체적인 증상으로 표현된 경우로, 정상 기준일 때의 의식이 그렇지 않은 상태의 의식에 제압된 상황이라고 할 수 있다. 「불완전하고 불안정한」에서 시인은 섬망증 환자의 감각을 빌려 탈주하는 정신을 묘사한다.

시든 꽃들을 꺾어 만든 꽃다발, 그런 걸 뭐라고 불러야 할까 저릿한 손을 펼쳐 보이자 피가 몸을 공전한다는 걸 알았을 때

물속에 얼굴을 내내 담그고
눈을 부릅뜨면
우리가 마주하게 될 것

숲으로 달려나간 아이들이
길을 헤매며
서로의 이름을 부른다
새 떼가 나무를 흔들며 숲을 벗어난다
(……)
쉬지 않고 마시자
꿈과 현실을 구분할 수 없는 건 마찬가지이니
숨을 참을 것, 그런 게 좋으니까

입과 코를 가득 채우며
연기를 만들고 노래를 부르며

(……)

열대야 속에서 쓰러지는 섬망증 환자

바닥에 쓰러진 채

발작하고 있는 너를

부르지 않는다

너에게 무슨 말을 하려 했는데

생각은 서서히 내게서 멀어지고

공전하던 별 무리가 궤도를 이탈하는데

—「불완전하고 불안정한」

이 시에서 가장 두드러지는 이미지는 몸을 공전하는 피와 궤도를 이탈하는 별 무리다. 피는 혈관 안에서 일정한 방향으로 흘러가며 생명을 유지하기 위해 필요한 영양소들을 적재적소에 이동시킨다. 혈액 순환이 원활하게 이뤄지지 않으면 영양소가 가야 할 곳으로 이동해서 에너지로 쓰이는 대신 혈액 안에 쌓여 피가 흐르는 길목을 막아 생명이 위험해진다. 피가 공전한다는 것은 피가 헛되이 돈다는 것인데, 이는 바퀴가 헛돌고 일이 헛되이 진행되는 것처럼 지금 이 순환이 생명 유지 활동에 의미 있는 활동을 제공하지 못하고 있음을 뜻한다.

피가 헛돌며 공전하고 있는 몸에서는 현실과 비현실이 구분되지 않는다. “꿈과 현실을 구분할 수 없는 건 마찬가지”이므로 숨을 참는다. 그리고 바닥에 쓰러져 발작하고 있는 “너”를 부르지 않는다. 현실에서 “나”는 내 생명을 중단시키는 행위에 거침없는 것처럼 위험한 “너”를 구하는 일에도 관심이 없다. 의도적으로 방치함으로써 죽음에 가까워지는 것은 이번 시집에서 반복적으로 등장하는 선택이다. 꿈속에서 헤매고 “너”에게서 멀어지는 등의 언급은 그가 가까운 현실보다 멀리 있는 꿈에 더 실제적인 감각을 느끼고 있다는 것을 의미한다. 현실 속에 갇혀 있는 그들에게 꿈은 바깥으로 확장되는 계기다. 화자는 차라리 현실에서 벗어나 꿈으로 탈주한다. 헛돌며 공전하는 피는 피가 돌 수 있는 공간을 꿈속으로 확장하고 비현실이었던 꿈은 피가 순환하면서 현실이 된다.

“시든 꽃”은 피가 공전하는 그들의 존재를 반영한다. 뿌리가 잘린 꽃은 인간 손에서 잠시 잠깐 화려함을 자랑하지만 죽음의 가속화가 진행되고 있는 시든 꽃은 이미 죽어 가는 존재이며 예견된 죽음이자 미래의 죽음이다. 시든 꽃을 다시 살게 할 수 있는 방법은 없으나, 현실에서 꿈으로 이동하면, 꿈의 영역에서 시든 꽃은 생명을 유지할 수 있을지도 모른다. 바닥에 쓰러져 발작하고 있는 “너”를 깨우지 않는 것은 이곳이 죽음으로 가득한 현실이고 “너”가 있는 곳이 죽음 너머가 있는 비현실이기 때문이다. 이때 섬망은 현실을 벗어나 비현실로

갈 수 있는 유일한 통로로 기능한다.

중독, 몰락한 정신

발열과 현기증이라는 징후와 섬망과 발작이라는 이탈은 중독에 이르러 절정의 모습을 보인다. 섬망이나 발작이 비정상적 힘에 정상적이고 일상적 힘이 압도되는 수동적이고 일시적인 사태를 이른다면 중독은 자신을 압도하는 힘에 적극적으로 매달리는 능동적인 자기 파괴의 힘이자 그 끝을 알 수 없기에 한층 더 공포스러운 것이기도 하다. 그것은 정신의 몰락이자 몰락의 정신인바, 다음 인용한 시에서 중독의 심리적 기제가 무엇인지 가늠해 볼 수 있다. "상실로 인한 중독 증상"이라고 진단받은 환자는 스스로를 불안에 중독된 사람이라고 말한다. '나'는 눈물과 불안과 살의에 시달리고 있다. '나'에게 가장 큰 적은 '나'의 그림자다. 눈물과 불안과 살의는 그림자이며, 이 시는 누구에게도 들키고 싶지 않은 그림자가 돌출되는 순간을 묘사하고 있다.

당신은 나를 상실로 인한 중독 증상이라 진단했잖아요 인디언 서머에 관한 책…… 그것으로 나의 마음을 치유할 수 있을 거라 했지만

그 책 별로였어요 나는 불안에 중독된 사람이라고

당신에게 몇 번이나 말했는데 참

페이지를 찢어 담뱃잎을 말아 피웠지요 고통을 다 이해한다는 듯이 구는 사람이 제일 싫어
그때가 처음 슬펐지 눈물도 핑 돌았는데
꾹 참았어요 눈물도 살의도 불안도 전부
있잖아요 나는 골목을 걸으면 자주 뒤를 돌아봐요 그림자는 나의 가장 큰 적이고요
나는 누구에게도 들키고 싶지 않죠 평생 눈이 내렸으면 좋겠어요 옷을 두껍게 입고 (……) 사실 그날 당신을 찌르려고 찾아 갔었어요 죽일 생각은 없었어 그냥 찌르려고
그러나 당신이 동료와 나누는 대화를 듣고 얼어 버렸지 열린 문틈으로
당신이 나에 대해 떠드는 소리를
……귀를 자르고 싶다
당신도 무슨 선서 같은 걸 하지 않나요? 비밀을 지켜 준다는 그런 것
문밖에서 나는 칼을 쥐고 덜덜 떨고 있었어
이제 강박적으로 머리맡에 칼을 두고 자요 당신은 이 증상의 원인을 무엇이라 진단할까요

—「후유증」 부분

살의을 품은 사람에게 복수하기 위해 그를 찌를 수 있는 무기를 들고 찾아갔던 '나'의 진술서와 같이 쓰인 이 시에는

두 사람이 등장한다. 정신과 상담을 받는 환자인 '나'와 '나'를 진료해 주는 의사인 "당신"이다. 그런데 '나'는 그를 찌르기 위해 찾아간 병원에서 의사가 자신의 동료에게 '나'에 대한 이야기를 들려주는 것을 듣고 얼어 버린다. 모종의 모결감을 느꼈을 것이 틀림없는 '나'는 힘겹게 털어놓았을 자신의 이야기, 그러니까 자신의 그림자에 대한 이야기가 사람들의 입과 입을 오가며 한낱 가십으로 다뤄지는 것을 보고 덜덜 떨다가 집으로 돌아온다. 그러고는 강박적으로 머리맡에 칼을 두고 잔다. 이 시의 제목처럼 머리맡에 칼을 두고 자는 것은 '나'의 후유증이며 살의를 실천하기 위해 갔다가 오히려 더 큰 살의만을 안고 돌아와 버린 상처에 대한 후유증이다. 공격하고 싶은 대상을 향해 찾아가지만 타인의 대화 속에서 재현되는 자신과 마주한 뒤 돌아와 머리맡에 칼을 두고 자는 것을 뭐라고 불러야 할까. 이 증상의 원인을 무엇이라 진단해야 할까.

내가 머리맡에 칼을 두고 자는 건 언제든 공격받을 수 있다는 데 대한 불안의 표출이자 언제든 자신도 공격할 수 있다고 상상하는 데에서 위안을 찾는 자기만족이다. 이러한 후유증에 대해서는 멜랑콜리에 대해 처음으로 논리적인 정신분석학적 설명을 내놓은 카를 아브라함의 분석이 참고가 되겠다. 1911년에 출간된 멜랑콜리에 대한 에세이에서 그는 불안증과 우울증이 공포와 슬픔의 관계와 같다고 설명한다. 그의 설명에 따르면 공포는 다가오는 불행에 대한 감정이고 슬픔은 이미 일어난 일에 대한 감정이다. 불안증은 가져서는 안 되는 것을 알기 때문에 갖기 위한 시도를 하지 않는 어떤 것을 원할 때 생기고 우울증은 원하는 것을 얻으려고 시도했지만 실패했을 때 생긴다고 말했다. 그의 주장에 따르면 우울증은 증오가 사랑하는 능력을 방해할 때 일어난다. 사랑을 거부당한 이들은 세상이 자신을 적대시한다는 망상에 빠져 세상을 증오한다. 그리고 자신에 대한 증오를 인정하고 싶지 않아서 불완전하게 억압된 사디즘을 키우게 된다.[3] '나'의 후유증은 불안증의 핵심인 공포와 우울증의 핵심인 증오가 결합되어 있다. '나'는 스스로를 불안 중독이라 말하고 의사가 말하는 '나'의 병명은 상실로 인한 중독이기 때문이다. 불안과 우울이 결합된 '나'는 의사가 자신을 적대시한다는 망상에 빠지고 그를 향한 살의를 품지만 그 공격성이 향하는 곳은 자기 자신이다.

소실점, 너머를 보기 위한 소멸

살의에 대한 감정이 자신을 해하는 방식으로 전환될 때, 이때의 자해는 자신을 자신으로부터 가장 먼 곳에 위치시키는 방법에 대한 비유가 된다. "알고 있지. 당신의 인생은/ 온전히 자신의 것이 아니라는 사실들". 자신의 인생이 자신에게 속해 있지 않다는 생각은 자신과 멀어지는 데에서 더 나아

3 앤드루 솔로몬, 민승남 옮김, 『한낮의 우울』(민음사, 2021), 477~478쪽.

가 자신을 세상으로부터 완전히 밀어내는 심리적 기제가 된다. 자신을 세상으로부터 가장 먼 곳에 위치시킬 수 있는 방법은 너머를 상상하는 것이다. 너머의 공간으로 연결되는 지점, 이를테면 절벽이 그들의 안전지대인 이유는 절벽만이 하나의 공간이 끝나고 다른 공간이 시작되는 너머의 장소이기 때문이다.

> 불안이란 건 내릴 수 없는 그네를 타는 거라고, 천장과 바닥 사이를 요동치는 거라고, 그렇게 이해했어 하루의 빛과 어둠이 내 몸을 관통하는 동안 나는 방 안에 틀어박혀 오르골 태엽만 감았어 누군가가 목을 조르고 복부에 쇠붙이를 들이대며 내게 죽으라고 말해 주길 기다렸지 하지만 그런 음악은
> 들리지 않고
>
> (……) 절벽에 오르는 꿈을 꾼다 주위에는 아무도 없다 절벽에 오른다는 건 떨어지겠다는 다짐이 아니라 떨어져도 나쁘지 않다는 뜻이다 매일 밤 절벽을 오른다 사람들은 가끔 내가 어리석다고 말한다
>
> —「우울 삽화」 부분

'나'는 매일 밤 절벽에 오르는 꿈을 꾼다. 주위에 아무도 없는 절벽에 오르는 마음은 떨어지겠다는 다짐이 아니라 떨어

져도 나쁘지 않다는 생각을 품고 있다. 떨어지겠다는 것과 떨어져도 나쁘지 않겠다는 생각은 떨어지는 행위 쪽으로 기울어졌다는 점에서 별반 차이 없어 보이지만 전자가 이 생을 그만두고 저 생으로 넘어가겠다는 선택적 행위인 반면, 떨어져도 나쁘지 않겠다는 생각은 이 생과 더불어 저 생의 가능성에도 마음이 열려 있다는 것으로, 이쪽과 저쪽에 모두 발을 걸치고 있는 상황을 의미한다. 양안다는 이곳과 저곳을 연장해 두 점이 한 군데서 만나는 자리, 이른바 소실점을 통해 이곳과 저곳이 만나는 지점을 상상한다. "한자리에 앉아 하나의 풍경을 하염없이 바라보는 사람"은 풍경 안에 존재하는 선들이 만나는 하나의 지점인 소실점을 만나게 된다.

소실점은 멀리서 바라볼 때 평행한 두 직선이 한 점에서 만나는 것같이 보이는 점이다. 두 직선의 끝과 끝을 연장했을 때 만나면서 너머로 사라지는 지점이기도 하고 볼 수 있는 공간 중에서 가장 먼 공간이기도 하다. 실제로는 만나지 않는 두 선이 만나는 것처럼 보이는 것, 실제로는 평행하지만 우리 눈에는 모든 선이 한 점에서 만나는 것처럼 보이는 것은 우리 눈이 원근법의 원리로 바라보기 때문이다. 원근법에 따라 바라볼 때 실제로는 존재하지 않는 사라짐의 공간이 생겨난다. 소실점이 만들어 내는 끝의 공간, 사라짐의 공간, 이곳과 저곳을 연상시키는 환상의 공간은 양안다가 구축해 내는 유일무이한 시적 공간이자 형용할 수 없는 재난 상태에 직면한 훼손된 마음의 공간이기도 한바, 『숲의 소실점을 향해』는 나날의 소실점에 대한 기록이라 하겠다.

완전한 끝은 탄생의 전제 조건이기도 하다. 끝과 끝이 만나 사라지는 소실점은 너머의 기준으로 바라보면 새롭게 시작되는 점이다. 이편에서는 사라지는 소실점이지만 저편에서는 생겨나는 출발점이다. 인간 존재 자체에는 목적이 없다. 하지만 그러한 무목적성으로 인해 우리의 삶은 목적을 달성하는 것과 무관하게 가치를 지닐 수 있다. 목적이 없기 때문에 목적과 무관하게 살아갈 수 있고 목적과 무관하게 평가받을 수 있다. 이유 없음은 허무가 아니라 자유의 근거다. 이것은 니체가 『인간적인, 너무나도 인간적인』에서 했던 말이다. 양안다의 시를 읽고 있으면 니체의 문장을 다시 쓰고 싶어진다. 인간의 존재 자체에 목적이 없는 것과 마찬가지로 인간의 정신적 고통에는 목적이 없다. 따라서 양안다의 시 역시 고통의 기원을 탐색하거나 원인을 찾으려고 골몰하지 않는다. 양안다의 시에 등장하는 병증의 주체들은 그 병증을 인식하고 병의 끝까지 상상한다. 더 이상 상상할 수 없을 때까지 밀고 나가므로 우리는 종종 더할 수 없이 자기 파괴적인 구절을 만나게 된다. "거울에는 유리 조각을 든 내가 보인다 나는 거울 표면을 긁는다 그리고 비명". 그러나 이 모든 비명이 지나고 나야 다시 태어날 수 있다는 것 또한 알고 있다. 그가 상상하는 소실점은 소설점 너머에 닿기 위한 시선이다.

딸의 멜랑콜리아

강지혜론

엄마가 힘든 딸

엄마와 딸에 대해 우리는 얼마나 많은 언어를 가지고 있을까. 엄마를 벗어나고 싶은 딸, 딸을 질투하는 엄마, 증오하는 엄마를 거부하지 못하는 딸, 딸과 자신을 동일시하는 엄마……. 수많은 갈등과 증상이 모녀라는 '복잡계' 안에서 증식하고 있지만 그에 대한 우리의 인식은 재현된 것을 좇기에도 급급하다. 강지혜는 그 가운데 나타났다. 강지혜의 시는 엄마와 딸 사이에 발생하는, 불가해하면서도 공감할 수 있는 그로테스크한 감정을 딸의 입장에서 은밀하고 냉혹하게 드러낸다. 모녀 관계에 대한 인식의 범주를 넓혔다는 점에서 첫 시집 『내가 훔친 기적』은 성공적인 데뷔작이라 할 것이다.

모녀 관계에서 발생하는 힘은 대개 억압, 헌신, 그리고 동일화 방식으로 작용한다. 억압과 헌신에 의한 지배의 메커니즘이 비교적 명시적으로 드러나는 데 반해 동일화에 의한 지배는 훨씬 복잡 미묘하며 무엇보다 잘 드러나지 않는다. 모녀 사이의 갈등을 그린 하기오 모토의 만화 『이구아나의 딸』은 그 미묘한 관계를 잘 보여 준다. 인간과 결혼한 이구아나 공주가 딸을 낳는다. 그런데 그 딸이 꼭 이구아나처럼 생겼다. 이구아나 딸을 받아들이지 못하는 엄마는 둘째 딸을 낳는다. 인간처럼 생긴 둘째는 엄마의 사랑을 독차지하지만 이구아나처럼 생긴 첫째는 엄마의 편애 속에 방치된다. "이구아나 엄마가 자기 딸을 싫어하는 이유는 딸이 이구아나이기 때문이다." 무의미한 동어반복처럼 보이는 이 문장은 이구아나 모녀의 갈등이 '동일화'에서 연유했음을 암시한다. 엄마는 자신과 같은 몸을 갖고 태어난 딸에 대한 전지적 시점이 가능한 존재다. 딸에 대한 모든 것을 아는 엄마는 딸의 몸을 지배한다. 딸은 엄마의 소유물이 되고 소유관계는 종속 관계로, 종속 관계는 지배 관계로 악화된다.

한편 이구나아 딸은 엄마가 죽은 뒤 그제야 엄마도 이구아나같이 생겼다는 사실을 알게 된다. 자신에 대한 미움이 엄마의 '자기혐오'가 투영된 결과라는 사실 앞에 지나간 시간은 공허해진다. 하지만 일찍이 딸의 선택은 저항하고 거부하는 대신 엄마의 평가를 내면화함으로써 자신을 외면하는 쪽이었다. 딸의 선택은 달라지지 않았을 것이다. 딸과 엄마의 갈등에는 엄마를 거부하지 못하는 딸도 존재한다. 이는 부자 관계, 부녀 관계, 모자 관계에서는 찾아볼 수 없는 모녀 관계만의 특이한 유착으로, 엄마를 향한 죄책감과 책임감이 딸로 하여금 엄마에 대한 부정과 거부를 차단하게 만든다. 엄마 쪽에서 향하는 동일화가 딸 쪽에서도 진행된다. 이 유착은 병리적이다. 병리적 모녀 관계는 『내가 훔친 기적』[1]에서 가장 두드러지는 모티프인바, 수록작 중에서도 「커다란 발을 갖게 되었다」는 두더지 게임과 파친코 게임이라는 플레이 상황에서 감정이 소거된 '룰의 언어'로 엄마를 거부하고 싶은 마음을 표현한다. 현실 세계에서 행할 수 없는 욕망이 게임적 상황에 의해 우회적으로 드러나는 수작이다.

> 바늘처럼 뾰족해진 엄마가 구슬과 함께 혈관을 돌아다녀서 숨이 막혀 엄마를 찾아 때릴 거야 나는 내 눈을, 내 배를, 내 엉덩이를 있는 힘껏 내리쳐 멍들고 혹이 나지 침을 흘리며 말했지 납작해져라 납작 엎드려라
>
> 구멍 사이로 엄마의 마른 손가락이 보이자 해머를 들어 발을 내리쳤지 사랑해, 엄마. 사랑해. 세상 모든 바다에 쏟아지는 햇살만큼 그 빛에 반짝이는 모래알만큼 엄마를 사랑해 눈물샘과 콧구멍으로 잘게 부숴진 구슬이 쏟아져도 엄마는 보

---

1 강지혜, 『내가 훔친 기적』(민음사, 2017). 이하 인용 시 제목만 표시한다.

이지 않고

—「커다란 발을 갖게 되었다」 부분

딸은 엄마를 자신의 몸속으로 넣는다. 구멍을 통해 파친코 속으로 들어가는 구슬처럼 엄마는 딸의 몸속으로 들어간다. 엄마와 한 몸이 되는 순간의 일은 동일화다. 이어지는 장면은 자신을 향한 폭력적 행위인 동시에 자신 안으로 들어온 엄마에 대한 폭력적 행위이고 그러므로 자신을 향한 폭력이기도 하다. 딸은 자신의 눈과 배와 엉덩이를 있는 힘껏 내리쳐 멍들게 하고 혹 나게 하는가 하면 구멍 사이로 엄마의 손가락이 보이자 두더지 게임을 하듯 해머를 들어 자신의 발을 내리친다. 엄마를 때리기 위해 자신을 훼손하는 화자의 입에서는 알 수 없는 고백이 하울링된다. "사랑해, 엄마. 사랑해." 이것은 비명이다. 엄마를 벗어날 수 없는 딸에게서 새어 나오는 비명.

분리되고 싶은 딸

강지혜의 두 번째 시집 『이건 우리만의 비밀이지?』[2]에서 엄마와 딸의 분리화가 두드러지는 수록작 「봉인」은 단연 눈에 띈다. 「봉인」은 동굴로 들어간 엄마와 딸이 동굴 안에서 모종

2 강지혜, 『이건 우리만의 비밀이지?』(민음사, 2022). 이하 인용 시 제목만 표시한다.

의 사건을 경험한 뒤 둘 중 한 사람만 동굴 밖으로 나오는 입사 형식의 시다. 성숙과 성장을 상징하는 '동굴'로 들어간 엄마와 딸이 여자와 여자라는 병렬적 관계가 되고 급기야 한쪽은 뜯어먹고 한쪽은 뜯어먹히는 야생의 관계가 된 끝에 한 여자만 살아남아 동굴 밖으로 나온다는 이야기. 그렇다면 이때 봉인된 것은 무엇인가. 먹은 쪽과 먹힌 쪽에 대한 정보다. 미스터리하게 전개되는 이 시에서 끝내 죽인 자와 죽은 자는 밝혀지지 않는다. 몇몇 단서를 통해 유추해 볼 수 있을 따름인데, 가령 "모든 곳으로 연결된" 동굴의 문이 닫혔을 때 그것은 누구에게 유리한 조건이었을까. 시에 서술된 내용을 믿는다면 "이것은 한 여자가 간절히 바라던 일"이지만 그 사람이 "기꺼이 살을 내어 주는 여자" 인지 아닌지 "기쁘게 뜯겨지는 여자"인지 아닌지를 구분할 만한 증거는 없다.

깊은 어둠 속에서
감각이 끊임없이 도약하고
아름다움이 도처에서 발굴되었다

검고 깊은 아름다움 사이로

여자의 주린 배를 위해
기꺼이 살을 내어 주는 여자와

끝내 입을 벌리게 되는 여자
울며 여자의 살을 먹는 여자와
기쁘게 뜯겨지는 여자

—「봉인」 부분

중요한 것은 엄마와 딸이 여자와 여자의 관계로 '분리'될 때의 정황과 그때 비로소 가능해진 변화의 내용이겠다. 동일화와 증오가 한데 섞여 발생하던, 살아도 같이 살고 죽어도 같이 죽는 기형적 관계는 각자가 독립적으로 존재하는 어둠의 시간과 함께 사라졌다. 상대방을 없애기 위해 나를 없애는 자멸이 더 이상 필요치 않게 된 것이다. 누가 죽었고 누가 죽였는지는 관건이 아니다. 누군가는 죽었고 누군가는 살았다는 개별성이 중요하다. 살아남은 여자는 눈을 감은 채 어둠 속에서 살아가야 하지만 그때 그곳의 어둠이 병든 채 함께하던 시절보다 '밝은 어둠'인 이유다. 어느 때보다 다양한 "감각이 끊임없이 도약하"는 동굴에선 "아름다움이 도처에서 발굴"된다. 병든 채 함께하던 두 사람이 개별적으로 존재할 수 있도록 분리된 것은 동굴에서 발굴된 아름다움이다.

자책하는 딸

그러나 시적 상상으로 도달한 분리는 현실 세계와 다시 '분리'된다. 분리는 쉽게 이루어지지 않는다. 엄마를 떠나지 못하는 여성들이 진짜 떠나지 못하는 것은 뭘까. 죄책감이라는 감정이다. 엄마에 대한 죄책감과 책임감. 죄책감은 인간의 보편적 감정인 동시에 딸들이 미워하는 엄마에게 품고 있는 특수한 감정이기도 하다. 증오하고 떨어지고 싶지만 시간이 지나면 증오하고 떨어지고 싶어 했던 자신의 행동에 죄책감을 느끼고 엄마를 돌봐야 한다는 데 대한 책임감을 지니는 것이다. 시 「죄책감」[3]은 개와 그 주인이 함께하는 풍경을 다양한 감각을 통해 표현함으로써 죄책감이라는 감정 자체를 즉물적으로 전달한다.

늦은 밤
비 오는 차양 밑에서
나의 개는 얌전히 뼈를 씹는다

그동안 우리는 세월을 태운다

다리에 기대어 오는 따뜻하고 무거운 몸

멀지 않은 곳에서 무명의 새
단발의 울음 흘리며 가고

3 강지혜 외 19인 공저, 『나 개 있음에 감사하오』(아침달, 2019).

문득 개는 고갯짓을 멈춘다

—「죄책감」 부분

그사이 시선은 개의 입장이 되었다 밖으로 빠져 나왔다를 반복하다 마침내 개의 시선에 안착한다. 비 오는 날 처마 밑에서 뼈를 씹는 개가 있다. '나'에게 기대 오는 개의 무거운 몸은 따뜻하다. 그때 먼 곳에서 들려오는 새의 울음소리에 개가 행동을 멈춘다. 이 순간 새의 울음소리는 '나'의 시선이 개의 시선으로 옮겨 가는 신호탄이 된다. 새의 울음에 동작을 멈추는 개를 보며 '나'는 새의 울음을 통해 개의 울음을 보는 것이다. 다시 비가 온다. "새는 젖었을 것"이라는 예측은 새를 넘어 개를 향한다. 개는 젖었을 것이다. '나'는 새를 젖게 하고 개를 젖게 하는 비를 비난할 대상을 찾는다. "비를 향해 원망을 던지는" 것은 "두 발로 걷는 자들"이다. 점차 화자의 시선은 두 발로 걷는 자들보다 네 발로 걷는 자들 편에 가까워진다. 마디마디 분절되어 전달되는 화자의 죄책감은 감정을 표현하는 데에서 더 나아가 시 읽는 독자로 하여금 직접 그것을 경험하게 만든다.

개와 함께하는 삶에는 원죄처럼 죄책감이 동반된다. 개를 키우기 위해 인간은 많은 것을 지불하지만 개는 그의 인생 전체를 희생하기 때문이다. 개를 바라보는 시선에는 언제나 죄책감이 동반되어 있다. 「죄책감」은 그와 같은 감정을 빗소리와 개가 뼈 씹는 소리가 결합된 멜랑콜리한 사운드를 통해 '죄책감'이라는 관념을 실제적인 감각으로 표현했을 뿐만 아니라 개와 인간을 통해 딸이 엄마에게 느끼는 종류의 죄책감을 동일화 과정을 통해 재현한다. 이 경험은 죄책감에서 벗어나지 못하는 딸의 죄책감과 충분히 중첩된다.

자해하는 딸

생생하게 살아 퍼득대며 이성을 압도하는 감정들이 표출되지 못할 때 관계는 왜곡된다. "죽이고 싶다고/ 미워하고 있다고/ 원망하고 있다고/ 소리치고 싶어". 발화되지 못한 증오, 미움, 원망의 감정은 스스로를 고립시키고 소외시킨다. 「비 온다고 했다-신창리에서」(『이건 우리만의 비밀이지?』)는 비 내리지 않는 날, 혼자 그 비에 익사당하는 화자의 심리를 펼쳐 보이는 방식으로 전개된다. 비 온다는 예보만 있고 비는 오지 않는 날 '나'는 혼자 비를 맞는다. "분명 하늘은 맑고/ 바람만이 찰랑이는데" 내 얼굴만은 익사할 지경이 된다. 기도를 타고 들어찬 물은 폐 속 깊숙이 차 버린다. "내 안에서 내린 비가/ 나만을 거두어 갔다". 이 비는 화자에게만 내린다. 고립되어 버린 자신의 소외감과 고통을 시적 이미지와 몽환적 상황을 통해 표현하고 있는 이 시에서 자신이 만든 괴물이 자신을 점령해 버렸다.

그런가 하면 「신혼」(『이건 우리만의 비밀이지?』)은 궁지에 몰린 감정이 일으키는 소요의 현장을 보여 준다. 결혼은 엄마에게서 벗어날 수 있는 가장 전통적 방법이다. 하지만 엄마의 존재가 멀어진다고 해서 엄마와의 갈등을 내면화하며 반복하던 '자해'의 습관까지 사라지는 건 아니다. 결혼을 하면 집이 생긴다. 집은 두 사람의 생활이 노출되고 공유되는 곳이다. 서로의 이면을 숨길 수도 없고 모를 수도 없는 지독한 공간이 된 집은 거기 사는 '나'와 '너'를 억압하고 지배하는 물리적 존재가 된다. 마치 거부할 수 없는 엄마처럼. "삶도 떠날 수 없고/죽음도 숨을 수 없"는 지독한 공간에서 신혼을 보내는 '나'는 그 고통을 다른 고통, 즉 통각할 수 있는 물리적 고통으로 도피한다.

> 손톱 옆 거스러미를 뜯는다
> 끝내 생살을 찢어
> 피를 보게 되리라는 것을 알면서도
> 매번 그곳으로 향하는
> 손을 막아 낼 수 없다
>
> 피를 닦으며 웃고 우는 나
> 거짓말을 하는 너
>
> —「신혼」 부분

잔디의 시학

고통의 감각에 이토록 예민한 강지혜의 시에 비추어 보면 「잔디 심기」(『이건 우리만의 비밀이지?』)는 한 편의 시론으로 모자람이 없다. 잔디는 밟히면 밟힐수록 더 강해지는 식물이다. "지금껏 풀에 대해 생각해 본 적 없"는 화자에게 "풀은 명사이면서 가장 역동적인 동사"다. 누웠다 일어나는 풀의 역동성은 김수영 이후 풀의 고유한 움직임이 되었지만 풀의 그 완전한 주체성과 독립성이 풀과의 거리를 만드는 것도 사실이다. 우리는 풀과 관계 맺을 일이 없다. 만지고 관찰하고 함께하는 건 오히려 잔디다.

> 오후 늦도록 일은 끝나지 않았습니다 돌가루가 입에서 서걱서걱 씹혔습니다 눈알로 콧구멍으로 파고들었습니다 손톱과 발톱에 윤곽선이 생겼습니다 얼굴과 몸의 주름이 분명해졌습니다 먼지를 뒤집어쓰니 내가 여기 있다는 것, 비로소 알게 되었습니다
>
> (……)
>
> 내가 심은 잔디는 바닷바람을 맞고 있습니다 그곳에서 아무것도 하지 않고 있습니다 죽어 가는 것처럼 살아 있습니다 살아 있는 것처럼 죽어 갑니다 말랐다 젖었다 말랐다 반복하

며 조금씩 기어가며

—「잔디 심기」 부분

'잔디'의 어감은 낮고 안정적이다. 풀은 눕고 일어서지만 잔디는 밟히고 깎이며 수동적이고 정물적이다. 화자는 잔디를 삼등분하고 심고 뿌리 내리도록 만든다. 바람보다 먼저 눕고 바람보다 먼저 일어나는 풀은 바람과 부딪치지 않지만 잔디는 바람을 맞는다. 바람과 함께 젖었다 마르기를 반복한다. 아무것도 하지 않는 것처럼 보이지만 밑으로 기어가고 엉켜 가며 뿌리 내린다. "촘촘하게 엉킨 문장들은 풀릴 줄 몰랐습니다". 밟히면서 더 단단해지는 잔디처럼 강지혜의 시어는 촘촘하게 엉킨 감정들을 제 속도로 심고 돌보는 중이다. 우리 시에 '풀'이 있었던 것처럼 우리 시에 '잔디'가 있다. 그 밟힌 언어들이 아직 호명되지 않은 불가해한 감정들을 일으켜 세울 것이다. 그 기립을 우리는 놓치지 않고 지켜봐야 할 것이다.

세 번째 사유상

백은선론

두 개의 사유상

국립중앙박물관 본관 2층에는 6세기 후반과 7세기 전반에 제작된 국보 금동미륵보살반가사유상 두 점을 전시한 공간이 있다. 그 공간의 이름은 '사유의 방'이다. '사유의 방'으로 가는 길엔 침묵을 형상한 어두운 복도가 있고, 복도를 지나면 붉은 흙벽에 둘러싸인 커다란 방이 모습을 드러낸다. 그 방 한가운데, 생각에 잠긴 반가사유상이 있다. 왼쪽 무릎 위에 오른쪽 다리를 얹고 오른쪽 손가락은 뺨에 살짝 기댄 채 깊은 생각에 잠긴 형상. '사유의 방'을 찾은 사람들은 누가 먼저랄 것 없이 사유상 주변을 돌며 생각의 자세를 취한다. 데카르트의 코기토로 압축되는 이성의 혁명은 근대 사상의 출발점이 되었다. 신으로부터 독립한 인간을 형상화한 사유상은 이성의 자세이자 근대 인간의 자화상이다.

반가사유상을 보고 있으면 자연스럽게 로댕의 「생각하는 사람」이 떠오른다. 그런데 「생각하는 사람」을 볼 때의 마음 상태는 반가사유상 주변을 돌 때만큼 편안하거나 신비롭지 않다. 두 사유상의 가장 큰 차이는 자세에 있다. 「생각하는 사람」은 오른쪽 팔꿈치를 왼쪽 대퇴부 위에 올린 채 생각에 잠겨 있다. 상반신이 비틀어져 있는 것이다. 비튼 자세뿐만 아니라 근육을 강조하면서 울퉁불퉁해진 신체 묘사는 「생각하는 사람」이 표현하는 것이 생각의 '형태'가 아니라 고통과 고뇌라는 심리적 상태, 즉 생각의 '내용'이라는 것을 짐작게 한다. 곡선과 단순함이 특징적인 반가사유상과는 확인하게 다른 점이다.

굽은 등 역시 두 사유상의 다른 자세다. 꼿꼿하게 상체를 편 채 앉아 있는 반가사유상과 달리 「생각하는 사람」은 등이 굽었다. 폴란드 작가 마그달레나 아바카노비치는 「등 80(Backs 80)」이라는 설치미술에서 폴란드인이 겪은 전쟁과 인간 존엄을 표현하기 위해 80개의 굽은 등을 재현했다. 굽은 등은 인간에게 지워진 고통의 무게를 의미하기도 하지만 앉아 있는 굽은 등은 앞쪽으로 그림자를 만들어 낸다는 점에서 고통으로 인해 생겨난 인간의 심연을 상징하기도 한다. 상체를 숙이면서 등이 굽어진 것에 더해 오른쪽 팔꿈치를 왼쪽 대퇴부 위에 올리며 교차된 자세로 인해 「생각하는 사람」의 앞면에도 그림자가 생긴다. 그림자를 품은 「생각하는 사람」은 이성의 자세가 빛이 아니라 어둠에 더 가깝다고 말하는 것 같다.

상반된 표현은 인간 사유에 대한 다른 관점의 표현이기도 하다. 반가사유상은 생각을 통해 몰아가 일치하고 고통이 사라지는 열반의 상태에 이를 수 있을 거라는 희망을 준다. 생각을 통해 인간이라는 한계를 초월할 수 있다고 말하는 것 같고, 이는 반가사유상이 덧없는 인생의 문제를 해결하기 위해 출가를 결심하는 순간의 석가모니를 표현한 것으로 보는 근거가 된다. 「생각하는 사람」은 그 기원이 이미 단테의 「지옥」이다. 『신곡』에서 영향을 받아 제작한 이 조각의 입구에는 지옥으로 향하는 인간의 고통과 번뇌를 표현한 조각상들이 펼쳐지는데, 로댕은 여기에 재판하는 신의 형상 대신 생각에 잠긴 사람의 조각상을 놓았다. 생각한다는 건 고통받는 것이다.

이렇듯 두 개의 조각상은 인간 사유를 바라보는 다른 관점을 보여 주지만, 정확히 말하면 이는 사유를 바라보는 시점(時點)의 차이일 뿐 사유의 본질에 대해서는 같은 입장이라고 해야 할 것이다. 반가사유상의 편안한 분위기는 사유를 통해 도달하게 되는 상태를 표현한다는 점에서 미래에 맞춰져 있지만 「생각하는 사람」은 생각하고 있는 상태를 표현한다는 점에서 현재에 초점 맞추어져 있다. 서로 다른 시점으로 묘사된 사유상의 공통점이 여기에 있다. 현재를 사유하는 것은 모두 힘들다는 것이다. 인간을 생각하는 동물이라고 하지만 생각에는 고통이라는 속성이 따른다. 백은선의 신작시에는 통제할 수 없는 생각에 깃든 잔인함의 속성이 두드러진다. 생각하는 인간의 빛이 아니라 생각하는 인간의 그림자를 그린다. 사유는 인간의 조건이다. 그러나 그것은 고통 속에서 존재한다. 백은선의 시에는 다른 무게와 다른 차원으로서의 '사유'가 있다. 다른 무게와 다른 차원으로서의 '사유의 방'이다.

세 번째 사유상

생각은 액체다. 흐르면서 형태를 바꾼다. 한번 시작된 생각은 좀처럼 멈추지 않는다. 생각은 때로 폭주한다. 폭주한 생각은 잠잘 때조차 우리를 놓아주지 않는다. 내가 생각하지 않고 생각이 '나'를 소유하는 순간, 우리를 끌고 다니는 생각은 종국에 우리를 파멸시킬 수도 있다. 한편 흐르는 생각은 그치지 않지만 흐르는 눈물은 그칠 수 있다. 생각이 영구적 액체라면 눈물은 증발할 수 있는 액체다. 따라서 생각은 점점 더 수렁 속으로 우리를 끌고 가지만 눈물은 그 수렁에서 우리를 빠져나오게 하는 힘이 있다. 눈물의 능력이다. 「진짜 괴물」[1]은 끔찍한 '지속체'로서의 생각이 끊임없이 이어지는 것과 반대로 상태를 정지시키는 눈물의 효과를 대비시키는 시다.

---

1 백은선, 「진짜 괴물」, 《현대시》 2022년 4월호. 이하 시 인용은 제목만 표시한다.

동그랗게 둘러앉아 각자가 생각하는 괴물에 대해 이야기하던 중 한순간 침묵이 이어지고, 이윽고 한 아이가 울기 시작한다. 모두 의아해하며 그 아이가 눈물 흘리는 연유를 궁금해한다. 아이는 "흙을 파 내려가는 뾰족한 손톱"과 "상처 입은 무릎"과 "배고파 잠이 오지 않는 매일 밤의 뒤척임"과 "빛이 머리를 관통할 때의 저린 통증"을 생각한다고 말한다. 상상된 공포가 구체적 상처로 변하는 순간이다. 공포가 아니라 '나의 공포', 진실이 아니라 '나의 진실'이 드러나는 순간이기도 하다. 이제 각자의 상상 속 괴물에 대해 이야기하던 사람들 사이에는 눈물이 번져 나가기 시작한다. 눈물이 번져 나가자 "누구도 다음, 이라고 말하지 않"는다. 영원처럼 계속될 것 같은 괴물에 대한 이야기도 멈춘다. '진짜 괴물'은 뭘까. 정체도 알 수 없는 생각이 멈춰지지 않는 것이야말로 진짜 괴물이 아닐까. 이 괴물, 그러니까 영원히 계속되는 생각의 형상으로 존재하는 괴물은 시시때때로 우리를 노리고 있다.

「桜の夜」는 벚꽃이 지는 밤에 쓴 편지다. 편지에서 화자는 더 이상 시를 쓰지 않기로 한 마음을 고백한다. 이 편지에서 시 쓰기의 어려움은 '두 손을 숲속에 묻는 것'으로 나타나거나 '손을 포기하는 것'으로 나타나기도 하고 타 들어가는 향으로 드러나기도 한다. 모두 다 사라짐과 죽음의 이미지로 표현되고 있다는 점에서 시 쓰기의 고통이 의미화된다. 시 쓰기의

고통은 그것을 포기한 순간 나타나는 현상들로 인해 한층 더 구체화된다. 시를 포기하자 "심장이 있던 자리에 한 마리 새"가 자란다. 새는 "잠결에 날아와 둥지를 틀더니 나가지 않"는다. 내가 찾은 것이 아니라 나에게로 찾아온 것이 지금의 나에겐 "유일한 식구"가 된다. 내가 그토록 찾고자 했던 것은 나에게 죽음에 가까운 것을 주었지만 내가 찾지 않은 것은 나에게 새로운 생명이 되어 준다는 건 아이러니다. "아름다운 것은 때로 삶이 아닌 죽음에 육박한다는" 건 그보다 더 지독한 아이러니다.

각자가 생각하는 괴물에 대해 말하거나 죽음에 육박하는 아름다움을 찾아다니는 것은 모두 사유의 고통에 대한 이야기다. 생각하는 것이 존재를 증명한다는 말은 고통받는 것이 존재를 증명한다는 말과도 같다. 반면 심장을 대신하는 새와 번져 나가는 눈물은 내가 찾아 나선 것도 아니고 내 생각이 만들어 낸 성취도 아니다. 그러나 이들은 모두 나를 고통스럽게 하던 생각을 그치게 한다. 백은선의 시는 변증법의 문법을 계속되는 것과 멈추는 것의 길항으로 전환한다. "한 번도 상상한 적 없는 채 살 수 있었다면 저는 달라질 수 있었을까요." 질문하는 마음은 끝없이 흐르는 상상의 세계와 멈추고 살피는 현상의 세계 사이에서 길을 잃은 인간의 이미지를 그려 보인다. 백은선의 생각하는 인간은 생각하는 동시에 생각하지 않는 인간이다. 생각하다 생각을 그친 인간이고, 그쳤던 생각을 다시 잇는 인간이다.

비신비라는 지대

검정 거울의 뒷면에는 숲으로 가는 계단이 있다

계단은 얼마간의 지성을 가진 사람만 발견할 수 있도록 프로그래밍되어 있다

신으로 죽기 일 분 전에 세팅해 놓은 것이지만

인간으로 죽을 때까지 찾아내지 못했다

—「비신비」

「비신비」에서 드러나는 "숲으로 가는 계단"은 흐르는 생각과 멈춘 생각이 공존하는 새로운 영역이다. 숲은 자연이고 계단은 문명이므로 숲으로 가는 길에는 계단이 필요치 않다. 나아가 계단의 부재가 숲으로 가는 길 혹은 숲이라는 상태의 완결성을 더한다고 말할 수도 있다. 그러나 백은선은 숲으로 가는 길에 계단을 놓아 "신비와 아름다움이 어떻게 결속하는지" 상상하는 대범함을 보여 준다. 백은선의 표현대로라면 이렇게 결속된 세계는 "0과 숲으로 가득"한 노래다. 0이 상상된

개념, 즉 지식의 세계라면 숲은 실존하는 감각의 세계다. 0과 숲으로 가득한 노래는 계단을 밟고 올라간 숲이자 유한과 무한이 공존하는 세계다. 신비의 숲에 도착하기 위해 계단이라는 비신비를 밟는 것은 백은선의 "가능 세계"이자 "가능 세계"의 백은선이다.

공존의 양태는 천국과 지옥에 양발을 한쪽씩 담그고 있는 인간이라는 상태로 나타난다. 시인은 이를 가리켜 비신비라 부른다. 비신비. 그것은 "내내 바라 왔던 것을 마침내 발견해도 기쁘지 않은 것"이며 긍정과 부정이 함께하는 것이며 흐름과 멈춤이 포함된 상태다. "비신비"는 신비와 그 반대 개념 사이에 존재하면서 신비와 그 반대 개념을 모두 포함하는 사이의 공간이자 사이의 시간이다. "유한과 무한의 세계는 이토록 멀어서" 우리는 항상 사이에서 길을 잃고 헤맨다. 그러나 이 헤맴에는 종착지가 없다. 백은선의 근작들은 유한의 세계와 무한의 세계 모두 우리의 거주지는 아님을 말해 준다. 생각의 세계로부터 도망치지만 그로부터 완전히 도망칠 수 없고 감각의 세계로 향하지만 그곳에 완전히 도착할 수 없는 것을 아는 탓이다. "비신비"는 눈물의 방식으로 존재한다. 흐르지만 증발할 수 있다. 사라질 수 있지만 계속해서 존재할 수도 있다. 두 상태는 공존하고 공존은 평균을 이룬다. 눈물의 능력은 평균의 능력인바, 백은선의 가능 세계는 평균의 천사이자 모순의 천국이다.

평균은 삶의 형식이고 모순은 그 삶의 내용이다. '신으로 살 때 알았던 것이지만 인간으로 살 때 찾아내지 못한' 것, 존재를 알 수 없지만 있다고도 없다고도 할 수 없는 것을 표현하기 위해 열심히 평균을 향해 가는 시인은 숲과 0을 한데 뒤섞고 "검게 칠해진 일기장"을 간직한다. "검게 칠해진 일기장"은 이전의 내가 알고 있지만 이후의 나는 알 수 없는 비신비 상태다. 이 세계에서 "망가진 것은 망가진 채로" 두어도 좋다. 아니, 망가진 것은 망가진 대로 두어야 한다. 그 안에 모든 것이 함께 있기 때문이다. 평균과 모순은 비신비를 부르는 다른 이름이다. 흐르는 사유를 허락하면서도 그 흐름에 휩쓸리지 않는 인간을 가리켜 우리는 비신비라고 부를 수도 있을 것이다.

4부 윤리도 아름답다

감수성의 혁명 2018

구병모, 『네 이웃의 식탁』
박민정, 『미스 플라이트』

폭력을 저지하기 위해 폭력을 재현한 작품들을 기억한다. 조지프 콘래드가 『암흑의 핵심』을 쓰지 않았더라도 야만성과 폭력성, 그 힘에 끌리는 제국주의의 정치적 무의식을 공유할 수 있었을까. 켄 키지가 『뻐꾸기 둥지 위로 날아간 새』에서 교도소보다 더 잔혹한 정신병원을 통해 감시와 처벌, 규율과 통제의 폭력을 재현하지 않았다면 통제당하는 현대인의 고통은 얼마간 더 암흑 상태에 머물렀을지도 모른다. 조지 오웰이 『동물농장』과 『1984』를 쓰고 마거릿 애트우드가 『시녀 이야기』를 쓰면서 한 시대에 통용되는 폭력에 대한 감수성은 변화를 맞았다. 그들 작품과 함께 사회는 고통의 언어를 가진 좀 더 예민한 존재가 되어 갔다. 오직 이들로 인해 어둠이 드러난 건 아니지만, 이들로 인해 어둠은 더 정확하게, 더 많은 사람들에게, 더 오랫동안 알려졌다.

문학의 역사는 폭력에 대한 저항의 역사다. 폭력의 개념과 범주는 유동적이다. 어제의 상식은 오늘의 폭력이 되고 오늘의 예의는 내일의 무례 앞에서 자유롭지 못하다. 폭력이 이토록 유동적인 것은 그것이 가해가 아니라 피해의 자리에서 볼 때 비로소 실체와 본질을 드러내기 때문이다. 피해의 자리는 지정되어 있지 않다. 자리가 없다는 것은 이름이 없다는 것이다. 부르지 못하는 폭력은 아직 폭력이 아니다. 자리가 없다는 것은 기준이 없다는 말이기도 하다. 문학은 그 기준의 변화를 가장 예민하게 읽어 내는 촉수다. 문학이 권력일 수 있다면 그 권력은 언어를 통해 어제의 상식을 오늘의 폭력으로 정의할 수 있는 데에서 나온다. 이름 없는 폭력을 부를 수 있게 만들 때만 문학은 힘을 가진다. 문학의 역사는 무엇보다 폭력에 대한 저항의 역사다.

현대의 폭력은 죽이지 않고 죽게 만든다. 폭력의 양식은 점점 더 은밀하고 복잡하게, 구조적이고 집단적으로 행사된다. 폭력의 양식이 복잡해지고 집단화될수록 문학의 양식 또한 섬세해지고 개별화되는 것은 필연적인 변화겠다. 개인과 개인 사이에서 발생하는 일상적이고 '평범한 폭력'은 이제 문학의 최대 화두다. 폭력의 기준선이 급격하게 요동치고 있는 것과 마찬가지로 문학의 기준선도 급격히 요동친다. '오늘의 폭력' 앞에 떨고 있는 개인의 불안과 공포를 감지할 수 있는

가, 감지한 그것을 재현할 수 있는가. 폭력에 대한 감수성은 문학성에 대한 하나의 지표이자 문학성에 대한 가장 중요한 지표다. 느린 것은 문학이 아니다. 아직 이름 없는 폭력에 희생당한 개인에게 문학은 최후의 보루이기 때문이다.

그러니 기존의 정서에 균열을 내고 새로운 영토를 개척하는 것을 두고 감수성의 혁명이라고 부르지 않을 도리가 없다. 2018년을 돌아본다. 많은 소설들이 감수성 혁명의 전선을 형성하고 있다. 젠더 영역에 있어서뿐만 아니다. 일상적으로, 섬세하게, 피해의 시선에서 폭력의 기준을 재설정한 그들 작품들로 인해 감수성의 혁명은 계속되고 있다. 그 한가운데 자리한 두 권의 소설이 유독 눈에 띈다. 구병모의 『네 이웃의 식탁』과 박민정의 『미스 플라이트』다. 두 편의 장편소설은 폭력에 대한 감수성을 갱신하고 있다는 점에서 하나의 우산 아래 있지만 그것을 재현하는 방식은 정반대라고 할 수 있을 만큼 다르다. 『네 이웃의 식탁』은 파괴하는 구조에 따라 진행되는 소설인 반면 『미스 플라이트』는 복원하는 구조에 따라 진행되는 소설이다. 따라서 이 두 권을 함께 읽는 일은 폭력에 대한 감수성을 재현하는 구조가 얼마나 다양한지 확인하는 시간이기도 하다.

모래 위에 지은 집

『네 이웃의 식탁』은 '꿈미래실험공동주택' 입주자들의 꿈과 미래가 파괴되는 이야기다. 이 주택으로 말할 것 같으면 젊은 부부를 위해 나라에서 지은, 편의 시설 하나 없는 고즈넉한 산속에 세워진 열두 세대 규모의 작은 아파트다. "나라에서 신경 써서 지은 새집이라 깨끗하고 구조도 좋고 평수도 적당하며 무엇보다 공공임대라는 장점"이 있지만 그만큼 입주 조건이 까다롭다. 갖추어야 할 20여 종의 서류 항목 가운데에는 자필 서약서까지 있는데, 약속의 내용이란 한마디로 다둥이의 부모가 되겠다는 맹세에 다름 아니다. 이곳에 들어갈 유자녀 부부는 자녀를 최소 셋 이상 갖도록 노력한다는 것. 입주 신청서를 낼 자격 조건은 이미 자녀가 1인 이상 있는 만 42세 미만의 한국 국적을 지닌 이성 부부에 한정된다는 것. 기존에 자녀 2인 이상 둔 부부, 더불어 둘 중 한 사람만 직장에 다니는 부부는 우대 조건에 해당한다는 것. 요컨대 입주자들이여, 출산을 위해 복무하라!

모래 위에 지은 집과 꿈미래실험공동주택 사이에는 공통점이 있다. 거주자가 없거나, 있어도 중요하지 않다. 둘 다 그곳에 사는 사람이 아니라 그것을 만드는 사람들을 위해 존재한다. 모래 위에 집을 짓는 이유는 그 집이 만들어지는 것을 보며 재미있어 하거나 완성된 집이 물에 휩쓸려 사라지거나 바람에 흔들려 부서지는 걸 보며 즐거워할 누군가를 위해서다. 한마디로 놀이다. 소설에 등장하는 실험공동주택 역시 누군가의 놀이가 아니었을까. 아이디어가 실현되는 것을 보면서 즐거워하고 국가의 목적을 이루기 위한 공간으로 쓰이는 데 궁극의 목적이 있는 집. 집은 누군가의 목적에 복무하되, 그 누군가가 결코 거주자들이 아님은 확실하다. 소설은 16인용 식탁에 대한 묘사로 시작된다. 이 거대한 식탁이 언제 어떤 경위로 주택의 공동 마당에 자리 잡았는지는 묘연하다. 아마도 주택 설계자를 비롯해, 실험공동주택의 존재에 관여한 사람의 아이디어였을 것이다. 어른 열여섯 명이 앉을 수 있고 어린아이들까지 더하면 스무 명도 거뜬히 앉을 수 있는 이 식탁의 위용은 꿈미래실험공동주택을 받치고 있는 '식탁 중심주의'를 선명하게 보여 준다. 주택은 사람들이 살아가며 스스로에게 필요한 것을 만들어 나가는 곳이 아니라, 이미 만들어진 것에 사람들을 삶을 맞춰 가는 곳이다.

우리에게 익숙한 개념으로서의 공동체 마을과 실험공동주택은 이 지점에서 선명하게 구분된다. 공동체 마을을 세우는 이유는 스스로의 가치관에 부합하는 독립적이고 개별적인 질서를 통해 자신들에게 맞는 최적의 삶을 이루는 데 있다. 반면 실험공동주택은 입주 전부터 시작해 입주 내내 제출해야 할 것들, 증명해야 할 것들, 지켜야 할 것들로 가득한 규율의 공간이다. 공동체 마을이 개인의 행복을 위해 자발적으로 만들어졌다면 실험공동주택은 국가의 행복을 위해 제도적으로 만들어졌다. 수단화된 공동체는 쉽게 폭력의 도구로 전락한다. 공동주택에는 네 커플이 입주해 있다. 신재강과 홍단희,

고여산과 강교원, 손상낙과 조효내, 서요진과 은오가 그들이다. 공통의 가치관을 기반으로 이루어진 집단이 아니라 경제적 이유와 정책적 이유로, 즉 국가의 목적에 부합하는 조건을 지닌 사람들 가운데 당첨된 이들의 공동체는 만들어진 수평적 질서에 억지로 맞춰져 있다. 공동체는 질서를 강요하는 또 하나의 시스템으로 기능한다. 이 폭력적인 질서가 얼마나 무용하고 무능하며 기만적인지는 요진과 재강 에피소드를 통해 폭로된다. 집이 산속에 위치한 탓에 차가 없으면 출퇴근이 불가한 상황에서 재강의 차가 며칠 동안 사용할 수 없는 처지에 이르자 요진의 차로 두 사람은 출퇴근을 함께하게 된다. 이때 재강이 요진에게 가하는 플러팅은 정확하게 표현할 수 없지만 분명히 존재하는 폭력이다.

요진에게 가해지는 폭력의 실체를 드러내지 못하게 만드는 첫 번째 요인이 바로 공동체라는 사실은 그 자체로 공동체의 허위를 폭로한다. 요진은 자신이 예민한 여자, 이상한 사람이 되는 것 못지않게 자신으로 인해 (사실은 재강으로 인한 것임에도) 입주자들이 불편해지는 것이 두렵다. 요진의 문제 제기는 목적을 위해 존재하는 이 공동체에서 목적의 영속성을 해치는 불씨가 될 게 뻔하다. 폭력 앞에서 무기력한 이 공동체는 솔직히 폭력에 무관심하다. 재강과의 사건에서 곤란과 공포를 느낀 요진이 집으로 돌아와 가장 먼저 마주한 것이 남편 은오와 교원이 친밀하게 앉아 대화하는 식탁이라는 사실은 의미심장하다. 소설의 시작과 함께 등장한 16인용 식탁은 분노와 두려움에 치를 떠는 요진 앞에 무관심한 얼굴을 하고 재등장한다. '식탁 중심주의'는 거기 앉는 사람들의 사정에 관심이 없다. 이 소름끼치는 무관심이야말로 꿈미래실험공동주택의 진짜 표정이다. 요진이 당하는 개별적 폭력과 실험공동주택이 가하는 구조적 폭력이 교차하는 자리엔 공허한 이름들만 남는다. 이름 붙일 수 없는 폭력이 재현되는 『네 이웃의 식탁』은 공동체에 붙어 있는 "기묘한 악취"를 드러낸다.

'왜'가 아니라 '누구'

『네 이웃의 식탁』이 파괴의 이야기라면 『미스 플라이트』는 파괴 이후, 복원에 대한 이야기다. 온몸에 스캔들을 묻힌 채 스러진 젊은 여성, 유나의 연대기를 따라가기 전에 비행기라는 독특하고 절묘하며 영리한 공간에 대해 짚고 넘어가지 않을 수 없다. 하늘에 비행기가 있고 땅에 군대가 있다. 유나가 속해 있는 비행기는 중력으로부터 가장 자유로운 공간이다. 반면 유나의 아버지 성근이 속해 있는 기무사는 중력이 가장 강력하게 작용하는 공간이다. 군대가 힘의, 힘에 의한, 힘을 위한 공간이 아니라면 달리 무엇이겠는가. 두 곳은 하늘과 땅만큼 다르지만 폭력이 중요한 동력으로 작용한다는 점에서 동일성의 공간이기도 하다. 아버지의 세계로 대표되는 폭력의 세계에서 벗어나기 위해 평생 동안 발버둥친 유나는 폭력에서 얼마나 멀리까지 간 걸까. 소설은 유나의 죽음과 함께 시작한다. 아무리 멀리까지 가 봐야 결국 죽음밖에 없다고 생각하면 두 공간의 교차는 어쩐지 절망적이다. 그러나 섣부른 판단은 금물이다. 이 소설은 판단을 허용하지 않는다. 애초부터 유나를 판단하는 일에 관심 없는 작가는 유나의 죽음이 없는 자리에서 유나를 보여 준다.

이반 자블론카의 소설 『레티시아』는 폭력으로 인해 살해된 여성 레티시아의 삶을 추적해 가는 이야기다. 그런데 추적하는 방식이 여느 시점과 다르다. 그의 죽음과 상관없는 사람들을 만나 그의 삶을 재구성하고 그가 어떤 삶을 살았는지 알아보면서 생의 조각들을 맞춰 나가기 때문이다. 이 책이 질문하는 것은 한 가지다. 한 사람이 죽었을 때 우리는 왜 죽음의 시점에만 매달리는가. 대답은 뻔하다. 죽음의 이유가 궁금하기 때문이다. 그런데 죽음의 이유를 좇은 결과 분명해지는 것은 죽은 사람밖에 없다. 그 외의 모든 조건은 제한적으로만 알 수 있거나 그마저도 알 수 없다. 죽은 사람은 쉽게 오해된다. 다층적이고 다면적인 삶을 살아온 한 인간의 삶이 죽음의 시점을 기준으로 단일하고 평면적인 그것으로 납작해진다. 왜 죽었는지에 초점을 맞추는 동안 놓치는 것들 중에는 놓쳐서는 안 되는 중요한 것들이 있다. 이를테면 누가 죽었는가. 그는 어떤 삶을 살았는가. 우리가 누군가의 죽음을 슬퍼하는 이유는 그의 삶이 소중하다는 것을 알고 있기 때문이다. 죽음은 그것이 누구의 죽음이든 간에 소비되지 않아야 한다. 죽음을 소비한다는 건 피해자를 지우는 가장 전형적이고 비열한 가해의 논리가 되기 때문인데, 그것은 피해자를 한 번 더 죽이는 폭력이다. 『미스 플라이트』는 한 여성의 죽음을 스캔들의 프레임으로 소비하려 드는 태도에 강력히 반하는 구조를 취한다.

아내와 이혼한 뒤 딸과 소원하게 살아온 성근은 딸의 장례식장에서 이상한 기미를 눈치챈다. 딸과 절친한 친구였다는 이들로부터 유나가 회사에서 억울한 일을 당했다는 등 부당한 일을 당했다는 등 전모를 알 수 없는, 하지만 확실히 느낌이 좋지 않은 이야기를 듣게 된다. 친구들이 말하는 바는 한 가지를 가리킨다. 이것은 자살이 아니다. 성근은 유나의 죽음이 자살이라는 결론에 의문을 품고 진실을 찾아 나선다. 요컨대 '왜'에 집중한다. 성근의 이야기는 별다른 진척을 보이지 않는다. 성근의 진전되지 않는 추적과 동시에 진행되는 이야기는 유나 측근의 시점으로 재현되는 유나 자체, 즉 '누구'에 집중된다. 이를테면 유나와 항공사에서 친하게 지냈고 어떤 사람들 눈에는 불륜 관계처럼 보이기도 했던 부기장 영훈은 성근의 기무사 후배인 동시에 성근으로부터 부당한 노동을 강요당한 사람으로 성근의 집안일을 도와주며 유나와 친하게 지냈다. 영훈의 시선으로 그려지는 유나는 유년 시절의 유나다. 부하를 사적으로 부리며 부당한 폭력을 행사하는 아버지와 그런 아버지 때문에 고통받는 영훈 부부에게 어린 유나는 연민과 애정을 느낀다. 대학 시절 친구들의 시선으로 그려지는 유나는 리더십 있고 친화력 높은 모습으로 나타난다. 친구들과 함께한 국토대장정 에피소드는 아버지 눈에 약골이었고 남들 눈에 부잣집 외동딸의 전형으로만 비춰지던 유나의 다른 면면을 보여 준다. '왜'의 세계와 '누구'의 세계는 서로 만나지 않는다.

『미스 플라이트』는 불가능을 추구한다. 오명을 뒤집어쓴 여인의 미스터리한 죽음의 배후를 그녀가 살았던 삶의 이야기로 전면화하고 있기 때문이다. 유나의 삶을 복원하는 방식은 피해자의 죽음을 말하는 방식과 배치된다. 유나가 죽었다. 이 말에 따르는 클리셰는 진부하다. 그녀는 자살했을 것이다, 그녀는 부기장과 불륜 관계였을 것이다, 그 사실이 알려져 회사로부터 징계를 당했을 것이다 등등. 스캔들은 유나가 살아 있을 때와 마찬가지로 유나가 죽었을 때도 그녀로 하여금 수치심에 갇혀 옴짝달싹 못하도록 만들고 싶어 한다. 그러나 작가는 흔히 대중이 궁금해하는 사실을 하나하나 피해 가며 유나의 삶을 어린 시절부터 죽기 전까지 엮어 낸다. 유나의 죽음에 드리운 비극성을 드러내는 방식으로 그의 환했던 삶을 드러낸다. 삶의 빛이 죽음의 그림자를 덮는다. 성근의 입장에서 보면 운동신경이라고는 없는 유나와 승무원은 연결 고리 하나 없는 의외의 결과지만 성근이 없는 곳에서 유나의 인생은 차곡차곡 승무원에게 필요한 체력 조건들을 만들어 가고 있었다. 이토록 까마득한 시차가 '왜'의 세계와 '누구'의 세계를 만나지 않게 만드는 근본적인 이유다. 이토록 까마득한 시차는 죽음으로 삶을 대체하면 안 되는 이유이기도 하다.

구병모 작가에게 실험공동주택은 출산율 제고를 위한 국가적 의식을 붕괴시키는 전략적 장소로 선택되었다. 만들어진 공동체는 이웃집 여성을 향한 이웃집 남성의 플러팅으로 금이 간다. 실험공동주택은 근사한 말 뒤에 천박한 욕망을 숨기고 있을 뿐이다. 꿈미래실험공동주택의 주체는 국가다. 개인의 꿈과 미래가 아니라 국가의 꿈과 미래다. 그러니 개인의 실질적 문제 앞에서 공동주택은 아무런 해결책도 내놓지 못할 뿐 아니라 문제 자체를 직면할 능력 또한 없다. 『네 이웃의 식탁』은 포장된 국가의 욕망, 그리고 거기 내재된 폭력을 폭로한다. 만들어진 공동체의 만들어진 욕망 아래 개인의 내면은 혼란스럽게 부서져 간다. 한편 박민정 작가에게 유나의 연대기는 대중의 입맛에 따라 제멋대로 훼손된 어느 인생을 복원시키는 전략적 시간으로 선택되었다. 사랑하는 사람이 죽었을 때, 우리는 그의 삶을 이야기하며 그의 죽음을 애도한다. 죽음 앞에서 우리가 눈물 흘리는 이유는 그의 삶을 기억하기 때문이다. 복원된 유나의 삶은 우리가 타인의 죽음 앞에서 질문해야 하는 것이 무엇인가 반문한다. 박민정 작가는 우리에게 죽음의 소비자가 될 것인지 묻는다. 이 질문을 우리는 무겁게 받아들여야 한다. 현대의 폭력은 죽이지 않고 죽게 만든다. 폭력은 실험공동주택의 얼굴을 하고 있거나 스스로 선택한 죽음의 얼굴을 하고 있다. 구병모와 박민정의 소설은 폭력의 가면을 벗긴다. 이 진실을 우리는 무겁게 마주해야 한다.

잡년의 귀환

김범,
『할매가 돌아왔다』

돌아오는 사람들에 대한 이야기라면 헤아릴 수도 없을 만큼 많은 작품이 있다. 『오디세이아』는 전쟁의 임무를 완수한 오디세우스가 고향으로 돌아오기까지 10년 동안 있었던 일을 들려주는 이야기다. 채만식의 「소년은 자란다」나 염상섭의 「삼팔선」처럼 해방 직후, 만주나 간도로 흩어졌던 사람들이 조선으로 돌아오는 과정에서 벌어졌던 귀국 체험도 빠질 수 없겠다. 보다 동시대적인 작품으로는 김영하의 『오빠가 돌아왔다』도 있을 테고, 집 나간 아버지를 상상하는 「달려라 아비」처럼 돌아오지 않아도 부재를 통해 존재를 증명하는 이야기도 있다. 요컨대 돌아오는 길은 (남성) 영웅에게 허락된 노정이다. 귀환의 서사는 떠날 수 있는 사람들, 떠나도 지워지지 않는 사람들, 그러니까 돌아올 수 있는 길이 전제된 자들에게 주어지는 특권의 서사이기도 한 것이다.

돌아오는 여성의 이야기라면 어떨까. 헤아릴 수 없을 정도로 희박하다. 호메로스가 트로이를 함락시킨 영웅 오디세우스를 찬양했다면 에우리피데스는 오디세우스를 "구역질 나고 교활한 사내"라 부르며 그 승리의 위선을 까발렸다. "구역질 나고 교활한 사내에게/ 종으로 배정되다니, 그 정의의 적에게/ 사람을 무는 무법의 짐승에게!" 이제 곧 오디세우스의 노예가 되어 수모를 견뎌야 할 여인은 패전국의 왕비 헤케베다. 자신이 있을 곳 하나 선택할 수 없는데 떠나는 것을 말하는 게 다 무슨 소용인가. 익숙한 건 남은 자들의 이야기다. 2018년 맨부커상 인터내셔널 부문 수상 작가이기도 한 올가 토카르추크의 『태고의 시간들』은 전시 상황에서 마을에 남아 있던 여성들의 이야기다. 개중에는 떠나는 여성들도 있었다. 『인형의 집』 마지막 장면에서 노라는 남아 달라고 애원하는 남편을 뒤로하고 가출을 감행한다. 나가는 데까지 힘들게 온 만큼 돌아오는 것도 쉽지 않다. 배삼식의 희곡 「1945」는 해방 후 위안소를 탈출한 명숙이 조선으로 돌아오고자 하는 이야기나, 신분이 들켜 끝내 기차에 오르지 못하니 귀환의 꿈은 끝내 이루어지지 못했다.

사투하며 이루어 낸 가출의 서사, 남아 있는 사람들에 의해서도 역사는 계속되었음을 보여 주는 잔류한 여성들의 서사, 미완으로 끝난 귀환의 서사……. 누구나 떠날 수 있지만 누구나 돌아올 수 있는 건 아니다. 그러니 67년 만에 돌아온 정체불명의 노파, "갈아먹어도 시원찮을 더러운" 년이자 "민족을 배신하고 고향 사람을 배신하고 낭군을 배신하고 자식을 배신하고 자기 자신도 배신한" "천하의 개잡년", 백파(白波) 최종태 선생의 아내이자 최달수의 엄마이고 최동석의 할머니인 정끝순 여사, 아니 제니라고 해야 하나? 아무튼 이 보무당당한 86세 할머니의 귀환이 문학적으로 얼마나 귀하고 또 중요한 한걸음인지는 더 말할 필요도 없겠다.

『할매가 돌아왔다』는 일본 순사와 바람나 집 나간 할머니가 60억을 들고 돌아오며 시작되는 유쾌한 소동극이다. 잃어버린 할머니의 역사를 복원하는 시대극이자 저마다의 상처를 대면하고 치유해 나가는 가족 드라마이며 자존감 낮은 한 백수의 로맨스 성장소설이기도 하다. 무엇보다 듣도 보도 못한 성격을 앞세운 할머니의 기행과 할머니라면 거친 욕설에 뒷목부터 잡고 보는 할아버지, 그 사이에서 저마다의 계산법으로 할머니와의 관계를 설정하는 가족들의 할머니 탐색전은 시간 가는 줄 모르고 읽다 보면 어느새 결말에 다다라 있는 재미있는 이야기다. 많은 감정을 거쳐 끝에 다다랐을 독자들에게 무슨 말을 더 보탤 수 있을까. 그저 내 이야기이자 당신의 이야기가 될지도 모를 사소한 기억들을 나눠 보려 한다. 이것이 나만의 경험, 우리 가족만의 이야기는 아닐 거라는 생각으로. 어쩌면 이야기하지 않아서 작고 시시해져 버린 건 아닐까

하는 일말의 죄책감으로.

폭력의 역사

10대 시절 나는 줄곧 할머니와 한방을 썼다. 늦은 시간까지 잠들지 않는 건 그때도 마찬가지여서 새벽 두세 시가 다 되어서야 책상 위 스탠드 불을 끄는 게 일상이었다. 룸메이트로서 최악이라 할 수 있는 내 습관 탓에 할머니는 잠을 많이 설쳤다. 나와 함께 지내는 동안에는 숙면이라는 걸 취해 본 적이 없었을지도 모른다. 그래도 별말 않았다. 기껏해야 아직 안 자고 뭐 하냐는 말로 한번쯤 늦은 시간을 상기시켰을 뿐, 빛 때문에 자꾸 일어나게 된다거나 그만하고 불 좀 끄라는 식의 이야기는 한 번도 들은 기억이 없다. 대학생이 되자 모든 것이 달라졌다. 한방에서 지내는 누구도 늦게까지 켜져 있는 내 불빛을 참아 주지 않았다. 불이 허락된 곳으로 자리를 옮길 때마다 할머니 생각을 했다.

철없고 이기적인 손녀와 온화한 할머니가 보낸 불면의 밤. 누구도 불편해지지 않는 훈훈한 에피소드. 이것은 사실이다. 그러나 이것만이 사실은 아니다. 내가 기억하고 있는 할머니와 함께한 밤들에는 이것보다 더 중요한 이야기가 있다. 모난 데 없는 둥글둥글한 에피소드 아래 숨겨 왔던, 나 혼자만 알고 있는 할머니의 비밀. 소설에는 역시 이상한 힘이 깃들어 있다. 소설이 끝에 가까워질수록 하나의 생각이 내 머릿속을 떠나지 않았다. 이제는 외면해 왔던 그 밤의 기억을 꺼내 놓을 때가 왔다는 생각이다. 『할매가 돌아왔다』를 읽으면서 그 이야기를 꺼내도 되겠다고 안심했기 때문이기도 하고, 이런 이야기를 할 수 있고 해야 하는 것이 2019년 지금, 『할매가 돌아왔다』가 돌아온 진짜 이유일 거라고 생각했기 때문이기도 하다. 아무려나, 내가 하고 싶은 이야기는 이런 것이다. 우리 할머니도 맞는 아내였다. 그러니까 우리 할아버지도, 때리는 남편이었다.

할머니의 수면을 방해했던 건 내가 켜 놓은 불빛만이 아니었다. 할머니는 종종 의미를 알 수 없는 소리를 뱉으며 괴로워하다 놀라 잠에서 깨곤 했다. 언제나 같은 소리였고 같은 구간에서 깼다. 거짓말 같은 반복이었다. 할아버지는 내가 태어나기도 전에 돌아가셨다. 할머니와 할아버지는 사별한 지 20년도 넘었다. 하지만 상처받은 마음에는 시간이 세상의 시간과 똑같이 흐를 리 없다. 지금도 선명하게 떠올릴 수 있는 그 소리가 젊은 시절 할아버지가 행사한 폭력의 증거라는 걸 알았을 때, 나는 좀 당황했던 것 같다. 어떻게 처리해야 할지 알 수 없는 정보를 손에 든 기분이었다. 그래서 그냥 주먹을 쥐었다. 주먹을 쥐자 이야기는 그 속에 숨어 더 이상 보이지 않았다. 손을 주머니에 넣으니 이야기는 영영 밖으로 나오지 않았다. 지금 내가 이렇게 주머니를 꺼내 뒤집지 않았다면 할머니의 잠꼬대는 지금까지 그랬던 것처럼 세상에 없는 이야기로 남을 수 있었을 것이다.

"할머니에겐 60억이 있었을까." 광복을 코앞에 두고 염병에 걸려 죽었다던 할머니가 60억과 함께 돌아왔다는 내용으로 시작한 소설은 60억의 행방을 되물으며 끝난다. 글쎄, 소설을 다 읽고 난 지금도 할머니에게 60억이 있다는 말의 진실이 무엇인지는 모르겠다. 확실한 건 이 60억이 내게는 '잠꼬대'와 같은 말로 들린다는 거다. 할머니의 잠꼬대는 할머니의 숨겨진 인생이고 나와 우리 가족이 대면하지 않은 진실이다. 60억 역시 할머니의 숨겨진 인생일 것이다. 할머니의 잠꼬대가 드러낸 것이 할아버지의 폭력이었던 것처럼 정끝순 씨의 등장으로 드러나는 것이 있으니, 이 집안 남자들에게 이어져 온 폭력의 역사다. 독립운동가로 명성 높은 이 시대의 선비 최종태도, 늙은 진보 최달수도, 집에서는 분노와 열등감을 이기지 못하고 아내에게 폭력을 행사하는 한심한 남편에 지나지 않았다. "난 그땐 짝불이가 싫고 후지오카가 좋았어. 난 매를 맞기보다 꽃을 받으며 살고 싶었다." 네 명의 남성과 사랑했고 그들이 있는 곳으로 갔던 할머니. 그러나 사랑의 길은 폭력에서 벗어나기 위한 길이기도 했다. 네 번째 남성에게 이를 때까지 할머니는 줄곧 맞았으니까. 꽃을 줬던 후지오카마저도. 폭력은 한 세대에만 그치지 않는다. "늘 정직하고 바르고 온유했던 아버지"이자 "노동자, 농민의 친구이며 약자를 위해 투쟁하는 아버지"도 엄마를 때렸다.

> 너까지 날 무시해? 내가 우습지? 그렇지? 내가 최달수야, 알아? 네까짓 게 감히 날 무시해? 이게 봐주니까 아주 꼭대기에서 놀려고 해. 돈 번다 이거지? 그까짓 더러운 돈 좀 번다 이거지? 한 번만 더 까불어 봐. 아주 요절을 내 버릴 테니까.[1]

아버지에게 맞는 어머니를 본 후 '나'는 어머니를 엄마라 부르지 않게 된다. 이 변화는 중요하다. 엄마라고 이물감 없이 부르다 어느 순간 자신도 모르는 사이 엄마에게 화를 내며 달려들 것 같다는 '나'의 고백은 할아버지에서 아버지로 이어지는 폭력이 자신에게도 이어질지 모른다는 내면의 공포를 드러낸다. 공포는 어느 정도 현실화한다. '나'의 사랑 현애의 남편이자 '나'의 친구이기도 한 김상우 역시 아내를 구타한다. '나'의 현애 역시 맞는 아내였다. '나'의 적극적인 개입으로 현애를 향한 상우의 구타가 그치고 둘의 이혼도 가시화한다. '나'는 상희를 때리지 않는 남편이 될 수 있을까. 알 수 없으나, 할머니의 등장과 함께 드러난 숨겨진 폭력의 역사가 '나'로 하여금 폭력의 실체를 바라보게 했고 폭력을 막아서는 데 개입하게 했으니, '나'의 미래도 얼마쯤은 바뀌었으리라.

---

1 김범, 『할매가 돌아왔다』(다산책방, 2019), 257쪽.

60억의 할머니

돌아오는 것만 해도 충분히 놀라운 일인데 할머니는 자그마치 60억 자산가로 '성공'해 돌아왔다. 그 소식이 알려지자 할머니는 거두절미하고, 실질적인 가부장의 위치에 자리 잡는다. 집 나간 할머니가 가장이라니, 이건 독립운동가였던 할아버지에겐 하늘이 두 쪽 나도 있을 수 없는 일이고 제아무리 진보 정치인입네 하는 아버지에게도 쉬이 받아들일 수 없는 일이다. 그런데 정말 60억이 있다면, 그 60억의 한 귀퉁이라도 받을 수 있다면 이야기는 달라진다. 그래서, 소설의 이야기는 달라지기 시작한다. "60억 이후, 집안은 비로소 화해와 용서, 잃어버린 67년, 감동의 대서사시가 엄숙하게 전개되"는 모습을 보인다. 60억 이전에 한없이 기괴해 보이던 할머니의 모습도 거짓말처럼 사라진다. 일사분란한 변화가 마치 변신을 능가한다.

카프카의 『변신』은 한 집안의 가장이었던 청년 그레고리 잠자가 어느 날 눈 떠 보니 징그러운 벌레로 변해 버렸다는 서글픈 이야기다. 벌레로 변한 잠자는 더 이상 돈을 벌지 못하고, 돈을 벌지 못하는 잠자는 정말로 한 마리 벌레가 되어 버린다. 아버지가 던진 사과에 맞아 죽는 잠자의 죽음은 가족이 경제 공동체가 아니고 달리 무엇이냐고 묻는 것만 같다. 가족은 일견 경제 공동체다. 서로가 서로의 톱니바퀴가 되어 물고 물린 채 돌아간다. 할머니는 반대다. 일본 순사에게 밀고했다는 둥 일본 헌병과 붙어먹었다는 둥 때로는 오해받고 때로는 자의적으로 왜곡된 사실로 인해 벌레보다 못한 취급을 받던 할머니의 훼손된 역사는 60억이라는 자산을 앞세우자 일시에 복권된다. 없던 자리도 만들 수 있는 것. 그것은 돈이다. 그리고 그 돈은 지금 할머니의 손 안에 있다. 그러고 보면 이 집안의 실물 경제를 움직이는 건 늘 여성들이었다. 할아버지와 아버지가 큰소리치고, '나'는 사고를 치는 사이, 그들이 큰소리치고 사고 쳐도 먹고사는 일이 멈추지 않았던 건 일을 멈추지 않는 어머니가 운영하는 슈퍼 때문이었다. 이혼하고 위자료로 받은 건물에서 나오는 세로 아버지의 선거 자금을 마련해 준 여동생 동주 덕분이었다. 할머니에게 받을 60억을 두고 가장 현실적인 전략을 구상하는 것도 동주뿐이다.

일찍이 충남 부여 명문가 장남으로 태어나 경성 유학을 했고 만주로 탈출, 독립운동에 투신했던, 고향에서 교편을 잡다가 전쟁 이후 비록 출판 사업 실패로 서울 변두리를 돌며 연탄가게, 만화방, 쌀가게, 슈퍼마켓 주인으로 그저 그런 삶을 살고 있지만 빈궁한 생활 속에서도 언제나 조선의 선비 정신을 잃지 않고 자신의 몸과 마음을 바로했던, 이 시대 지식인이며 교양인인 할아버지 최종태 아래, 진보 시대의 일꾼이자 노동자와 농민의 친구이며 지금은 보궐선거만을 노리고 있는 아버지 최달수 아래, 입사 시험 88연속 낙방의 대기록을 달성했으며 지금은 피시방을 전전하며 스스로를 벌레라 부르는 데

거리낌 없는 서른다섯의 백수 최동석, 즉 '나'로 이어지는 삼대는 실속 없이 명분만 내세우거나 그마저도 없이 아내와 딸, 엄마와 동생 등골만 빼먹는 그레고리 잠자의 가족들만 같다. 할머니의 등장으로 할아버지와 아버지의 치부가 드러난다면 어머니와 동생은 비로소 그 역할이 빛을 발한다. 한쪽이 내려가자 다른 한쪽이 올라가는 형국이다. 할머니의 등장으로 가족 내 기울어진 추가 수평을 찾아 간다.

"네가 네 할머니다." "네가 니 시어미다." 당당하게 집 안을 휘젓고 다니는 할머니의 모습은 역전의 용사가 등장한 것만 같은 통쾌함을 불러일으킨다. 가족 곁으로 돌아왔고 평생의 한이었던 오해도 풀어냈지만 할머니는 완전히 돌아오지 못한다. 돌아가신 할아버지를 모신 영구차를 타고 부여를 향하는 날, 마을 노인들이 황산 다리를 막고 선다. "왜놈과 붙어먹은 년"은 들일 수 없다는 게 이유다. 서울에서 기세등등하던 할머니는 자신이 떠나온 곳, 부여의 강경에서는 주눅 든 작은 노인이 되고 만다. 가족들이 합세하지만 할머니도 더 무리하지 않고 돌아선다. 폭풍처럼 내달리던 이야기가 현실의 문턱에 걸려 서는 순간이다. 그러나 할머니의 왜곡된 역사가 할머니가 살았던 삶의 왜곡에서 기인한 것이 아니었던 것처럼 황산 다리를 건너지 못한 것도 할머니의 한계는 아니다. 그것은 차라리 우리 시대의 한계일 것이다. 할머니를 받아들이되 완전히 받아들이지 못하는 그 마지막 경계. 지금이라면 어디까지 갈 수 있을까. 황산 다리를 건널 수 있을까.

할머니에게 정말로 60억이 있었기를 바란다. 누명으로 살아온 오욕의 시간이 60억으로나마 보상받을 수 있다면 그것으로 얼마나 다행인가. 사랑하고 사랑받으며 살고 싶은 의지만을 좇아 살아온 인생, 자신의 잘못된 역사를 바로잡기 위해 돌아올 용기를 낸 위대한 걸음을 내딛은 인생이라면 그 대가로 60억 정도 괜찮지 않을까. 그러나 60억만이 할머니를 받아들이는 유일한 세계는 아니기를 바란다. 나에게 60억이 할머니의 잠꼬대에서 시작된 우리 가족이 못다 이야기한 폭력의 역사였듯이 당신에게 60억은 당신 할머니와 할아버지, 아버지와 어머니의 이야기가 되기를. 지금은 "직구를 던질 타이밍"이다. 할매가 돌아왔다.

움직이는 좌표

서유미,
『우리가 잃어버린 것』

19호실의 역사

"혼자였다. 혼자였다. 혼자였다." 도리스 레싱의 단편소설 「19호실을 가다」를 떠올리면 같은 말을 세 번이나 반복하는 절박한 목소리부터 들려와 다른 생각을 할 수가 없다. 수전은 "몇 시간 동안 혼자 있고 싶어서", "이 세상에서 완전히 혼자 있고 싶어서" 평범하고 무특징한 데다 창문과 안락의자는 지저분하기 짝이 없는 싸구려 호텔 방을 간절한 마음으로 향한다. 그 방을 생각하고, 또 혼신을 다해 그 방을 그리워하는 수전의 모습은 경주와 많이 닮았다. 매일 아침 11시 반, 같은 카페 같은 자리에 앉아 같은 음료를 주문하며 이력서를 쓰는 경주가 지나고 있는 길은 인류 역사상 수많은 여성들이 찾아낸 탈출구였던 것이다. 경주가 출근 도장을 찍는 카페 제이니는 수잔의 19호실처럼 그녀를 오직 자신으로 존재하게 하는 공간이다. 버지니아 울프의 '자기만의 방'과 도리스 레싱의 '19호실', 그리고 서유미의 '카페 제이니'로 이어지는 자발적 고립의 역사에서 여성들은 서로를 조금씩 이어받는 동시에 조금씩 비켜나 있다.

'자기만의 방'이 자아를 지키기 위해 여성에게 필요한 경제적 독립과 물적 토대로서의 공간인 데 반해 '19호실'은 경제적 자유를 확보한 공간으로서의 의미는 크지 않다. 왜냐하면 수전이 원한 건 돈이 아니라 완벽한 혼자였기 때문이다. 물론 철저한 고립마저도 수전의 공허함을 해결해 줄 수는 없었다. 좀처럼 괜찮아지지 않는 수전이 찾아낸 혼자만의 공간에서 끝내 자살했다는 사실은 수전에게 19호실이 무엇이었으며 그러나 불행하게도 끝내 무엇일 순 없었는지 말해 준다. "그런데 만일 그것이 정말 모든 것을 지탱할 만큼 강하지 않다고, 중요하지 않다고 느꼈다면, 그건 누구의 잘못일까? 확실히 수전의 잘못도 매튜의 잘못도 아니다. 그건 본질에 관한 문제였다."[1] 19호실은 수전을 그녀의 가족들로부터 독립 (혹은 차단) 시키는 데 성공적인 공간이었을지 모르나 그녀를 가부장제라는 공기까지 차단해 주지는 못했다. 수전은 더 이상 숨을 곳이 없었다. 질식할 것 같은 세상을 살아가느니 차라리 스스로를

---

1 도리스 레싱, 「19호실로 가다」, 『19호실로 가다』(민음사, 1994), 12쪽.

질식시키는 편을 선택하는 것은 수전의 방식이었다. 19호실은 차라리 끝끝내 파악할 수 없는 수전의 마음 그 자체다.

서유미의 '카페 제이니'는 오직 자신만을 위해 소비하는 곳이면서 혼자라는 상태를 누릴 수 있는 곳이다. 따라서 경주의 일상을 조금 다른 색으로 채워 주는 카페 제이니는 자기만의 방인 동시에 19호실이다. 그러나 경주의 모순된 감정이 공존하는 이곳은 결코 자기만의 방도 19호실도 아니다. 가족으로부터 해방되어 오롯이 나 자신으로 존재하기 위해 성실하게 출근 도장을 찍는 경주이지만 그녀가 이곳에 오는 이유는 다른 데 있는 것 같다. 그녀는 카페 주인에 대해 상상한다. 미스 제이니라는, 혼자만 부르는 별명을 지어 주고 카페에 앉아 있거나 뜨개질에 몰두하는 미스 제이니를 유심히 관찰한다. 카페 제이니에서 경주는 혼자 있는 동시에 미스 제이니와 함께 있다. 카페 제이니는 완전히 나 자신, 그러니까 독신이던 시절의 '나'를 경험하는 것과 같은 기억을 불러일으키는 곳이지만 경주가 정말로 원하는 것이 완전히 혼자가 된 '나'라고만은 할 수 없다. 그녀는 가족으로부터 떨어져 자신으로 존재하고 싶어하는 동시에 떨어지고 단절되는 관계로 인한 소외감을 견딜 수 없어 한다. 19호실이 수전의 공허함을 채워 주지 못했던 것과 마찬가지로 카페 제이니 역시 경주에게 충분한 도피처도 완전한 낙원도 되어 주지 못한다.

카페 제이니는 경주의 과거와 현재와 미래가 공존하는 불가능한 공간이다. 이곳에서 경주는 혼자라는 상태를 통해 과거를 재현하는 동시에 구직 활동을 하며 현재를 살아내는 한편 카페 주인인 미스 제이니를 상상하며 자신의 미래가 그녀와 얼마쯤 닮아 있기를 꿈꾼다. 그러니까 이 공간은 돌아갈 수 없는 과거의 자신과 이해되지 않은 현재의 자신, 그리고 상상하고 싶지만 그녀를 통해서가 아니면 상상조차 할 수 없는 자신의 미래를 한꺼번에 경험할 수 있는 곳이다. 과거와 현재와 미래 그 사이 어딘가에서 부표처럼 떠다니는 경주가 과거도 현재도 미래도 만날 수 있는 곳인 셈이다. 카페 제이니가 어느 날 갑자기 문을 닫고 2주 동안 영업을 중단했을 때 경주가 느낀 실망감이 필요 이상으로 커 보였던 것은 2주 동안 머무를 다른 카페가 없어서가 아니었을 것이다. 이 카페에서 경주는 아득하고 까마득한, 무섭고 막막한 시차를 느끼지 않아도 된다. 과거와 현재, 그리고 미래가 공존하는 곳에는 시차가 없다.

무자비한 시차

육아 휴직 이후 복직 대신 퇴직을 선택한 경주는 아이를 어린이집에 보낼 수 있을 정도가 되자 카페 제이니로 출근해 재취업을 위한 구직 활동을 시작한다. 사람들은 그녀를 경력단절 여성이라고 부른다. 줄여서 경단녀라고도 한다. 30대 중후반에서 40대 초반의 여성 중 결혼과 육아를 병행하는 이들은 종종 경주와 같은 선택의 기로에 선다. 그들은 워킹 맘이 될 수도 있고 전업주부가 될 수도 있다. 경주는 아직 어느 쪽으로도 마음을 정하지 못했다. 스스로를 정체화하지 못한 상태랄까. 연봉만 조금 낮추면 재취업에 큰 문제가 없을 거라 생각했던 경주는 막상 취업 시장에 들어서자 무자비한 '시차'를 느낀다. 그녀가 육아와 함께 보낸 시간은 사회가 돌아가는 시간과 같은 속도로 움직이지 않았다. 자비 없는 '시차'는 그녀에게 파트타임 이상의 안정된 직장에 접근하는 것을 막아서는 장벽이 된다. 돌아오는 것은 스스로 내면화하고 있던 편견뿐이다. 경주는 정신차릴 수 없는 시차에 현기증이 날 지경이다.

> 재취업하려면 결국 편의점 알바나 식당, 카페의 서빙과 마트 계산원, 텔레마케터 같은 일을 알아봐야 한다는 현실도 받아들이기 힘들었지만, 그런 일을 하는 사람은 따로 정해져 있다고 선을 그어 왔던 자신의 민얼굴과 마주하는 것도 고통스러웠다. 자신이 괜찮은 인간이라고 생각했을 때는 상처받은 줄 알고 억울했는데 형편없는 인간이라는 걸 깨닫게 되자 다른 방식으로 고통스러웠다.[2]

2 서유미, 『우리가 잃어버린 것』(현대문학, 2020), 126쪽. 이하 인용은 쪽수만 표시한다.

일자리를 구하는 데에서만 단절을 느끼는 게 아니다. 고등학생 때부터 함께해 온 오랜 친구들과의 관계, 우연한 기회로 다시 연결된 친구 J와의 관계 등이 모두 '시차'의 벽을 넘지 못하고 단절의 상태에 이르고 만다. 30대가 되면서 더 돈독해진 다섯 명의 비혼 친구들 중 경주가 가장 먼저 결혼와 육아의 트랙에 오르면서 자연스럽게 경주의 삶은 네 친구와 달라지고 서로의 관심사도 달라진다. 급기야 경주가 초대한 돌잔치에 네 사람 중 어느 한 사람도 오지 않고 돌잔치라는 행사가 있다는 사실조차 잊어버린 친구들 앞에서 경주는 조용히 대화방을 나옴으로써 관계를 정리한다. 시차는 단절을 든다. 그리고 단절은 관계의 죽음을 의미한다. J는 그들과는 다른 친구였다. 집으로 놀러 와 경주와 속마음을 나누고 함께 가벼운 마음으로 배달 음식을 시켜 먹을 수 있는 편안한 관계. 그러나 경주는 결혼하지 않은 친구들과의 벽 앞에서 방향을 바꾼 것처럼 아이 엄마의 입장을 이해하지 못하는 J의 벽 앞에서도 방향을 바꾼다.

J와 재취업과 경력 단절에 대한 얘기를 나누는 동안 경주의 마음 한쪽에서는 셔터가 천천히 내려왔다. 안과 밖이 훤히 보이지만 저쪽의 말이 이쪽으로 들어오지 못하고 안에 있는 말이 밖으로 흘러가지 않았다.(119쪽)

그때 경주가 잃어버린 건 무엇이었을까. 자신을 자신과 같은 마음으로 이해해 주지 않는 사람들 앞에서 경주는 마음의 셔터를 내린다. 무자비한 건 오히려 경주 쪽이었을지도 모른다. 19호실로 갔던 수전이 스스로를 고립시켰던 것처럼 경주도 어느새 스스로를 고립시키고 있었던 건 아닐까. 세상에 질식당하기 전에 스스로를 질식시켜 버리겠다는 듯이 사람들로부터 자신을 떼어 내고 있었던 건 아닐까. 관계에 대한 자신감 결여된 자리에 자격지심이 가득 들어선 경주가 자신의 삶에 확실히 새겨진 늦어 버린 시차를 인식하지 않는 방법은 자신과 다른 속도로 살아가는 사람들 곁에 자신을 두지 않는 것이다. 다른 속도로 살아가는 사람들로부터 멀리 멀리 달아나는 것이다. 단절되고 도망가는 건 막다른 길에 선 경주가 선택한 유일한 방법이었을지도 모른다는 생각이 든다. 혼자 서 있는 것은 외롭다. 고독하고 쓸쓸하다. 그러나 늦었다는 생각에 서두를 필요 없고 길을 잘못 들었다는 생각으로 불안해할 필요가 없으므로 혼자 서 있는 것만이 그녀를 주저앉지 않게 한다. 혼자 서 있는 것을 피할 수 없다.

되찾은 한 시절

자신을 지키기 위해 자신과 다른 속도로 살아가는 타인을 허락하지 않는 경주가 미스 제이니를 스쳐 지나가지 못하는 이유가 무엇이었을까. 그렇지 않아도 계속되는 단절에서 비롯되는 힘겨운 마음에 카페 제이니의 갑작스러운 휴업까지 겹치자 경주는 어디로도 도망칠 수 없다는 선고를 받는 것만 같다. 어쩌면 버림받은 듯한 기분마저 느끼던 경주는 다시 찾은 카페 문 앞에 붙어 있는 작은 메모, 아이가 많이 아파서 당분간 카페 문을 닫는다는 내용의 글을 읽고 한참을 그 자리에서 있는다. 그 글은 경주의 발길을 한참 동안 문 앞에 붙들어 둔다.

> 경주는 손을 모은 채 잠시 고개를 숙였다. 그녀는 미지의 시간을 지나는 중이고 어디에 도달하게 될지 몰라 두리번거리고 있었지만 여기서 보낸 한 시절이 자신을 앞으로 나아가게 한 건 분명했다. 미스 제이니가 붙여 놓은 종이의 하단에는 힘내세요, 기도할게요, 같은 응원 메시지가 적혀 있었다. 경주도 가방에서 볼펜과 포스트잇을 꺼냈다. 무어라고 적어야 할지 몰라 볼펜을 든 채 가만히 서 있었다. 그냥 지나갈 수 없었다.(160쪽)

서유미 작가는 경주가 그냥 지나갈 수 없었던 마음의 사정에 대해서는 쓰지 않는다. 그래도 우리는 알 것만 같다. 세상이 돌아가는 속도와 다른 곳에서, 그러니까 어느 작은 카페에서 제이니와 따로 또 함께 보낸 그 시간은 비로소 경주에게 함께 보낸 시간으로 기억되기 때문이다. 언제나 두어 발 늦었다는 생각으로 자격지심과 열등감에 휩싸여 있던 경주는 제이니의 메모를 읽고 "여기서 보낸 한 시절이 자신을 앞으로 나아가게" 했다고 말한다. 경주가 나아간 곳이 어디인지 묻고 싶지 않다. 제이니와 함께 힘든 시간을 보냈을 것이라는 생각이 경주로 하여금 앞으로 나아갔다고 생각하도록 하는 것이니까.

경주는 자신이라는 점이 세상이라는 공간 위 어느 위치에 찍혀야 할지 몰라 불안해했다. "마흔한 살의 아기 엄마가 설 곳이" 어디인지 알 수 없었다. 그러나 소설의 마지막에 이르러 미스 제이니가 붙여 놓은, 가게 문을 닿을 수밖에 없는 이유를 읽을 때 경주가 느끼던 불안감은 사라지고 경주 내면에 단단한 무엇이 차오르는 것을 우리는 느낄 수 있다. 비로소 좌표가 찍혔기 때문이다. 하나의 점은 엑스축과 와이축이 만날 때 비로소 위치를 가진다. 경주와 제이니라는 각각의 축이 한 점에서 만난 것이다. 만났으므로 이동할 수 있다. 혼자일 때에는 알 수 없던 자신감과 긍지가 제이니와 보낸 한 시절을 마음에 품는 순간 생겨나기 시작했다. 그러자 나도 더 이상 그녀가 "잃어버린 것"에 대해 묻지 싶지 않아졌다. 그녀가 잃어버린 것이 아니라 세상이 잃어버린 것이기 때문에.

가끔은 무인도에서 비행기가 지나갈 때마다 횃불을 들고 구조 신호를 보내는 기분이었다. 여기에 자신이 있음을 알아봐 주기를 간절히 바라는 마음으로 팔을 흔들었다. 이력서를

> 읽음과 읽지 않음 모두 도움의 손길로 이어질 가능성이 희박했지만 무언가 보이면 열심히 팔을 흔들어야 했다. 멈추지 않는 게 중요했다.(12쪽)

『우리가 잃어버린 것』은 오랜 시간 동안 계속되어 온 여성들의 자발적 고립의 역사 위에 서 있다. 그러나 과거의 소설들이 혼자라는 상태, 고립이라는 상황에서 돌파구를 찾아내는 데 그쳤다면 서유미의 성취는 각자의 고립을 넘어서는 느슨한 연대를 통해 멈춘 듯한 좌표를 이동시켰다는 데에 있다. 단절된 것처럼 보이고 뒤늦은 것처럼 보이는 그들의 시간은 기준점을 바꾸면 연결된 것처럼 보이고 적절한 것처럼 보인다. 경주에겐 미스 제이니가 모든 시차를 바로잡게 해 주는 새로운 기준점이다. 고립의 역사 위에서 시작한 이 소설이 이토록 함께하며 끝날 수 있다니, 상처를 내포하던 서유미의 소설은 이제 스스로 낫는 법에 대해 이야기하고 있는 것 같다. 세상을 향해 횃불을 들고 구조 신호를 보내던 경주는 없다. 그녀의 좌표가 이동하기 시작했다.

악(惡)은 침묵할 권리가 없다

정용준,
『유령』

위험을 감수하는 것이 좋은 소설의 기준은 아닐 것이다. 그러나 좋은 소설은 모두 위험을 감수하고 있다. 문학의 세계에서 위험을 감수한다는 것은 무슨 뜻일까. 작가와 독자 사이에 공인된 길이 없다는 말이다. 작가는 독자의 경로를 통제할 수 없고 독자는 작가의 목적을 예측할 수 없다. 작가가 없는 곳에 독자는 도착하고 독자가 없는 곳으로 작가가 출발했을 가능성. 요컨대 오독의 가능성을 포함한다는 말이다. 『유령』을 읽으며 나는 직감했다. 이 소설은 위험을 감수하고 있다. 진실에 닿기 위해 오독의 길이 필요하다면 그마저 안겠다는 의지. 그것은 용기다. 작가의 용기가 좋은 소설의 기준은 아닐 것이다. 그러나 좋은 소설은 모두 작가의 용기에 빚지고 있다. 악인의 인생사를 들려주는 이 소설은 오독의 길을 열어 놓고 있다. 그

길목을 막아서는 것이 내가 할 일은 아닐 것이다. 하지만 거기서 멈추지 말라고 손짓하는 것은 내가 할 일이다. 작가의 용기가 작품을 읽은 타인의 용기를 통해 완성된다면, 철지난 사명감마저 느끼며 손짓에 열중을 기하게 만드는 이 소설은 좋은 소설일 뿐만 아니라 완성된 소설이라고도 할 수 있을 것이다.

『유령』은 극악무도한 살해를 저지르고 수감된 사형수 474와 그에게 호기심을 느끼는 담당 교도관 윤에 대한 이야기다. 소설에서 발생하는 가장 큰 변화는 악무한의 범죄자 474의 베일이 벗겨짐에 따라 불우한 유년 시절을 보낸 상처받은 인간 신해준이 드러난다는 점이다. 이야기가 진행될수록 474에 대한 정보가 더해지며 그의 악은 '악마적 순결성'을 잃는다. 이 과정은 모종의 불편함을 동반한다. 악한의 내면을 서사화하고 그의 불우했던 성장 과정을 보여 주는 데 이토록 많은 지면을 할애하는 작가의 의도 앞에서 악마의 변호사라는 말을 떠올리지 않기란 힘든 일이다. 앞서 언급한 오독의 갈림길도 바로 여기다. 작가는 용서할 수 없는 악행에도 참작할 만한 이유는 있다고 말하고 싶은 걸까? 눈에 보이는 사건을 인과적으로 연결해 결론을 내려 버리고 싶은 유혹이 우리를 자극하는 것도 사실이다. 그러나 악인의 과거를 들춰내고 그가 처한 비극적 상황을 보여 주는 것이 악을 정당화하는 것은 아니다. 그에게는 이미 법이 가할 수 있는 최대한의 형벌이 주어졌다. 474에 대한 사법적 판단이 완료된 시점에서 소설이 시작하고 있다는 점은 작가의 주제가 구체적인 범죄 행위와 그에 대한 처벌과 거리 두고 있음을 시사한다. 핵심은 죄와 벌이 아니다. 이 모든 정보의 발원지는 감금된 악을 자극하고 들쑤셔 봉인된 기억을 꺼내려 하는 윤의 생각과 행동이다. 윤은 왜 474의 마음을 궁금해할까. 다 끝난 이야기에 무엇을 더 보태려고.

'악'이라는 말에는 더 이상의 질문을 봉쇄하는 끝의 이미지가 있다. 합리적인 사고 체계로는 이해할 수 없는 일탈된 행동이자 논의의 대상이 될 수 없는 비정상적이고 비상식적인 의식으로 악을 규정하고 나면 악을 바라보는 시선은 제한되기 마련이다. 그것을 조금이라도 이해한다는 것은 스스로가 악한 존재임을 인정하는 것이나 다름없기 때문이다. 누구도 자신이 악을 이해하는 존재로 보이는 것을 원하지 않는다. 이렇게 되면 악은 이해할 수 없는 것이기 이전에 이해해서는 안 되는 것이다. 악의 정당화는 오히려 여기에 있다. "미친 새끼", "짐승", "악마", "사이코". 이해할 수 없는 괴물이라 선 긋고 더 이상 생각하지 않는 것은 쉬운 일이다. 동시에 악을 재생산하는 일이기도 하다. "제일 무서운 사람이 누군지 알아? 잔인한 놈? 살인자? 사이코? 아냐. 아냐. 속을 모르겠는 놈이야." 474에게 호기심을 보이는 윤에게 선배 교도관 최는 가르친다. 맞는 말이다. 속을 모르는 놈이 제일 무섭다. 그러나 속을 모르기 때문에 모르는 상태로 두는 것이야말로 악에게 익명을 허락하고 침묵을 승인하는 기만적 태도다. 절대선이 상상의 산물인 것과 마찬가지로 절대악도 상상의 산물이다. 474가 들려주는 이야기는 어떤 부분에선 낯설고 혐오스럽지만 어떤 부분에선 익숙하고 이해할 만하다. 악은 우리가 알 수 없는 것들로 구성된 외계가 아니라 우리가 아는 것들이 알 수 없는 방식으로 착종된 한계다. 『유령』은 악의 입을 열어 그의 침묵을 저지한다. 악의 실체는 드러나야 한다. 악을 용서하기 위해서가 아니라 악에 무지하지 않기 위해서.

악이 타고난다는 생각

이야기를 하나 해 줄까요? 어떤 사람이 있습니다. 그는 사수의 운명을 갖고 겨울에 태어났어요. 어려서부터 사냥을 잘했던 이 남자는 살면서 많은 것들을 죽였습니다. 무엇인가를 사로잡아 생명을 빼앗는 일. 좋아하거나 원하지는 않았지만 그는 누구보다 그걸 잘했고 나중엔 그게 일이 되었죠. 그는 뛰어난 사냥꾼입니다. 아무 흔적도 남기지 않았고 맡은 일을 실패한 적도 없지요. 그가 죽인 이들은 기록에 남지 않습니다. 미결이거나 사고로 존재할 뿐이죠. 그가 무엇인가를 노리고 응시하면 무엇이든 쓰러지고 맙니다. 그의 눈은 정확하고 창끝은 날카롭거든요.[1]

---

1 정용준, 『유령』(현대문학, 2018), 25~26쪽. 이하 인용 시 쪽수만 표시한다.

474는 운명론자다. 스스로를 설명하는 최초의 발언에서 그는 자신이 사수의 운명을 타고 났다고 말한다. 좋아하거나 원하지는 않았지만 그저 잘했기 때문에, 다시 말해 타고 났기 때문에 무엇이든 쓰러뜨리는 삶을 살게 된 "그"는 물론 474 자신이다. 그의 주장에 따르면 악은 타고난다. 피할 수 없는 생의 조건에 따라 살아왔다는 운명론은 죄책감이나 죄의식을 느끼지 않는 그의 태도를 합리화한다. 작품 전체에 걸쳐 474는 자신을 압도하는 운명의 굴레가 존재한다는 인식을 드러내는데, 이러한 운명론적 세계관은 악에 대한 관념 중 가장 널리 알려진 이미지다. 운명론적 입장은 악이 악을 정당화하는 방편인 동시에 쉽게 거부할 수 없는 인간의 조건이기도 하다. 소설에서 운명은 인정되지도 않지만 거부되지도 않는다. 예컨대 『유령』에는 몇 가지 운명적이라 할 만한 단서들이 제시된다. 474는 선천성 무통각증을 앓고 있다. 무통각증은 말 그대로 자신의 몸에서 발생하고 있는 통증을 느끼지 못하는 질환이다. 자신의 통증을 느끼지 못하는 것은 타인의 통증을 느끼지 못하는 데 대한 강력한 알리바이가 된다.

누나와의 동일성은 운명론에 한층 무게를 실어 주는 듯하다. 질환은 누나와 474에게 공통으로 존재한다. 두 사람에게 공통으로 핸디캡이 주어졌다는 설정은 다시 한번 혈연으로 표상되는 운명론에 긍정의 사인을 보낸다. 고통을 느끼지 못하는 것은 각종 위험으로부터 자신을 지키지 못하는 핸디캡이므로 누나는 동생으로 하여금 항상 자신의 몸을 잘 살피라고 교육하지만 정작 474는 누나가 가르쳐 주지 않은, 누나로서는 영원히 모르길 바라는 "본질"을 공유한다. 살해에 대한 이끌림. 죽음 충동이 그것이다. 동생이 동물을 죽이는 데에서 아무런 죄책감도 느끼지 못한다는 사실을 알게 된 누나는 그를 떠난다. 누나인 해경 역시 열아홉 살에 아버지를 살해한 적 있기 때문이다. 474가 네 살이던 때의 일이다. 474는 자신에게 내재된 악의 기원을 아버지에게서 찾으려 하고 누나는 자신이 동생의 뿌리임을 받아들이며 그를 떠난다. (누나는 474의 어머니임이 암시된다.) 실행된 살해는 언뜻 두 사람 사이에 동일한 저주가 흐르고 있는 것처럼 보인다. 그러나 그들의 예감은 좀처럼 석연치 않다. 그들이 공유하고 있는 환경의 유사성을 뒤로하고 오직 종적 기원에서 원인을 찾으려 하기 때문이다.

474의 불행이 사수의 운명을 타고났기 때문인지 사수의 운명을 받아들였기 때문인지는 확실치 않다. 다만 운명인지 아닌지가 불분명한 것과 대조적으로 운명에 대한 그들의 태도는 분명하다. 그들은 자신들의 현재가 정해진 운명의 발현이라고 믿는다. 운명이라는 본 적 없는 과거에서 미래에 대한 근거를 찾는다. 신해경은 동생이 자신의 폭력성을 고백해 왔을 때 '왜'냐고 묻지 않았다. 고백은 도움의 손짓이었을지도 모르는데 누나는 운명론에 기댄 도피로 도움의 손길을 뿌리친 것이다. '왜'냐고 묻는 일은 그의 이야기를 듣는 것만이 아니라 자신에게도 물어야 하는 괴롭고 아득한 일이기 때문이었으리라. 그들은 자기 인생에 드리워진 비극의 그림자를 의심 없이 받아들인다. 기다렸다는 듯이 적극적으로 받아들인다. 운명이 존재하는 것은 막을 수 없다. 하지만 인간은 운명을 거부할 수 있다. 선악의 법정이 있다면 불행의 파도 앞에서 한 번도 거부 의사를 밝히지 않은 그들에게 유죄를 선고할 것이다. 악은 운명이 아니다. 운명에 대한 태도다.

악에는 이유가 없다는 생각

왜 이런 일이 생겼을까? 도대체 왜? 물을 순 있겠지만 답은 알 수 없습니다. 애초에 이유 같은 게 없거든요. 의도도, 목적도, 없죠. 그러니까 그는 누군가에게 자연 같은 존재입니다. 그는 의도를 품지 않아요. 죽이고 싶어 하는 욕망이 없고 그로 인해 얻는 쾌감도 원치 않아요. 그는 그냥 죽입니다. 그는 미워하는 사람이 없고 사랑하는 사람도 없어요. 따라서 복수도 없고 오해도 없지요. 폭우가, 눈덩이가, 번개가, 곰이, 인간에게, 죄책감을 가질 필요가 있나요? 사자는 사슴의 숨통을 끊고서 자신을 만든 창조자에게 용서를 빌지 않아요. 그냥 먹을 뿐입니다. 본성이란 그런 것입니다.(28쪽)

악에 대한 고정관념 중에는 무의미, 즉 자연의 이미지도 있다. 악에는 도대체가 아무런 이유도 없다는 것이다. 악을 행하는 데 이유가 없기 때문에 왜 이런 일이 벌어졌는지 질문하는 것 자체가 무의미하다는 생각. 무의미로서의 악은 우리를 가장 무력하게 만든다. 감금과 같은 사회적 처벌은 인간이 수치심을 가진 존재, 자유를 갈망하는 존재, 죽음에 대한 공포를 가진 존재라는 전제 위에서 가능하다. 수치심이 없고 자유를 원하지 않으며 죽음을 두려워하지 않는 사람에게는 본질적인 의미에서 처벌이 불가능하다. 죽고 싶지만 스스로 죽을 수 없어 자발적으로 체포된 474의 사형 집행을 두고 윤이 제기하는 의문은 악의 무의미가 얼마나 공포스러운 일인지 보여 준다. "그런데 이상하네요. 사형당하러 들어온 사람을 사형시키는 것이…… 뭐, 그 방법밖에 없겠지만 무력하군요. 아이러니하게도 우리 모두가 합심하여 그를 돕는 것 같아요." 자연에 이유가 없는 것처럼 악에도 이유가 없다는 생각을 받아들이는 것은 악을 수용하는 일과 하나도 다를 것이 없다. 정말 그럴까. 악에는 이유가 없을까.

스스로를 자연에 비유하는 474의 생각은 그다지 믿을 만하지 않다. 474는 버림받은 기억의 트라우마에서 벗어나지 못해 관계없는 삶, 즉 자발적 괴물의 삶을 선택했다. 기어이 괴물로 살아가길 원하는 그를 이용한 사람들도 있다. "겁쟁이들은 저로 인해 강해졌고 원한이 많았던 자들은 저로 인해 원한을 풀었습니다. 그는 그 대가로 삶을 유지할 수 있었습니다. 조사관들이 저를 유령이라고 하는 소리를 들었습니다. 맞는 말입니다. 존재를 숨겨야 존재할 수 있는 사람, 그게 나였습니다." 텅 빈 그는 사람들이 자신을 욕망의 도구로 이용하도록 적극적으로 협조했다. 지문이 등록되어 있지 않고 주민번호가 없기 때문이 아니라 타인의 욕망에 대한 반사물, 도구로서만 존재했기 때문에 유령이다. 유령은 실체가 없어서 비극적인 것이 아니라 타인에 의해서만 실체를 가지는 텅 빈 존재여서 비극적이다. 474는 누나도 자신과 동일한 고통을 느꼈다는 걸 확인한 뒤 비로소 죽고 싶지 않고 말한다. 무의미로서의 악, 자연적 사태로서의 악을 뒤집는 결정적인 장면이다. 악에는 이유가 있다. 그것도 너무 많은 이유가.

474에 초점을 맞추고 그의 심연을 들여다보는 데 집중하던 소설은 점차 줌아웃되며 그를 둘러싼 사람들을 비춘다. 분산된 시선이 가장 먼저 닿는 곳은 윤이다. 윤은 악에다 대고 '왜'를 묻는 사람이다. 그러나 윤 역시 내면에 '악'에 대한 끌림을 느끼고 있다는 점이 우리를 다시 한번 혼란스럽게 한다. 그 수준이 타인의 시선을 살 만큼 표면화되지 않는 잠복된 형태지만 474에 대한 윤의 호기심은 강 건너 구경꾼의 시선과 구분된다. 474와 윤은 선악을 기준으로 깔끔하게 구분되지 않는다. 윤의 존재는 악에 대한 우리의 인식을 교란한다. 윤은 악마의 씨앗인가? 우리는 윤의 감정을 무엇이라고 불러야 하는가. 『유령』은 474가 무엇과도 관계되지 않은 악무한의 존재에서 시작해 혈연과 비혈연을 포함, 그가 간과해 왔거나 의미 없다고 여겼던 관계들이 드러나며 악에 대한 474의 주장에 반론한다. 이토록 성실한 검증의 서사는 어느 날 갑자기 태어난 돌연변이로서 악에 금을 낸다. 윤은 잠복된 악일 수 있고 신해경은 악의 조력자일 수 있으며 살인 청부업자들은 악의 기생자일 수 있다. 요컨대 474를 둘러싸고 있는 관계는 그 자체로 악의 역사다. 『유령』은 악과 악인에 대한 정용준의 존재론적 보고서다.

쇄빙선의 자세

소설의 시작을 기억하는 독자들이 있을 테다. "얼음 바다를 보신 적 있으십니까? 얼어붙은 수면을 깨며 느리게 나아가는 쇄빙선은요?" 『유령』은 쇄빙선에 대한 이야기로 시작한다. 소설을 읽는 내내 쇄빙선에 대한 생각이 머리를 떠나지 않았다. 얼음과 겨울의 이미지로 가득한 이 소설에서 쇄빙선 장면은 소설 가장 바깥의 목소리다. 474의 목소리를 빌리고 있지만 실상 작가의 목소리라 여겨도 무방하겠다. 소설 속에서는 이 질문에 대한 대답을 찾을 수 없기 때문이다. 표면적으로 윤을 향해 있는 474의 질문은 우리가 가로채 가기를 기다리고 있는 것 아닐까. 내 경우, 쇄빙선은 물론 그 비슷한 것도 본 적이 없다. 하지만 바다 얼음을 부수며 항로를 개척해 나가는 육체성만은 요령 없는 정직함의 이미지였다고 기억한다. 악에 호기심을 갖고 그것의 실체를 드러내기 위해 접근하는 일은 아직 이르지 못한 인간 심연의 얼어붙은 항로를 개척하는 일이 아닐 수 없다. 단단하게 얼어 있는 얼음을 깨부수는 쇄빙선이 그러하듯 이 소설은 악으로 표상되는, 소통할 수 없는 존재 앞에서도 요령 없이 온몸으로 길을 만들어 나간다. 천천히, 하지만 정도로 밀고 나가는 이 정직한 육체성은 정용준의 문학과 닮아서 전혀 낯설지 않다.

정용준은 악의 모티프를 변주하며 인간과 인간 사이, 얼어붙은 심연의 항로를 개척해 왔다. 이번 소설은 악을 가장 전면적으로 다룬다. 악에 대한 흔한 오해 중 하나는 알면 이해하게 되고 용서하게 된다는 가정이다. 정말 그런가? 대부분은 그 반대가 아니었나. 예컨대 우리는 아우슈비츠 수용소에서 벌어진 잔혹한 대량 학살의 현장을 알면 알수록 그때의 어떤 선택과 행동도 정당화할 수 없다는 생각에 확신을 갖게 된다. 과거의 역사가 아니라 가까운 곳에서 일어나는 일들에서도 마찬가지다. 오랜 시간 동안 가해진 친족 내의 성폭행과 학내에서 벌어진 집단 따돌림과 폭력에 대해 알면 알수록 '맞을 만해서 맞았다'거나 '당할 만해서 당했다'는 식의 2차 피해에 가담하지 않을 가능성이 높아진다. 실체를 드러내고 파악하고 설명하는 것은 대체로 더 날카롭고 차가운 판단을 가능하게 한다. 무엇보다 모르면 비난할 수도 비판할 수도 없다. 악이 불가해한 너머의 영역이라면 우리는 악에 대해 한없이 무력한 존재에 그칠 것이다. 474가 신해준이 되는 과정에서 동반되는 불편함의 기저에는 신해준에게서 발견되는 익숙한 감정들이 있을 것이다. 우리와 완전히 다른 존재가 아니라는 데에서 오는 거부감은 소설의 진의를 외면하고 싶게 만들기도 할 것이다. 그러나 우리는 고개 돌리지 말아야 한다. 작가가 썼듯이 피하지 않고 읽어야 한다. 악마에겐 침묵할 권리가 없고 우리에겐 악을 모를 권리가 없다.

모르고 싶은 우리의 관성은 계속해서 공격받아야 한다. 『나는 가해자의 엄마입니다』는 악의 내면을 힘겹게 뚫고 지나간 자취다. 서른일곱 명의 사상자를 낳았던 미국 콜럼바인고등학교 총기 난사 사건 가해자 부모의 참회록인 이 책은 충격적인 사건을 괴물의 일탈적인 행위로 일축해 버리고 싶은, 악에 무지하고 싶은 마음을 놓아주지 않는다. 진실은 복잡하고 흐릿한 데다 익숙하고 일상적이기까지 하다. 평범한 일상 속에서 악이 제 몸을 키워 나갔다는 사실을 받아들이는 것이 고통스러운 것과 마찬가지로 열두 명을 죽였고 실은 그보다 훨씬 많은 사람들을 죽였으며 이젠 자신도 죽이고 싶어 스스로 체포된 살인 기계가 살아온 이야기에서 혐오뿐만 아니라 연민도 느끼는 일은 우리를 자꾸만 시험에 들게 한다. 474에게 넘어가지 않겠다고 다짐하는 윤과 마찬가지로 우리 또한 근거 없는 연민을 느끼지 않겠다고 사투한다. 소설이 끝났을 때 474에 대한 저마다의 판단은 모두 다를 것이다. 또한 혼란스럽고 분명하지 않을 것이다. 그러나 확실한 것도 있을 텐데, 사정이 좀 복잡해졌다는 것이다. 우리를 이끄는 것은 선명한 거짓보다 흐릿한 진실이어야 한다. 몰라도 되는 악은 없다. 괴물은 몰라도 되는 이유가 아니라 알아야 한다는 경고다.

아웃포커스의 윤리

김혜진의 소설

김혜진 작가와는 2012년 겨울에 처음 만났다. 작가는《동아일보》신춘문예에 단편소설「치킨런」이 당선된 후였고 나는 출판사에 입사한 지 얼마 되지 않은 때였다. 우리 사이에는 공통의 친구가 있었는데, 그날은 그 친구가 만든 영화를 보고 축하해 주러 간 참이었다. 영화가 끝나고 국밥을 먹으러 갔던가.「치킨런」을 읽었다는 걸 표 내고 싶어 지속적으로 알은체하는 내 유난스러움과 달리 작가는 정말이지 별말 않고, 나에 대해 좀 궁금해하지도 않고 밥만 먹었다. '무뚝뚝한 사람이구나.' 김혜진 작가는 기억조차 못할 우리의 첫 만남에 대한 이야기다.

김혜진의 단편소설「한밤의 산행」을 읽었을 때, 그의 소설집을 출간해야겠다고 생각했다. 경력 한 줄 더하려고 시위에 참여했다 시위대 해체 임무를 맡은 용역 등에 업혀 때아닌 산행을 하게 된 두 사람의 부조리하고 우스워 보이는 대화가 머릿속을 떠나지 않았다. 단순하지만 깊이 있고 간결하지만 심오했다. 요즘 뭐 읽어요? 어떤 작가 읽어요? 누가 물어보기만 기다렸다. 김혜진에 대해 이야기하고 싶은 마음이 여기저기서 날뛰었다.

막 제본된 소설 『딸에 대하여』가 회사로 도착했던 날도 기억난다. 아직 잉크 냄새가 묻어 있는 책을 한참 동안 들여다봤다. 김혜진 작가와 함께한 두 번째 책이고 그의 독자로서 읽는 세 번째 책이었다. 이 소설에는 당연히, 그가 쓴 다른 작품들의 색깔들이 배어 있다. 『중앙역』에서 홈리스 남녀의 사랑을 썼던 것처럼 『딸에 대하여』에서 두 여성의 사랑을 썼고, 『딸에 대하여』의 인물들이 자기 자리에서 밀려나는 과정을 쓰기 전에 이미 소설집 『어비』에 수록된 단편소설 「아웃포커스」에서 자리를 잃어 가는 엄마를, 누구도 묫자리를 기억하지 못하는 할머니를 쓴 적 있었다. 한 작가를 애정하는 마음으로 바라본다는 건 이 작품에서 저 작품을, 저 작품에서 이 작품을 발견하는 즐거움에 다름 아닐지도 모르겠다. 김혜진 소설에 등장하는 많은 인물들 가운데 내가 가장 좋아하는 사람은 「아웃포커스」에 등장하는 엄마다. 회사에서 해고당한 그는 손수 제작한 조악한 모형 휴대폰 안에 들어가 1인 시위를 한다.

그래도 출근은 할 거야.

그리고 엄마는 한참 만에 또박또박 다짐했다. 그런 다음 정말이지 계속 회사에 나갔다. 지각이나 결근 한 번 없었던 지난 20년처럼, 8시에 출근하고 6시에 퇴근하는 일을 반복했다. 다녀올게, 하며 나갔다가 다녀왔어, 하며 돌아오는 것도 같았다. 달라진 게 있다면 엄마의 자리, 단 하나였다. 회사 안에 있던 엄마의 자리가 바깥으로 옮겨진 거였다.

엄마는 종일 회사 정문 앞을 지켰다. 새로운 일에 몸을 단련시키면서. 하나, 둘, 셋, 층수를 세고 하나, 둘, 호수를 헤아리며 사무실을 찾은 다음, 종일 그곳을 올려다보는 일이었다. 창들은 모두 같은 크기와 모양으로 다닥다닥 붙어 있었다. 겨우 찾았다 싶으면, 사무실은 비슷비슷한 창들 사이로 숨었고, 엉켰고, 사라지기 일쑤였다. 엄마는 두 눈을 부릅뜨고 손톱만한 창을 잡았다가 놓치고 잡았다가 놓쳤다. 밤이 되면 온몸이 내려앉는 것 같다고 불평했지만 엄마는 그만두려 하지 않았다.[1]

최근의 김혜진 소설은 종종 '너'에 대해 말문을 여는 것으로 시작한다. '너'는 학교 앞 작은 햄버거 가게에 앉자마자 바로 그 이야기를 꺼냈다거나 '너'는 잠시 차를 세우고 베이커리

1 김혜진, 「아웃포커스」, 『어비』 (민음사, 2016), 47~48쪽.

에 들를 생각이었다는 식이다. 2인칭 시점인가 싶을 때쯤 '나'의 목소리가 등장해 1인칭 시점으로 전개될 것임을 알려 준다. 1인칭 시점으로 화자를 내세우되 초점은 확실히 "너"에게 맞춰져 있는 이 소설들은 2인칭 같은 1인칭이고 형식상 1인칭이지만 내용상 2인칭이다. 두 개의 시선이 만들어 내는 공간 안에서 '너'와 '나' 사이의 거리가 직접적으로 드러난다. 타인을 거울삼아 자기 자신을 드러낸다는 점에서 거리의 시선은 반사의 시선이기도 하다. "너"에 초점 맞춰져 있되 결국은 "나"에 대해 이야기하기 때문이다.

거리가 김혜진이 세상을 바라보는 프레임이라고 할 때, '아웃포커스'는 거리를 만들어 내는 구체적인 방법론이다. '아웃포커스'는 카메라촬영 대상 이외의 대상이 흐려 보이는 상태를 의미한다. 초점 거리를 잘못 맞췄을 때 아웃포커스 현상이 벌어진다. 김혜진 소설의 여성들은 주로 아웃포커스된 인물이다. 아웃포커스된 인물은 아웃사이더와 다르다. 아직 선 밖으로 나가지 않은 이들은 사회의 시스템이나 타인의 시선에 의해 서서히 배경화되고 주변화된다. 그들은 내부에서 가장 바깥에 위치한 사람들이다. 이들은 아직 아웃사이더가 아니다. 아웃포커스되어도 사진 내부에 존재한다. 프레임 밖으로 나간 것이 아니라 다만 그 안에서 흐려져 보일 뿐이다. 김혜진 소설의 여성들은 안에 '있지만' 내부자가 아니고 안에 '없는데'도 외부자가 아니다. 이들에겐 다만 위치가 없다. 소설에서 그것은 자리로 드러난다.

「아웃포커스」는 자리에서 밀려나는 두 세대의 여성을 동시에 비춘다. 다니던 회사에서 해고된 엄마와 고속도로 개발로 무덤을 옮겨야 처지에 놓인 할머니가 그들이다. 국영 기업이었던 엄마의 회사는 몇 번의 합병과 인수를 거치며 민영 기업이 되었다. 이후 경제적이고 효율적인 경영을 핑계로 대대적인 인력 감축이 진행되고, 해고를 당하거나 자진 사표를 내는 사람이 가장 많은 곳이 바로 엄마가 일하는 상담 부서다. 엄마는 20년 동안 해 왔던 상담 업무와 무관한 일을 배정받는다. 현장에서 케이블을 연결하는 업무다. 이때 부서 이동의 논리는 "다양한 부서 업무가 가능한 유능한 직원이 필요하다"는 것인데, 케이블 연결 업무에 의아함을 표출하는 엄마를 향해 부장이 던진 대사는 곱씹어 볼 만하다. "아, 그 상담 같은 거야, 누구나 할 수 있는 일이잖아요."

현장에서 케이블을 연결하는 일은 "유능한 직원"이 되기 위해 거쳐야 하는 업무인 반면 고객의 요구에서 욕구에 이르는 수많은 고충을 해결하는 서비스 업무는 20년 경력이 쌓여도 전문성을 인정받지 못한다. 전문성은커녕 평가할 수 있는 업무로 인정받지 못하는 탓에 오히려 해고의 이유가 된다. 여성들의 불안정한 자리는 구조적으로 만들어진다. 자리를 지키기 위해 엄마는 해고에 반대하며 1인 시위에 착수한다. 손수 만든 휴대폰 상자를 뒤집어쓰고 회사 앞에서 1인 시위하는 모습은 볼품없는 휴대폰 상자만큼이나 초라하다. 엄마의 1인 시위는 그 많은 동료들 가운데 누구 하나 눈길을 주지 않는 차가운 외면으로 한층 더 고단해진다. "자기 자리를 지키는 게 어디 쉬운 줄 아니." 자기 자리를 지키는 일은 이렇게나 모욕적이고 고독하지만 모욕과 고독을 감내한다고 해서 자리를 지킬 수 있는 것도 아니다.

불안정한 자리와 그 자리를 사수하기 위해 엄마가 벌이는 투쟁의 비극은 할머니의 묫자리 이동을 두고 벌어지는 일을 통해 그 성격이 분명해진다. 2차선 고속도로가 나기 때문에 그 전에 자리를 옮겨야 보상금을 받을 수 있는 상황에서 외삼촌은 하루라도 빨리 보상금을 받고 싶어 안달이지만 안타깝게도 할머니의 묘지가 어디인지 알고 있는 사람이 없다. 비슷비슷한 여덟 개의 무덤 앞에서 자식들은 우왕좌왕한다. 이모가 무덤가에서 통곡을 하려고 눈물 발동을 굴리고 있으면 삼촌이 슬그머니 다가와 어머니 무덤은 저게 아닐까, 하고 분위기를 깨는 식이다. 어느 것 하나 묘비나 비석 없이 죄다 비슷하게 생긴 여덟 개의 무덤 앞에서 자식들이 벌이는 촌극은 차라리 희극적이다. 자리를 찾느라 허둥대는 형제들 사이에 엄마는 없다. 1인 시위하는 동안 자리를 비울 수 없는 엄마는 할머니 묘지를 옮기는 일에 함께하지 못하고 대신 화자인 아들을 내보낸다. 없어진 자리를 되찾기 위해 회사 앞에 자리 잡고 서 있느라 할머니 산소에 가지 못한 엄마는 죽어서도 자리가 없는 할머니의 상황과 중첩된다. 할머니의 무덤은 어디인가. 이 질문은 엄마에게도 유효하다. 엄마의 자리는 어디인가.

엄마의 자리와 할머니의 자리에서 진정으로 부재하는 것은 자리 그 자체가 아니다. "그런데 말이다, 미영이가 어디서 일했지? 가물가물해져서 원." 엄마가 해고당하고 1인 시위를 하고 있다는 얘기를 듣고 이모와 외삼촌은 그제야 엄마가 일하는 데가 어딘지 묻는다. 할머니가 어디 누워 있는지 알지 못하는 것과 마찬가지로 가족들은 엄마가 어디에서 일하고 있는지 알지 못한다. 몇 번을 말해 줘도 상황은 똑같다. 반복은 주제다. 모름이 두 번 반복될 때, 우리는 작가의 의도가 무지(無地)를 폭로하는 데 있음을 알아차릴 수 있다. 무지함이 권력의 성격을 띨 때 그것은 폭력이 된다. 몰라도 된다는 생각이 계속해서 모르게 한다.

엄마의 자리가 몰라도 되는 영역으로 치부되었던 것과 마찬가지로 할머니의 자리 역시 그 숱한 시간 동안 몰라도 되는 자리로 치부되어 왔을 뿐이다. 할머니의 무덤을 이동해야 하는 것은 개발의 논리에 따른 것이지만 할머니의 무덤을 찾지 못하는 것은 할머니가 집안에서 아웃포커싱된 인물이기 때문이다. 엄마의 자리가 사라져야 하는 것은 자본의 논리에 다른 것이지만 엄마의 자리가 20년을 일하고도 퇴직금 한푼 없이 쫓겨나는 '부당해고'의 성격을 띠는 것은 엄마와 엄마의 일이 사회에서 아웃포커싱된 존재이기 때문이다. 소설은 두 사람을 향한 폭력적 무지가 만나는 지점을 향해 달려간다. 비석을 세워 자리를 보존하는 일에서 밀려났던 여성의 존재가 할머니 시대의 한계였다면 가장 먼저 급류에 휩쓸리는 여성의 노동은 엄마가 살아가고 있는 우리 시대의 한계다. 잃어버린 두 자리는 한국 사회 내 여성의 지위에 대한 모순이 예리하게 포착된 장면으로 오래 기억될 만하다.

『딸에 대하여』의 엄마, 할머니, 딸은 비교적 안에 있던 각각의 위치에서 외부자의 위치로 서서히 밀려 난다. 방식과 속도에 차이가 있지만 그 방향성과 방향의 정체에는 차이가 없다. 이들은 세상으로부터 아웃포커싱된다. 특히 해고된 직장 앞에서 휴대폰 모양의 상자를 뒤집어쓰고 1인 시위를 벌이며 외롭게 싸우던 고된 투쟁의 풍경은 길 위에서 시위하며 인생을 "낭비"하는 딸의 모습으로 다시 나타난다. 평생 타인을 위해 헌신했지만 누구도 돌보지 않는 비참한 여생만 남겨둔 치매 환자 젠, 그들을 돌보며 끝도 없는 노동 속에서 살아가는 엄마. 소외된 자리에서 자신의 싸움 같은 삶을 살아 나가는 이들의 이야기는 어쩐지 익숙하고 그런가 하면 낯설다.

5년은 긴 시간일까? 작가를 처음 만난 이후 지금에 이르는 시간 동안 나는 김혜진 작가가 무뚝뚝함과는 거리 먼, 그저 한 발치 떨어져서 지켜보길 좋아하는 신중한 관찰가라는 걸 알게 됐고 그 한 발치의 거리감이 다정과 반대가 아니라 줌인의 반대라는 것도 알게 되었다. 소설을 쓸 때 김혜진의 시선은 아웃포커스된다. 중심에서 벗어나고 초점은 흐려진다. 그리고 역설적으로, 거기서 발견한 사람들은 누구보다 확실한 중심과 초점을 갖고 살아가는 사람들이다.

> "엄마, 여기 봐. 이걸 보라고. 이 말들이 바로 나야. 성소수자, 동성애자, 레즈비언. 여기 이 말들이 바로 나라고. 이게 그냥 나야. 사람들이 이런 식으로 나를 부른다고. 그래서 가족이고 일이고 뭐고 아무것도 못 하게 만들어 버린다고. 이게 내 잘못이야? 내 잘못이냐고."[2]

중심과 초점이 분명한 사람들이 던지는 단단한 질문들. 그러니까, 누구의 잘못일까. 무엇이 잘못일까. 성소수자에 대해서, 타인에 대해서, 배제에 대해서, 누군가를 돌보는 노동에 대해서, 그리고 이 모든 걸 동시에 고민해야 하는 엄마에 대해서, 엄마를 바라보는 우리 자신에 대해서. 포커스에서 벗어날 때, 포커스라는 폭력은 적나라하게 노출된다. 잘못 맞춰진 시점으로 잘못된 시점을 찾는 일, 김혜진 소설에서 배우는 아웃포커스의 윤리다.

---

2 김혜진, 『딸에 대하여』(민음사, 2017), 107쪽.

'강남역'에서 '신당역'까지

다시 읽는 『82년생 김지영』

2022년 9월 14일 발생한 신당역 살인 사건은 서울교통공사 전 직원 전주환이 서울지하철 2호선 신당역 화장실에서 입사 동기였던 역무원을 칼로 찔러 살해한 사건이다. 이날은 가해자의 불법 촬영과 협박 및 스토킹 혐의에 대한 1심 재판이 선고되기 하루 전날이었다. 가해자는 3년 가까운 시간 동안 피해자에게 300차례 이상의 전화와 문자 메시지를 보내며 스토킹했다고 한다. 피해자가 가해자를 불법 촬영 등의 혐의로 고소한 것이 2021년 10월. 가해자는 고소한 다음 날 바로 긴급체포됐지만 법원은 도주 우려가 없다고 판단해 구속 영장을 기각했다.

현행법상 구속 영장 발부에 필요한 조건은 다음의 세 가지다. 주거 불명확, 도주 우려, 증거인멸 우려. 판사는 신이 아니다. 저자가 도망갈 사람인지 아닌지, 증거를 인멸할 사람일지 아닌지 알 수 있는 방법은 사실상 없다. 따라서 구속 여부를 결정짓는 것은 그렇듯 모호한 '우려'보다 범죄의 중대성이겠다. 그러니 이번 사건에서 영장이 기각된 이유는 주거가 명확해서도, 도주나 증거인멸의 우려가 없어서도 아니다. 이 사건에 대한 어느 서울시의원의 발언에서 보여지듯 가해자의 '스펙'("서울 시민"인 그는 "서울교통공사라"에 입사했고 회계사 자격증을 소지했다.)도 어느 정도 영향을 주었을 것이나 표면적으로 구속 영장이 기각된 이유는 불법 촬영과 협박을 포함한 스토킹 행위가 중대한 범죄는 아니라고 판단됐기 때문이다. 신고 이후 이미 가해자가 피해자에게 보복 행위를 한 적이 있다는 사실 역시 사안의 중대성을 판단하는 데에는 별다른 영향을 주지 못한 것 같다.

이 사건은 두 가지 측면에서 근본적인 충격을 준다. 첫 번째는 가해자가 피해자를 살해하는 사건이 사법 시스템이 작동하고 있는 상황 속에서 발생했다는 것이다. 헌법에 근거한 우리나라는 개인과 개인 사이에서 벌어지는 사적 처벌을 금한다. 우리는 아무리 억울하고 부당한 일을 당해도 사적으로 복수할 경우 그에 대한 처벌을 받는다. 문제가 생기면 당사자 간 '해결'이 아니라 국가 기관을 통해 사법 절차를 진행하고 그에 따라 국가가 잘못이 있는 사람에게 벌을 내리게 되어 있다. 개인은 국가에게 벌할 수 있는 권리를 주었고, 개인을 벌할 수 있는 건 국가뿐이다. 그러나 국가가 그 권리를 사용하지 않아 국민이 돌이킬 수 없는 피해를 입었다면 그때 그 피해에 대해서는 누가 책임질 수 있을까. 그런 국가가 계속해서 형벌할 권리를 가지는 게 과연 옳은 일일까.

이와 관련해 여성가족부 장관은 이 사건의 본질이 여성혐오 사건이 아니라는 말을 해 빈축을 사기도 했다. 두 번째 문제가 여기 있다. 사법적 관점으로 보자면 이 사건은 여성가족부 장관의 말처럼 여성혐오 사건, 즉 성별이 중심에 놓인 갈등은 아닐지도 모른다. 스토킹의 가해자는 여성일 수도 있고 스토킹의 피해자가 남성일 수도 있다. 하지만 이 사건이 보여 준 사법 시스템의 죽음을 들여다보면 그 안에는 여성혐오적 시선이 자리함을 알 수 있다. 사법 시스템을 운영하는 것은 모종의 알고리즘이 아니다. 현장에서 고민하고 판단하는 사람들이 곧 시스템이다. 따라서 불법 촬영과 스토킹을 중대 범죄로 보지 않은 것은 시스템을 운영하는 한 사람 한 사람의 판사들, 그들의 성인지 감수성이 시킨 일이라고 봐야 한다. 나는 이 사건에 직접 연관된 어느 판사를 비판할 뜻이 없고 그런 비판이 의미 있다고도 생각하지 않는다. 한 사람의 판단은 그를 둘러싼 역사와 환경으로부터 독립된 것이 아니기 때문이다. 그 판단은 오늘날 사법계 전반의 인식, 더 정확히 말하면 성인지 감수성에 기반했을 것이다.

그러므로 두 가지 문제는 실상 한 가지 문제이기도 하다.

가해자의 행위가 피해자를 얼마나 고통스럽게 했으며 그러한 고통이 향후 어떤 상황을 일으킬 수 있는지 파악하는 사람들로 이루어진 시스템이었다면 구속 영장은 기각되지 않았을지도 모른다. 가해자가 구속 상태에서 재판을 받았더라면 피해자는 자신이 근무하는 회사, 그것도 공공시설인 지하철 역사 내 화장실에서 그토록 참혹한 죽음을 당하지 않았을지도 모른다. 시스템이란 결국 사람들의 의식에 의해 결정된다. 이 사건에서 시스템의 죽음을 불러온 것은 해당 집단이 공유하고 있는 낮은 성인지 감수성이다. 강남역 살인사건보다 신당역 살인사건에서 느끼는 참담함이 더 크다. 전자가 어느 범죄자의 문제였다면 후자는 거기 더해 '사법 시스템'의 문제까지 확인됐기 때문이다.

이번 사건은 강남역 화장실 살인사건이 발생한 지 5년 된 시점에서 발생했다. 2016년 5월에 발생한 이 사건은 평소 여성에 대한 피해망상을 갖고 있던 가해자가 노래방 화장실에서 불특정 여성을 칼로 찔러 살해하게 한 사건으로, 앞서 남성 여섯 명을 그냥 보내고 자신이 제압할 수 있는, 그러면서 평소 망상의 대상이었던 여성을 향해 시행되었다. 당시에도 이 사건이 여혐 범죄냐 아니냐를 두고 논란이 있었다. 이 사건을 여성혐오범죄로 보는 것은 비약이라는 의견, 남성들을 잠재적 가해자로 보는 시선이라는 의견 등이 있었다. 강남역 살인사건의 경우 여성이었다는 점이 피해를 당한 결정적 이유였고, 신당역 살인 사건의 불법촬영과 협박이 동반된 스토킹 또한 여성이기에 더 취약한 범죄였다. 이러한 사건에서 피해자가 '여성'이라는 것은 남녀 갈등을 위해 조장되거나 비약된 프레임이 아니다. 동일한 조건일 때 자신 또한 같은 상황에 처할 수 있다는 합리적인 공포이자 의미 있는 사실이다. 그런데 이 공포와 사실이 문제의 본질에서 구분되거나 배제되는 경우가 많다. 그건 여혐범죄가 아니야, 그건 남녀 문제가 아니야, 그건 여자라서 벌어진 일이 아니야…… 갈등을 유발하는 건 '여성혐오범죄라고 바라보는' 시선이 아니라 '그건 여성혐오 문제가 아니라고' 말하는 시선이다.

조남주의 장편소설 『82년생 김지영』은 강남역 살인사건이 발행하기 이전에 쓰였지만, 2016년 10월에 출간된 이 소설은 분명 강남역 살인사건을 경험한 여성들의 선택을 받은 책이다. 한국뿐만 아니라 해외의 독자들까지 더하면 출간 6년 동안 약 200만 부 가까운 책이 판매된 것이다. 이 책의 편집자로서 이러한 반응에 대해 어떻게 생각하느냐는 질문을 많이 받았다. 그럴 때마다 그때그때의 생각을 이야기했지만, 강남역에서 신당역에 이르는 시간 속에 있는 지금, 비로소 가장 납득할 만한 대답을 할 수 있겠다는 생각이 든다. 사람들은 '여성이라는 사실', 또는 '여성이라는 현실'을 좀처럼 인정하려 들지 않는다. 그런 것이 진짜 존재하는 삶이라는 사실을 모르거나 모르는 척하고 싶어 한다. 이 소설이 나왔을 때에도 많은 독자들이 '김지영'의 이야기는 비약이라고 했다. 여러 사람들의 삶에서 단편적으로 드러나는 사건들을 한데 편집해 놓은 과장된 비극이라고도 했다. 내 이야기 같다는 공감과 공포를 말하는 사람들이 있다는 사실도 그런 생각을 바꾸게 하지는 못했던 것 같다. 여성이기 때문에 겪는 일, 여성으로서 갖는 감정은 개인성을 무시한 일반화로 폄훼되기 일쑤였다.

『82년생 김지영』을 이토록 많은 독자들이 읽은 이유는 이 책이 여성이라는 사실, 여성이라는 현실이 실제로 존재한다는 것을 설득력 있게 전달했기 때문이다. 개인 이전에 존재하는 '여성', 그러면서 먼 옛날 어느 시대의 여성이 아니라 지금 이 한국 사회에서 숨 쉬며 살아가는 워킹맘이자 알파걸이기도 한 여성. 우리 속에 공존하는 여성. 이들에 대해 말하려면 사실로서의 여성과 현실로서의 여성, 즉 보편으로서의 여성이라는 캐릭터가 있어야 한다. 그런 캐릭터가 가능할까? 얼굴 없는 인물이면서 어떤 얼굴이 될 수 있는 사람이 가능할까?

작가를 처음 만났던 날이 기억난다. 소설을 읽었을 때보다 소설을 쓰게 된 과정이며 이 소설을 쓰게 계기에 대한 작가의 말이 더 인상적이었다. 아무것도 주장하지 않을 듯한 표정이지만 질문에 돌아오는 대답은 모두 객관적 사례들과 합리적 추론이었다. 『82년생 김지영』을 처음 완독했을 때 내가 경험한 것도 공감이라기보다는 논리적으로 설득된다는 느낌이었다. 서로 다른 생각을 이야기하려면 공통의 '사건'이 필요하다. 그때 그 사건이 있었다는 것만은 부정할 수 없는. 그때 그 선택이 옳은지 아닌지를 이야기하기에 앞서 그럴듯한 '현실'이 있어야 한다. 그럴듯한 허구가 아니라 그럴듯한 사실. 작가를 만나 이 소설을 쓰게 된 이유를 들었을 때, 내가 왜 이 소설을 읽고 납득됐는지 이해할 수 있었다. 작가는 공학도처럼 이 소설을 설계했다. 개인성에서 기인하는 요소들을 다 제하고 '여성성'으로 통용되는 것만 남겼다.

그 세부적인 것들은 다음과 같다. '82년생 김지영'은 1982년도에 태어난 여아 중 가장 많은 이름이 김지영이라는 사실에서 가져왔다. 김지영은 특별히 가난하지도 않고 특별히 부유하지도 않으며, 외모나 성격에서 두드러지는 특징을 보이지도 않는다. 사회적, 심리적, 정치적, 경제적으로 김지영은 '평범한' 인물이다. 그렇지 않다면 반사회적이어서, 불안감이 커서, 가난해서…… 김지영의 삶이 정체하고 있는 이유를 해석할 여지가 너무 많아진다. 물론 사람의 삶은 단독자로 결정되지 않는다. 그를 둘러싼 사람들과의 관계가 그를 결정한다. 따라서 그 관계 역시 가능한 한 모든 돌발적인 것들을 차단하는 방식으로 설정되었다. 적절히 착하고 적절히 비겁한 남편, 적당히 친절하고 적당히 이기적인 시어머니, 특별할 것 없이 다정하고 특별할 것 없이 무심한 아버지까지. 개인의 고유성이라 할 만한 것들을 다 거세하고 남은 '82년생 김지영'의 텅 빈 얼굴에는 이 시대 보편의 여성이라는 상상된 실재가 들어갔다.

보편은 김지영 쪽에만 있지 않았다. 『82년생 김지영』은 '자기 서사'가 아니다. 김지영은 자신의 삶을 이야기하지 못하는 병에 걸렸다. 남편의 도움을 받아 정신과 상담을 받지만 상담할 때 김지영이 자신의 삶을 어떻게 이야기했는지는 끝내 공백에 부쳐진다. 이 소설은 김지영의 이야기를 들었던 의사의 진료 보고서이기 때문이다. 외국 출판인들을 만났을 때, 이 책에 대해 가장 많이 들었던 이야기 역시 내레이터에 대한 부분이었다. 왜 화자가 닥터죠? 그것도 남성 닥터. 이 소설에서 김지영의 이야기를 듣고 기록하는 사람은 상식적이고 지성적이다. 한마디로 우리가 지향하는 현재적 보편이다. 전문직 남성과 무특징한 여성이 이 소설에서 의미하는 바는 상징적이다. 성별에 의해 발생하는 문제에서 우리가 가장 많이 범하는 오류는 사적인 경향들과 그렇지 않은 것을 구분하지 못하거나 구분하지 않는다는 것이다. 82년생 김지영의 문제는 여성의 문제이고, 여성의 문제는 사회의 문제이며, 사회의 문제는 개인을 치료해서 고치는 것이 아니라 사회가 바뀌어야 해결되는 문제다.

소설은 보편적인 것들을 위한 장르는 아니다. 소설은 개인을 발견하고 발명하는 데에서 전복의 힘을 만들어 내기 때문이다. 하지만 시스템을 비판해야 할 때, 이전에 인지 대상이 아니던 것을 인지하게 만들 때, 무엇도 될 수 있는 소설은 소설이란 어떤 것이어야 한다는 생각부터 버린다. 신당역 살인 사건 뉴스를 봤을 때 이 소설에 등장한 의사를 생각했다. 환자에게 공감하고 환자를 이해하면서도 끝내 환자의 입장이 될 수는 없었던 의사의 현재에 영장을 기각한 한국 사법 시스템의 현재가 있기 때문이다.

understory

언더스토리

박혜진 비평집

1판 1쇄 펴냄 2022년 10월 17일
1판 2쇄 펴냄 2023년 6월 14일

지은이 박혜진
발행인 박근섭·박상준
펴낸곳 (주)민음사

출판등록 1966. 5. 19. 제16-490호
서울시 강남구 도산대로 1길 62(신사동)
강남출판문화센터 5층(06027)
대표전화 02-515-2000 | 팩시밀리 02-515-2007
홈페이지 www.minumsa.com

ISBN 978-89-374-2741-1 (03800)